가야만 하는 길
묵묵히 가기로 했다

가야만 하는 길 묵묵히 가기로 했다

초판 1쇄 발행 2022년 9월 26일

지은이 정은유
펴낸이 권경옥
펴낸곳 해피북미디어
등록 2009년 9월 25일 제2017-000001호
주소 부산광역시 동래구 우장춘로68번길 22
전화 051-555-9684 | 팩스 051-507-7543
전자우편 bookskko@gmail.com

ISBN 978-89-98079-55-0 04810
　　　 978-89-98079-52-9(세트)

인생나눔교실 03

가야만
하는 길
묵묵히
가기로
했다

정은유
지음

둥지북

차례

프롤로그

한창 강의 준비로 바쁜 오후, 스마트폰이 울렸다. 누군가 하고 보았더니 서울에서 활동하고 계신 선생님의 전화였다. 반가운 마음에 스마트폰을 들었다.

"선생님! 어떻게 지내세요? 소식 하나 전하려고 전화했어요."

언제나 도움이 되는 소식이나 주변 상황을 알려주시는 분이라 기대가 되었다.

"어떤 소식이에요?"

"선생님, 자서전 써보신 경험 있으세요?"

"자서전요? 아직은 없지만 써보고 싶다는 생각은 드네요."

"그러면 자서전 써볼 기회가 있다니 한번 살펴보시고 응모해보세요."

"네, 자신은 없지만 한번 용기 내어 볼게요. 고맙습니다."

전화 주신 선생님과의 통화가 끝나고 내가 자서전을 쓴다는 것에 대해 상상을 해보았다. 그리고 자서전이란 단어를 검색해보았다. '자신의 생애와 활동을 직접 적은 기록'이라고 나온다. 나의 생애와 활동…. 생애보다는 활동이라는 단어에 눈길이 갔다. 겁도 났으나 기회가 주어진다면 해보고 싶다는 생각이 뒤를 따른다. 응모한다 해서 무조건 다 쓸 수 있는 것은 아닐 텐데 하는 생각과 함께 작은 용기가 생겼다. 작은 용기 덕분에 자서전 관련 서류들을 살펴보았다. 그런데 나의 마음은 이미 나에 대한 어떤 이야기를 쓸 수 있을까를 생각하고 있다.

그 순간 짧다면 짧고 길다면 긴 나의 인생이 한 편의 영화필름처럼 지나갔다. 무엇보다 고등학교 교사를 하다 경력이 단절된 채 시작하게 된 부모교육 강사로서의 17년 내 삶이 선명하게 보였다. 누가 알아주기에 하는 것도 아니다. 경제적으로 큰 혜택을 보기에 하는 것도 아니다. 주변의 아이들이 자꾸 눈에 들어왔다.

몸으로 마음으로 힘들다고 호소하는 아이들을 외면할
수 없었다. 아이들 곁에는 울다 웃기를 반복하며 아이
들만큼 힘들어하는 부모들도 있었다. 그저 이들과 함
께 더불어 행복한 삶을 살아야겠다는 소명 하나로 17
년 묵묵히 그들과 동행하고 있다. 가야만 하는 길이기
에 묵묵히 가기로 했고, 가고 있다.

유난히 스포트라이트가 비치는 순간도 있다. 부모
교육 강사를 하면서 나태주 시인의 「풀꽃」을 만난 순
간, 세 줄밖에 되지 않는 시가 내 삶에 큰 파장을 미쳤
다. 「풀꽃」을 만나기 전과 만난 후의 내 삶은 다르다.
나를 보기 시작하게 되었다. 나를 압박했던 공허감의
실체를 알게 되었다. 그리고 그 공허감은 조금씩 줄어
들기 시작하였다. 나를 긍정적으로 바라보게 되었고,
무엇보다 나를 사랑하게 되었다.

그런데 나만 자신을 보지 않는 것이 아니었다. 가야
만 하는 길이라 묵묵히 걸어가는 길 위에서 만나는 아
이들과 부모들도 자신들의 예쁘고 사랑스러운 모습을
알지 못했다. 안타까웠다. 알려주고 찾아주고 싶었다.
그래서 그들도 자신의 예쁘고 사랑스러운 모습을 찾아

희망을 품고 삶을 가꿔 갈 수 있도록 함께하고 있다.

이 글을 읽는 분 중에서도 자신이 얼마나 예쁘고 사랑스러운 존재인지를 알지 못할 수도 있다. 하지만 이 순간부터 자신을 스스로 자세히 오래도록 보아 자신의 예쁘고 사랑스러운 모습을 찾을 수 있기를 희망한다.

책은 4장으로 이루어져 있다.

첫째 장은 나 자신이 어떠한지도 모르며 그저 걸어가기만 했던 나를 돌아보고자 한다. 나 자신을 돌보지 못하고 이리저리 흔들리며 방황했던 아픈 시간의 이야기이다. 둘째 장은 가야만 하는 길이라 묵묵히 걸어가고 있는 부모교육 강사라는 새로운 길을 만나게 된 이야기이다. 셋째 장은 때로는 좌절과 아픔도 느끼지만, 묵묵히 가고 있는 부모교육 강사로서 소중한 경험을 이야기하고자 한다. 넷째 장은 부모교육 강사로 걸어가고 있는 길 위에서 만난 인연들과 아름다운 동행 이야기이다.

이 책에서 언급된 사례들은 부모교육 현장과 상담 현장에서 실제 있었던 이야기를 간략히 실은 것이다.

익명성을 기하고자 각색하였고, 개인 신상 정보에 대한 언급은 자제하였다.

　돌이켜보면 하루하루가 버겁고 힘겨울 때도 있었다. 하지만 나를, 나의 오늘을 자세히 오래도록 보며 가야만 하는 길이기에 묵묵히 가고 있다. 길 위에서 만나는 이들도 하루하루가 버겁고 힘들다 생각될수록 자신을, 자신의 오늘을 자세히 오래도록 보며 묵묵히 걷기를 희망한다. 그렇게 묵묵히 가다 보면 예쁘고 사랑스러운 풀꽃이 될 수 있다.

　"우리 모두 그렇다!"

2022년 9월
풀꽃 강사 정은유

1장

흔들리며 방황하며

어린 시절 나는, 아니, 성인이 되고 나서도 늘 '나는 왜 이렇게 힘들까?' 하는 생각에 휩싸여 있었다. 그리고 나를 힘들게 만든 건 내가 아닌 남들이라 생각했었다. 한 마디로 '남탓'을 했다. 그런데 정작 나를 힘들게 한 것은 '나'였다. 나의 주인이 나라는 것을 몰랐다. 늘 다른 사람이 중심이 되는 삶을 살았다. 나의 주인이 나라는 것을 왜 몰랐을까? 왜 나를 충분히 보아주지 않았을까? 나의 어리석음으로 흔들리며 방황했다. 하지만 이런 나에게도 애썼다고 등을 토닥이며 꼭 안아주고 싶다.

난 참 바보처럼 살았다

"하지 마! 진짜!

내가 얘기했잖아!

언니랑 같이 안 한다고 내가 얘기했잖아!

왜 맨날 내 말은 안 듣는데?

내가 언니랑 생일 하기 싫다고 엄마 아빠한테 얘기했잖아!

왜 맨날 나한테만 그래?

내가 만만해?

난 뭐 아무렇게나 해도 되는 사람이야?

왜 나만 계란후라이 안 해줘?

내가 계란후라이 얼마나 좋아하는데!

맨날 나만 콩자반 주고!

나도 콩자반 싫어하거든!

통닭도 아저씨가 나 먹으라고 준 건데

닭다리도 언니랑 노을이만 주고 나만 날개 주고……"

몇 해 전 방영한 〈응답하라 1988〉에서 덕선이가 생일날 울부짖으며 내뱉은 말이다. 울부짖는 덕선이를 보는데 나도 모르게 내 얼굴엔 눈물이 흐르고 있었다. 짧은 1~2분의 시간에 어린 시절의 내 모습이 떠올랐다. 그리고 내 가슴을 후벼팠다. 그러면서 나를 둘러싸고 있었던 가족들의 모습도 보였다.

늘 아들이 우선이고 최고라는 생각을 몸소 실천하고 강요하며 '남아선호사상'의 최고봉을 찍은 부모님. 그리고 그 혜택을 당연한 듯 누렸던 오빠와 남동생. 아들이 우선이고 최고라는 부모님에게 그건 부당하다며 자신의 것을 악착같이 챙겼던 언니. 그들 사이에서 내가 할 수 있었던 건 많지 않았다. 아들도 아닌 딸에다가 그것도 큰딸도 아닌 중간에 낀 둘째 딸. 밑으로 남동생을 둔 내가 원하는 대로 할 수 있는 건 없었다.

부모님의 남아선호사상의 끝판왕은 내가 태어난 그 순간부터 일어났다.

그 당시 어머니는 나를 집에서 출산하셨다. 나의 탄

생을 알리는 울음소리가 들리자마자 아버지는

"아들이야?"

하며 내가 아들인지를 먼저 물었다고 한다. 그리고 이어진 답은

"아니, 딸이에요!"

그 답을 들은 아버지는 나를 한 번 거들떠보지도 않고 곧바로 방문을 닫은 후 외출하셨다고 한다. 이 이야기를 중학교 2학년 때 어머니에게서 들었다. 어머니는 하지 말아야 할 이야기를 하셨고, 나는 듣지 않았으면 좋았을 이야기를 듣고 만 것이다. 내가 이 세상에 왜 왔는지에 대한 회의가 몰려왔다. 그러면서 내가 딸이라서 이렇게 설움을 겪나 하는 생각과 함께 세상에 마음 붙일 곳 하나 없이 허공에 떠 있는 느낌을 많이 느끼며 살았다. 이 이야기는 내가 살아가는 동안 수시로 나의 발목을 잡았다.

그리고 어느 날 딸이

"엄마는 왜 어릴 때 사진이 없어? 아빠는 사진들이 낡았어도 많은데?"

딸의 이 질문에 가슴 저 아래가 찌릿찌릿해 왔다. 들키고 싶지 않은 나의 아픔을 들킨 것 같았다.

나는 어릴 때 사진 찍기를 싫어했다. 그래서 사진도 몇 장 없다. 사진을 찍더라도 늘 가장자리가 내 자리였다. 사진이 찍기 싫었던 이유, 나는 나의 모습을 보기가 싫었다. 그 이유 중 큰 부분을 차지하는 것은 어릴 때 나의 머리 모양 때문이다. 중학교 가기 전까지 나의 머리는 늘 바가지 모양이었다. 엄마가 묶어 줄 필요도 없는 아주 간단한 머리 모양이었다. 하지만 난 이 머리 모양이 너무 싫었다. 긴 머리를 땋아도 보고, 묶어도 보고, 그냥 풀어 헤쳐 예쁜 핀도 꽂고 다녀보고 싶었다. 하지만 어떠한 모양도 허용되지 않았다. 오로지 엄마의 편리를 위한 바가지 모양만이 허락될 뿐이었다. 어릴 때 내 모습의 영향인지 지금도 나는 머리가 길다.

늘 바가지머리 모양에 내 몸보다 큰 옷을 입었다. 돌이켜보면 참 웃기지만 슬픈 나의 모습이다. 새 옷이라도 몇 년은 입어야 한다는 엄마의 생각 때문에 옷은 늘 내 몸보다 컸다. 커도 새 옷이면 기분이 좋았다. 하지만 내가 입었던 옷들 대부분은 언니가 입다 넘겨준 낡은 옷들이었다. 아직도 궁금하다. 부모님은 유독 왜 나에게 그렇게 인색하셨는지… 물어보기도 하였다. 하지만 늘 돌아오는 대답은 '그런 적 없다'이셨다. 4남매 덜 아프고 더 아픈 손가락 없이 똑같이 키우셨다고 우기신다. 그럴 땐 할 말이 없다. 하지만 부모에게 자식은 열 손가락 깨물어 더 아픈 손가락과 덜 아픈 손가락이 분명히 있다. 부모님에게 나는 더 아픈 손가락이었을까? 덜 아픈 손가락이었을까?

오빠나 남동생은 아들이라 그런지 늘 자신들만의 새 옷을 입었다. 그건 언니도 마찬가지였다. 나만 늘 입었던 옷을 물려 입었다. 언니는 머리도 늘 길어 모양을 내고 싶은 대로 요구했다. 어린 내 눈에 언니는 늘 예쁘고 당당했다. 반면 나는 늘 주눅이 들어 있었다. 지금 생각해보면 뭘 그런 걸 가지고 주눅이 들어, 할 수도 있겠지만 어린 나에게는 생각조차 하고 싶지 않은 아픔이다. 어렸을 때 부모에게 별다른 관심을 받지 못해서 그런지 대수롭지 않은 상대의 반응에도 너무나 큰 상처를 받았다. 이 주눅에서 벗어나는 데 40년도 넘는 시간이 걸렸다.

나는 누구보다 부모님의 사랑과 관심을 원했다. 부모님에게 사랑받기 위해 나의 마음을 속여가면서까지 부모님이 원하는 대로 하였다. 하기 싫은 것도 해야 했고, 하고 싶은 것은 참았다. 그때는 그것이 최선인 줄 알았다. 자라는 동안 〈응답하라 1988〉에서 덕선이가 울부짖으며 호소했던 그런 모습은 한 번 보이질 못했나. 그저 마음 깊숙이 나의 마음을 숨겼다. 눌러두기 바빴다. TV 속의 덕선이를 보며 '난 왜 저러지 못했을까' 하는 자책이 올라왔다.

한 마디로 '난 참 바보처럼 살았다!'

집에서는 양보가 일상이었다. 갖고 싶은 것이 있어도 '갖고 싶다'라는 말을 할 수가 없었다. 아니 '말을 해도 소용없다'라는 것을 너무 어린 나이 때부터 알게 되었다. 설움이 복받치면 말은 하지 못하고 울었다.

가족들은 내가 왜 우는지를 몰랐다. 그저 나를 '울보', '짬보'라 놀렸다. 그러면서 '자꾸 울면 영도다리 밑에 데려다 버린다', '자꾸 울면 영도다리 밑에 엄마에게 보내 버린다'라는 말을 자주 들었다. 지금 생각하면 너무나 어처구니없는 말이지만, 그 말은 어린 나에게 공포 그 자체였다. 영도다리가 너무 미웠다.

어린 내가 할 수 있었던 건 양보하고, 참고, 그러다 그 참음이 도저히 버거우면 혼자 이불 뒤집어쓰고 우는 것이었다. 어느 날부터인가 이불을 뒤집어쓰고 울다 '진짜 엄마'가 짠하고 나를 구하러 올 것이라는 기대를 하기 시작했다. 오지도 않는 '진짜 엄마'를 기다리고 또 기다렸다. 어리석은 기다림이었지만, 그 기다림이 나를 지탱해주는 힘이 되기도 하였다.

왜 나는 타인이 기준인 삶을 살았을까? 내가 그들이 될 수 없고, 그들이 내가 될 수 없는데…. 그들은 그들이고 나는 나인데…. 가족을 비롯한 다른 사람을 위해 양보하고 참는 것은 나를 위해 도움이 되지 않았다. 그저 속을 태우며 다른 사람들이 나를 알아주기를 기다렸으나 번번이 그 기대는 어긋났다. 그런데도 덕선이가 외쳤던 것과 같이 나의 마음을 한 번도 속 시원히 외쳐보지 못했다. 어린 시절 속마음을 한 번도 제대로 속 시원히 표현해보지 못한 어리석은 나의 모습이 안쓰럽고 안타깝다.

공부해야지! 무슨 소리야?

난 어릴 때부터 하고 싶은 것이 많은 아이였다. 노래도 하고 싶고, 피아노도 하고 싶고, 발레도 하고 싶고, 그림도 그리고 싶고… 그리고 무엇을 하던 '잘한다'는 소리를 들으니 그게 더 좋았다. 초등학교 5학년 이전까지는 그래도 이것저것 할 수 있는 기회가 있었다.

여섯 살 때쯤 노란 병아리색 원피스를 입고 무대에서 노래한 기억이 아직도 생생하다. 방송국 합창단원으로도 참여하고, 피아노도 열심히 배웠다. 땡까땡까 피아노를 치며 노래를 부를 때가 행복한 시간이었다.

거의 50년이 넘은 시간이지만 그때 나에게 피아노를 가르쳐 주셨던 선생님의 따뜻했던 분위기가 느껴진다. 피아노를 다 치고 나면 바로 집에 가고 싶어 하지 않았다. 그러면 선생님은 나보다 두 살 위였던 선생님 딸에게 함께 놀아주라고 하셨다. 지금도 생각나는 '호정이 언니'가 나와 놀아주었다. 초등학교 3학년이 되고 이사를 하면서 살던 동네를 떠나기 전까지 피아노 선생님 댁은 집에서는 느낄 수 없었던 나의 따뜻한 보금자리였다. 그 이후 이사 간 동네에서도 피아노 학원을 다녔다.

그런데 초등학교 5학년이 되고, 나의 두 번째 전학이 이루어진 뒤 내가 하고 싶은 것들은 모두 뒷전으로 밀려났다. 이젠 공부에 집중해야 한다는 부모님의 판단하에 내가 좋아하는 것들은 하나둘 나와 이별을 하여야 했다. 그나마 TV에 한 번씩 나오는 방송국 합창단원은 6학년이 끝날 때까지 하였다.

중학교를 가고 난 뒤 공부 외에 허락되는 것은 없었다. 하고 싶은 것은 오로지 학교에서 다 해결을 해야 했다. 난 유난히 미술 시간이 재미있었다. 그래서 특별활동 시간도 미술반으로 신청하였다. 아마 미술 선생님이 나에게 친절하게 대해주신다고 느꼈던 것 같다. 선생님 댁에 초대를 받아서 놀러 간 기억도 난다. 선생님의 어머니께서 차려주신 맛있었던 저녁 밥상도 생각난다. 그날은 많이 늦어 집에 도착하자마자 엄마에게 혼이 났다. 하지만 혼나는 것이 아무것도 아닐 만큼 미술 선생님 댁에서 보낸 시간은 즐겁고 행복했다. 미혼이셨던 선생님은 미술반 아이들과 참 잘 지내셨다. 마치 언니 같고, 친구 같았다.

나는 특히 디자인 그리기를 좋아했다. 나만의 독특한 모양을 스케치하고 빈 공간에 색을 채워가는 작업에 신이 났다. 옅은 색에서부터 점점 짙어지는 색감으로 옮겨가는 그 작업을 좋아했다. 포스터물감을 더해 갈수록 짙게 변해가는 그 색의 변화가 신기하고 설레였다.

어느 날, 미술 선생님께서 "은유야, 디자인으로 미술 대회에 한 번 나가보지 않을래?"라고 물어 오셨다.

"미술 대회요? 제가 할 수 있을까요?"

"충분히 할 수 있지! 등수에 욕심부리지 말고 참여해보는 것은 어때?"

"꼭 상을 받아야 하는 것만 아니면 한번 해보고 싶어요!"

중학생이 되고도 겉으로 보이는 나는 늘 당당하고

자신감이 있어 보였지만 나의 마음속은 '못하면 어떡하지?', '실수하면 어떡하지?'라는 생각들로 언제나 전전긍긍하였다.

하지만 미술 선생님이 권하시는 미술 대회는 참여하고 싶다는 생각이 일어났다. 상보다는 내가 하고 싶은 것을 할 수 있다는 설렘이 더 컸다. 대회 날 선생님과 같이 대회가 진행되는 곳으로 갔다. 그 장소가 어디였는지는 생각이 나질 않는다. 하지만 그날 선생님이 동행해주신 것은 또렷이 기억이 난다. 부모님은 미술 대회에 참석하는 것을 탐탁지 않게 생각하셨기 때문에 알아서 하라는 반응이셨다. 거기에는 미술 대회 참여에 어떠한 관여도 하지 않으시겠다는 뜻이 내포되어 있었다. 그래서 혼자 대회가 치러지는 장소에 가야만 했다. 그런데 미술 선생님이 나의 사정을 알고 동행을 해주신 것이다. 선생님과 함께 화구통을 들고 미술 대회장으로 향했던 발걸음을 떠올리는 지금도 내 가슴은 콩닥거린다. 이때의 콩닥거리던 설렘이 그리워서인지 나는 아직도 그림에 대한 미련을 버리지 못하고 있다. 나의 책상 주위에는 물감과 팔레트를 비롯해 색연필, 파스텔, 각종 크기의 스케치북들이 즐비하다. 그리고 잘 그리든 못 그리든 내 나이 60대 중반을 넘기면 조촐하게나마 전시회를 꿈꾸고 있다.

그 대회에서 나는 생각지도 않았던 상을 받았다. 은상으로 기억한다. 금상은 아니었지만, 금상 이상의 기쁨이었다. 물론 집에 와서 자랑하였지만, 그 순간뿐이었다.

다음 날 학교에서 미술 선생님이 나에게 뜻밖의 제안을 하셨다.

"은유야, 미술을 취미로 말고 전공을 해볼 생각은 없니?"

미술과 전공이라는 두 단어의 조합이 나에겐 큰 충격으로 다가왔다.

'내가 그걸 해낼 수 있을까?' 하는 생각이 일었다.

나에겐 늘 무엇인가를 만나면 '잘 되겠지'라는 긍정보다 '안되면 어떡하지?', '내가 잘할 수 있을까?' 하는 부정을 먼저 떠올리는 습관이 자리 잡고 있었다.

그런데 해보고 싶었다. 무엇보다 선생님께서 직접 도와주시겠다고 하셨다.

그날 집으로 돌아오는 나의 발걸음은 하늘 위를 날아다니는 것만 같이 붕 떠 있었다. 집으로 돌아와 저녁이 되기만을 학수고대했다. 부모님께 말씀드리고 내일부터 본격적으로 그림을 그릴 수 있다는 기쁨에 웃음이 절로 났다.

"엄마, 아빠! 나 미술 전공하고 싶어요."

"미술 선생님께서 저보고 소질이 있다고 미술 전공을 해보자고 하셨어요. 선생님이 도와주신대요."

나의 말이 끝나기가 무섭게 부모님은 이렇게 대답하셨다.

"미술은 무슨 미술? 공부해야지! 무슨 소리야?"

혹시나 했지만 역시나 부모님의 반응은 차가웠다. 그래도 그대로 물러날 수 없기에 그날부터 고집을 피웠다. 뒤늦게 안 일이지만 나를 두고 말이 안 통한다 생각하신 부모님은 미술 선생님을 직접 찾아가셨다고 한다. 그리고 선생님께 미술 전공 시킬 생각 없으니 두번 다시 이야기 꺼내지 말 것을 약속받으셨다고 한다. 그 이후 나는 특별활동으로 하던 미술반도 그만두게

되었다. 그리고 부모님이 대신해 주지도 않을 공부로
지루한 나의 하루하루가 지나갔다.

꿈을 날려버린 눈치작전

'내 이름이 없다. 어쩌지…'

대학 합격자 발표 명단에 내 이름이 보이지 않는다. 합격에 대해서 단 1%도 의심해보지 않았다. 그런데 눈을 씻고 찾아도 내 이름을 찾을 수가 없다. 머릿속이 하얘지며 텅 비는 것 같다.

'어쩌지…'

그야말로 낙방의 쓰디쓴 경험이었다. 할 수만 있다면 나를 아는 모든 사람이 볼 수 없는 곳으로 사라지고 싶었다. 하지만 나에겐 그럴 용기가 없었다. 내가 할 수 있는 것은 재수 학원 등록이었다. 고3을 한 번 더 한다는 사실이 끔찍했지만 다른 선택지가 없었다. 1년 더 공부하여 내가 꿈꿔왔던 약대 진학을 꼭 하고 싶었다. 그렇게 나는 1년 더 공부할 각오를 하고 재수생의 생활을 준비하고 있었다.

그러던 어느 날 서울에 있는 언니에게서 전화가 왔다.

"축하해, 대학 합격했어. 재수 안 해도 돼!"

아닌 밤중에 홍두깨도 유분수지 대뜸 축하한다는 말을 건넨다. 무슨 일인지 어리둥절하였다. 자초지종을 알고 보니 내가 그렇게 하지 말라고 했던 일이 나도 모르는 사이 벌어졌다. 내가 대학을 가던 시절에는 전기에 떨어지면 후기 전형으로 대학을 진학할 수 있었다. 그래서 부모님은 서울에 있는 오빠와 언니를 대동하고 나의 후기 대학 합격 작전에 돌입한 것이다.

'우리 집 사전에 딸에게 재수란 없다!'라는 특명이 오빠와 언니에게 전해졌다. 그 상황에서 나의 의견 따윈 아무 소용이 없었다.

어느 대학, 어느 과에 나의 원서가 접수되는지도 모른 채 오빠와 언니의 손에 의해서 나의 운명이 결정되었다. 오빠와 언니는 재수는 절대 안 된다고 하는 부모님의 특명을 충실히 이행하고자 각자 손에 서류 봉투를 하나씩 들고 엄청난 눈치작전을 펼쳤다고 자랑스럽게 이야기하였다. 자신들의 손에 의해서 결정되는 그 과가 무엇을 공부하는 어떤 과라는 건 아무 문제가 되지 않았다. 중요한 것은 '어느 과에 줄이 가장 짧은가'였다. 줄이 짧아야 경쟁률이 낮고, 그래야 합격 가능성이 올라가기 때문이었다. 그래서 마지막 '줄 마감합니다'라는 이야기가 들릴 때까지 강당 맨 뒤편에서 두 눈을 부릅뜨고 서 있는 사람들의 숫자를 세어가며 눈치작전을 펼친 것이다. 그 눈치작전의 결과로 오빠와 언니는 의기양양하게 나의 후기 대학 합격 통지서를 받아 왔다.

한 마디로 '나의 꿈을 날려버린 눈치작전'이었다.

그 합격 통지서로 나는 갈림길에 서게 되었다. 등록해 둔 재수 학원을 그대로 다닐 것인지? 아니면 나의 꿈을 접고 오빠와 언니가 받아다 준 대학 합격 통지서를 들고 서울로 갈 것인지?
처음에는 별 고민거리가 되지 않는다고 생각했다. 왜냐하면 나에게는 이루고 싶은 꿈이 있었기 때문이다. 나의 꿈을 위해서 재수는 필수 코스였다. 그런데 부모님이 나를 가만두질 않았다. 이런저런 감언이설로 나를 떠보았다. 그러다 "서울 가서 대학에 한 달만 다녀보고 그래도 아니면 재수를 시작하자." 이렇게 나에게 미끼를 던지셨다. 낚싯바늘에 달린 미끼를 보고 물고기가 낚이듯, 나는 그 미끼에 낚였다. 그래서 원하지 않는 대학에서 나의 20대가 시작되었다. 서울에 가면 눈뜨고 있어도 코를 베인다고 들었다. 나는 서울에 가기도 전에 눈뜨고 내 코를 내어준 꼴이 되었다. 그것도 가족들에게!

태어나서 부산에서 쭉 자란 나에게 서울이라는 곳은 막연한 동경의 대상이었다. 비록 내가 원하는 대학, 원하는 과는 아니지만, 서울에서 지낸다는 것 그 자체로 달콤했다. 그렇게 의도하지 않게 대학 생활이 시작되었다. 그러면서 한 편으로는 '한 달만 있다가 부산으로 내려가서 꼭 재수를 해야지' 하며 다짐 또 다짐하였다.

하지만 나의 다짐은 시간이 지날수록 약해져갔다. '물에 빠지면 지푸라기라도 잡는다'라는 말이 있듯이

비록 알지도 못했고, 원하지도 않은 대학에서의 생활
이었지만 대학에서 보내는 하루하루는 물속에 빠진 나
에겐 지푸라기와 같은 존재였다. 시간이 지날수록 서
울 생활에 점점 더 빠져들었다. 그 달콤한 맛을 이겨내
지 못하고 한 달 뒤 나는 재수보다는 대학을 계속 다니
는 것을 선택하였다. 이 선택으로 내가 10대 때 꿈꿨던
삶과는 전혀 다른 길이 나를 기다리고 있었다.

복병은 따로 있었다

　대학생이 된 나의 생활은 고등학생 때와 크게 다르지 않았다. 부산을 떠나 서울에 왔으니 자유도 기대했다. 그러나 나의 거처는 작은 외삼촌 댁으로 정해졌다. 자유가 주어진다고 해도 딴짓을 할 배포도 없는 나였지만, 그저 고등학교 4학년이 된 생활을 이어갔다. 대학 4년 동안 수업을 들어가지 않고 친구들과 놀러 간 적이 딱 한 번 있었던 것으로 기억한다. 그곳은 '월미도'였다. 수업을 빼먹은 여대생 6명이 월미도에 가서 할 수 있는 것은 많지 않았다. 바다가 보이는 카페에 앉아 수다를 떠는 것이 고작이었다. 그러고 보니 나도 참 놀 줄 몰랐지만 내 친구들도 그랬다. 그래서 유유상종이라고 하겠지. 그래도 80년대 민주화 운동 당시 친구들과 명동에 나가서 최루탄 가스도 마셔보고, 학교 앞 시위 대열에 합류해 목청도 높여보았다.

하지만 대학을 다니는 동안 마음 한구석에는 늘 '내가 왜 여기서 이러고 있어야 하지?' 하는 생각이 내 마음을 후벼팠다. 상처 난 마음에 장학금이라는 약을 발라가며 4년을 버텨냈다.

사범대학을 다녀서인지 졸업 후 진로에 대한 고민은 상대적으로 적었다. 다행히 졸업과 동시에 부산의 모 여고 선생님이 되었다. 고3 아이들과 불과 다섯 살 위의 선생님. 첫 등교 날 복도에서 아이들을 마주칠까 봐 복도를 나서는 것도 두려웠다. '웃어야 하나? 무서운 표정을 지어야 하나?' 속으로는 많은 생각이 교차하였지만, 포커페이스를 유지하며 태연한 척 아이들을 대했다. 본인들과 나이 차이가 얼마 나지 않는다는 것을 눈치챌까 봐 여러모로 조심하였다. 나의 나이는 국가 기밀이었다.

30년도 훨씬 더 된 시절의 학교이니 지금 학교의 풍경과는 아주 달랐다. 한 마디로 선생님 말씀이 곧 법인 시절이었다. 그때를 생각해보면 아이들에게 아이들을 사랑하고 걱정하는 마음을 있는 그대로 표현하지 못한 것이 가장 아쉽다. 아이들이 잘되기를 바라는 마음을 있는 그대로 전하지 못했다. 하지만 하루하루가 지나갈수록 아이들을 대하는 것이 편해졌고 선생으로서의 보람도 느껴졌다. 돌아갈 수만 있다면 돌아가고 싶은 곳이다.

하지만 '복병은 따로 있었다.'

"따르릉, 따르릉."

5시만 되면 알람 소리가 시끄럽게 울렸다. 지각하지 않고 8시 전에 학교에 도착하려면 집에서 5시 30분에는 나서야 했다. 집에서 학교 가는 데 걸리는 시간이 2시간은 족히 걸렸다. '비가 오나 눈이 오나 바람이 부나'라는 노래 가사도 있듯이, 비가 오나 바람이 부나 어김없이 새벽에 집을 나섰다. 그러면 하늘의 별이 늘 나를 가장 먼저 반겨주었다. '오늘도 나왔네. 반가워!' 별에 아침 인사를 한다. 그리고 친구 삼아 별과 이야기를 나누며 학교에 갔다.

지금이야 부산 도로의 교통 사정이 좋아져서 30분 내외로 갈 수 있는 거리이지만, 1989년 당시 부산의 도로 사정은 좋지 못했다. 아니 교통지옥이었다. 특히 학교에 가려면 꼭 거쳐야 했던 '만덕터널'은 그야말로 '지옥 터널'이었다. 버스는 또 왜 그리 복잡한지.

'도대체 부산 시장은 뭘 하는 거야?'

'언제 이 교통지옥 해결할 거야?'

'본인은 이런 만원버스 타고, 이런 교통지옥 지나가 보기는 했을까?'

그 당시 부산 시장이 누구였는지 지금은 기억도 안 나지만 출퇴근을 할 때마다 마음속으로 엄청 욕을 했다. 그때 부산 시장님은 아마 매일 아침 저녁으로 귀가 엄청 가려웠을 것 같다. 학교가 산꼭대기에 있어 버스에서 내려 매일 등반에 가까운 길을 걸어야 했다. 도롯기를 지나 주택가를 지나면 본격적으로 산길이 나를 반겼다. 1분 1초가 아까운 아침 출근 시간, 둘러 가면 시간이 아까우니 가파른 산길로 걸어가는 날이 더 많았다. 비가 오는 날이면 신발에 온통 진흙이 달라붙어 발걸음을 더 무겁게 하였다. 이렇게 아침 출근길 전쟁을 치르면서도 늘 나의 머릿속에는 곧 만날 학생들 생각으로 가득했다.

나이 차이가 얼마 나지 않는 학생들을 대하는 것은

시간이 갈수록 적응이 되었다. 아니, 수월하고 편해졌다. 많은 업무량도 잘 해결했다. 하지만 학교를 오가는 출퇴근길의 전쟁은 결혼하기 전까지 계속되었다. 특히 출근길 전쟁은 교통 체증으로 지각할까 늘 가슴을 졸이게 했고, 나의 몸을 물먹은 솜처럼 무겁고 힘들게 했다. 그래도 교사로 근무하는 동안 지각은 거의 해본 적이 없다. 지금도 어딜 가나 30분 전 도착이 나만의 약속이듯이 20대 때의 나도 그러했었다.

그렇게 새벽 별 보고 학교에 가면, 저녁 하늘 달 보며 집으로 돌아왔다. 새벽 별에 하루의 시작 인사와 다짐을 이야기했다면, 저녁 달에는 그날 있었던 일들을 이야기했다.

"모의고사가 코앞인데 수업 시간에 졸고 있는 아이들을 어쩌지?"

"공부엔 집중 안 하고, 있지도 않는 첫사랑 이야기에 매달리는데 어떡하면 좋을까?"

"복도에서 100m 달리기를 그만두게 하는 방법은 없을까?"

"무엇에든 의욕이 없는 아이들이 안쓰러운데…"

"아이들 조용히 시키느라 목이 너무 아프다!"

아이가 엄마에게 자신의 힘든 하루를 조잘거리듯, 나는 달에게 말 안 듣는 아이들을 이르고 넘쳐나는 일에 대해 푸념을 하기도 하였다. 그렇게 새벽 별과 저녁 달과 함께 선생으로서의 나의 모습은 조금씩 더 단단해져 갔다.

꾀꼬리 목소리가 집을 나갔다

"어떡해, 벌써 시간 다 됐어?"

교실을 들어서자 아이들이 후다닥 자리를 잡는다.

"자, 시험지 뒤로 돌리자!"

고3 아이들의 모의고사 시험날이 여지없이 다가왔다.

"시간 조절 잘하면서 최선을 다해보자!"

"어려워요!", "모르겠어요!", "힘들어요!" 등 다양한 아우성이 여기저기서 들린다.

"열심히 준비한 자신을 믿어보자!"

아이들은 이내 조용히 시험지로 집중을 한다.

어느 아이는 똘망똘망한 눈을 돌려가며 생각을 쥐어짜 내기도 한다. 어느 아이는 연신 한숨을 내쉬기도 한다.

시험 치는 날에는 아이들이 힘들지만, 시험 치기 전

날까지는 선생님들도 아이들만큼 힘든 시간을 보낸다. 나는 특히 선생이 된 첫해부터 고3 아이들을 맡았기에, 갓 입대한 이등병이 최전선을 홀로 지키는 마음과 같지 않았을까 싶다. 경험이 없는 새내기 선생으로서 나의 가장 큰 무기는 아이들을 향한 열정과 그 열정을 토해낼 수 있는 목소리였다. 열정과 목소리만큼은 둘째가라면 서러울 정도로 자신 있었다.

고3 아이들의 모의고사는 매달 실시되었다. 그러니 매달 시험 준비를 해야 했다. 특히 모의고사를 열흘 정도 앞두고는 기출문제를 많이 풀게 해야 했다. 요즘은 정말 맞지 않는 공부 방법이지만, 그 당시만 해도 사지선다 객관식 시험으로 아이들이 공부하지 않으면 기계적으로 머릿속에 입력이라도 되기를 바라는 심정으로 기출문제를 반복해서 풀게 했다. 여기저기서 기출 문제를 찾고 모으는 것도 일이었다. 공강 시간은 말할 것도 없고, 주말까지도 기출 문제를 찾고 모았다. 지금이야 컴퓨터로 모든 것을 작업하지만, 그 당시는 모든 것이 수작업이었다. 풀과 가위는 나의 소중한 동료였다. 기출 문제 자료를 찾고, 그것을 복사하고, 그중에 중요한 문제들을 가위로 자르고 풀로 붙이기를 수없이 반복했다. 지금 생각하면 참 어처구니없는 과정 같지만, 정말 열심히 자르고 붙이기를 반복했다.

그렇게 기출 문제지가 준비되고 나면 본격적으로 아이들에게 그 내용을 전달하기 위한 전쟁이 시작되었다.

"자, 1번. 이 문제의 핵심이 뭐지?"

"졸지 말고 문제 잘 봐!"

이렇게 문제를 풀어갈수록 모의고사 시험 날짜가 다가올수록 새내기 선생이었던 나의 목소리는 점점 더 커져만 갔다. 나른한 오후 수업 시간이기라도 하면 나의 목소리는 더 커졌다. 혹시라도 아이들이 졸아 한 문제라도 놓칠까 봐 목소리를 키워 아이들을 깨웠다. 졸고 있는 아이 옆에 가서 큰 소리로 문제를 읽으면 "아이, 깜짝이야!" 하며 눈을 뜨는 아이도 있었다. 하지만 아이의 눈꺼풀은 너무나 무거워 잘 떠지질 않았다. 그러면 나의 목소리는 더 커졌다.

그래도 목청 하나만큼은 자신이 있었다. 그러다 보니 내 목청을 너무 과신했나 보다. 한 달, 두 달 시간이 지날수록 목이 아파왔다. 하지만 별일 아닐 것이라 여겼다. 그런데 증세가 더 심해져 목에서 쉰소리가 나면서 목소리가 점점 나오질 않았다.

한 마디로 '꾀꼬리 목소리가 집을 나갔다.'

"어쩌다 목이 이렇게까지 되셨어요?"

"무슨 일 하세요? 혹시 가수 지망생이신가요?"

병원을 갔더니 의사 선생님이 가수 지망생이냐고 물었다.

"아닙니다. 학교 교사인데요!"

"아니, 학교 선생님이 목이 이렇게까지 되도록 목을 사용할 일이 있나요?"

"목이 많이 안 좋은가요?"

"네, 성대에 결절이 생겨 당분간 말씀을 하시면 안 됩니다."

"저도 안 되는데요…. 아이들 시험 준비시켜야 해서 목을 안 쓸 수가 없어요…"

"계속 그렇게 하시면 목소리 잃을 수도 있습니다!"

'목소리를 잃는다고? 설마?' 하며 병원을 나섰다. 그리고 안 나오는 목소리를 젖 먹던 힘을 다해 짜내었다.

그렇게 목을 혹사하며 지내다 보니 한 달의 반 정도는 목소리가 그냥은 나오지 않았다. 그러면 그야말로 쥐어짜 냈다. 그렇게 꾀꼬리 같던 내 목소리는 어디서 길을 헤매는지 돌아오지 않았다. 지금도 길 잃은 꾀꼬리 목소리를 찾고 있다.

제가 그만두겠습니다

인생을 살다 보면 누구나 선택의 갈림길을 만나게 된다. 물론 선택의 경중은 있다. 하지만 자기 손톱 밑의 가시가 제일 아프듯이 자신 앞에 놓인 선택의 갈림길이 가장 큰 고민거리이다.

하루하루가 괴로움의 연속이다. 배 속의 아이도 힘들 것 같다.

'어떤 선택을 하는 것이 올바른 선택일까?'

삶의 매 순간이 선택의 순간이라고 하지만 지금의 선택만큼 나를 고통스럽게 하는 선택의 순간은 없었다.

'나를 통해 이 세상에 온 딸과 또 이 세상에 오게 될 아이를 어떻게 해야 하나?'

"어미야! 할 말이 있다."

"네, 어머니! 무슨 일 있으세요?"

둘째 아이의 출산을 세 달 정도 남기고 어머니가 할 말이 있다 하신다. 분위기가 심상찮다. 불길한 예감은 언제나 백발백중이다.

"내가 이제 더는 애를 못 봐주겠다!"

그야말로 청천벽력과 같은 어머니의 통보였다.

고등학교 교사의 신분으로 남편을 만났고, 교사로서의 나의 삶은 계속되리라 생각했다. 한 번도 교사를 관두게 될 것이라고는 생각하지 못했다. 뭘 믿고 그렇게 생각했는지 모르겠지만 그랬다. 그런데 결혼과 동시에 하게 된 임신. 그렇게 열 달이 지나고 첫째 딸이 우리에게 왔다.

시어머니와 한집에 같이 살았던 나는 손녀를 키워주시겠다는 시어머니의 도움으로 학교를 계속 나갈 수 있었다. 물론 일과 가정에서의 두 가지 역할을 하다 보니 힘들고 지칠 때도 있었다. 하지만 교사로서 학교를 계속 나갈 수 있다는 그 자체만으로도 나에게 오는 힘든 것은 견딜 수 있었다. 무엇보다 딸을 마음껏 안을 수 없다는 슬픔이 컸지만 '다 좋을 수 없다'라고 생각하고 그마저도 견뎌냈다.

물론 아이를 시어머니에게 맡기고 학교를 계속 나가다 보니, 시댁의 다른 형제들로부터 받은 스트레스 또한 만만찮았다. 그들과 시어머니에게서 오는 스트레스는 한 해 한 해 갈수록 심해졌다. 하지만 나 스스로 이겨내야 하는 몫이라 생각했다. 왜 그때 남편에게 나의 힘든 상황을 속 시원히 말하지 못했는지 돌아보면 나 자신이 너무나 바보 같다.

학교를 퇴근하고 집으로 향하는 나의 발걸음은 언제나 무거웠다. 아파트 초입에서 집이 보이면 알 수 없는 압박감과 함께 발걸음은 더 무거워졌다. 집에 들어서면 시어머니의 눈치가 보여 누워 있는 딸도 제대로 안아보지 못하고 부엌에 들어가기 바빴다. 눈치 아닌 눈칫밥을 먹고 나면, 아이 기저귀와 밀린 빨래 등 집안일이 나를 기다리고 있었다. 그렇게 베란다에서 빨래하고 있으면 옆 동에 사는 시동생과 동서가 어머니와 딸을 보러 왔다. 시동생과 동서가 나의 딸을 나보다 더 마음대로 편하게 안을 수 있었다. 그 당시는 다시 생각해보아도 너무 뼈아픈 시간이다. 마치 홍길동이 아버지를 아버지라 부르지 못하는 심정이랄까. 내 딸을 두고도 엄마인 내가 마음껏 편히 안아보지 못하는 현실 앞에서 나는 마음으로 매일 울어야 했다.

그렇게 눈치와 설움으로 가득 찬 시간을 보내며 지내던 어느 날 둘째가 찾아왔다. 둘째를 낳으면 나에게 어떤 상황이 벌어질지는 생각조차 못하고 반가운 마음이 앞섰다. 첫째 때는 입덧이 심해 임신 기간 내내 힘들었는데, 둘째는 입덧도 심하지 않고 견딜 만했다. 첫째 때와는 달리 태동은 심했다. 학교 수업 시간 중에 태동이 느껴져 수업을 듣던 아이들이 신기해하기도 하였다. 그렇게 또 다른 행복을 경험하며 시간이 흘러갔다.

그러던 어느 날 시어머니로부터 청천벽력과 같은 이야기를 듣게 된 것이다. 이런 경우를 '아닌 밤중에 홍두깨'라고 하나? 정말이지, 엄청나게 무시무시한 홍두깨로 뒤통수를 제대로 맞았다. 옆에서 다른 형제들이 어머니에게 뭐라고 이야기하는 것은 알았지만 이런 결론을 내리시리라고는 상상을 못 하였다. 그러다 보니 그 충격은 뭐라 표현할 길이 없었다. 안 그래도 첫째를 맡기고 학교를 나가는 며느리인지라 늘 눈치 보고, 힘든 하루하루를 보내고 있었는데….

그날부터 나의 생활은 혼란의 연속이었다. 이 문제를 어떻게 풀어야 할지 도저히 갈피를 잡을 수가 없었다. 어디 말해볼 곳도 마땅치 않았다. 시어머니가 못 봐주시겠다고 하는데 아이들을 친정에 맡기거나 다른 사람에게 맡기면 대놓고 시어머니께 반기를 드는 모습으로 비칠까 봐 그마저도 시도조차 해보지 않았다. 그리고 남편에게 이야기해봐야 별 뾰족한 수가 없다고 생각하고 남편과도 방법을 찾지 않았다. 지금 생각하면 너무나도 어리석었다. 그래서 몇 날 며칠을 고민하고, 앓고, 이픈 시간을 반복하다 결론을 내렸다. 내가 학교를 그만두기로.

그리고 "제가 그만두겠습니다"라는 말을 내뱉었다.

이러한 결론을 내리는 데 가장 고려되지 못한 것은 나였다. 학교를 그만두고 나에게 다가올 상황에 대해서는 고려하지 못했다. 아니, 못한 것이 아니라 안 했다. 그냥 나에 대한 직무유기를 한 셈이다. 무엇보다

이 선택이 내 삶에 얼마나 큰 영향을 미칠지에 대해 살
피지 않았다. 그저 시어머니의 입장, 남편의 입장, 아이
들의 입장, 그리고 옆에서 나를 못마땅해하는 시댁 가
족들의 입장들만 보았다. 그리고 내린 결론이 내가 학
교를 그만두는 것이었다. 그렇게 둘째가 태어남과 동
시에 내가 너무나 소중히 여겼던 교사라는 길은 내 삶
에서 사라졌다.

착한 여자? 나쁜 여자? 어리석은 나!

도서관에서 책을 고르던 중 나의 눈길을 사로잡은 표지가 보였다. '착한 여자는 하늘나라로 가지만 나쁜 여자는 어디로든 간다'라는 부제가 있는『나쁜 여자가 성공한다』(우테 에어하트르 지음, 홍미정 옮김, 도서출판 글담, 2004)라는 책이었다. '성공, 경쟁, 이긴다'와 같은 단어를 그리 좋아하지 않았지만, 그 책의 제목을 보는 순간 지은이가 나를 향해 정신 차리라고 외치는 것 같았다.

책 내용 가운데, 몸도 제대로 돌보지 않고, 불평이나 이의를 제기하지 않고, 주위 사람들로부터 애정을 잃을까 봐 두려워하고, 그렇지만 표현되지 않는 공격성은 내부로 잠입하고, 그렇게 쌓인 불만과 고뇌가 자신도 모르게 다른 상황에서 언젠가는 어떠한 방식으로든

표출된다는 부분이 특히 가슴을 후벼 팠다.

불평등을 당하거나 남에게 이용을 당해도, 푸대접을 받아도 침묵하고, 자신의 욕구와 상관없이 타인의 욕구에 맞춰주는 것에만 늘 허덕이며, 자신이 희망하는 삶이 무엇인지조차 잊어버리고, 남편 뒷바라지와 자녀 양육에, 또 어른들 봉양에 정작 그것이 자신이 원하는 것이지 아닌지조차 제대로 파악하지 못한 채 그저 열심히 굴러가기만 한다는 대목을 읽을 때는 눈물까지 났다.

도서관 귀퉁이 의자에 앉아 단숨에 한 권의 책을 읽어 내려갔다. 책장을 넘기며 읽어 내려가는 동안 30대 후반의 내 모습이 책장 위에 둥둥 떠다녔다. 지은이가 꼭 나를 들여다보고 책을 썼나 싶을 정도로 나의 모습이 겹쳐졌다. 무슨 일이 있어도 적절하게 잘 표현하지 못하고, 감정을 억압하기만 하며 침묵했다. 내가 무엇을 원하는지 제대로 파악하지도 못한 채 길 위에서 그저 열심히만 뛰었다. 그러는 동안 내 속은 곪을 대로 곪아 있었다. 물론 이 사실도 몰랐다.

하지만 돌이켜 보면 이러한 나의 모습은 30대 후반에 만들어진 모습이 아니다. 나는 어쩌면 태어나는 순간부터 애정을 받지 못할까 봐, 애정을 잃을까 봐 전전긍긍하는 삶을 산 것일지도 모른다. 성장기 주위 사람들로부터 사랑을 받지 못할까 봐 나의 마음을 있는 그대로 표현하지 못하였다. 그 표현을 오로지 눈물로 하다 보니 가족들로부터 '짬보', '울보'라는 놀림을 받았던 것이다. 어느 누구 하나 나의 마음을 알아주는 사람이 없었고, 나는 늘 외톨이 같았다. 결국 나의 내면은 남들이 알지 못하는 분노로 차기 시작했다. 그렇게 나의 마음은 어릴 때부터 병들어가고 있었다.

내 말을 들어주고, 내 말을 수긍해주는 남편을 만나면서 조금의 돌파구는 찾을 수 있었다. 하지만 그것도 나의 아픈 마음을 치유하기에는 턱없이 부족했다. 남편도 가장으로서, 한 집안의 장남으로서 부대낌이 많았다. 혼자 전전긍긍하다 보니 나의 마음속 분노는 나를 갉아먹었다. 내 삶의 에너지가 몽땅 뺏기는 기분이었다. 몸은 머리부터 발끝까지 안 아픈 곳이 없을 정도로 힘들었고, 무엇을 해도 신나는 일이 없었다. 그저 아무도 나를 건드리지만 않았으면 좋겠다, 라는 생각으로 어두컴컴한 굴을 파 놓고 그 속에서 헤매는 삶이 계속되었다.

서른아홉 살이 된 해에 유난히 몸이 좋지 않았다. 소위 말하는 '아홉수'라 그런가 하며 시간을 보내고 있었다. 그런데 도저히 더는 견딜 수가 없어 병원을 찾았다.

"몸이 이렇게 되도록 그냥 있었어요?"

의사의 질책 아닌 질책이 날아들었다.

함께 간 남편이 조심스럽게 물었다.

"많이 안 좋은가요? 선생님!"

"남편분도 혼나셔야겠네요. 이 정도로 안 좋으면 분명 표가 났을 텐데…"

"몸이 개운하지 못하면 동네 병원에 가서 주사 맞고, 약 먹고 그러면 괜찮아질 줄 알고 있었어요. 선생님, 병명이 무엇인가요?"

나는 '혹시 암이라도 걸린 건가?' 하며 잔뜩 겁을 먹었다.

그런데 의사 선생님이 내린 병명은 '화병'이었다. 말로만 있는 줄 알고 있었던 '화병'이 나의 병명이었다.

이 병명을 병원에서 진단하는 것이 신기하기도 하면서 '진짜 화병에 걸리는 사람이 있구나' 하는 생각도 들었다. 그런데 그 사람이 다름 아닌 '나'였다.

그러면서 내가 살아온 시간을 되돌아보았다. 한 사람의 아내로, 두 아이의 엄마로, 한 집안의 맏며느리로, 친정 부모 가까이 있는 유일한 자식으로 사랑받기 위해 몸부림치며 살아온 퍼즐 조각들이 맞춰졌다. 하지만 그 퍼즐들에 정작 나는 없었다. 내 몸이, 내 마음이 병들어 아우성을 치는데도 내가 나를 안 보는지도 알지 못했다. 이건 착한 여자여서도 아니고, 나쁜 여자가 아니여서도 아니다. 그저 나를 방치한 어리석은 내가 자초한 것이었다.

한 마디로 '나는 착한 여자도 나쁜 여자도 아닌 어리석은 나였다.'

다시 찾은 바다

'화병' 진단은 나에게 큰 충격으로 다가왔다. 40여 년 동안 내가 어떻게 살아왔는지를 잘 보여주는 병이었다. '난 왜 그리 어리석게 살았을까?' 하는 자책이 떠나질 않았다. '내가 누구인지? 내가 무엇을 원하는지? 내가 어떻게 살아야 하는지?' 등에 대한 고민이나 생각은 하지 못했다. 그저 목표가 어디인지 방향이 어디인지 모르는 채 길 위를 달리고 또 달리기만 했다. 그러다 더는 이대로 질주하면 안 된다고 내 몸과 마음이 나에게 경고를 했다. 경고를 받고 더는 질주를 할 수 없는 몸과 마음이 되었다. 무엇을 어떻게 해야 할지 몰라 더 수렁으로 빠져들었다.

중학생 때부터 마음이 불편하거나 답답하면 바다를 찾았다. 밀려오는 파도를 보고, 소리를 들으며 마음을 달랬다. 사춘기를 그리 심하게 겪은 것은 아니었다. 물론 그 이유 또한 나의 마음보단 부모님에게 맞추느라 사춘기를 사춘기답게 보내지 못했기 때문이다. 나의 사춘기는 40대가 되어서 본격적으로 찾아온 듯하다. 그것도 화병이라는 병과 함께. 그리고 바다를 다시 찾았다.

마흔 살이 되어 찾은 바다는 변함이 없었다. 하지만 내 마음에 다가오는 바다는 달랐다. '철썩철썩'거리는 파도 소리를 내며 나를 향해 무엇이든 말해보라고 속삭였다. 그래야 살 수 있다고 자꾸만 이야기했다. 그 당시 나의 곁에는 아무도 없다는 생각이 들었다. 아니 혼자였다. 나 자신이 나를 혼자의 굴레에 가두고 있었다. 그러니 답답한 속은 더 타들어 갔다. 타들어 가는 마음은 점점 문을 닫고 있었다. 그 문은 좀처럼 열리지 않았다. 잠긴 마음의 문을 열어야 내가 살 수 있는데 쉽게 열리지 않았다. 하지만 바다를 만나고, 파도 소리를 들으며 조금씩 천천히 숨을 쉬기 시작했다. 처음에는 이마저도 힘들었다. 하지만 점점 숨이 쉬어졌다. 마치 사춘기를 겪는 중학생이 하염없이 바닷가를 서성거리는 모습이었다.

'바다가 나를 위로해주는구나' 하는 생각도 들었다.

이어폰을 통해 흘러나오는 발라드 노래를 들으며 바다
와 자주 데이트를 하였다.

　　살아도 사는 게 아니래

　　너 없는 하늘에 창 없는 감옥 같아서

　　웃어도 웃는 게 아니래

　　초라해 보이고 우는 것 같아 보인데

　　사랑해도 말 못 했던 나

　　내색조차 할 수 없던 나

　　나 잠이 드는 순간조차 그리웠었지

　　살다가 살다가 살다가 너 힘들 때

　　그때 유독 SG워너비의 노래를 많이 들었다. 귀가 터
지다 못해 머리가 얼얼할 정도로 소리를 크게 하고 들
었다. 그러면 오히려 머리도 마음도 몸도 개운해지는
것 같았다. 그 습관은 아직도 나에게 남아 있다. 무언
가가 나를 불편하게 하면 지금도 소리를 크게 하고 이
어폰으로 흘러나오는 노래를 듣는다.

　　바닷가를 걸으며 바다에 이런저런 하소연도 했다.
풀리지 않는 고민이 있을 때는 바다를 하염없이 바라

보며 골똘히 생각했다. 그러면 어느 순간 바다가 해답을 말해주기라도 하는지 묘안이 떠올랐다. 지금도 풀리지 않는 숙제가 두 어깨를 무겁게 하면 바다를 걷는다. 그러면 숙제를 해결할 방법이 떠오른다.

즐겁고 신나는 일이 있을 때는 더 큰 소리로 노래를 들으며 바다에 들려주듯이 흥얼거리기도 했다. 그러다 바다를 바라볼 수 있는 카페 창가에서 책을 읽으면서 커피 향과 기분에 취해보기도 하였다. 바다는 그렇게 소중한 나의 친구가 되었다. 바다라는 소중한 친구의 위로 덕분에 나는 몸과 마음을 점점 회복할 수 있었다.

지금도 아침에 눈을 뜨면 가장 먼저 바다가 눈에 들어온다. 멀리 있는 수평선을 바라보면 나와 바다는 '간밤에 잘 잤느냐'며, '오늘 하루도 힘내자!'며 서로에게 말을 건넨다. 나는 마음의 소리로, 바다는 햇살에 반짝이는 파도의 소리로.

2장

가야만 하는 길을 만나다

나를 알지 못해 흔들리며 방황하던 길을 뒤로하고 가야만 하는 새로운 길을 만났다. 그 길에서 나의 양쪽 날개를 다시 폈다. 그리고 그 길 위에서 새로운 인연들도 만났다. 많은 인연 중 존재의 소중함을 일깨워 주고 나를 바라보게 해준 풀꽃도 만났다.

양쪽 날개를 다시 펴다

"선생님! 안녕하세요?"

드디어 오후의 시작을 알리는 아이들의 목소리가 집 안에 울려 퍼진다.

"어서 와! 많이 덥지?"

"네, 너무 더워요. 시원한 음료수 좀 주세요!"

아이들의 덥다는 푸념도, 저마다 음료수를 달라는 목소리도 반갑게 들린다.

교직 생활을 그만두고 두 아이의 엄마로서 아이들 양육에만 전념하던 중 '독서지도사'라는 새로운 세상을 만나게 되었다. 처음에는 일도 하면서 책을 읽을 수 있다니, 이 얼마나 금상첨화인가 하는 가벼운 마음으로 받아들였다. 그리고 무엇보다 집에서 할 수 있는 일이라 더 마음이 끌렸다. 독서지도사가 되기 위해 1년이란 시간 동안 독서 지도와 관련된 공부도 하였다. 공부하면 할수록 내 안에 숨어 있던 일에 대한 욕망도 꿈틀거렸다.

아이들을 양육하며 '정은유'라는 내 이름 석 자는 없어지나 하는 생각이 들었다. 그래서 더 무기력하게 지낼 때도 많았다. 하지만 독서 지도라는 세상을 만나고 또 다른 세상에서 역할을 할 수 있다는 사실만으로도 힘이 났다. 게다가 내가 좋아하는 책을 읽고, 아이들과 이야기를 나누고, 서로의 생각을 공유하는 일이라니 너무 좋고 행복했다. 무엇보다 내가 다시 '선생님'이라는 호칭으로 불릴 수 있다는 사실이 기뻤다. 그만큼 내 마음에서 선생으로서의 내 모습을 떠나보내지 못하고 있었다.

독서지도사로서 처음 만났던 아이들은 첫째 딸의 친구들이었다. 남학생만 네 명이었다. 딸과 같은 학교에 다니는 친구들이니 이미 알고 있던 아이들이었다. 아이들의 엄마들도 다 아는 사이였다. 부담도 되었지만, 워낙 무엇이든지 적극적으로 잘하는 아이들이라 해보기로 마음먹었다. 그래서 아이들과 친구의 엄마가 아닌 독서 지도 선생님으로의 인연을 맺었다.

얼마 지나지 않아 "선생님! 한 팀 더 맡아주세요"라는 제안도 들어왔다. 한 팀을 시작으로 입소문을 타고 친구들이 늘어갔다. 하자고 하면 뭐든 눈에 불을 켜고 모이는 초등학교 1학년부터 슬슬 꾀를 부리는 5, 6학년까지 다양한 학년의 아이들을 만났다. 아이들이 다양한 만큼 다양한 생각과 표현을 만날 수 있었다. 학년이 낮을수록 아이들은 흰 도화지였다. 흰 도화지에 자신의 생각과 마음을 마음껏 표현했다. 어른인 나도 미처 생각하지 못한 이야기를 하는 친구들도 많았다. 아이들은 우리 어른들이 생각하는 것보다 훨씬 생각이 많고, 다양하다. 다만 그 생각을 고스란히 펼쳐 보일 기회가 없을 뿐이다. 생각을 말하기라도 하면 어른들의 생각으로 아이들의 생각을 덮어버린다. 그러면서 아이들에게 생각이 없고 표현을 못 한다고 말한다.

책 읽기가 습관이 안 되어 책 읽는 것 자체를 힘겨워하는 아이들도 있었다. 책 읽기를 힘들어하는 아이들과는 더 자주 소통을 하였다. 얼마나 읽었는지, 읽으면서 어떠했는지를 일주일 간격이 아니라 매일 소통을 하였다. 그렇다고 아이들과의 소통이 다 잘되었던 것은 아니다. 하지만 관심을 가지고 자주 하는 소통의 힘은 아이들에게도 통했다. 그 덕분에 학년이 올라갈수록 책과 친구가 된 아이들이 많아졌다. 그렇게 5년이란 시간 동안 아이들과 책과 함께 지냈다.

집에서 하는 일이긴 하였지만, 독서지도사의 삶은 또다시 일과 가정 양쪽을 다 살펴야 했다. 경력이 단절되는 경험을 한 번 해본 나로서는 양쪽 날개의 균형을 잡는 것이 중요했다. 교사로 지낼 때의 실수를 다시 범하지 않기 위해 조절하였다. 나의 딸과 아들도 초등학생이기에 엄마의 역할도 중요한 시기였다. 무엇보다도 내가 무엇을 얼마만큼 원하고 할 수 있는지를 파악해 그에 맞춰 조절해나가고 싶었다. 딸과 아들에게도 긍정적인 효과가 나타났다. 엄마가 일해도 집에 있다는 믿음이 무엇보다 아이들에게 크게 작용했다. 한편 불편한 것도 있었다. 집이 일터가 되다 보니 본의 아니게 시간이 겹치면, 남편이나 아이들이 꼼짝없이 방에 갇히기도 하였다. 하지만 불평하지 않고 도와주었다. 그 외의 도움이 필요할 때도 혼자 고민하지 않았다. 혼자서 모든 것을 짊어지고 해결하다 힘들어 포기하는 일은 다시 겪고 싶지 않았다. 남편과 아이들에게 도움을 요청했다.

그렇게 일과 가정이라는 양쪽 날개를 펴서 다시 날기 시작했다.

변하지 않는 아이, 변하지 않는 부모

독서지도사로 5년이란 시간을 보내는 중 처음에 만났던 초등학교 4학년 아이들이 6학년이 되었을 때의 일이 떠오른다. 워낙 의지가 있고, 뭐든 하려고 하는 아이들이라 중학교 공부를 대비해 학습에 대한 언급도 종종 하였다.

"오늘부터 집에 가서 스스로 계획을 세우고 실천해보는 거야!"

"네, 선생님. 일주일 동안 잘 실천해보고 올게요!"

아이들은 이렇게 약속을 하며 새끼손가락도 걸었다.

그런데 일주일이 지난 뒤 다시 만나러 올 때는 고개를 떨군 채 문을 들어섰다.

그리고는 풀 죽은 목소리로 억울하다는 듯 이야기를 쏟아냈다.

"약속을 지키려 했는데 엄마가 하라는 것이 너무 많

아 계획한 대로 할 수가 없었어요!"

"한번 약속을 지키지 않으니 하고 싶지가 않았어요!"

"학원 갔다 오면 계획한 대로 할 시간이 없어요. 잠자기 바빴어요!"

"깜빡했어요!"

약속을 지키지 못한 다양한 이유를 쏟아냈다.

그러면 다시 처음부터 해야 하는 것과 할 수 있는 것을 정리하며 손가락을 걸었다. 그러기를 몇 달, 약속과 그 약속을 지키지 못함이 반복되었다. 분명히 할 의지도 있고, 할 능력도 있는 아이들인데 왜 이렇게 실천이 안 될까를 두고 나의 고민이 거듭되었다. 고민을 거듭하던 중 무릎을 쳤다.

'변하지 않는 아이들 뒤에는 변하지 않는 부모들이 있었구나!'

아이들의 의지를 꺾는 것은 아이들보다 막강한 힘을 가진 부모들이었다. 의도하지 않았겠지만, 부모들이 아이들의 변화를 허락하지 않은 것이다. 눈앞의 학원이 급했고, 눈앞의 결과가 급했다. 그래서 아이들 스스로 자신들의 모습을 하나씩 변화시켜가고자 하는 것을 부모들은 기다려줄 여유가 없었다. 그러니 아이들은 다람쥐 쳇바퀴 돌듯이 똑같은 모습을 반복할 수밖에 없었다.

나의 고민은 더 깊어졌다.

'어떻게 해야 아이들이 스스로 자신의 모습을 변화시켜갈 수 있을까?'

그건 아이들과 손가락 걸고 약속을 한다고 되는 것은 아니었다. 무엇보다 부모들의 변화가 필요했다. 부모들이 아이들 스스로 자신의 모습을 변화시킬 수 있도록 기다려주고 도와주어야 했다. 하지만 눈앞의 결과가 급했던 부모들은 그럴 여유도, 마음도 없었다. 오히려 아이들의 변화에 걸림돌로 작용하고 있었다.

용기를 내어 독서 지도하는 아이들의 부모들에게 연락을 취했다. 그리고 만남의 자리를 마련했다.

"아이들이 중학교를 입학하기 전 중요한 시기입니다. 생활 면에서나 학습 면에서나 지금 스스로 하지 않으면 더 큰 갈등을 겪게 될 것입니다."

"그러면 어떻게 해야 하죠?"

"아이들이 스스로 해볼 수 있도록 시간적 여유와 기회를 주시면 좋겠습니다. 물론 그 와중에 약속한 바를 지키지 못할 수도 있어요. 하지만 한 번 약속을 지키지 못했다고 모든 것이 끝난 것이 아닙니다. 그러니 부모님들부터 마음의 여유를 가지고 아이들을 대해주시면 좋겠습니다."

이미 다 아는 사이의 부모들이었지만 최대한 예의를 갖추어 부탁하였다.

부모들도 나에게 최대한 예의를 갖추어 답을 주었다.

"네, 선생님. 쉽지는 않겠지만 오늘부터는 기다려보도록 하겠습니다."

"기다리다 힘드시면 저에게 연락을 주세요. 그러면 아이를 도울 방법을 함께 고민해보도록 하겠습니다."

이렇게 나의 부모교육은 아주 적은 인원으로 아주 작은 부분에서부터 시작되었다.

'내가 가야만 하는 길을 만났다. 그리고 묵묵히 가기로 했다.'

나도 모르는 사이

경북교육청과 새로이 인연을 맺을 때가 생각난다. 학부모지원센터의 부모교육 담당자가 부모교육을 부탁하면서 이것저것 관련 서류들을 요구하였다. 부모교육을 의뢰하는 쪽에서 늘 있던 일이라 큰 어려움 없이 준비된 서류를 보냈다. 그중에 지금까지 나의 이력이 정리된 프로필도 포함되었다. 메일로 서류를 보내고 한 30분쯤 지나 경북교육청 학부모지원센터의 담당자에게서 전화가 왔다. 보낸 서류 중 빠졌거나 잘못된 것이 있어 전화했나 하는 걱정에 얼른 전화를 받았다.

"네, 선생님. 덜 보낸 서류가 있나요?"

"아니요. 강사님. 서류를 보다 프로필을 보는데 무슨 자격증이 이렇게 많으세요? 너무 신기하고 존경스러워서 전화했습니다."

"아휴, 다행이네요. 잠깐이지만 걱정했어요. 아이들

과 관련된 일이기도 하고, 부모님들과 이야기를 나누다 보면 어떤 이야기가 나올지 모르니 공부를 많이 하게 되더라고요."

"끊임없이 배움의 시간을 갖는 강사님의 모습을 보니 참 대단하다 싶네요. 강의를 부탁하는 사람으로서 마음이 놓입니다. 앞으로 강의 잘 부탁드리겠습니다"라는 이야기를 끝으로 담당자와의 통화가 끝났다.

순간 나도 궁금해졌다. 과연 어떤 공부를 얼마나 했는지 교육청에 보낸 프로필을 새삼스럽게 꺼내 보았다. 정리된 자격증의 개수를 세어보니 나도 모르는 사이 30여 개가 되었다. 사범대학을 졸업한 연유로 최초에 취득한 교원자격증을 시작으로, 제2의 삶을 살게 해준 독서지도사, 그리고 그 후 부모교육 강사를 하기 위해 공부했던 여러 자격증.

숫자상으로 보면 1년에 한 개 이상의 자격증을 공부한 셈이다. 그러고 보니 가족들이 '아직도 할 공부가 있냐'는 질문을 할 때도 있었다. 그러면 언제나 나의 대답은 '해도 해도 끝이 없다'였다.

수많은 자격증 공부 중 특히 독서지도사 자격증 공

부할 때가 떠오른다. 독서지도사 공부를 하지 않았다면 부모교육 강사인 지금의 나도 없지 않았을까 싶다. 나의 아이들이 초등학교에 다니던 시기 보통의 초등학생들이 그러하듯 나의 아이들도 친구들과 그룹을 지어 독서 수업을 했다. 물론 독서 수업을 진행하는 독서지도사 선생님이 따로 계셨다. 그 선생님은 나이로는 나보다 몇 살 많으셨지만 아이는 비슷한 또래였다. 그렇게 일주일에 한 번씩 독서지도사 선생님과 학부모 사이로 인사를 나누며 지냈다.

그런데 어느 날 독서지도사 선생님이 나에게 "어머니, 독서지도사 공부 한번 해보지 않으시겠어요?"라고 물어 왔다.

"네?"

"제가 아이들 독서 수업을 오면서 어머니께서 독서지도사 공부를 해보시면 참 좋겠다는 생각을 많이 했어요. 책도 좋아하시는 것 같고 해서요."

물론 책 읽기를 좋아해서 책을 가까이하는 편이었지만 내가 독서 지도를 해보아야겠다는 생각은 한 번도 해보지 못했다. 아이들의 양육을 위해 교직을 관둔 이후 내가 새로운 직업을 갖는다는 것에 대해 생각해보지 않았다. 그런데 아이들 독서 지도 선생님에게 이 이야기를 듣는데 먹구름이 낀 하늘에 한 줄기 햇살이 내비치는 것 같았다.

'아, 나도 아이들을 키우면서 무엇인가를 할 수 있겠구나!'라는 생각이 들면서 독서지도사가 되는 과정이 궁금해졌다.

그렇게 내가 제2의 삶을 살 수 있게 하는 데 결정적 역할을 한 독서지도사 공부를 1년이라는 시간 동안 하고 독서지도사가 되었다.

그리고 또 한 가지 특별한 공부 과정이 떠오른다. '자기 주도 학습 코치!'

2007년경부터 우리나라에 자기 주도 학습의 열풍이 불었다. 평소 아이들의 공부는 아이들 스스로 해야 한다는 것이 나의 생각이었다. 그래서인지 '자기 주도'라는 말이 매우 매력적으로 다가왔다. 그리고 자기 주도 학습과 관련된 공부를 할 수 있는 기관을 찾기 시작하였다. 내가 사는 부산에는 마땅히 공부할 곳이 없었다. 마음에 드는 교육기관을 찾았는데 서울에 있었다. 역시 '서울민국이구나'라는 생각과 함께 고민이 깊어졌다. 이 공부를 하려면 일주일에 한 번씩 부산에서 서울을 오가야 했다. 하지만 나의 고민은 짧게 끝이 났다. 부산과 서울을 오가는 거리가 공부하고 싶다는 나의 마음을 이길 수는 없었다. 1년 동안의 교육비는 물론 서울에 있는 사람들은 부담하지 않아도 되는 교통비까지 경제적으로 부담이 컸지만 일단 해보기로 마음을 먹었다.

그렇게 2007년 하반기부터 2008년 하반기까지 꼬박 1년 동안 매주 부산과 서울을 오가며 자기 주도 학습과 관련된 공부를 하였다. 지금 생각해보아도 어떻게 공부를 마쳤나 싶다. 나 스스로 대견하다는 생각도 든다. 이후 배우고 싶고 알고 싶은 공부가 생기면 어떠한 것도 공부할 수 없는 이유가 되지 못했다. '일 년 동안 부산과 서울을 오가면서도 공부를 했는데 다른 어떤 이유가 이것을 이길 수 있을까' 하는 생각이 들었다.

지금까지 공부하고 취득한 자격증이 무려 40여 개에 달한다. 공부할 때는 몰랐다. 누구나 다 할 수 있는 과정을 하고 있다고 생각했다. 그리 대단하다고 생각

하지 않았다. 하지만 돌이켜 생각해보면 나를 칭찬할
수밖에 없는 나의 모습이다.

부모들을 만나 아이들에 관한 이야기를 나눈다는
것은 누구나 겪는 평범한 일이긴 하지만 조심스럽고
어려운 일이다. 아이들이 건강하게 잘 성장하여 한 어
른으로서 자신의 삶을 살아가게 하는 데 부모가 중심
을 잘 잡을 수 있도록 다가가야 한다. 그리고 부모도
아이가 성장하는 만큼 성장할 수 있도록 도와야 한다.
그러다 보니 해야 하는 공부가 차고 넘쳤다.

부모와 아이들을 만날 때 필요한 공부라는 생각이
들면 주저하지 않았다. 상담을 진행할 때 조금이라도
도움이 되기를 바라는 마음에 에니어그램 등과 같은
성격 심리 관련 공부도 여러 가지를 하였다. 타로와 점
성학도 공부하였다. 이렇게 나의 공부 영역은 확장 또
확장되었다. 그 덕분에 지금도 관련된 책들을 끊임없
이 읽으며 공부하고 있다.

'앞으로 나에게 남은 공부는 무엇일까?'에 대해서도
생각해보았다. 부모교육 강사로서 부모들과 아이들에
게 도움이 되는 공부도 계속해서 하겠지만, 앞으로 남

은 나의 삶을 위한 공부도 하고 싶다. 그중 가장 하고 싶은 공부는 '유화'이다. 유화는 단발머리 중학생 때부터 하고 싶었다. 하지만 부모님의 반대로 눈물을 머금고 접어야만 했다. 그 아쉬움 때문인지 그림에 대한 미련은 계속 남아 있다. 60이 되면 유화를 배우려 계획을 세워두고 있다. 그래서 내가 좋아하는 풍경들을 그려보고 싶다. 특히 내 삶에 큰 원동력이 된 풀꽃들을 꼭 그려보고 싶다. 자세히 오래 보면서.

포근한 엄마의 품속

'중이 제 머리를 못 깎는다더니, 도대체 이유가 뭘까?'

딸이 중학생이 되고 사춘기가 찾아오면서 나와 삐걱거리기 시작했다. 그래도 다른 부모들을 상대로 부모교육을 하는 나이기에, 나의 아이들이 사춘기가 오더라도 별 어려움 없이 지나갈 수 있을 줄 알았다. 하지만 현실은 그렇지 않았다.

딸과의 갈등을 최소화하고, 해결하기 위해 공부가 필요하다는 생각이 들었다. 도서관에서 책도 보며 이런저런 공부를 하던 중 2012년도에 '부산지역사회교육협의회'를 알게 되었다. 마침 그곳에서 진행하는 '부모교육 책임지도자' 과정이 있다는 소식을 들었다. 1년 과정이라 부담은 되었지만 바로 신청을 하고 과정을 시작하였다. 당시 나의 건강이 그리 좋은 상황이 아니어서 마무리를 지을 수 있을까 하는 염려도 있었다. 하지만 도전해보기로 마음을 단단히 먹었다.

지도자 과정을 시작했던 첫날이 아직도 생생하다. 15여 명의 지도자 과정 신청자들이 빙 둘러앉았다. 한창 아이와 갈등을 겪는 분도 있었지만, 대부분이 초등 자녀를 둔 분들이었다. 물론, 이미 자녀를 성장시킨 분도 계시긴 하였다. 그렇게 각기 다른 이유와 사연들을 가지고 우리는 '부산지역사회교육협의회'라는 한 배에 올라탔다.

지도자 과정은 그리 만만하지 않았다. 중간에 개인적인 이유로 그만두는 분들도 생겨났다. 하지만 나는 내가 미처 생각하지 못한 부분들도 발견할 수 있었고, 이 과정을 통해 딸을 바라보는 나의 시각도 알 수 있었다. 무엇보다 딸에게 어떻게 다가가야 하는지에 대한 방법을 하나둘 찾기 시작했다. 덕분에 사춘기 딸과의 관계에 물꼬가 트이기 시작했다. 지금까지도 딸과 좋은 관계로 지낼 수 있음에 가장 감사한다. 그리고 무엇보다 내가 알게 되고 찾은 방법들을 만나는 부모들에게 알려줄 수 있어 참 좋았다.

그러던 어느 날 협의회의 사무국장님이 급하게 나를 찾았다.

"선생님! 내일 학교로 학부모연수 가실 수 있으실까요?"

"네? 무슨 일이세요?"

크지도 않은 나의 눈이 크게 떠졌다.

"네, 원래 내일 학부모연수를 하시기로 한 강사님이 개인적인 사정이 생겨 못하시게 되었어요. 급하게 학부모연수를 할 수 있는 강사님을 찾아야 하는데 선생님이 하시면 어떨까 해서요!"

"시간이 너무 촉박한데 제가 준비해서 가능할까요?"

"지금도 부모님들과 부모교육을 하고 계시니 되지 않을까요? 단지 장소가 학교로 바뀐다고 생각하시면 될 것 같은데…. 예전에 교직에도 계셨으니 학교도 낯설지 않으실 테고요!"

'과연 가능할까?'

'혹시라도 실수하여 협의회에 폐를 끼치지는 않을까?'

'앞으로 나의 일에 지장이 생기지는 않을까?'

'이렇게 기회가 왔을 때 도전해보아야 하는 거 아닌가?'

순간 나는 머리를 360도 넘어 1080도 이상 뱅글뱅글 돌렸다. 할지 말지에 대한 답을 그 자리에서 드려야 하는 문제이기에 더 당황스러웠다. 하지만 내 마음 안에서 '해보자!'라는 소리가 들렸다.

"네, 국장님. 준비해서 한번 해볼게요!"

이렇게 부산지역사회교육협의회를 통해 학교에서 진행하는 학부모연수를 얼떨결에 시작하게 되었다.

평소 소규모 부모교육 때와는 달리 처음 학교에서 진행하는 학부모연수인지라 많이 떨렸다. 공간도 학교 강당으로 넓었고, 부모들의 숫자도 훨씬 많았다. 참석한 청중의 숫자에 압도당하는 기분이 들었다.

'정신 차리자. 잘할 수 있다. 침착하게!'

이후 학부모연수가 거듭될수록 그 떨림은 설렘으로 바뀌었다. 그리고 결국은 나의 사명으로 바뀌어 부모교육 강사인 지금의 내가 있게 된 것이다.

나와 인연을 맺고 있는 여러 단체가 있지만 '부산지

역사회교육협의회'는 나에게 있어 의미가 남다른 곳이다. 부모교육 강사로 내가 두 발을 당당히 디디고 활동할 수 있도록 해준 곳이다. 그 힘으로 나는 지금도 나와의 만남을 원하는 부모들이 있는 곳이라면 전국 어디라도 달려간다.

나에게 어려움이 있거나 고민이 생기면 달려갈 수 있는 곳이 '부산지역사회교육협의회'이다. 나에게는 '포근한 엄마의 품속'과 같은 곳이다.

풀꽃 강사입니다

어느 자리에 가든 나를 소개할 때 꼭 붙이는 닉네임이 있다. 다름 아닌 '풀꽃'이다. 그래서 강사인 나를 소개할 때는 '풀꽃 강사 정은유입니다'라고 한다. 거기에는 이유가 있다.

그때가 언제인지는 정확히 기억이 나지 않는다. 읽고 싶은 책을 사기 위해 서점 이곳저곳을 기웃거렸다. 그러다 어느 한 곳에 나의 시선이 머물렀다. 그리고 이내 나의 마음을 빼앗겼다. 『풀꽃 향기 한 줌』이라는 시집 속의 「풀꽃」시 한 편에 꽂혔다.

나태주 시인의 「풀꽃」이라는 시에 나는 나의 모든 것을 빼앗겼다. 단 세 줄이었다. 하지만 매우 강렬하게 다가왔다. 나를 아프게 때리기까지 했다. 그날부터 시 「풀꽃」은 나의 좌우명처럼 내 삶에 자리를 잡았다.

시간만 나면, 아니, 내가 생각이라는 것을 할 수 있을 때마다 「풀꽃」 시를 떠올렸다. 그러면서 시가 어떻게 탄생하게 되었는지 궁금하였다. 그래서 나태주 시인의 책들을 살펴보았다. 「풀꽃」 시가 어떻게 탄생하였는지를 나태주 시인의 산문집 『날마다 이 세상 첫날처럼』에서 발견하였다. 꼭꼭 숨겨 놓은 보물을 발견한 것처럼 희열이 느껴졌다.

아이들은 민들레, 제비꽃, 봄맞이, 밥보재, 큰골풀, 꽃마리, 고이시앙, 씀바귀 등의 풀꽃들을 만나고 더러는 이름을 알지 못하는 풀꽃도 만난다고 한다. 그리고 그렇게 만난 풀꽃들을 그림으로 표현하는데, 그러자면 그 풀꽃을 자세히 보아야 하고 오랫동안 보아야 하고, 그러면 그 풀꽃이 예쁘고 사랑스럽게 보인다고 나태주 시인은 이야기하고 있었다.

나태주 시인의 산문집을 손에 들고 도서관 한구석에서 나는 나의 무릎을 쳤다.
「풀꽃」은 나의 모습을, 나의 삶을 변화시켰다. 「풀꽃」 시를 만나기 전까지 나는 어리석게도 나를 보지 않았다. 그러니 당연히 내가 어떤 모습을 가진 사람인지에 관한 생각도 하지 못했다. 막연히 나는 내가 예쁜 모습보다는 예쁘지 않은 모습이 많으리라 생각하며 살았다. 그런데 「풀꽃」 시를 보면서 내가 나에 대해 예쁘지 않고 사랑스럽지 않다고 생각하는 이유를 찾았다. 내가 나를 자세히 오래 본 적이 없어서 그렇다는 것을 깨달았다.

무엇을 해도 만족스럽지 못했고, 다른 사람들이 나를 어떻게 생각할까 눈치 살피며 전전긍긍했다. 나의 모습이 안타깝고 아프게 다가왔다. '왜 그렇게 나를 방치했을까?' 누구보다 먼저 챙기고 알아주어야 했던 나를 나는 너무 방치했다. 그러면서 그에 따른 벌을 톡톡히 받고 살았던 것 같다. 몸도 힘들었고, 마음도 힘들었다.

「풀꽃」 시를 만나고 세 줄에 담긴 의미를 알고 나를 돌아보면서 나도 풀꽃이란 것을 알게 되었다. 부모교육을 할 때 부모들에게 '자신의 예쁘고 사랑스러운 모습을 알고 있는지' 물어본다. 대부분의 반응은 '뭘 그런 질문을 하느냐'이다. '예쁘고 사랑스러운 모습을 알고 모르고가 살아가는 데 뭐 그리 중요한가요?'라고 반문을 하기도 한다. 하지만 이제는 자신의 예쁘고 사랑스러운 모습을 아는 삶과 모르는 삶의 차이를 자신 있게 말할 수 있다. 남과 비교해서가 아니라 나를 자세히 오래도록 보면 내 안에서 예쁘고 사랑스러운 모습을 찾을 수 있고 찾아야 한다.

그런데 부모들에게 넘어야 할 장벽이 하나 더 있다. 부모들에게 자신의 예쁘고 사랑스러운 모습을 찾아보자고 하면 아이들의 모습을 먼저 떠올린다. 그야말로 본능적으로 아이들의 모습을 먼저 찾아주고 싶은 것이다. 하지만 자신 안에서 자신을 찾는 경험을 먼저 하지 않고는 아이들의 모습도 찾기 어렵다. 부모의 모습은 부모가, 아이의 모습은 아이가 스스로 자세히 오래 보아 찾아야 한다. 그러면 서로의 예쁘고 사랑스러운 모습도 보게 된다.

풀꽃 강사라 스스로를 소개하는 나는 누구나 자신을 자세히 오래도록 보면 예쁘고 사랑스러운 자신을 만나게 된다는 것을 믿는다. 그래서 '우리 모두 그렇다'라고 힘주어 전한다.

3장

가야만 하는 길이라 묵묵히 걸어간다

부모교육 강사라는 새로운 길을 만났다. 그리고 17년이란 시간이 흘렀다. 그 시간 동안 아이들과 부모들이 더불어 행복할 수 있기를 바라는 마음이 컸다. 부모교육 강사인 나 또한 행복하고 뿌듯한 순간도, 힘들고 아픈 순간들도 있었다. 하지만 아이들과 부모들이 따로 또 같이 행복한 여정을 갈 수 있도록 돕기 위해 가야만 하는 길이라 오늘도 묵묵히 가고 있다.

듣고 싶은 말 vs 많이 듣는 말

방학이라 그런지 학교가 너무 조용하다. '혹시 잘못 왔나?' 하는 생각이 들 정도로 조용하다. 일단 담당 선생님의 말씀대로 2층에 있는 도서관을 찾아보기로 했다. 도서관 주변 역시 조용하다. 아이들이 오지 않았나 하는 걱정으로 도서관 문을 조심스럽게 열었다. 나의 걱정은 기우였다. 이미 아이들과 담당 선생님께서 도서관에 자리를 잡고 있었다. 방학인데도 이렇게 참여해준 아이들이 고마웠다. 한편 '아무것도 하고 싶지 않은 아이들인가?'라는 걱정이 되기도 하였다.

"안녕하세요? 오늘부터 4주 동안 여러분과 함께 진로 학습 활동을 하게 되어 기쁩니다."

"네, 안녕하세요."

아이들도 반갑게는 아니지만, 인사를 건넨다. 역시 중학생들이라 까칠하다. 아마 부모들과 보내는 시간보다 서너 배의 에너지를 더 써야 할 것이다. 이미 각오를 하고 왔지만 각오한 것보다 더 마음을 단단히 먹어야 할 것 같다.

"먼저 자기소개와 이 프로그램에 참여하게 된 이유를 들어볼까요?"

돌아가면서 아이들이 자신을 소개하고 참여하게 된 이유를 말한다. 그런데 스스로 왔다는 친구들보다는 부모님이나 담임 선생님의 권유로 참여한 친구가 더 많다. 어쩌면 당연한 결과다. 방학에 누가 학교에 오고 싶겠는가? 그것도 한창 하고픈 것이 많을 중학생들이. 아이들이 도서관에 모여 있었지만 조용했던 이유도 알 것 같았다.

좀 더 구체적으로 아이들의 생각을 알아야 했다. 아이들의 머릿속을 채우고 있는 관심사에 관한 이야기를 먼저 나누었다. 목소리를 조금 키워준다. 참 고마운 일이다.

'공부', '성적', '게임', 'BTS', '운동', '다이어트', '고등학교', '학원', '놀고 싶다', '쉬고 싶다', '유튜브', '여자친구', '남자친구', '스마트폰', '잠', '잔소리'….

자신들을 둘러싼 다양한 관심거리들이 쏟아져 나온다. 이 프로그램에 참여하기를 원하는 부모와 선생님들의 기대와는 다른 관심사들이다. 어른들은 그저 아이들이 아무 생각 않고 공부와 성적에만 몰두하기를 바란다. 하지만 현실은 그렇지 않다.

아이들의 마음을 좀 더 들여다봐 줄 필요가 느껴졌다. 그래서 평소 부모님에게 가장 많이 듣는 말과 듣고 싶은 말이 무엇인지에 관한 이야기를 나누었다.

가장 듣고 싶은 말

-게임 실컷 해
-오늘도 수고했어
-고마워
-맛있는 거 먹자
-사랑해

가장 많이 듣는 말

-공부나 해!

-게임 그만해!

-그 시간에 공부해!

-공부 왜 못해!

-엄마가 하지 말랬지?

-빨리 숙제해!

-학원 가야지?

-내가 못 살아!

-혼날래?

-스마트폰 뺏는다!

-커서 뭐가 될 거니?

-누구한테 대들어?

-몇 시인데 이제 들어와?

    역시 부모들의 생각과 아이들의 생각에 차이가 크다. 많이 듣는 말을 쏟아낼 때의 아이들 표정이 지금도 생생하게 떠오른다. 약간은 상기된 얼굴을 하고, 목소리에는 짜증과 원망이 잔뜩 묻어 있다. 그리고 마치 이 세상 힘든 일을 혼자 다 겪고 있는 듯 마음을 쏟아낸다.

어느 학교 아이들을 만나든 다 비슷하다. 아이들도 잘하고 싶은데 뜻대로 되지 않아 속상하다. 그런데 부모님들이 자신들의 속상한 마음에 기름을 붓는다며 원망과 아쉬움을 쏟아낸다. 부모들도 부모들대로 이유가 다 있겠지만, 아이들 입장에서 들어보면 참 안쓰럽고 안타깝다.

아이들이 하고 싶은 말을 마음껏 할 수 있는 시간을 가지며 첫 만남의 시간을 마무리하였다. 한 여학생이 '일방적으로 강요당하리라 생각하고 왔는데 우리가 이야기를 많이 할 수 있어서 좋았다'라는 말을 한다.

나도 부모이고 어른인지라 아이들과 함께하는 시간에는 더 조심한다. 자칫 정신을 놓으면 '라떼는 말이야'를 시작으로 '이렇게 해라', '저렇게 해라' 등으로 강요하고, 지시하고, 일러주는 말의 향연을 늘어놓을 수 있기 때문이다. 아이들과 만남을 통해 어른인 내가 깨달은 것이 있다. 아이들도 다 생각이 있고, 다 잘하고 싶고, 자신이 원하는 것을 해가고 싶다는 것이다. 그런데 부모를 비롯한 어른들은 아이들이 아무 생각이 없다고 생각한다. 그리고 마치 아이들의 삶을 대신 살아줄 것처럼, 아이들보다 앞서 아이들의 삶을 좌지우지

하려고 한다.

  길가의 가로수도 햇빛을 받고, 바람을 느끼며 건강하게 살아가려면 적절한 거리가 필요하다. 아이들도 건강하게 잘 성장하려면 커갈수록 부모와의 적절한 거리가 필요하다. 무엇보다 아이들은 적절한 거리를 원한다. 부모들에게 아이들이 무엇을 원하고, 아이들에게 필요한 도움이 무엇인지를 전하기 위해 묵묵히 길을 나선다.

혹시나? 역시나!

　새벽 5시, 차 시동을 건다. 하늘에는 먹구름이 가득하다. '오늘도 비가 오려나?' 하는 궁금증과 걱정의 마음을 안고 전북교육청을 가기 위해 고속도로를 달리기 시작했다. 이른 새벽이라 차들이 많지는 않다. 하지만 가면 갈수록 하늘의 먹구름은 더 짙어져 갔다. 진주를 지나 산청으로 접어드는 순간 비가 내리기 시작했다. '혹시나?'가 '역시나!'로 바뀌는 순간이다. 이상하게도 전북으로 강의 가는 날은 어김없이 비가 왔다. 참 신기하다. 전주에 가까워질수록 비는 더 세차게 내렸다. 그야말로 비를 뚫고 전북교육청에 도착하였다.

　'신청한 부모님들이 다 오시지 못하겠구나' 하는 또하나의 걱정이 머리를 스쳐 지나간다. 그날의 부모교육 참석 인원을 결정하는 아주 큰 요소가 '날씨'이기 때문이다. '이 비를 맞고 가야 하나?' 하고 생각하는데 같이 가려고 했던 부모들이 '비 오는데 차나 마시자!' 하는 미끼를 던지면 그 미끼는 백발백중 힘을 발휘한다. 하지만 그날은 그저 나의 걱정일 뿐이었다.

부모교육 시간이 가까워질수록 부모들이 강당의 자리를 메워갔다. 감사하다는 생각과 이 감사함에 두 배세 배 보답해야 한다는 마음으로 부모교육을 시작하였다. 부모들과 함께한 2시간 동안 그야말로 부모들과 나는 혼연일체가 되어 서로의 이야기를 주고받았다. 그렇게 2시간의 공식적인 시간이 끝나고 질문은 개별적으로 받기로 하였다. 그런데 생각보다 묻고 싶은 게 있다는 부모들이 많았다. 어떻게 할까 고민을 하다가 교육청 담당자분에게 양해를 구했다. 담당자분의 점심시간도 마음에 걸렸고, 장소를 계속 써도 괜찮은지도 마음에 걸렸다. 하지만 담당자분은 오히려 감사하다며 부모들에게 자리를 정돈해 앉기를 권했다. 교육 때와는 다르게 서로의 얼굴을 바라볼 수 있도록 둥글게 자리를 잡고 앉았다. 부모교육이 끝난 이후인데도 40여 명의 부모가 함께하였다.

"강사님! 초등학교 1학년인 아들 때문에 걱정이 한 두 가지가 아니에요. 어떻게 해야 할지 모르겠어요"라며 한 어머니가 눈물부터 보이셨다. 어떤 부분이 걱정되는지 이야기를 들어보았다.

"아이가 태어나서부터 맞벌이를 하다 보니 아이를 직접 양육하지 못했어요. 그러다 아이가 초등학교에 들어가면서 휴직을 하고 아이와 지내고 있는데 제 뜻대로 되는 것도 없고, 아이는 이해하기 힘든 모습만 많이 보여요."

첫 어머니의 질문을 시작으로 그야말로 질문이 줄을 이었다. 어느 부모교육 현장에서나 만날 수 있는 모습이다. 특히 오늘은 먼 곳 전북까지 왔고, 더군다나 '비'라는 유혹을 이기고 오신 부모들이라 질문을 다 받아야겠다고 마음을 단단히 먹었다.

"강사님! 아이가 학교에서 따돌림을 당하고 있는 것 같아요. 어떻게 해야 할까요?"

"강사님! 남편이 아이 양육에 전혀 도움이 되지 않아요. 남편의 생각과 저의 생각이 너무 달라 아이에게 혼돈을 주고 있는 것 같아요. 그러다 보니 아이가 자신의 편리대로 엄마 말 들었다, 아빠 말 들었다 하면서 하지 말아야 할 행동만 느는 것 같아요."

어떻게 생각하면 저것도 걱정거리가 될까 싶은 질문들도 많았다. 하지만 자신 손톱 밑의 가시가 가장 고통스럽듯이 아무리 작은 고민이라 하더라도 자신에게는 가장 큰 고민일 것이다.

그렇게 질문과 대답이 이어지면서 12시가 조금 넘어 시작된 이야기는 3시를 넘기고도 끝날 기미가 보이지 않았다. 교육청 담당자분이 더는 안 되겠다 싶었던지 "일단 점심이라도 먹었으면 좋겠는데, 부모님들 양해 해주실 수 있으시죠?"라며 부모들에게 양해를 구했다. 그렇게 시간이 안 되는 분들은 먼저 귀가를 하고, 시간이 되는 분들은 각자 점심을 먹은 후 다시 모이기로 하였다. 마침 비가 그쳐 늦은 점심을 먹은 후 교육청 벤치에서 조금 더 부모들의 이야기를 들어드렸다. 그리고 부모들의 불안을 잠재울 수 있는 이야기를 들려드렸다. 한참 이야기를 나눈 후 거의 5시가 다 되어 교육청을 나설 수 있었다.

주차장에서 교육청 담당자분과 헤어지려는데 말을

건네 왔다.

"어떻게 그렇게 다 들어주고 계세요?"

"제가 할 수 있는 최선이 부모님들의 고민을 들어드리는 것 아닌가 해요. 그렇게 이야기를 들어드리면, 부모님 본인들이 고민을 이야기하다 스스로 문제점을 발견기도 하고, 그 문제의 해답을 찾기도 하거든요. 하고 싶은 말을 끊고 정답인 양 주려고만 하면 자신을 돌아볼 기회를 뺏는 최악의 상황이 되더라고요."

"아하! 부모들에게 자신의 모습을 돌아볼 기회를 준다는 큰 뜻이 숨어 있는 거네요."

"물론 그렇게 큰 뜻이 있는지는 모르겠지만, 강사나 다른 사람에게서 일방적으로 듣는 것보다는 부모님들이 변화하는 데 훨씬 도움이 되더라고요. 그래서 가능하면 부모님들이 하는 이야기를 다 들어드리려 노력합니다."

주차장에서 나눈 이야기를 끝으로 교육청에서의 긴 시간이 마무리되었다.

부산으로 돌아오는 동안 이런저런 생각들이 머리를 떠나지 않았다. 질문을 나누는 시간에 눈물을 보인 엄마의 모습도, 학교에서 왕따를 당하는 것 같다는 아이의 마음도, 부부간에 교육관이 달라 서로를 힘들게 하는 엄마와 아빠의 모습도 머릿속을 떠나지 않았다. 그러면서 오늘 나눈 이야기가 도움이 되어 조금은 편안해졌으면 하는 바람도 떠올린다.

며칠 뒤, 한 통의 메일을 받았다. 아이가 초등학교에 입학하면서 육아휴직을 하고 아이와 지낸다는 어머니의 메일이었다.

> 강사님이 해주신 부모교육 내용과 질문 나눌 때 해주신 답변을 집에 와서 곰곰이 생각해보았습니다. 그랬더니 제 마음에는 늘 힘든 저만 있었고, 힘든 아이는 없었다는 것을 알았습니다. 아니, 아이는 힘든 게 없다고 생각했습니다. 그러다 보니 아이에게 엄마의 품을 내어주지 못했던 것 같습니다. 강사님의 말씀대로 그날 이후 아이가 원할 때마다 등을 쓰다듬으며 아이를 안아주었습니다. 단지 아이가 원할 때마다 안아주었을 뿐인데 아이의 태도가 많이 변했습니다. 엄마의 말도 잘 들어주고요. 부모의 작은 행동, 작은 변화가 아이에겐 엄청난 힘이 된다고 하신 강사님의 말씀

마음에 잘 새기겠습니다. 고맙습니다.

　그날 하루를 되돌아보았다. 그러면서 나의 머리도 쓰다듬어주고, 나의 등을 토닥여주었다. 그리고 애썼다고 나에게 폭풍 칭찬을 하였다. 그 힘으로 묵묵히 길을 또 간다.

두 명이라서 죄송합니다

"강사님! 학교를 찾아오기가 좀 힘드실 텐데 어쩌죠?"

"괜찮습니다. 내비게이션을 켜고 잘 찾아가도록 할게요."

"그리고 참여하는 부모님들의 숫자가 많지 않을 것 같아요."

"그것도 괜찮습니다. 몇 분이 오시든 오신 분들과 의미 있는 시간을 만들면 되죠."

학부모연수 가기 전날 학교 담당 선생님의 전화를 받았다. 연수를 가기 전 담당 선생님들과 문자를 주고받으며 간단하게 연락을 취하기는 한다. 하지만 이렇게 담당 선생님이 전화를 먼저 주실 때는 그만한 이유가 다 있는 것이다. 아마 담당 선생님은 부모들의 참석이 적어 걱정하셨던 것 같다. 하지만 학교 전교생의 숫자에 따라 부모들의 참석 숫자는 천차만별이다. 많을 때는 대강당에 300명이 넘게도 모인다. 강사 입장에서야 학부모연수에 부모님들이 많이 올수록 좋기는 하다. 보람도 더 느껴진다. 하지만 학교의 사정에 따라 많이 올 수도, 적게 올 수도 있으니 참석 인원에 그리 비중을 두지는 않는다.

'어, 길이 어디지?'

같은 골목을 들어왔다 나갔다를 세 번쯤 반복하고 나니 당황스러웠다. 분명 내비게이션이 알려주는 대로 갔는데 학교 진입로를 찾을 수가 없었다. 학교 건물을 눈앞에 두고 길을 못 찾다니 한숨이 절로 나왔다.

"선생님! 학교는 보이는데 진입로를 찾을 수가 없어요."

"네, 찾기 어려우시죠? 계신 곳에서 막다른 길처럼 보이는 곳으로 그냥 쭉 올라오시면 학교가 있습니다."

"막힌 길인 줄 알고 그냥 내려왔는데 그 길로 계속 올라가면 되는 건가요?"

"네, 계속 올라오시면 학교 교문이 나옵니다."

학교를 눈앞에 두고 담당 선생님과 통화를 한 후에

야 학교 교문을 통과할 수 있었다. 학교 역사가 오래된 학교일수록 산밑 높은 곳에 있거나 골목 안쪽 등 찾기 어렵고 외진 곳에 있다.

우여곡절 끝에 학교에 도착했다. 선생님들과 인사를 나누고 연수 장소인 도서관으로 갔다. 도서관 사서 선생님과도 반갑게 인사를 하고 연수 준비를 시작하였다. 찾아오는 길이 어렵고 외진 곳에 있는 만큼 학교의 시설들도 오랜 역사를 뽐내고 있었다. 마이크 시설도 없었다. 하지만 나에겐 큰 목소리가 있으니 크게 문제가 되지는 않았다.

연수 시간이 다 되어가는데 부모들의 모습이 보이질 않았다. '좀 늦게 오시는구나' 하고 생각하던 중 한 분의 어머니가 등장하셨다.

"어머나, 다른 분들은 안 오셨어요?" 하며 당황해하셨다.

그리고 동시에 교장 선생님의 반응도 바빠졌다.

"선생님! 교무실에 계신 선생님들 도서관으로 오시라고 해주세요"라며 교무실에 계신 선생님들을 부르셨다. 아마 부모들이 너무 오지 않으니 선생님들이 자리를 채워주기 바라는 마음이 크셨던 것 같다.

"교장 선생님! 굳이 그렇게 하시지 않으셔도 될 것 같습니다. 그냥 오시는 부모님들과 연수 진행하도록 할게요."

"그래도 인원이 너무 적으면 강사님께 죄송해서요."

"아닙니다. 선생님들 업무도 많으실 텐데 괜찮습니다."

그렇게 교무실에 계신 선생님들을 해방시켜 드리는 그때 한 분의 어머니가 더 오셨다. 학부모연수를 할 시간이 되었음에도 불구하고 두 분의 어머니만 오셨다. '연수를 시작해서 하다 보면 더 오시겠지' 생각하고 연수를 시작하였다. 어머니 두 분, 교장 선생님, 담당 선생님, 사서 선생님과 함께 두 시간 동안의 연수를 진행하였다. 이런 경우는 처음이라 처음엔 살짝 당황스럽기도 하였다. 하지만 학교의 사정이 그러하니 감수해야 하는 부분이다.

연수를 마치니 오신 두 분의 어머니께선 만족도가 매우 높았다.

"처음에는 사람이 너무 없어 집에 가고 싶었는데….

오늘 오길 너무 잘한 것 같아요."

"학부모연수를 하면 강사님들의 이야기만 듣다 가는 게 보통이었는데, 이렇게 하고 싶은 이야기도 다 하고 물어보고 싶은 것도 다 물어볼 수 있어서 참 좋았습니다."

참석 인원이 두 분밖에 되지 않은 관계로 다른 연수보다 어머님들의 이야기를 더 많이 들어드릴 수 있었는데 그 부분이 어머니들에게는 참 소중한 기회가 되었던 것 같다.

"일당백의 역할을 해주신 어머니들께 제가 오히려 감사합니다. 두 분밖에 안 계신다는 생각이 들지 않을 정도로 집중도 잘해주시고 이야기도 잘해주셔서 감사합니다"라는 인사를 드렸다.

마지막으로 교장 선생님과 담당 선생님께 인사를 드리고 헤어지려는데, "두 분밖에 오시지 않아 정말 죄송합니다"라고 교장 선생님이 얼굴까지 붉히시며 인사를 건네셨다. 담당 선생님도 옆에서 어찌할 바를 모르셨다.

"아닙니다. 교장 선생님. 참석 인원의 많고 적음이 문제가 아니라는 소중한 경험을 하게 되어 저에겐 큰 의미가 있는 날이었습니다. 마음 불편해하지 않으셔도 됩니다"라는 인사를 뒤로하고 학교를 나섰다.

부모교육을 하다 보면 학교 사정에 따라 여러 가지 변수가 생길 수 있다. 하지만 이날의 경험은 또 다른 의미가 있었다. 부모교육에 참석하는 부모들의 숫자가 강사 입장에서 어떠한가를 되돌아보게 하는 하루였다. 그러면서 한 분이든 두 분이든 함께하는 부모들과 의미 있는 시간을 만드는 것이 중요하다는 소중한 경험을 할 수 있었다. 이 소중한 경험을 마음에 간직한 채 묵묵히 길을 나섰다.

20분 만에 끝내보겠습니다

　부산에서 전교생 숫자가 다섯 손가락 안에 드는 큰 규모의 학교에서 부모교육 의뢰가 들어왔다. 특히 젊은 부부들이 선호하는 지역에 있는 학교라 부모들의 열의가 둘째가라면 서러울 정도로 높은 학교였다. 높은 교육열을 대변이라도 하듯 부모교육이 진행되는 대강당에 도착하니 강당 가득 부모들이 자리를 메우고 있었다. 족히 300명은 넘어 보였다. 학교 선생님들도 참석한 부모들을 응대하느라 정신이 없었다. 그래서 알아서 강사 대기 좌석으로 가서 자리를 잡고 앉았다.

　그렇게 학부모연수가 시작되었다. 그날 학부모연수 중 부모교육에 배정된 시간은 총 90분 중 60분이었다. 먼저 학교에서 참석한 부모들에게 그해 학교 목표 등을 알리는 학교 설명회가 진행되었다. 참석 인원이 많고 공간이 강당이다 보니 조금은 어수선한 분위기였다. 그래도 진행하시는 선생님의 노련함으로 잘 마무리가 되어갔다. 학교 설명회 이후 학교 선생님들이 진행하는 여러 연수가 뒤를 이었다. 시간이 점점 흘러 30분의 시간이 거의 다 소요되어 가는데 교장 선생님께서 부모들에게 잠시 하실 말씀이 있다며 마이크를 잡았다.

'이렇게 부모님들이 많이 오셨으니 인사를 하고 싶으신 것은 당연한 거니까'라는 생각을 하며 교장 선생님의 말씀이 끝나기를 기다렸다.

교장 선생님의 말씀은 10분이 지나고, 20분이 지나도 끝날 기미가 보이지 않았다. 학교에서 진행하는 학부모연수에 많은 부모들이 참석한 그 자체가 교장 선생님을 매우 상기시킨다는 것을 또 한 번 경험할 수 있는 날이었다. 상황이 이렇게 되면 학부모연수 담당 선생님의 피는 바짝바짝 말라간다. 아니나 다를까 담당 선생님이 나에게 와서 연신 '미안하다'라는 말을 건넸다. 하지만 이 상황은 담당 선생님으로서도 어쩔 수 없는 상황이라는 것을 잘 알기에 '괜찮습니다'라는 답을 드릴 수밖에 없었다. 그렇게 교장 선생님의 말씀은 40분이 지나서야 끝이 났다.

드디어 부모교육을 시작할 시간이 되었다. 그런데 마이크를 넘겨주시는 교장 선생님이 한 말씀 하셨다.

"강사님, 부모교육 20분 만에 끝내주세요. 부모님들 너무 긴 이야기 듣기 힘들어하시니 짧게 하고 끝내주세요."

'아니 도대체 이게 무슨 말인가? 부모교육을 부탁한 것도, 60분을 해 달라고 한 것도 학교인데.' 순간 나의 머리는 엄청 복잡해졌다. 살짝 화도 올라왔다. 사정이 있으면 부모교육 시간이 줄어들 수도 있다. 하지만 교장 선생님 본인의 이야기로 부모교육 시간을 대부분 다 써놓고, 부모교육을 하러 온 강사에게 부모교육을 짧게 하라는 주문을 하다니. 지금 생각해도 어이가 없는 순간이었다.

하지만 별도리가 없다. 강사는 학교에서 원하는 대로 할 수밖에. 나만큼 어이가 없는 또 한 사람이 있었다. 나에게 부모교육을 의뢰하신 학부모연수 담당 선생님이셨다. 그 짧은 순간에 나와 담당 선생님은 엄청난 눈빛을 교환했다.

담당 선생님의 눈빛은 '어쩌죠? 죄송합니다'였고, 나

의 눈빛은 '어쩔 수 없죠. 20분 만에 끝내 보겠습니다'
였다.

하필 그날의 주제는 4차 산업혁명과 관련된 아이들
의 진로에 관한 것이었다. 이렇게 중요한 주제를 20분
만에 부모님들에게 전해야 한다는 사실이 부담스러웠
지만 그럴수록 정신을 바짝 차려야 했다.

"아이들이 살아갈 세상에 관한 이야기를 20분 만에
끝내야 하니 집중해서 잘 들어주시길 부탁드립니다"
라는 이야기를 시작으로 부모교육은 시작되었다. 어느
부모교육보다 나의 목소리는 갈수록 커졌고, 몸짓과
손짓은 더 커졌다. 그리고 정확하게 20분 만에 부모교
육을 마쳤다. 부모들에게 양해를 구하고 5분이든 10분
이든 더 할 수도 있었지만 그러지 않고 정확하게 20분
만에 끝을 냈다.

이날 이 학교에서의 경험은 많은 것들을 생각하게
했다. 그뿐만 아니라 나는 혹시 누군가에게 무례를 범
하고 있지는 않은지 돌아보게도 하였다. 한편 내가 만
약 교사로 계속해서 교직에 있었다면 어땠을까 하는
생각까지도 하면서 울컥했다. '이런 것이 자격지심일

까?'라는 생각도 들었다. 하지만 이 감정에 휘말리면 다른 학교의 부모교육에도 영향을 미칠 수 있다는 것을 알기에 얼른 마음을 다잡았다. 그리고 이러한 길 또한 내가 가야만 하는 길이기에 묵묵히 걸어가기로 했다.

그렇게 묵묵히 길을 가다 보니 다음 해 그 학교의 학부모연수 담당 선생님에게서 다시 연락이 왔다. 부모교육을 또 해달라는 것이었다. 작년 부모교육의 상황이 나만큼 마음에 걸리셨던 모양이다. 어쩌면 나보다 더 불편했을 수도 있었을 것 같다는 생각도 들었다. 담당 선생님도 어쩔 수 없는 상황으로 인해 오랜 시간 마음고생을 하셨다는 것이 느껴졌다. 그러면서 "올해 부모교육은 꼭 60분을 다 하실 수 있도록 하겠습니다" 라는 말까지 남기셨다.

나와의 약속을 지킨 1박 2일

가평교육청에서 부모교육을 부탁하는 연락이 왔다. '이를 어쩐다'라는 생각이 먼저 들었다. 부모교육 의뢰가 오면 일정이 겹치지 않는 이상 거절해본 경우는 없다. 어디든 아이들과 부모들을 생각하며 달려갔다. 그런데 '가평'이란다. 사실 경기도 어딘가에 있겠지 했지만, 정확하게 어디쯤인지도 잘 몰랐다. 담당자와 전화를 끊고 스마트폰에서 길 찾기를 켰다. 차를 운전해서 가기는 부담스러운 거리였다. 대중교통을 알아보니 기차와 고속버스 두 가지의 방법이 있었다. 물론 두 방법 다 한 번에 갈 수 있는 것은 없다. 아침 9시경까지 가평교육청에 도착하려니 기차로 이동하는 것도 시간이 맞지 않았다. 선택지는 고속버스로 동서울터미널을 가고, 거기서 다시 가평으로 가는 것이었다. 잠정적으로 '고속버스로 가면 되겠다'라고 생각을 한 뒤, 담당자에게 가겠다는 연락을 하고 잊고 지냈다.

그렇게 시간이 지나고 드디어 가평교육청에 가야 할 날이 다가왔다. 고속버스 예매를 위해 시간을 알아보는데 당일 첫 버스로는 도저히 부모교육 시간에 맞추어 도착할 수가 없었다. '참, 그래서 기차도 포기했었지!'라는 사실을 깨닫게 되었다. 결국, 전날 밤 심야 고속버스를 타고 동서울터미널을 가서 가평으로 들어가는 방법을 택했다. 그야말로 1박 2일의 강행군을 선택한 것이다.

2시간 부모교육을 위해 그렇게 오랜 시간을 들이는 곳까지 가야 하느냐며 이런 나의 모습이 이해가 안 된다고 말하는 동료 강사들도 있다. 부모교육 강사가 나만 있는 것도 아닌데, 들이는 시간과 에너지에 비하면 매우 비효율적이라는 것을 나도 알고 있다. 하지만 부모교육 강사를 하면서 스스로 한 약속이 있었다.

'나에게 도움의 손길을 뻗는 사람들은 절대 외면하지 않겠다!'

그러니 1박 2일의 강행군이지만 가야만 했다. 오늘 따라 옆지기가 고속버스터미널에 데려다주지 못할 사정이 생겼다. 그래서 밤 10시 30분에 집을 나섰다. 택시를 타면 간단할 것을 오늘도 여전히 지하철을 탔다. 늦은 시간 혼자 택시를 타는 것보단 지하철이 편하다. 11시 30분이 넘어 고속버스터미널에 도착하였다. 밤늦은 시간이라 사람들이 많지 않았다. 11월 밤늦은 터미널은 을씨년스러웠다. 동서울로 가는 12시 10분 심야버스를 탔다. 사람이 없어도 너무 없다. 다행히 운전하시는 기사님 가까이 자리를 예매해서 그리 불안하지는 않았다. 많이 피곤했었는지 중간에 쉬는 휴게소에 들렀는지도 모르고 잤다.

　　도착 안내 방송 소리에 눈을 떠보니 도착지인 동서울터미널 근처였다. 새벽 5시가 조금 넘은 시간이었다. 11월 서울의 새벽 기운은 전날 밤 부산고속버스터미널에서 느꼈던 을씨년스러운 기운보다 더 을씨년스러웠다. 조금은 무섭기까지 했다. 반백 년을 넘게 살았으면서도 아직 혼자 하는 것이 어색하고 무서울 때가 있다. 이렇게 낯선 곳을 혼자 찾아갈 때는 더했다. 동서울에서 6시 45분 버스를 타고 본격적으로 가평으로 향했다.

　가평에 도착하니 8시도 되지 않았다. 그때부터 2시간을 또 버텨야 했다. 일단 낯선 곳이니 주변 탐색부터 시작했다. 가평터미널 주변 이곳저곳을 둘러보았다. 하지만 둘러볼 곳도 얼마 되지 않았다. 어디에서 시간을 보내면 될까? 궁리하다가 허기진 배를 채우기 위해 김밥집에 들어갔다. 테이블이 두 개밖에 없는 조그마한 김밥집이었다. 아버지와 아들이 하는 김밥집인지 젊은 청년은 김밥을 말고, 아버지로 보이는 어르신은 주변 정리를 하다 테이블 하나를 차지하고 앉으셨다. 이러한 상황을 파악한 뒤 '아, 여기서 오래 앉아 있을 수는 없겠구나!' 하는 생각이 제일 먼저 들었다. 나는 춥지 않은 곳에서 마음 편하게 시간을 보낼 수 있는 장소가 필요했다.

　얼른 김밥 한 줄을 먹고 다시 터미널 주변을 기웃거렸다. 이번엔 건너편 편의점을 공략해보기로 했다. '편의점에서 커피를 마시며 시간을 보내야겠다'라고 생각하며 편의점을 들어갔다. 하지만 편의점에서도 오랜 시간 앉아 있지 못하고 커피만 손에 들고 나왔다. 춥고 을씨년스러운 터미널 대기실에 앉아 있기 싫어서 이곳저곳을 돌아다녔다. 하지만 결국 커피 한 잔 손에 들고 대기실에 자리를 잡았다. 차가운 공기 덕분에 몸은 무겁고, 무거운 몸만큼 마음은 쪼그라들었다.

9시가 넘어 대기실을 나섰다. 택시나 버스를 타지 않고 걸었다. 그날 진행할 부모교육에 관한 생각도 정리하고 기분도 전환할 겸 1.5km 되는 거리를 걸어 가평교육청에 드디어 도착했다. 11시간 만에 '드디어' 도착한 것이다. 그제야 다리도 아프고 피곤도 몰려왔다. 하지만 지금부터 제대로 정신 차려야 하는 순간이다. 화장실에서 나름 준비를 하고 강의 장소로 향했다.

10시가 다가오니 한 분 두 분 어머니들이 모이기 시작했다. 주제가 사춘기 자녀와 관련된 주제이다 보니 참석자들은 대부분 초등학교 고학년에서 중학생 자녀를 둔 어머니들이셨다. 2시간 동안 20여 명 되는 어머니들과 치열하게 사춘기 아이들에 관해 이야기를 나누었다. 무엇보다 사춘기 아이들이 왜 그렇게 이해하기 힘든 모습을 보이는지에 관한 이야기에 가장 관심을 보였다. 그리고 아이의 사춘기와 엄마의 갱년기 시기가 비슷해 더 힘들다는 이야기에 폭풍 공감을 표하며 웃는 어머니가 많았다.

마지막에 소감을 나누는데 한 어머니가 눈물을 보이며 이야기를 한다.

'오늘은 아이가 학교에서 돌아오면 아무 말 안 하고 꼭 안아주려고 합니다. 자신도 자신을 어찌하기 힘든 아이를 그동안 그렇게 몰아댔으니…. 아이가 얼마나 힘들었을까 생각하니 정말 미안하네요.'

그 눈물의 무게를 느낄 수 있었다. 그리고 그 눈물의 무게는 나뿐만 아니라 함께한 어머니들도 느끼기에 여기저기서 눈물을 훔치고 있었다.

그렇게 2시간의 부모교육을 마치고 다시 가평교육청을 출발하여 가평터미널, 동서울터미널을 거쳐 부산 고속버스터미널로 돌아왔다. 고속버스 창 너머로 옆지기가 보인다. 어젯밤에 데려다주지 못한 것이 마음에 걸렸는지 오늘은 일찍부터 기다렸나 보다. 옆지기를 보는 순간 '아, 1박 2일의 강행군이 끝이 났구나!' 하는 생각이 들었다. 그렇게 부모교육 강사로서 나와의 약속을 묵묵히 지키기 위한 1박 2일의 걸음이 마무리되었다.

안녕하세요? Hello?

'과연 내가 할 수 있을까?'

'말은 통할까?'

'영어로 진행해야 하나?'

여러 가지 생각으로 혼란스러웠다. 하지만 주사위는 이미 던져졌다.

해운대다문화가족지원센터에서 다문화가정 부모들을 위한 부모교육을 하기로 했다. 부모교육 부탁 전화를 받고 바로 일정을 잡았다. 그런데 시간이 지날수록 머릿속이 복잡해지는 것이었다. 특히 언어에 대한 부담이 가장 컸다. 내가 영어를 잘하면 문제가 되지 않겠지만 나의 영어 실력은 그야말로 '콩글리시' 중에서도 단계가 아주 낮은 수준이라 생각되었다. 하지만 한 가지 위안이 되는 것은 1회 특강이 아니라 3회에 걸친 부모교육이라는 것이었다. 혹시 첫 시간에 시행착오를 겪더라도 뒤에 해결할 시간이 있다는 것이 큰 위안이 되었다.

부모교육 첫날, 강의 시작 30분 전 부모들과 함께할 강의실에 도착하니 아무도 없었다. 왠지 속으로 '다행이다'라는 생각이 들었다. 아직도 영어에 대한 부담감을 가지고 있는 나 자신에게 '괜찮다'라고 자꾸 말해주었다. 컴퓨터와 모니터를 점검하면서 준비한 동영상을 비롯한 자료들을 챙겨 보았다. 시원한 커피도 한 잔 건네받았다.

커피를 마시며 기다리는데 한 분 두 분 모이기 시작했다. '안녕하세요?'라고 해야 하나 아니면 'Hello, Nice to meet you?'라고 해야 하나 그 짧은 순간에 머리를 돌렸다. '여기는 한국이지? 그냥 한국 부모들을 대한다 생각하고 대하자!'라는 생각이 들었다. 그래서 반갑게 '안녕하세요? 반갑습니다. 어서 오세요!'라고 인사를 했다. 들어오시는 부모들도 '안녕하세요?'라며 인사를 건넨다. '그래, 국경이 어디든 다 똑같은 부모이지!'라는 생각을 하니 마음이 한결 가벼워졌다.

10시가 다가오니 생각보다 많은 분이 모였다. 다 어

머니들이었다. 돌도 지나지 않은 아기를 데리고 온 어머니도 있고, 두세 살의 아이들도 엄마를 따라 함께 등장했다. 돌이 지나지 않은 아이는 엄마 품에 안겨 있으니 괜찮았다. 그러나 두세 살의 아이들에게 엄마 품이나 의자에 가만히 앉아 있기를 기대하는 것은 무리다. 다행히 센터의 아이들 돌봄 선생님이 아이들을 맡아주시기로 하여서 한결 수월하게 진행되었다. 물론 엄마 찾아 울음을 그치지 않는 아이는 엄마 곁에서 함께 시간을 보냈다.

여느 부모교육에서와 마찬가지로 질문을 먼저 던졌다.
"부모 할 만하신가요?"
어머니들의 다양한 대답이 이어졌다.
"어려운 일이 있어도 친정이 멀리 있어 가지 못하는 게 힘들어요."
"한국 엄마들처럼 아이를 잘 키울 수 있을지 걱정이 돼요."
"아이가 공부를 못하는 게 내 탓이라고 하는데 어떻게 해야 할지 모르겠어요."

"아이가 엄마는 한국말을 잘 못한다며 무시할 때 속 상해요."

"남편과 아이와 소통이 어려워요."

"남편이 잘 도와주지 않아 힘들어요."

"시어머니의 간섭이 심해서 싫어요."

"친정엄마가 너무 보고 싶습니다."

"아이에게 무엇을 어떻게 해주어야 할지 잘 모르겠어요."

"한국 엄마들은 아이들에게 어떻게 해주는지 궁금해요."

한국 어머니들이 이야기하는 어려움과 비슷한 듯하면서도 차이를 느낄 수 있었다. 한국 어머니들은 그야말로 아이들이 엄마의 뜻대로 움직여주지 않는 것이 가장 큰 걱정이자 어려움이라 이야기한다. 하지만 다문화가정의 어머니들은 그보다 더 근본적인 어려움을 가지고 있다는 것을 알 수 있었다. 언어와 소통에 관한 어려움에서 살아온 생활 방식의 다름으로 생기는 갈등까지 어려움의 크기와 깊이는 더했다. 그러니 다문화가정 어머니들의 불안은 더 깊고, 종류도 다양했다. 물론 이들이 갖는 부모로서의 어려움을 나와 만나는 세 번의 시간으로 모두 해결할 수 없다는 것을 잘 안다. 하지만 최선을 다해보자고 더 마음을 먹게 되었다.

 '아이들의 성장 과정의 이해', '아이들의 성장 과정에 따른 부모 역할', '이중 언어의 효과', '학교 교육 과정 이해', '엄마의 꿈 찾기' 등 다양한 주제로 알찬 시간을 보냈다. 강의를 들을 때도, 자신의 생각을 이야기할 때도, 전지 등에 그림 그리며 활동을 할 때도 변함없이 적극적이고 열정적이었다. 내가 그들의 친정엄마와 비슷한 나이라서 그런지 함께 시간을 보내며 어머니들이 까르르 하고 웃는 모습은 영락없이 딸처럼 느껴지기도 했다. 더 안아주고 보듬어주고 싶었다.

 그렇게 어머니들과 세 번의 만남이 이루어졌다. 세 번의 만남 동안 부모란 어떠해야 하는지에 대한 근본적인 이야기를 많이 나누었다. 그 이야기를 나누는 동안 언어는 아무 문제가 되지 않았다. 하나라도 더 알기를 바라는 어머니들의 간절함과 그들의 어려움을 하나라도 더 들어주어야겠다는 나의 간절함 앞에 넘지 못할 벽은 없었다. 그렇게 다른 듯 다르지 않은 공통점을 가진 어머니들과도 가야만 하는 길이라 묵묵히 걸어간다.

단 한 가지 아쉬운 점은 아버지들의 참여가 너무 없다는 부분이었다. 이 문제는 다문화가정만의 문제는 아니다. 그런데 이 아쉬움이 간절함으로 전해졌는지 그해 10월, 부부가 함께 참여하는 부부교육이 진행되었다. 참여한 부부들이 서로를 이해하며 다름을 인정하는 소중한 시간을 함께할 수 있었다. 이들 부부가 한 걸음 더 행복으로 다가가기를 간절한 마음으로 바랐다.

1g만큼의 실천

부모교육을 하다 보면 부모교육 내내 시큰둥한 표정을 짓는 부모들이 간혹 있다. 한 마디로 '당신이 하는 이야기 내가 다 알고 있으니, 그런 이야기 말고 색다른 이야기를 해봐!'라는 것이다. 부모교육을 시작하고 얼마 되지 않아서는 그런 표정을 짓는 부모들이 눈에 띄면 신경이 쓰였다. 물론 자주 있는 일은 아니었지만 어쩌다 한 번 경험하는 일임에도 불구하고 신경이 쓰였다. 그런 경험을 하고 난 이후에는 부모교육 준비에 더 많은 시간과 공을 들이게 된다. 하지만 더 많은 시간과 공을 들여도 부모들에게 전해야 하는 이야기는 언제나 같았다.

'도대체 이건 무엇 때문일까?'라는 고민이 날로 더해갔다. 부모교육 강사로 부모들을 만나고 아이들을 만나는 시간이 늘어나면서 답을 찾을 수 있었다.

'아는 것에서 그치느냐, 실천하느냐의 차이'

말 그대로 부모들이 머리만 키우고 있다. '어쩜 이리 똑같을까?' 하는 생각이 들었다. 지금 대한민국 부모들은 아이들의 머리 키우기에 몰두하고 있다. 아이들에게 자신의 몸과 마음을 쓸 기회를 주지 않는다. 그저 머리만 잘 키우면 된다고 여긴다. 그러면서 아이들이 몸과 마음을 써야 할 때는 '엄마가 다 해줄게', '아빠가 다 해줄게' 한다. 그러니 아이들은 변하기도 어렵고 무엇을 어떻게 변화시켜야 하는지도 모른다. 그런데 부모들도 똑같다. 부모로서 아이들에게 어떻게 해야 하는지 머리에 가득 담기만 한다. 머리에 담겨 있는 것을 몸과 마음을 통해 아이들에게 보여주고 들려주어야 하는데….

부산지역사회교육협의회에서 부산 관내 학교 중 한 학교를 택해서 무료로 부모교육을 진행해도 되는 기회가 생겼다. 너무 좋은 기회라 그냥 보내기가 아쉬웠다. 그러던 중 '학교폭력 외부자치위원'으로 활동했던 학교가 떠올랐다. 일단 학교 선생님께 연락을 취했다.

"마침 학교에서도 부모교육을 해야겠다고 생각하고 있었는데 연락해주셔서 감사합니다."

"네, 그런데 한 번 특강이 아니라 5주 동안 하는 부모교육인데 괜찮을까요?"

"5주요?"

선생님의 목소리에서 당혹감이 느껴졌다.

"어머니들이 5주라 그러면 좀 길다고 여기시지 않을까 걱정이 되기도 하네요."

"그렇죠."

"그래도 일단 어머니들께 가정통신문 드려서 진행할 수 있도록 해보겠습니다. 감사합니다."

선생님과 연락을 주고받은 지 사흘이 지났다. 15명 정도 신청하였다는 소식을 들었다. 그렇게 15명의 어머니와 5주 동안 부모교육을 진행하게 되었다.

대부분 초등학교 고학년이나 중고등의 아이를 둔 어머니들이셨다. 그러다 보니 부모교육을 들을 기회가 없어서라기보다 학교에서 진행하는 교육이라 의무적으로 참여해주신 분들이 더 많았다. 하지만 이러한 상황이 그리 당황스럽거나 낯설지는 않았다. 요즘은 워낙 부모를 대상으로 하는 교육이 많다 보니 부모교육을 그리 소중하게 느끼지 못하는 경우가 더 많다.

익히 알고 있는 분위기이기에 더욱 부모들의 급소를 찾아 찔러야 했다.

'과연 아이들이 어떻게 해야 하는지 몰라서 하지 않을까요?'

'아이들은 할 말이 없어서 말을 하지 않을까요?'

'왜 아이들이 이런 모습으로 성장을 하고 있을까요?'

첫 만남에서는 이러한 질문들이 주를 이루었다. 처음에는 '그냥 하시고 싶은 이야기만 얼른 해주세요'라는 표정으로 앉아 있던 어머니들의 얼굴이 점점 심각해졌다. 그저 '아이가 부족해서 못하는 것이 아닌가'라고만 생각했었는데 '그게 아닐 수 있겠다'라는 유레카를 찾은 모습이었다.

그리고 한 단계 더 급소를 향해 들어갔다.

'부모란 왜 어려울까요?'

'부모가 언제까지 아이들을 책임질 수 있을까요?'

'부모의 선택과 책임은 어느 정도 영향을 미칠까요?'

'콩 심은 데 콩 나고, 팥 심은 데 팥 난다는 것에 동의하시나요?'

이렇게 한 단계 한 단계 더 깊게 질문을 이어가며 부모들 스스로 자신들의 모습을 볼 수 있도록 시간을 가졌다.

부모들이 자신과 아이들의 모습을 스스로 돌아볼 수 있도록 최선의 노력을 다했다.

학교의 부모교육이 마치고 한 어머니로부터 긴 문자가 왔다.

부모교육이 끝난다니 무척 아쉽습니다.

매주 한 번 듣는 강의였지만 저에겐 한 주를 되돌아보며 저 자신에게 칭찬도 하고 반성도 하고 고민도 해보는 시간이었습니다.

정말 소중한 시간이었습니다.

선생님께 진심으로 감사드립니다.

천 톤의 생각보다 1g만큼이라도 실천하는 엄마가 되겠습니다.

기회가 되면 좋은 강의 또 듣고 싶습니다.

항상 건강하세요.

이 글을 받고 '사람의 마음은 통할 수 있다'라는 확신을 또 한 번 하게 되었다. 그리고 부모들에게 '부모로서 아는 것을 지식으로만 남기지 말고, 몸과 마음을 다해 실천하자'라는 마음을 전하기 위해 가야만 하는 길을 묵묵히 더 열심히 가기로 다짐도 했다.

살아남아야 한다

2020년 코로나바이러스로 사람들의 생활에서 많은 변화가 생겼다. 프리랜서로 활동하는 강사들의 강의환경 변화는 둘째가라면 서러울 정도로 직격탄을 맞았다. 나도 이 상황에서 벗어날 수 없었다. 잡혀 있던 강의들이 줄줄이 취소되었다. 강사로서의 삶을 정리해야 하나 하는 결단이 필요한 상황까지 내몰렸다. 그때 줌(ZOOM)을 비롯한 새로운 온라인 환경이 구세주처럼 나타났다. 강의란 것이 늘 대면으로만 이루어져야 한다는 고정관념을 깨고 줌을 통한 비대면 강의가 가능하게 된 것이다.

줌으로 하는 실시간 강의나 동영상 녹화 강의 모두 생소했지만 적응해가야만 했다. 아니 잘 적응해서 살아남아야 했다. 기계를 다루는 것을 워낙 무서워하고 싫어하던 나였기에 줌에 적응하는 데도 상당한 노력이 필요했다. 다행히 딸과 아들의 도움으로 하나씩 기능을 익혀갔다. 물론 예년 같지는 않았지만 줌으로 강의를 할 수 있는 기회가 하나둘 생겨나기 시작했다. 줌으로 하는 실시간 강의에서 또 다른 매력과 장점을 발견할 수도 있었다.

그렇게 생소한 세상에 적응하여 살아남기 위해 기계와 씨름을 하고 있을 때 경북교육청에서 연락이 왔다.

"강사님, 강의를 부탁드리려고 하는데요….."

말꼬리를 흐리시는 게 뭔가 또 다른 부탁이 있는 것 같았다.

"네, 이제 실시간 줌으로도 강연을 할 수 있으니 괜찮습니다."

"아뇨, 강사님. 학교에서 녹화 동영상을 요구하네요….."

'이게 무슨 말인가?' 지금이야 녹화 동영상을 만드는 것도 익숙해졌지만, 그 당시에는 생각해보지도 않을 때였다. '한 고개 넘으면 또 한 고개. 첩첩산중이구나'라는 생각이 저절로 들었다. 그래도 못 한다고 할 수는 없었다. '하늘이 무너져도 솟아날 구멍이 있겠지'

라는 마음으로 도전하기로 했다.

그렇게 줌을 넘어서는 또 다른 프로그램과의 전쟁이 시작되었다. 강의 녹화 영상을 찍는 것은 평소 부모교육을 할 때와 비교해 부모들이 앞에 없다 뿐이지 큰문제가 되지 않는다 생각했다. 하지만 아무도 없이 혼자 강의를 한다는 것은 그리 만만한 것이 아니었다. 혼자 벽 보고 말하는 기분이었다. 녹화를 마치고 녹화된영상을 보는데 너무 어색한 것이 마음에 들지 않았다. 벽 보고 혼자 말하는 나의 기분이 그대로 표현된 것 같았다. 한숨 돌린 뒤 다시 녹화 영상을 찍었다. '이제 녹화를 다 했으니 괜찮겠지?'라고 생각했다. 하지만 그생각은 엄청난 착각이었다.

녹화 영상을 편집 프로그램을 통해 편집하는데 상상 이상의 시간과 어려움이 기다리고 있었다. 말이 중복되거나 버벅거리는 부분은 잘라내고, 또 자연스럽게연결하는 작업이 생각보다 섬세함을 요구했다. 동영상을 녹화하는 시간보다 두세 배나 더 걸렸다. 시간도 시간이지만 나의 모습을 오롯이 봐 낸다는 게 쉬운 일이아니었다. 물론 성향에 따라 자신의 모습을 보는 게 자연스러운 사람도 있겠지만 난 어색했다.

그렇게 녹화와 편집을 끝내고 동영상 파일로 송출하는 작업이 남아 있었다. 이 작업은 버튼만 눌러놓고 기다리면 되는 작업이긴 했지만, 시간이 꽤 걸렸다. 그렇게 소중한 강의 동영상 한 편이 완성되었다. 어찌나 기쁘고 뿌듯하던지. 기쁨의 환호성을 질렀다.

녹화된 강의 동영상을 학교로 보내기 전 다시 한번 보았다. 부끄러움에 소리도 낮추고 혼자 조용히 보았다. 그리고 생각보다 내가 발음을 흘리는 부분이 있다는 것을 발견하게 되었다. 곧바로 볼펜을 입고 물고 발음 연습을 시작하였다. 아나운서 지망생이 된 것 같았다.

애국가 1절을 시작으로 국기에 대한 맹세를 또박또박 읽어갔다.

들의 콩깍지는 깐 콩깍지인가 안 깐 콩깍지인가.
깐 콩깍지면 어떻고 안 깐 콩깍지면 어떠냐.
깐 콩깍지나 안 깐 콩깍지나 콩깍지는 다 콩깍지인데

작년에 온 솥 장수는 새 솥 장수이고,
금년에 온 솥 장수는 헌 솥 장수이다.

생각이란 생각하면 생각할수록
생각나는 것이 생각이므로
생각하지 않는 생각이 좋은 생각이다.

이걸 21일 동안 무한 반복하였다. 누군가가 나를 지켜보고 있었다면 '참 재미있는 사람이다'라고 생각했을 것 같다.

부지불식간에 발생한 세상의 변화에 적응해야 했다. 내가 잘할 수 있고, 하고 싶은 것만 해서는 문제가 해결되지 않았다. 조금은 불편하고, 조금은 어색해도 극복해야 할 방법을 찾아야 했다. 이제는 줌으로 하는 실시간 강의나, 녹화 동영상 강의나 큰 어려움 없이 해내고 있다. 그래도 부모들과 아이들과 자유로이 대면해서 이야기를 주고받을 수 있는 날이 하루빨리 오기를 기도한다.

역시 삶이란 '다 좋을 수만도 다 나쁠 수만도 없다'

라는 것을 새삼 느꼈다. 이렇게 세상의 변화로 살아남는 방법을 터득하는 것도 가야만 하는 길이기에 묵묵히 해나가야 한다.

소중한 선물

"선생님! 6월 8일 화요일 오전에 강의하실 수 있을까요?"

시민단체인 사교육걱정없는세상에서 강의 의뢰가 들어왔다.

"어쩌죠? 매주 화요일은 이미 강의 일정이 다 있어요."

"네, 그럼 일정 다시 조율하고 연락드리겠습니다."

"그런데 강의할 곳이 어디예요?"

"네, 제주도에요!"

야호! 나도 모르게 마음속으로 환호성을 질렀다. 제주도는 가보고 또 가보아도 마음 한 곳에 늘 가고 싶은 곳으로 자리 잡고 있다. 아니 내 마음은 이미 제주도에 가 있었다.

"어머나, 제주도 너무 좋아요! 일정 꼭 조율해서 강

의 할 수 있도록 부탁드립니다."

강의도 강의이지만 제주도를 갈 수 있다는 생각에 마음이 풍선을 달고 하늘을 날아올랐다.

그런데 이런 대답이 이어졌다.

"선생님! 제주도를 가시는 건 아니고요, 줌으로 강의하시면 되는 거예요."

그때의 실망감은 아직도 생생하다.

이번 제주 강의도 대면이 아니라 비대면으로 줌 (ZOOM)을 통해 이루어지는 것이었다. 제주도를 직접 가면 여러모로 좋았겠지만, 코로나로 강의 진행 자체가 어려운 상황에 강의를 할 수 있다는 것으로 감사해하며 얼른 마음을 다잡았다.

일정을 조율하여 6월 18일 오전에 줌으로 강의를 진행하기로 하였다. 어느 강의나 마찬가지이지만 강의 날짜가 다가올수록 강의에 참여하시는 분들의 상황과 어려워하는 부분에 대한 사전 점검이 필요했다. 그래서 제주 모임을 이끄는 분에게 먼저 문자를 드리고 인사를 나누었다. 강사가 먼저 인사를 건네준 것에 대해 무척 고마워하셨다. 이 순간 또 한 번 느꼈다. 나의 작은 행동 하나가 타인에겐 큰 의미로 다가올 수 있다는 것을.

제주에서 강의에 함께하실 분들의 상황과 듣고 싶은 내용 등과 관련된 정보를 전해주었다. 그러면서 특히 두 분이 익명으로 상담을 원한다고 했다. '초등학생인 아이와의 관계에서 발생하는 문제'와 '중고등 학생인 아이들을 함부로 대하는 남편'에 관해 상담을 원한다는 이야기였다. 오죽했으면 익명으로 상담하고 싶은 이야기를 전했을까 싶어 마음이 무거워졌다.

그렇게 시간이 흘러 제주분들과 강의를 하는 날이 되었다. 여느 때와 마찬가지로 강의 30분 전에 줌을 열고 함께하실 분들을 기다렸다. 강의 때 부모님들에게 꼭 들려드리고 싶은 노래를 잔잔히 틀어 놓고 10시가 되기를 기다렸다. 한 분 한 분 줌으로 들어오시기 시작했다.

보통 줌으로 강의를 진행하면 비디오와 오디오를 다 꺼 놓는다. 하지만 강의에서 소통이 얼마나 중요한지를 늘 경험하는 나는 함께하는 분들에게 특별한 상황이 아니면 비디오와 오디오를 켜주기를 부탁한다.

비록 노트북 화면에서의 만남이지만 그렇게 비디오와 오디오를 켜두고 서로의 얼굴을 바라보면서 생생한 이야기를 듣고 전하면 대면 강의보다 훨씬 더 이야기가 잘 전달될 수도 있다. 그날도 비디오와 오디오를 다 켜주기를 부탁했다. 다행히도 상황이 어려운 몇 분을 제외하고는 비디오와 오디오를 켜주셨다.

  그렇게 10시부터 강의가 시작되었다. 아이들 때문에 웃기도 울기도 하는 부모들과 만날 때는 늘 다양한 이야기를 들어야 하고 전해야 한다.
  그날 제주분들과는 '부모-자녀 행복한 의사소통'이라는 주제로 이야기를 주고받았다. 대화가 무엇인지, 왜 소통이 어려운지, 대화할 때 주의를 기울여야 하는 것들에 관한 이야기를 전했다. 특히 부모로서 아이들과 소통을 할 때 아이들과 눈높이를 맞춰 대화하는 것이 왜 중요한지에 관한 이야기를 하였다. 그리고 무엇보다 아이들의 성장 과정을 정확히 알고 이해해야 하는 부분에 관한 이야기도 나누었다. 함께하는 분들의 아이들 나이가 세 살부터 성인까지 아주 다양했다. 어느 한쪽에 치우치지 않고 전 생애에 걸쳐 아이들의 성장 과정 이야기를 전했다. 이야기를 듣다 눈물을 훔치는 모습도 보였다. 아마 자신의 모습과 아이의 모습이 오버랩된 것 같았다.

그렇게 2시간의 시간이 눈 깜짝할 사이에 지나갔다. 2시간의 공식적인 시간이 끝나고 개별적인 질문을 하는 시간을 가졌다. 어느 시간보다 중요하고 소중한 시간이다. 각각의 가정에서 경험하는 고민이 다 다르기에 부모교육을 마친 후 꼭 가지는 시간이다. 공개적으로 질문을 하여도 되는 분들이 먼저 질문을 하고, 그에 따른 답변을 들은 후 대부분 줌을 퇴장하였다.

그리고 익명으로 질문을 남겼던 어머니와의 시간을 가졌다. 아이들에게 과격한 모습을 보이는 남편과의 관계를 어떻게 풀어가야 할지 막막해했다. 어머니의 이야기를 충분히 들은 후 어머니와 아이들의 고충, 그리고 남편의 행동이 왜 일어나는지 등에 관한 이야기를 나누었다. 울다 웃기를 반복하던 어머니는 마지막에 자신이 중간에서 어떻게 해야 할지 방법을 찾을 수 있을 것 같다는 이야기를 끝으로 그날의 부모교육은 끝이 났다.

그리고 며칠 후 제주 모임의 리더분에게서 한 통의 문자가 왔다.

'강사님에게 꼭 보여드리고 싶은 후기가 있어 문자 드립니다'라는 글에는 며칠 전 부모교육을 함께했던 부모들이 강의에서 느꼈던 점을 남긴 후기가 담겨 있었다. 마음으로 글을 읽어 내려갔다.

강의 시작 전 입장을 기다리는 시간에 '사랑, 어른이 되는 것'이란 노래를 듣는 그 순간부터 강의 내내 여기저기서 눈시울을 훔치는 분들이 많았습니다.

우리 엄마들은 지쳐 있는지도 모릅니다.

누군가의 '괜찮아, 잘하고 있어!' 한 마디에 왈칵 참았던 눈물을 쏟아냄에도, 아이를 위해, 좋은 부모가 되기 위해 또다시 이렇게 강의를 듣고자 모였습니다.

그런 엄마들을 한 명 한 명 다 어루만지듯 안아주시려는 듯, 3시간 넘는 시간을 하나라도 더 알려주시려는 강사님의 열정에 우리 제주 모임 등대원 모두 소중한 시간을 가졌습니다.

등대원들이 남긴 짧은 소감을 전하면

'알찬 강의의 여운이 지금까지⋯. 큰 깨달음의 시간을 만들어주셔서 너무 감사합니다.'

'중간중간 반성도 하고 공감하면서 아이와 또는 타인과 의사소통을 어떻게 해야 하는지 배우고 돌아볼 수 있는 소중한 시간이었습니다.'

'냉장고에 들을 청 붙였습니다. 잘 듣고 잘 배웠습니다.'

'강의 시간 내내 하나라도 더 전달하려는 강사님의 애씀에 감동입니다. 나를 다시 세우는 소중한 시간이었습니다.'

'노트북 화면 모니터를 뚫고 나올 듯이 열정적으로 강의를 해주시는 강사님의 정성이 나와 내 아이에게 큰 도움이 되었습니다. 여전히 서툴지만 기꺼이 평생을 배우며 나아가야 하기에 강사님의 정성을 이어받아 세상의 등대가 되도록 노력하겠습니다.

그리고 무엇보다 세상에 저 혼자가 아니라는 것을 느끼게 해주셔서 감사합니다.

함께 고민하고 마음을 나눌 좋은 분이 마음 내고 손만 뻗으면 닿을 거리에 있구나라는 경험을 할 수 있어 마음이 든든합니다. 고맙습니다.'

다양하고 소중한 글귀들이 나를 기다리고 있었다. 저 글들을 읽는데 함께했던 등대원들의 얼굴이 떠올랐다. 그 소중한 글귀들에 내가 더 감사함을 느꼈다. 소중한 선물을 받은 하루였다. 그 소중한 선물의 기운을 받아 나도 가야만 하는 길이라 지치지 않고 묵묵히 걸어가기로 했다.

슬기로운 부모생활

"작가님! 드디어 책이 나왔습니다. 축하드립니다!"

늘 꿈꾸기만 했던 일이 현실로 눈앞에 다가왔다. 드디어 나만의 책이 출간된 것이다. '따로 또 같이 행복한 여정을 위한'이라는 부제가 붙은 『슬기로운 부모생활』이 세상의 빛을 보게 된 것이다.

부모교육을 시작하고 시간이 흘러가면서 부모교육 강사로서 내가 전하는 이야기들을 책으로 남겨야겠다는 생각이 들기 시작했다. 하지만 엄두가 나지 않았다. 그렇게 한 해 두 해 미뤄지고 있었다.

그러던 중 부모교육 강사와 상담위원으로 활동하고 있는 사교육걱정없는세상에서 공동 저자로 책을 쓸 기회가 찾아왔다. 온라인 상담을 통해 이뤄지는 상담 사례들을 모아 부모들에게 도움이 되는 책을 제작하기로 하였다. 여러 상담위원이 함께 힘을 모으니 생각보다 수월하게 진행되었다. 나는 책의 편집 작업까지 참여하기로 하였다. 평소에 써 둔 사례를 모으는 일차 작업보다 편집의 작업이 훨씬 많은 것을 알고 느낄 수 있는 시간이었다. 그렇게 공저로 『불안을 주세요 안심을 드립니다』라는 나의 첫 책이 세상의 빛을 보게 되었다.

공저로 책을 세상에 선보이고 나니 책을 낼 수 있겠다는 자신감의 근력이 내 안에서 자라났다. 본격적으로 책 작업에 돌입했다. 몇 년 전부터 펼쳐 놓기만 했던 자료들을 하나씩 정리하는 작업부터 시작하였다. 정리해야 하는 자료의 양도 만만찮았다. 그렇게 자료를 정리하고 본격적으로 책 쓰기에 돌입했다. 한 꼭지 한 꼭지 쓰면서 신기하기도 하고, 나 자신이 대견하기도 하였다. 그렇게 꼬박 6개월여의 시간 동안 자료를 정리하며 책을 썼다. 그 기간 동안 웃다가, 한숨 쉬다가, 머리를 뜯다가, 썼다가 덮기를 수없이 반복하였다.

책의 초고가 어느 정도 진행되고 나니 또 다른 걱정이 내 마음 안에서 스멀스멀 올라왔다.

'과연 이 책을 출판해주겠다는 출판사가 있을까?'

아무리 생각을 하지 않으려 해도 걱정에 빠져들었다. 먼저 책을 낸 다른 강사님이나 지인들에게 물어보기 시작했다. 한결같이 돌아오는 대답은 일단 쓴 원고를 출판사에 투고하라는 것이다. 심지어 어떤 분은 투고한 원고가 읽힐 확률도 10%가 안 되고, 그 원고를 책으로 출판하겠다고 답을 주는 곳은 1%도 안 될 수 있으니 무조건 많은 곳에 원고를 보내라고 하였다. 눈앞이 캄캄했다. 힘들게 쓰기는 하였는데 어디에 보낼 수 있단 말인가?

다시 원고를 읽어보기 시작하였다. 그런데 자꾸 마음이 오그라들었다. '책이 세상에 나오면 부모들에게 도움이 될 수 있겠다'라는 확신이 들었다 없어지기를 반복했다. 그래도 마지막까지 정리는 해보자는 심정으로 마무리를 지었다.

출판사들의 이메일과 전화번호를 모으기 시작하였다. 대한민국에 출판사가 이렇게 많다는 것을 새삼 느끼게 되었다.

'이 많은 출판사 중 나와 인연이 될 곳은 어디일까?'

지인을 통해 알게 된 출판사 관계자분께 연락을 취해보았다. 일단 원고를 먼저 보내보라고 해서 원고를 보냈다. 그리고 원고 검토를 좀 빨리 해달라는 부탁도 덧붙였다. 하루가 지나고, 일주일이 지나도 소식이 없었다. 애초 원고를 보낼 때 늦어도 2주 안에는 답변을 주겠다고 했기에 일주일 더 기다려보기도 하였다.

주변에서 기다리는 동안 다른 출판사에도 원고를 보내보라는 이야기를 많이 해주었다. 하지만 일단 기다려보기로 하였다. 초조한 기다림의 시간이 또 일주일 흘러갔다. 연락이 올 것만 같은데 오지를 않는다.

'아, 출판이 어려운 것인가….'

더는 초조하게 기다리기가 어려웠다. 먼저 연락을 취했다.

"아, 선생님! 연락 드린다는 게…. 밀린 원고들이 많아 자세히 검토는 못 해봤지만 긍정적으로 보고 있습니다. 그런데 책을 출간하더라도 내년은 되어야 하는데 괜찮으시죠?"

통화하는데 출판사 쪽에서 하는 말을 어떻게 받아들여야 할지 난감했다.

"원고가 어떠한지 솔직하게 말씀해주시면 좋겠습니

다.”

“선생님, 원고가 나빠서가 아니라 저의 출판사 일이 많아서 시기적으로 시간이 좀 필요하다는 말씀이에요.”

“네, 감사합니다. 내년에 책을 내는 건 너무 늦는 것 같습니다. 제가 다른 출판사를 알아보겠습니다.”

그렇게 처음 연락을 취한 출판사와의 인연은 거기까지였다.

마음이 복잡해졌다. 자신감도 떨어졌다. 내 안에서 의심이 일어나기 시작했다.

‘원고가 별로인가?’

하지만 거기서 머무를 수는 없었다. 원고가 나빠서 그런 것은 아니라는 말을 믿어 보기로 했다. 다시 출판사 목록을 펼쳐 놓고 깊은 고민에 빠졌다.

‘그냥 모든 곳에 메일을 보내고 연락 오기를 기다릴까?’

하지만 왠지 그렇게 하고 싶지는 않았다.

그러던 중 한 곳의 출판사에 전화를 걸어보았다.

“원고를 보내고 싶어서 전화했습니다. 어떻게 하면 될까요?”

"네, 주제가 무엇과 관련이 있을까요?"

"네, 부모교육 관련 책입니다."

"그럼 부모교육을 하시는 분인가요?"

"네, 현재 부모교육을 하는 강사입니다."

"그럼 출판사 메일로 원고를 보내주시면 검토한 후 연락드리겠습니다."

또 검토 후 연락을 주겠다는 대답이라 염려는 되었지만, 떨리는 마음을 다독이며 원고를 출판사 메일로 보냈다. 초조한 마음으로 출판사의 연락을 기다렸다.

'연락이 내일 오려나? 이번 주는 지나야 할까? 안 오려나?'

이런저런 복잡한 생각이 들어 초조한 마음이 쉽게 가라앉지 않았다. 몇 시간이나 지났을까 초조한 마음을 달래려 자료들을 정리하고 있는데 전화벨이 울렸다.

"작가님! 출판사입니다!"

아니 나를 보고 작가님이란 호칭을 쓴다. 놀랐고 흥분되었다.

"어떻게 원고 검토를 해보셨나요?"

"네, 원고가 편하게 잘 읽혀서 검토가 빨리 끝이 났

습니다."

"어떻게?"

"네, 작가님. 저희 출판사와 계약하시고 책 작업해보시죠. 계약서 작성해서 보낼 테니 검토해보시고 사인해서 다시 보내주세요!"

꼭 귀신에 홀린 것만 같았다. 나의 원고를 받아주는 곳이 있다는 것만으로도 감사한 일인데 생각보다 이른 시간에 계약이 성사되다니….

"정말 감사합니다"라는 인사를 고개까지 숙여가며 진심을 담아 하고 또 했다. 내심 누군가가 이야기했던 것처럼 100곳 이상은 보내야 하나 걱정했었다. 그런데 각오했던 것보다 빨리 나와 인연이 닿은 출판사를 만났다.

출판사에 원고를 넘긴 후 작업 역시 만만찮았다. 수정이 거듭될수록 힘도 들었다. 표지 하나 정하는데도 출판사와 여러 번의 디자인 도안을 주고받았다. 출판사에서는 작가인 나의 의사를 충분히 반영하기 위해 여러 번의 수고를 마다하지 않았다.

그렇게 17년 부모교육 강사로 살아오면서 아이들과 부모들의 성장과 행복을 위해 전한 이야기들이 결실을 보게 되었다. 『따로 또 같이 행복한 여정을 위한 슬기로운 부모생활』. 17년 동안 가야만 하는 길이라 묵묵히 걸어가며 전했던 이야기가 탄생한 것이다.

책을 쓰면서 이 책이 세상에 나오게 되면 '부모 중 가장 어려운 분들에게 이 책을 전하자'라고 스스로 약속을 했다. 책을 쓰는 내내 '어떤 분들에게 이 책을 전하면 도움이 될까?' 고민하였다. 고민하던 중 쉼터에 있는 '미혼 엄마'들이 생각났다. 쉼터에 있는 미혼 엄마들은 오롯이 혼자서 아이를 감당해내고 있는 엄마들이다. 엄마가 된다는 것도 어렵고 힘든데 누구의 도움도 받기 어려운 처지니 얼마나 막막할까? 그래서 조금의 도움이라도 되는 방법을 찾기로 했다. 다행히 '부산시 건강가족지원센터'를 통해 미혼 엄마들과 한부모 가정에 책을 기증할 수 있었다. 책이 서점을 통해 판매되는 것보다 훨씬 큰 보람을 느낄 수 있는 순간이었다.

지금도 나는 부모교육 강사로서 가야만 하는 길을 다양한 활동을 통해 묵묵히 걸어가고 있다. 앞으로도 나에게 주어진 소명이 다하는 날까지 가야만 하는 이 길을 묵묵히 걸어갈 것이다.

4장

길 위의 아름다운 동행

가야만 하는 길이라 묵묵히 걸어가는 길에 여러 동행자를 만난다. 길을 가다 포기하는 사람들도 있고, 포기했다 다시 자신의 길을 찾아 나서는 사람들도 있다. 누구보다 자신의 길을 잘 찾아 빠르게 가는 사람들도 있다. 그리고 자신이 가야 할 길을 찾아 조금은 더디고 어려움이 있더라도 묵묵히 걸어가는 사람들도 있다. 이렇게 묵묵히 자신의 길을 걸어가는 이들의 이야기가 곧 우리의 모습이고 삶이다. 가야 할 길이라 묵묵히 가는 이들을 언제나 응원한다.

자신의 길을 찾아가는 '그 친구'

몇 해 전 지역아동센터에서 봉사활동을 할 때 만났던 '그 친구'가 생각난다. 어머니와 둘이서 사는 친구였다. 어머니는 아버지와 결혼을 하면서 타국인 한국으로 오셨다. 한국에 오셔서 남모를 어려움도 겪었지만, 아들과 함께 잘 지내고 계셨다. 다행히 그 친구는 어릴 때부터 자신의 일을 어머니에게 의지하지 않고 스스로 해결해 나갔다. 그러니 나이에 비해 어른스럽다는 느낌을 자주 받았다.

지역아동센터에서는 아이들의 학습과 진로에 관한 어려움을 도와주었다. 스스로 공부하는 습관이 부족한 아이들이라 스스로 공부 습관을 잡아주는 데 가장 심혈을 기울였다. 중고등 학생이 많은 센터이다 보니 아이들이 진로와 관련된 고민도 많았다. 아이들이 잘하는 것이 무엇인지, 관심 있는 분야는 어떤 분야인지, 원하는 것은 무엇인지 등을 찾고 아이들이 원하는 방향을 찾아갈 수 있도록 상담도 진행하였다.

부모교육도 하여야 했다. 다문화가정 또는 한부모 가정이 많다 보니 부모들의 어려움도 상당했다. 마음은 있어도 상황이 어렵다 보니 마음과 다르게 아이들을 대하는 부모들이 있었다. 특히 중학생인 아이들과 부모와의 갈등이 심했다. 아이의 이야기는 이야기대로, 부모가 하는 하소연은 하소연대로 들어주어야 하는 입장이 되었다. 삶이 팍팍한 부모일수록 더 많은 이야기를 들어주어야 했다.

그러던 어느 날, 고등학교 진학을 앞두고 고등학교 선택을 고민하던 '그 친구'가 찾아왔다.

"선생님, 의논드리고 싶은 일이 있는데요…."

"어, 무슨 일이야?"

"저 고등학교를 인문계가 아닌 특성화고를 가고 싶은데요…."

공부도 곧잘 하고, 공부 습관도 잘 잡혀가고 있던 친구라 조금은 의아했다.

"혹시 가고 싶은 학교가 있는 거야?"

"네, 저는 요리를 공부할 수 있는 학교에 가고 싶습니다."

"요리? 특별한 이유가 있을까? 언제부터 생각한 거야?" 등 나의 질문이 많아졌다.

"요리에 대해서는 계속 생각을 하고 있었는데 과연 이게 맞나 하는 확신이 없어 고민하고 있었습니다."

그러면서 왜 요리를 전공하고 싶은지, 요리를 전공하면 어떤 분야를 전공하고 싶은지 등 평소 자신 생각을 거침없이 이야기하였다. 평소에도 느끼고 있었지만 내가 생각한 것보다 훨씬 자신의 소신으로 생각이 꽉 찬 친구였다. 그리고 어머니를 생각하는 마음에 눈물이 왈칵 쏟아졌다.

"요리를 꼭 하고 싶은 이유 중 하나는 어머니를 위한 최상의 요리를 꼭 하고 싶기 때문이에요. 그래서 어머니께 꼭 대접하고 싶어요."

어머니에 대한 고마움을 자신이 한 음식으로 꼭 표현하고 싶은 것이었다.

그렇게 '그 친구'는 자신이 원하는 꿈을 위해 특성화고에 지원하였고, 합격했다. 합격한 다음 날부터 우리는 또 다른 프로젝트에 돌입했다. 공부를 곧잘 한 친구였기에 특성화고를 가서 공부까지 잘하면 분명 여러 가지로 도움이 될 것이었다. 그래서 그날부터 매일 센터에 들러 중학교 공부 복습과 고등학교 공부 예습을 진행하였다. 물론 다른 중3 아이들도 모두 같이 하였다.

"자, 먼저 중학교 공부에 놓친 부분은 없는지 확인부터 하자."

중학교 1, 2, 3학년 영어와 수학 문제집과 교과서를 가지고 중학교 과정을 먼저 점검하기로 하였다.

"선생님, 중학교는 다 지나왔으니 고등학교 선행 공부하면 안 돼요?"

중학교 3년을 다니며 가장 공부 때문에 애를 먹였던 아이가 고등학교 선행을 하고 싶다고 말했다.

조용히 있던 '그 친구'가 말로 펀치를 한 방 날렸다.

"중학교 공부가 잘되어야 고등학교 공부에 구멍이 안 생긴다고 말씀하셨잖아!"

평소에 아이들에게 '앞 학년의 공부에 구멍이 나면 다음 학년 공부하기가 어렵다'고 이야기 했던 말을 기억하고 친구에게 작지만 울림이 있는 목소리로 말했던 것이다.

꾀를 부리고 싶은 날도 있고, 이렇게까지 공부를 해야 하나 의심하는 모습을 보이는 날도 있었지만, 꾸준히 잘해나갔다. 그러면서 요리와 관련된 필기 자격증 공부도 하고, 일어도 시작하였다. 자신이 결정한 특성화고를 진학하기 전 그 친구는 중3 겨울을 매우 바쁘게 보냈다.

일 년에 한두 번 연락을 주고받지만, 고3인 된 '그 친구'와 얼마 전 연락을 주고받았다. 지금까지도 중3 겨울에 공부했던 그 시간을 소중하게 여겼다. 그때의 공부 습관을 지금까지도 이어가고 있다며 자랑스럽게 말했다. 요리를 전공하는데 공부까지 덤으로 잘하니 선택할 수 있는 길이 훨씬 많다는 이야기도 하였다. 이미 양식, 일식, 한식, 제빵 등 관련된 자격증도 다 땄다며 자랑하였다. 컴퓨터와 관련된 자격증도 여러 개 땄다는 말까지 덧붙였다. 그리고 고3이다 보니 다음 진로를 고민 중이라고 하였다. 한국에서 조리로 잘 알려진 대학을 갈지, 아니면 해외로 나가 공부를 하고 취업을 할지를 두고 고민을 하고 있었다.

중3 아이를 둔 부모들이 아이의 진로와 고등학교 진학 때문에 고민하면 '그 친구'의 이야기를 종종 들려준다. 모든 아이가 다 '그 친구'와 같은 길을 가라는 의미는 아니다. 다만 '그 친구'처럼 스스로 자신이 가고자 하는 방향과 목표를 선택하면 한 걸음 한 걸음 잘 나아갈 수 있다는 것을 말해주고 싶은 것이다.

고등학교 졸업을 앞두고 다시 선택의 순간이 다가왔다. 어느 방향의 길을 선택하든 자신이 선택한 길에서 묵묵히 잘해 나갈 친구라는 것을 믿는다. 그리고 또 다른 누군가에게도 이렇게 자신의 길을 찾아 묵묵히 가다 보면 자신이 원하던 꿈을 이룰 수 있다는 것을 자신의 삶으로 보여줄 '그 친구'의 앞날을 응원한다.

세상은 넓고 할 일은 많다

'세상은 넓고 할 일은 많다'라는 말에 꼭 맞는 20대 후반의 친구가 있다. 가던 길이 좀 못마땅하더라도 계속 갔으면 그리 어려운 것 없는 시간을 보냈을 친구이다. 하지만 어려운 길을 찾아 나섰다. 그것도 태어나서 자라고 살았던 한국이 아니라 머나먼 다른 나라에서….

클래식 공연 기획 일을 하던 그 친구는 한국에서의 보장된 자리를 떠나기로 마음먹었다. 쉽지 않은 결정이었다. 하지만 더 늦어지면 더 많은 핑계가 생길 것 같아 과감히 떠나기로 마음먹었다. 대학 시절 어학연수 한 번 갔다 온 적 없었다. 하지만 부딪혀보기로 한 것이다.

그렇게 낯선 베를린이란 도시에 자리를 잡았다. 독일은 워낙 클래식 공연과 관련된 일들이 많이 이루어지는 곳이니, 공연기획과 관련된 많은 경험을 할 수 있으리란 기대도 컸다. 그런데 생각지도 못한 상황에 발목이 잡혔다. 코로나바이러스로 인해 전 세계가 패닉 상황에 빠졌다. 한국을 떠나기 전에 이러한 상황이 발생하였다면 출발에 관한 고민을 해볼 수라도 있었을 것이다. 하지만 한국을 떠난 뒤 갑자기 모든 일이 일어났다. 머물기로 한 베를린도 예외는 아니었다. 베를린에 도착하면 일을 시작하기로 한 곳에서의 일도 불투명해졌다.

'어떻게 해야 하지?'를 속으로 수만 번도 더 되뇌었을 것이다. 그리고 그 친구가 내린 결론은 베를린에서 방법을 찾는 것이었다. 아마 막막하기도 두렵기도 하였을 것이다. 하지만 가족들에게 계속 베를린에서 방법을 찾아보겠다고 하였다.

그렇게 막막한 몇 달이 지나갔다. 드디어 베를린에서 일자리를 찾았다. 그런데 그 일이 지금까지 공부하고 경험했던 일과는 전혀 다른 분야의 일이었다. 한국으로 출시되는 온라인 게임의 시스템을 점검하고, 게임과 관련된 영어를 한국어로 번역하는 등의 일이었다. 10대, 20대 초반을 거치면서 게임에는 크게 관심이 없던 친구였다. 거기다 번역 작업까지 해야 하는 책임을 맡은 것이다. 그 상황을 상상만 해도 겁이 덜컥 나는데 정작 본인은 매우 덤덤하였다.

"한 번 부딪혀보고, 아니다 싶으면 그때 그만두어도 되지 않을까요?"라며 반문을 해 왔다. 그렇게 얼떨결에 시작한 일을 2년여 동안 해오고 있다.

우리 사회나 부모들은 젊은이들을 너무 철부지로 나약하게 보는 경향이 있다. 하지만 그 친구를 보면서 젊은이들은 부모들이 생각하는 것처럼 결코 나약하지도 철이 없지도 않다는 생각을 더 하게 되었다.

얼마 전 그 친구에게서 연락이 왔다.

"아직 베를린에서 제가 하고 싶었던 일을 시작도 못해봤는데 한국으로 들어가야 할지 고민이에요."라며 자신의 진로에 대한 고민을 털어놓았다.

"한국에 오려는 특별한 이유가 있나요?"

"한국에 있는 기획사에서 함께 일해보자는 제안을 받았어요."

"좋은 소식이긴 하네요. 그런데 고민은 될 것 같아

요."

"네, 여기서 공연기획과 관련된 경험을 하고 돌아가고 싶은데 코로나가 언제 종식될지 모르니 막연히 기다릴 수도 없어서 고민이 됩니다."

부산과 베를린이라는 거리가 무색할 만큼 전화로 3시간 동안 자신이 선택해야 할 새로운 길에 관한 이야기를 나누었다.

그 후로도 다양한 방법으로 소통을 이어갔다. 지금은 한국에 돌아올 준비를 하고 있다. 오랜 고민 끝에 한국에 돌아와 함께 일해보고자 제안했던 기획사에서 새로운 시작을 하려고 한다.

예정된 계획과는 전혀 다른 길을 만나 다른 세상에 도전장을 내미는 젊은 친구들이 생각보다 많다. 그 과정에서 시행착오를 경험할 수도 있다. 하지만 젊은 친구들이 세상은 넓고 할 일은 많다는 경험을 할 수 있어야 한다. 부모들의 불안과 걱정을 잠재우기 위해 우물 안 개구리로 살아가게 해서는 안 된다. 그들을 자신의 삶도 책임지지 못하는 나약한 철부지로 보아서도 안된다. 그들은 누구보다 넓은 세상에서 자신이 가야 할 길을 찾고, 오늘도 자신의 발걸음을 묵묵히 내디디고 있다.

새벽을 여는 엄마

"선생님, 저는 요즘은 새벽 4시에 일어나요."

"왜 그렇게 일찍 일어나세요? 잠이 부족해 힘들지 않으세요?"

"아니요. 그 새벽 시간이 너무 행복해요."

"무엇을 하시기에 행복하다고 말씀을 하실까요?"

"모두가 자는 새벽에 걷기도 하고요, 남기고 싶은 글도 써요."

세 살과 여덟 살 남매를 키우는 어머니와의 만남은 한 부모교육에서였다. 모두가 비슷하게 하는 경험이지만 그분도 두 아이의 양육으로 매우 지쳐 보였다. 더군다나 친정 부모님의 이른 부재로 성장환경도 외로움 그 자체였다. 다행히 일찍 결혼하고, 남편과 시부모님의 사랑을 많이 받고 있었다. 남편과 시부모님의 사랑과 관심이 있다 하더라도, 20대 후반의 젊은 엄마가 감당해야 할 몫은 상당할 수밖에 없었다.

"아이를 보다 보면 내가 아이를 보는 건지 아이들과 씨름을 하는 건지 분간이 안 돼요."

"아들은 몸을 쓰면서 놀기를 원하는데 저는 그게 너무 힘에 부쳐요."

"딸은 아직 어려서 그런지 분명하게 말을 하지 않고 울며 칭얼거리기만 하니 어떻게 해주어야 할지 모르겠어요."

처음 만나는 날 그동안 속으로 쌓아두었던 어려움을 쏟아냈다.

부모가 된다는 것이 어떤 것인지를 알고 부모가 되는 사람은 극히 드물다. 대부분 어쩌다 보니 부모가 된다. '어쩌다 부모'인 것이다. 남매를 키우는 어머니 역시 계획했던 건 아닌데 너무 빨리 부모가 되었다. 부모가 되더라도 먹이고, 입히고, 재우기만 하면 큰 어려움이 없으리라 생각했다. 그런데 영문도 모르겠는데 아이가 울거나 보채기 시작하면 자신이 더 울고 싶은 심정이 되었다. 그래도 큰아이만 있을 때는 견딜 만했다. 하지만 둘째가 태어나면서 어려움은 두 배가 아니라

서너 배도 넘었다. 둘째가 더 어리니 둘째를 보고 있자
면 큰아이는 엄마에게 더 매달렸다. 오빠이니 뚝 떨어
져서 혼자 잘 놀면 좋겠는데, 엄마를 찾으니 너무 힘이
들었다. 어떨 때는 몸을 둘로 나누어 하나는 큰아이에
게, 하나는 둘째에게 주었으면 좋겠다고 했다. 재빨리
머리를 가로젓더니 '아니, 가능만 하다면 몸을 셋으로
나눠 둘은 아이들에게, 하나는 자신으로 오롯이 있을
수 있으면 좋겠다'라며 말꼬리를 흐렸다. 얼마나 힘들
면 그럴까 싶었다.

"가장 원하는 것이 무엇일까요?"

"혼자 있는 시간을 갖고 싶어요."

"만약 혼자 있는 시간을 가지게 된다면 어떤 것을
하고 싶으세요?"

"뭘 딱히 하고 싶은지는 생각을 해보지 않았는데…."

"한 가지 드리고 싶은 말씀은 막연히 혼자 있는 시
간을 갖고 싶다고 생각하지 마시고, 하고 싶은 것이 무
엇인지 한번 생각해보면 좋을 것 같아요."

"아, 그건 미처 생각 못 했었는데, 제가 무엇을 원하
는지 한번 고민해볼게요. 선생님!"

그렇게 약 3개월 동안 부모교육을 통해 함께하는 시간을 가졌다. 그러던 중 '새벽을 여는 엄마'가 된 것이다. 그것도 막연히 새벽을 여는 것이 아니라 자신이 평소 원했던 것을 하기 위해 새벽을 연다. 그러다 보니 잠이 좀 부족해도 행복한 시간을 보낼 수 있다고 한다.

새벽 시간을 통해 아이들을 바라보는 시선도 많이 달라졌다고 했다. 그러면서 새벽에 쓴 글 한 편을 소개했다.

나는 아이에게 그릇이 되고 싶었다. 어떻게 하면 더 좋은 것들, 더 많은 것들, 더 유용한 것들을 한가득 담아서 아이들에게 줄 수 있을까 고민했다. 마치 평생을 살 수 있는 것처럼…. 하지만 아이들은 자신이 그릇이길 원했다. 그 자신만의 그릇에 자신이 좋아하는 것, 원하는 것, 잘하는 것을 담기를 원했다. 그래서 아이들 스스로 자신만의 세상을 그릇에 담기를 바란다.

그리고 부모교육을 마친 뒤 한 통의 메일을 보내왔다.

부모로서의 삶은 아이들의 성장 과정을 보면서 한없이 기쁘고 감사하다가 때로는 한없이 어렵고, 힘들고, 지치는 시간이었습니다. 이 어렵고 정답이 없는 육아에 몸서리쳐질 때, 성공의, 성공에 의한, 성공을 위한 삶을 살게 하라 강요하며 세상이 나를 흔들어놓을 때, 토닥토닥 등 두드려주는 따뜻한 선생님의 목소리가 다가왔습니다. 완벽한 엄마가 아니라 충분히 좋은 엄마로서 존재하라는 아이의 메시지가 들렸습니다. 선생님을 만나 충분히 좋은 엄마가 되는 기회를 만나게 되어 너무 감사드립니다.

이렇게 두 남매를 키우는 엄마는 오늘도 새벽을 열며 자신이 가야만 하는 '부모'라는 길을 묵묵히 걸어가고 있다.

아이와 함께하는 것들이 무의미한 일들의 연속이라 여겼습니다.
하지만 그 무의미한 것들이 쌓이고 쌓여
부모가 된다는 것을 알았습니다.
그렇게 부모가 되었습니다.

– 정은유, 『슬기로운 부모생활』(미다스북스, 2021)

아빠의 육아휴직

'10세 미만 아이들을 위한 부모 역할'이란 주제로 5주 동안 부모교육을 시작하는 날이었다. 줌(ZOOM)으로 오전에 하는 교육이라 줌 화면이 어머니들의 모습으로 채워졌다. 그런데 줌 화면에 한 분의 아버지가 등장했다.

"부모교육 듣고 싶어서 신청했는데…."

멋쩍은 표정을 지었다.

"네, 잘 오셨습니다. 반갑습니다."

궁금한 것이 많았지만 그 궁금증을 뒤로하고 더 밝고 반갑게 맞이했다.

돌아가면서 자기소개를 먼저 하였다. 드디어 궁금증을 유발했던 아버지의 순서가 되었다.

"저는 세 살, 여섯 살 남매를 키우는 아빠입니다. 현재는 육아휴직 중입니다."

'육아휴직.'

말이 쉬워 육아휴직이지 쉽지 않은 선택이었을 것 같다. 그리고 한국 문화에서 흔치 않은 아빠의 육아휴직이라 더 눈길을 끌었다. 부러움 가득한 어머니들의 시선을 느낄 수 있었다.

"어떻게 육아휴직을 선택하게 되셨는지 들어볼 수 있을까요?"

"네, 아내도 저도 직장을 다니느라 아이들을 부모님께서 돌봐주셨는데…. 큰아이를 보니 더 늦기 전에 엄마, 아빠가 아이와 함께 지내야겠다는 생각이 들었습니다. 그래서 아내와 육아휴직을 의논하던 중 제가 육아휴직을 하기로 하였습니다. 육아휴직을 시작한 지는 6개월 정도 지났습니다."

"어려운 결정을 하셨네요. 그런데 아이들을 생각하면 정말 잘하신 결정이라 생각됩니다."

"저도 그렇게 생각합니다. 할머니 손에서 커도 크게 문제가 되지 않으리라 생각했는데…. 두드러진 문제가 있다기보다 아이들과 엄마, 아빠 사이에 왠지 모를 벽이 느껴지더라고요. 그런데 그 원인은 잘 모르겠고, 원인을 모르니 해결 방법도 잘 찾아지지 않았습니다."

"아주 답답하셨겠어요."

"네. 제일 답답했던 건 아내나 제가 부모로서 무엇을 알고, 무엇을 모르는지조차 잘 모른다는 것이었어요. 그래서 부모교육 특히 10세 미만의 아이들을 위한 내용이라는 이야기를 듣고 신청하게 되었습니다."

"네. 5주 동안 함께하면서 고민 해결의 방법을 찾아보면 좋겠습니다."

육아휴직을 감행한 두 아이의 아버지는 어느 부모보다 더 집중해서 더 열정적으로 부모교육에 참여하였다. 매회 부모교육이 끝나고 질문을 하는 시간에도 항상 끝까지 남아 질문을 하였다. 그러면서 아이의 작은 변화에 기뻐하기도 하고, 아이가 생각과 다른 모습을 보이면 상실감도 그만큼 컸다. 하지만 실천할 방법을 알려주면 아이들과 아내와 함께 노력했다. 그러면서 아이들을 이해하는 폭도 넓혀갔다.

그 후로도 다른 주제의 부모교육에도 시간을 내어 참여하였다. 함께하는 시간이 늘어날수록 아이와 보내는 시간에 여유도 느껴졌다. 그러면서 자신이 부모로서 무엇을 모르고, 무엇을 잘못하고 있는지를 인정할 수 있게 된 본인의 모습을 흐뭇해했다. 아이만 성장하는 것이 아니라 아빠도 조금씩 성장하는 모습을 보였다.

함께할 수 있는 부모교육 마지막 시간이 되었다.

아이와의 관계 개선을 위해 육아휴직을 하였습니다. 육아휴직 기간 중 절반을 아이와 싸우며 아이도 저도 아내도 지쳐가고 있었습니다. 힘든 게 당연하다 생각했습니다. 하지만 부모교육을 들으며 아빠로서 저의 모습을 되돌아보게 되었습니다. 아빠로서, 부모로서 몰랐던 모습들이 눈에 들어오기 시작했습니다. 모든 부모가 좋은 부모가 될 수는 없지만, 이러한 기회를 통해 부모도 모를 수 있다는 것을 인정할 수 있는 부모가 많아졌으면 하고 바라봅니다. 그래야만 아이에게 한 발 더 가깝게 다가갈 수 있다고 생각합니다.

지금은 육아휴직이 끝이 났다. 육아휴직을 처음 시작할 때는 육아휴직이 끝나면 가정을 떠나 직장 근처에서 혼자 지낼 것이라 하였다. 하지만 현재 집에서 아이들과 아내와 같이 지낸다. 물론 출퇴근에 걸리는 시간이 더 많을 것이다. 하지만 지금은 아이들과 함께하는 것이 더 소중하다고 생각하여 출퇴근의 수고스러움을 감내하기로 했다고 한다. 그렇게 육아휴직을 했던 아빠는 매일 그 먼 길을 오가며 '아빠'의 길을 묵묵히 걸어가고 있다.

> 어쩌다 부모가 되었습니다.
> 되면 그냥 다 하는 줄 알았습니다.
> 하지만 뭘 아는지 모르는지조차 모르는 부모였습니다.
> 부모로서 내가 할 수 있는 것을 하나씩 알아가니…
> 부모인 내가 보이고,
> 아이가 보였습니다.
> 그렇게 부모는 아이와 함께 길을 동행하며 성장하는 중입니다.
> -풀꽃강사 정은유

변화를 먼저 선택한 엄마

부모교육을 하다 보면 유난히 마음이 끌리는 곳이 있다. 수요일 저녁 시간 만났던 양산교육청 담당자와 부모들이 그러했다. 우연한 기회에 특강으로 맺어진 인연이었다. 특강을 했을 때 강사를 맞이하는 담당자의 모습부터 달랐다. 그런데 특강을 듣는 부모들의 모습 또한 나에게 감동을 주었다. 50여 명의 부모가 중요한 이야기는 메모하며 한 마디라도 놓치지 않기 위해 집중 또 집중하고 있다는 것이 느껴졌고 보였다. 그렇게 감사한 마음으로 두 번의 특강을 하고 나서 항상 마음에 남는 곳이었다.

해가 바뀌고 다시 아이들, 부모들과 다양한 방법으로 만남을 이어가고 있었다. 어느 날, 강의를 마치고 전화기를 확인하는데 부재중 전화와 함께 문자가 한

통이 남겨져 있었다.

'양산교육청입니다. 부모교육 관련 여쭈어보고자 하니 연락 부탁드립니다'라는 문자였다.

문자를 보는 순간 몇 개월이 지났지만, 담당자의 얼굴이 떠올랐다. 그만큼 나에게 소중한 기억으로 남아 있었다.

"여보세요. 정은유 강사입니다."

"네, 강사님. 반갑습니다. 다름이 아니라 이번에 교육청에서 5회기 부모교육을 진행하려고요."

"잊지 않고 다시 연락해 주셔서 감사합니다."

"그런데 저녁 시간에 진행할까 하는데 괜찮으실까요? 직장을 다니는 부모님들이 부모교육을 접할 기회가 많지 않은 것 같아 저녁에 진행하려고요."

"네, 시간은 교육청에서 정하시면 그대로 진행하겠습니다."

"저녁 시간에 먼 길 오셔야 하니 죄송해서요."

"아닙니다. 교육청에서 부모님들에게 소중한 시간을 만들어주시는데 기쁜 마음으로 달려가겠습니다."

그렇게 수요일 저녁 시간에 5회기 부모교육을 진행하기로 하였다.

여느 때와 마찬가지로 첫날이라 조금 이른 시간에 양산에 도착하였다. 강의 장소를 찾아가니 담당자께서 이것저것 준비를 하고 있었다. 특강으로 두 번의 만남이 다인데 꼭 오랜 시간 헤어졌던 자매가 만나는 것처럼 반갑게 서로를 맞이했다. 이런 것이 이심전심일까? 서로에 대해서 특별히 아는 것도 없는데 왠지 마음이 잘 통할 것 같은 느낌이 강하게 전해져 왔다. 참석하는 부모들을 위한 준비에서도 담당자의 섬세함이 돋보였다. 준비하는 본인의 입장이 아닌 참석하는 부모들을 먼저 생각하는 모습이 느껴졌다.

저녁 7시가 되어 부모교육을 시작하였다. 저녁 시간임에도 불구하고 30여 명의 부모가 참석하였다. 대부분 직장을 퇴근하고 바로 오셨다 하였다. 아버지도 5명 정도 계셨다. 정말 열의가 높은 분들이었다. 본격적인 시작 전 선물 타임을 가졌다. 부모에게 도움이 되는 책을 한 권 선물하려고 가지고 갔었다. 누구에게 드려야 하나 고민을 하다가 "오늘 가장 먼 곳에서 온 것 같다 생각되는 분, 손 들어주세요." 그랬더니 몇 분이 손을 드셨다.

"물금에서 왔어요."

가장 먼 곳에서 오신 분이라 생각을 했는데 한 어머니가 조심스럽게 손을 드셨다.

"전 직장이 울산이라 울산에서 퇴근하고 바로 왔어요"라고 하신다. 만장일치로 울산에서 온 어머니가 책 선물을 받는 영광을 누렸다. 시작 전 이벤트를 진행하고 나니 분위기가 한층 부드러워졌다. 그리고 본격적인 부모교육이 시작되었다.

저녁 9시가 되어서야 부모교육을 마쳤지만, 질문을 받고 나면 항상 9시 30분이 넘어서야 끝이 났다. 그렇게 부모교육을 이어가며 질문을 받는데, 어머니 한 분이 심각한 표정으로 이야기가 좀 길어질 것 같은데 질문을 해도 되는지 물었다. '물론 괜찮다' 하고 질문을 들어보았다.

"첫째 아이가 초등학교 4학년인데, 사춘기가 시작되어서 그런지 반항적인 모습을 자주 보입니다. 특히 아빠에게 더 반항적이어서 아빠와의 관계가 좋지 않습니다. 요즘은 아빠가 먼저 조심을 하려고 하는데,

지금까지 경험이 있어서 그런지 아빠의 마음을 있는 그대로 받아주지 않아 아빠와 갈등이 심해지고 있어요."

"딸의 모습을 보면 많이 힘드시겠어요. 특히 아이와 남편 사이에서 곤란하실 것 같네요."

"네, 서로 왜 자기에게만 뭐라고 하냐며 결국 제가 모든 원망을 듣고 있어요."

사춘기가 시작된 딸과 남편 사이에서 이러지도 저러지도 못하는 어려움을 해결하고 싶다는 고민이었다.

초등학교 4학년 딸의 모습과 남편의 반응에 관한 질문을 주고받으며 이야기를 이어갔다. 이야기는 자정을 넘어 늦은 시간까지 이어졌다. 시간이 늦었다고 어머니를 두고 일어날 수가 없었다.

아이가 왜 반항적인 모습을 보이는지, 그런 모습을 보이는 아이를 부모가 어떻게 이해해야 하는지 등에 관한 이야기를 전했다. 그러면서 부모가 변하지 않는데 먼저 변하는 아이는 없다고 이야기했다. 그러니 아빠도 엄마도 아이에게 어떻게 다가가야 할지를 먼저 고민해보자고 했다.

그렇게 늦은 시간까지 이야기를 나누고 돌아왔지만

계속 마음에 걸렸다. 한 번의 이야기로 문제가 해결되기 어렵다는 것을 잘 알고 있기 때문이었다.

그러던 어느 날 한 통의 문자가 왔다.

> 선생님, 그날 해주신 말씀 잘 듣고, 남편이랑 이야기도 많이 나누었습니다. 남편도 생각이 많아졌습니다. 그리고 한 꺼번에 다 하려고 하지 않으려 합니다. 하나씩 실천해보도록 하겠습니다. 먼저 부드러운 말투로 아이에게 다가가는 연습을 하고 있습니다. 그리고 매일 매일 노트에 기록도 하고 있어요. 딸에게 부드러운 말투로 다가가니 딸이 엄청나게 애교도 부립니다. 선생님이 부모가 먼저 변해야 아이도 변한다는 말을 꼭 기억하고 실천하겠습니다. 감사합니다.

부모들에게 부모가 먼저 변해야 아이들이 변한다고 이야기를 전해도 말처럼 쉽게 되는 것은 아니다. 부모들도 그들의 행동엔 그만한 이유가 다 있기 때문이다.

그들 역시 누군가의 아이였다. 그들이 유년기부터 부모에게 받은 경험이 그들의 무의식 속에 고스란히 남아있다. 부모와의 관계에서 긍정적인 경험을 많이 했다면 큰 어려움 없이 자신의 아이들과도 관계가 좋을 가능성이 크다. 하지만 아이와의 관계가 힘들어 찾아오는 부모 대부분은 자신 역시 그들 부모와의 관계에서 긍정적인 경험보다는 부정적인 경험이 많다. 자신이 경험한 것이 뼈에 사무치게 아팠기 때문에 내가 부모가 되면 절대 그러지 않으리라 다짐을 한다. 하지만 다짐과 달리 부모가 된 모습에서 과거 부모의 모습을 발견하게 된다. 당황스럽고 몸서리쳐지도록 싫지만, 그 모습은 잘 떨어져 나가지 않는다. 그래서 부모들이 변하기가 어려운 것이다. 그런데 아이의 긍정적인 변화를 위해 부모가 먼저 변하는 길을 선택하고 묵묵히 걸어가는 어머니를 꼭 안아드리고 싶었다.

부모가 변한다는 것은 말처럼 쉽지 않습니다.
하루 밤새 만리장성을 수천 번 쌓으며 다짐을 해도 쉽지 않습니다.
부모로서 변화를 원한다면…
먼저 부모 자신을 알아야 합니다.
아이의 변화를 원한다면…
먼저 부모 자신이 변해야 합니다.

그러면 아이가 변해줄지 고민을 합니다.

부모 자신을 알지 못하고, 변하지 않으면…

어떠한 주도권도 가질 수 없습니다.

-풀꽃강사 정은유

엉킨 실타래를 풀어가는 엄마

경주지역사회교육협의회에서 부모교육을 진행하게 되었다. 미디어 특강을 시작으로 대화법과 에니어그램 등 다양한 주제로 약 4개월이 넘는 시간 동안 부모교육이 이어졌다.

미디어 특강으로 포문을 여는 첫날, 부모교육에 참여한 어머니 중 한 분이 예전에 나를 본 적이 있다고 하였다.

"어디서 저를 보셨어요?"

"작년에 경주여중에 부모교육 특강 오셨을 때 뵀어요. 그때 강사님에 대해 강한 인상을 받아 기억하고 있어서요."

"감사하네요, 저를 다 기억해주시고요."

"그런데 경주협의회에서 강사님이 부모교육 하신다

는 소식을 듣고 무조건 신청했어요. 너무 반갑습니다."

"그런 인연으로 신청하셨다니 제가 더 감사하고 반갑습니다."

이전의 인연이 있기도 하였지만 한창 사춘기를 보내는 딸에 대한 고민이 커 부모교육을 신청한 것 같았다.

말 잘 듣고 입댈 것 없이 자기 일을 잘하는 고등학교 2학년인 첫째 딸에 대한 고민은 하나도 없다고 하였다. 그런데 중3인 둘째 딸이 고민이라고 하였다.

"둘째는 고집도 세고, 자기 하고 싶은 것만 하고 말을 안 들어요. 봐주기가 너무 힘듭니다."

"말 잘 듣는 첫째를 보다가 둘째를 보면 힘드시겠어요."

"네, 자기 고집대로 하지 못하게 하면 언니와 자기를 차별한다며 대들어요. 저희는 맹세코 차별을 하지 않거든요."

"아이들 간에 차별하지 않는데 차별한다는 소리 들으면 억울하시기도 하겠네요."

"네, 방법이 없을까요? 선생님!"

"어머니의 힘든 것도 억울한 마음도 이해는 됩니다.

저라도 그럴 것 같아요. 그런데 지금부터는 오롯이 아이의 마음에서 이야기를 나누어 봤으면 합니다."

"아이의 마음에서요?"

"네, 이 세상 어느 부모도 아이를 사랑하지 않는다는 부모는 없을 거예요. 하지만 아이들 마음에 그 사랑이 어떻게 전해지느냐는 다른 문제인 것 같아요."

"부모가 사랑하는데, 부모의 사랑을 느끼지 못하는 아이도 있을까요?"

"그렇죠. 부모는 다 사랑을 하니 아이도 당연히 부모의 사랑을 느끼고 알 것으로 생각해요. 하지만 아이들이 느끼는 부모의 사랑은 다른 것 같아요."

"부모의 사랑이 다르다는 게 이해가 안 되네요."

"사랑은 주는 사람이 원하는 사랑을 주는 것이 아니라, 받는 사람이 받고 있다고 느끼는 사랑을 주어야 해요."

"받는 사람이 받고 있다고 느끼는 사랑요?"

"네, 사랑은 주는 쪽에서 일방적으로 주는 것이 아니라, 받는 쪽에서 받고 있다고 느껴지는 사랑을 해야 하죠. 그런데 아이 마음에 부모의 사랑이 느껴지지 않으니 부모가 아무리 사랑을 한다 해도 아이는 사랑이 느껴지지 않는 것이죠."

어머니와 긴 이야기를 나누었지만, 어머니의 얼굴은 그리 밝아 보이지 않았다. 밝지 않은 얼굴로 돌아가는 어머니를 보니 나의 마음도 돌덩이를 하나 얹은 것처럼 무거웠다.

일주일 뒤 부모교육에서 다시 어머니를 만났다. 지난주보다 어머니의 얼굴이 더 심각해 보였다. 그리고 쉽게 이야기를 하지 못했다. 한참을 망설였다. 그러다 도저히 안 되겠는지 말을 건넨다.

"둘째 아이의 마음에서 생각해보려고 노력했어요. 그런데 그럴수록 아이는 더 원하기만 해요. 도저히 다 들어줄 수 없는데 무리한 요구를 해요."

"어머니, 아이와 관계가 틀어지면 어떠한 노력도 소용없어요. 특히 사춘기 아이와의 관계는 더 그러합니다."

"아이와의 관계요?"

"네, 그러니 아이와 관계 회복이 최우선이라 생각하고, 아이와 관계 회복을 위해 무엇을 할까를 고민해보면 좋을 것 같아요. 제 생각에는 아이의 이야기를 아이

관점에서 잘 들어주는 것이 제일 나은 방법이 아닐까
싶습니다."

"네, 이번 일주일 아이의 관점에서 잘 들어주고 같이
느끼도록 노력해 보겠습니다."

"네, 너무 어렵게 다가가지 마시고, 아이가 좋아하고
원하는 것 중 어머니가 소화하실 수 있는 작은 것부터
함께 해보시면 좋을 것 같습니다."

그렇게 또 일주일이 지나갔다. 그리고 한 편의 글
을 전해왔다.

어릴 땐 엄마 말 잘 듣고 아무 문제가 없던 착한 딸이었어
요. 중학생이 되면서 반항도 하고 사소한 문제로 마찰이
잦아지니 부모로서 자신감을 잃어가고 있었어요. 그런데
지난주 '관계 회복이 우선이다'라는 이야기를 듣고 많은
생각을 하게 되었습니다. 먼저 아이와 좋은 관계를 맺으
려 긍정적인 시선으로 아이를 바라봤어요. 그러면서 아이
의 말을 먼저 들어주고, 아이의 감정에 공감했어요. 그렇게
엄마가 실천하니 그에 발맞추어 아이도 조금씩 변하기 시
작했습니다. 엉킨 실타래가 풀리듯 아이와의 힘들었던 관

계가 조금씩 풀리기 시작했습니다. 관계가 좋아야 뭐라도 해볼 수 있다는 말을 명심하면서 부모교육을 통해 배운 대로 더 실천해보려고 합니다.

물론 지금도 가끔은 아이와 사소한 문제로 마찰을 빚고 있다. 아이가 성인이 되어도 소소한 마찰은 있을 수 있다. 하지만 아이와 엉킨 실타래를 풀고 좋은 관계를 유지하기 위해 배움을 실천하면서 묵묵히 엄마의 길을 가고 있을 어머니를 생각하면 감사함과 동시에 입가에 미소가 절로 피어난다.

멈추어 돌아보아요.
먼저 듣고 말해요.
손 내밀면 잡아요.
격려하고 지지해요.
그러면 마음의 문이 열립니다.
– 정은유, 『슬기로운 부모생활』(미다스북스, 2021)

꽃고무신

부산의 낙원마을 어르신들과 '낙원배움 행복마을'이라는 평생학습을 진행하였다. 어르신들에게 특별하며 의미 있는 프로그램으로 '꽃고무신 꾸미기'를 하였다. 꽃을 그리 접해본 경험이 없으신 분들이라 약간의 걱정이 없었던 것은 아니지만 과감히 진행하기로 했다.

'11월인데 생각하고 있는 꽃을 살 수 있을까?'라는 생각을 떨치지 못하고 걱정하며 부지런히 꽃시장으로 발걸음을 재촉했다. 초겨울날씨가 무색할 정도로 꽃시장에는 다양한 꽃들이 가득했다. 이름을 모르는 꽃들이 더 많았다. 하지만 오늘 사고자 하는 꽃을 정해 왔기 때문에 갈등할 필요는 없었다.

어머니의 사랑을 뜻하는 '목화', 영원한 사랑의 '스타티스'가 주인공 꽃이다. 어르신들이 살아오신 삶을 돌아보며 본인들이 받았던 사랑과 주었던 사랑에 대해 되돌아보자는 의미가 담겨 있었다. 그리고 예쁘게 꾸민 꽃고무신을 보며 지금의 사랑도 느껴보자는 뜻으로 목화와 스타티스를 준비하였다.

꽃시장에서 꽃과 고무신을 사서 부지런히 돌아왔다. 어르신들과 꽃고무신 활동을 하려면 미리 해야 할 작업이 많았다. 먼저 사 온 고무신 40짝을 펼쳐 놓고 사포질을 열심히 하였다. 만만찮은 작업이었다. 그리고 기본적인 문구 작업도 필요했다. '꽃길만 걷자, 당신 멋져, 오늘도 화이팅, 웃으며 살자' 등 다양한 문구로 고무신을 꾸몄다. 기본적인 밑작업을 해 가야 어르신들이 마무리하기가 수월했다. 수고스러웠지만 기꺼이 해야 하는 작업이었다.

밑작업을 한 고무신과 준비한 꽃들을 한 아름 안고 다음 날 낙원마을로 향했다. 다른 날보다 더 일찍 낙원마을에 도착했다. 본격적인 겨울은 아니었지만, 날씨가 제법 쌀쌀했다. 어르신들이 오시면 춥지 않게 가장 먼저 난방을 켜고, 챙겨 간 재료들 정리를 시작한다. 얼마 지나지 않아 반장 어머니가 들어오신다. 항상 일찍 오셔서 강사들을 도와주시는 고마운 어머니셨다.

"아이고 선생님! 오늘도 먼저 오셨네요. 내가 일찍 와서 난방 켜두려고 했는데."

어머님의 인사에서 정이 흘러넘친다.

"안녕하세요? 어머니, 천천히 오셔도 되는데. 오늘도 일찍 와주셔서 감사합니다."

"뭘 도와드릴까요? 출석부는 제가 체크할 테니 걱정 안 해도 됩니다."

"네, 어머니. 늘 이렇게 도와주시니 한결 수월합니다. 고맙습니다."

"고맙기는 우리가 더 고맙지. 이렇게 먼 길 와서 우리랑 함께 하기가 어디 쉽나? 항상 고맙게 생각해요."

이렇게 낙원마을 어르신들과는 서로 고맙다는 인사를 나누기 바빴다. 당연하다고 느끼는 것이 아니라 서로 존중하고 배려하는 마음이 어르신들과 강사들에게 진하게 전해졌다.

준비해 간 꽃들과 고무신을 테이블마다 챙겨두었다. 10시가 다 되어가니 어머님들과 아버님들이 모이셨다. 아버님들이 한 테이블에 모여 앉으셨다. 고무신에 '오아시스'를 넣고, '스칸디아모스'를 잔디처럼 깔았다. 그리고 그 위에 '목화'와 '스타티스'를 꽂아야 했다. 평생 꽃이라고는 만져보신 적이 없는 어르신들이 대부분이셔서 힘들어하시면 어쩌나 걱정이 되었다. 하지만 쓸데 없는 기우였다. 아버님들도 거침없이 참여하셨다. 자신 만의 스타일대로 잘 꽂아 가셨다. 유난히 키가 크신 아버님은 꽃도 길게 꽂으셨다. 그렇게 자신만의 스타일 대로 꽃을 다 꽂은 다음, 고무신에 스티커도 붙이며 꾸미기를 마무리하였다. 생각했던 것보다 순조롭게 진행 되었다. 기회가 주어지지 않아 그렇지, 기회만 주어진다면 무엇이든지 열심히 하시는 어머니, 아버지들이라는 사실을 또 한 번 깨달았다.

꽃고무신을 다 만들고 난 후 꽃을 꽂을 때 어떠했는지 마음 나누는 시간을 가졌다.

"난생처음 꽃꽂이라는 것을 해봤는데 생각보다 쉽게 잘됐어요."

"사실 어젯밤에 잠도 설쳤어요. 꽃을 어찌 꽂아야 하나 걱정이 되어서. 그런데 막상 해보니 재미있네요. 혼자 하라고 했으면 힘들었을 텐데 친구들과 함께하니 재미있었습니다."

"투박한 내 손으로 꽃을 다 꽂다니 영광이었습니

다.”

"목화를 만지는데 돌아가신 어머니가 생각이 났습니다. 어머니를 떠올릴 수 있게 해줘서 고맙습니다.”

"꽃고무신 머리맡에 두면 좋은 꿈 꿀 것 같아요. 선생님!”

"젊은 시절에 꽃꽂이를 해봤었는데, 그때로 돌아간 것 같아 행복한 시간이었습니다.”

"여기 있는 글귀처럼 이젠 꽃길만 걸을게요. 선생님.”

어르신들의 다양한 이야기를 듣는데 왠지 가슴이 뭉클했다.

꽃고무신을 만든 이후 '인생 액자'도 함께 만들었다. 그리고 지금까지 잘 살아온 어르신 자신들을 위한 공로상도 만들어 서로에게 나누는 시간도 가졌다. 그 외에도 여러 가지 다양한 활동으로 어르신들과 함께 마음이 따뜻한 겨울을 보냈다.

모든 활동이 끝나고 수료식을 할 때 대학 학위 수여식 가운과 학사모를 입고 쓰실 수 있도록 준비하였다. 졸업 가운과 학사모는 또 다른 의미로 어르신들에게

다가갈 것이라 생각했다. 가운과 학사모를 입혀드릴 때 감동은 이루 말할 수 없었다. 수료식 날이라며 옷장 깊숙이 넣어 두었던 한복을 입고 오신 어머니도 계셨다. 평소 하시지 않던 화장도 예쁘게 하고들 오셨다. 아버님도 넥타이를 매고 오시기도 하였다. 졸업 가운과 학사모를 자녀들이 입는 것은 보았지만, 자신들이 입게 되리라고는 상상하지 못했다 하시며 눈물을 보이셨다. 한 번만 더 생각하고, 한 번만 더 상대의 입장이 되면 상대가 원하는 것이 무엇인지를 알 수 있다는 것을 새삼 깨달았다. 함께 한 강사들끼리 정말 잘했다며 서로를 칭찬했다.

밝고 긍정적인 모습으로 살아가시는 어르신들과 함께할 수 있어서 참 고마운 시간이었다. 춥지 않냐며 손도 꼭 잡아주시고, 말 한마디라도 더 따뜻하게 해주시려는 그 마음에 늘 감사했다. 지금은 코로나 상황이라 어르신들과의 만남이 쉽지 않다. 하지만 부디 건강하게 잘 지내고 계시길 기도한다.

에필로그

자신의 생애와 활동을 기록한다는 자서전!

막막했다.

나의 이야기를 풀어놓아야 하는데 오히려 숨기고 싶었다.

마치 내 손으로 나를 발가벗기는 기분이었다.

쉽게 풀어놓을 수가 없었다.

서두르지 않고 조금씩 나에게 먼저 나의 이야기를 건넸다.

1인 2역으로 나의 이야기를 하고 들으며 나에게 다가갔다.

사십 대 전까지 나를 받아들이기가 쉽지 않았다.

그럴수록 더 천천히 다가갔다. 서두르지 않았다.

마침내 나를 이해하고 나와 화해했다.

물론 아직 내 안에 남아 있는 찌꺼기가 있다.

그때까지의 희로애락도 고군분투도 모두 나의 것이었다.

인정하고 나니 다음 발걸음이 조금은 가벼웠다.

그리고 새로운 길을 만난 나의 사오십 대가 파노라마처럼 펼쳐졌다.

'부모교육 강사', 나에게는 가야만 하는 길이다.

17년 전 아이들과 부모들을 보고 가야만 하는 길이라 생각했고, 묵묵히 가기로 했다.

묵묵히 가다 보니 17년이란 세월이 흘렀다.

언제까지인지 알 수 없는 이 길을 나는 묵묵히 가려고 한다.

그 끝에 무엇이 있는지 알 수 없지만, 묵묵히 가려고 한다.

나에게 손길을 내미는 누군가가 있는 한 묵묵히 이 길을 갈 것이다.

가야만 하는 길

정은유

가야만 하는 길이라 생각했다

묵묵히 가기로 했다

묵묵히 가고 있다

묵묵히 가려고 한다

내가 가야만 하는 길이기에.

그리고 나에게 '생각보다 잘하고 있다!', '그만큼 하기도 쉽지 않다!'라는 말을 전하고 싶다.

모두가
부서진

조수경 소설집

모두가 부서진

초판 1쇄 발행 2016년 10월 27일
초판 2쇄 발행 2017년 2월 7일

지은이 조수경
펴낸이 주일우
펴낸곳 ㈜**문학과지성사**
등록번호 제1993-000098호
주소 04034 서울 마포구 잔다리로7길 18 (서교동 377-20)
전화 02)338-7224
팩스 02)323-4180 (편집) 02)338-7221 (영업)
전자우편 moonji@moonji.com
홈페이지 www.moonji.com

ⓒ 조수경, 2016. Printed in Seoul, Korea

ISBN 978-89-320-2913-9 03810

이 도서의 국립중앙도서관 출판예정도서목록(CIP)은 서지정보유통지원시스템 홈페이지
(http://seoji.nl.go.kr)와 국가자료공동목록시스템(http://www.nl.go.kr/kolisnet)에서
이용하실 수 있습니다. (CIP제어번호: CIP2016024995)

모두가
부서진

조 수 경   소 설 집

문학과지성사

차례

유리

출국장 주변은 떠나는 사람들로 붐볐다.

여권과 비행기 티켓을 손에 들고 게이트 안으로 사라진 사람들은 몇 시간 후면 하라주쿠 거리를 걷고 있거나 눈 쌓인 오사카 성을 카메라에 담고 있을 것이다. 국제선 청사를 배회하거나 곳곳에 자리를 잡고 앉아 휴식을 취하고 있는 사람들도 오늘 안에는 동방명주탑 전망대에 올라 야경을 바라보거나 워런마터우를 거닐며 석양을 감상하게 될 것이다.

나는 벌써 세 시간 가까이 카페에 앉아 있었다. 그동안 내가 한 일이라고는 커피를 주문하고, 커피를 마시고, 다시 뜨거운 커피를 주문해가면서 떠나갈 사람들을 가만히 바라보는 것뿐이었다. 테이블에 노트북을 펼쳐놓았지만 그것은 그저 습관과도 같은 것이었다. 일이 풀리지 않을 때면 나는 차를 몰고 김포 공항으로 나왔다. 전에는 가끔 인천공항까지 달려가기도 했는데, K구로 이사 온 뒤부터는 집에서 가까운 이곳을 찾았다. 출국장 맞은편에 위치한 카페는 커피 맛이 좋기로 유명했고 그것이 김포공항을 찾는 또 다른 이유였다. 진한 커피를 마시며 곧이곳을 떠나갈 사람인 것처럼 행동하다 보면 막혀 있던 혈관이 조금은 뚫리는 기분이 들었다.

남편에게서 전화가 걸려왔지만 받지 않았다.

공항에 있는 사람들은 떠날 사람과 그렇지 않은 사람으로 나뉘었다. 나는 떠날 사람이 누구인지 골라낼 수 있었다. 바퀴가 달린 가방이나 유난스러운 옷차림 때문만은 아니었다. 떠날 사람은, 뭐랄까, 떠날 사람의 얼굴을 하고 있었다.

남편과의 관계에 위기를 느꼈을 때, 나는 K구에 있는 오피스텔로 거처를 옮겼다. 1년 전이었다. 잠시 떨어져 지내다 보면 헐거워진 사이가 차차 회복될 거라고 생각했다. 기대와는 달리 지난달 친정아버지 생신 모임에서 본 남편은 이미 떠날 사람의 얼굴을 하고 있었다. 그 모임 이후 남편은 할 말이 있다며 연락을 해왔지만 그 '할 말'이라는 게 어떤 종류의 것인지 잘 알 것같아 나는 이런저런 핑계를 대며 만남을 미뤄왔다. 급기야 오늘 오피스텔에 방문하겠다는 통보를 받고 아침 일찍부터 공항으로 도망치듯 달려온 것이다. 다시 진동이 울렸다. 남편은 오피스텔에 도착한 모양이었다. 계속 전화가 걸려오는 탓에 신경

10

이 예민해졌지만 그렇다고 해서 전원을 아예 꺼버릴 마음은 들지 않았다. 나는 휴대전화를 소파 위에 던져두었다. 요란하게 떨리던 진동음이 줄어들며 전화기는 벨벳 위에서 미끄러지듯 움직였다.

"혹시, 송명선 작가님 아닌가요?"

갑작스럽게 끼어든 목소리에 놀라 휴대전화를 감추듯 손에 쥐었다. 마지막 진동이 울리고 곧 전화가 끊어졌다. 나는 테이블 옆에 서 있는 여자를 올려다봤다. 은회색 니트에 크림색 모직 바지를 입은 여자는 한눈에도 세련돼 보였다. 짙은 화장이나 화려한 장신구 따위는 필요하지 않을 만큼 아름다웠고, 감색 코트를 단정하게 접어 팔에 걸친 모양새나 곧게 편 등과 기다란 손가락 끝에서까지 기품이 느껴지는 사람이었다. 내 시선은 테이크아웃 잔을 감싸고 있는 하얀 손가락을 지나 왼손 약지에 낀 티파니 세팅의 다이아몬드 반지에 잠시 머물렀다가 다시 여자의 얼굴로 돌아왔다.

"송명선 작가님, 맞죠?"

이제 여자는 확신에 찬 목소리로 물었다. 대답을 듣기도 전에 여자는 벌써부터 환하게 웃고 있었다. 두 권의 소설집을 내기는 했지만 독자가 알은체하며 접근하는 것은 드문 일이었다. 나는 어색하게 고개를 끄덕였다. 여자는 내게 묻지도 않고 맞은편 소파에 앉았다.

"명선아, 나 기억 안 나?"

문제를 풀어보라는 듯 여자는 두 팔을 테이블 위에 얹고 나를 응시했다. 눈의 결정체처럼, 가까이에서 바라보자 이목구비가 더욱 섬세하게 드러났다. 왠지 모르게 가슴이 두근거려 나는 슬쩍 눈을 피했다. 달아나는 내 시선을 집요하게 좇으면서도 여자는 아무 말이 없었다. 그저 믿기지 않는다는 얼굴로 나를 바라보다가 마침내 입술을 천천히 열었다.

"나야, 서유리."

그 이름을 듣는 순간, 오랫동안 혈관 안을 떠돌던 바늘이 비로소 심장에 박힌 기분이었다. 나는 여자의 얼굴을 낱낱이 살펴보았다. 커다란 눈, 물이 고인 듯 맑게 빛나는 눈동자, 폭이 좁아 더욱 오뚝해 보이는 콧날, 선과 색이 또렷한 입술까지. 이제 여인의 것으로 여물어 있었지만 나는 그 안에서 유리, 너를 발견했다.

*

유리.

너를 떠올리면 고급 주택의 웅장한 대문부터 그려졌다. 푸른빛이 감도는 검은색 대문 양옆으로 대문보다 키가 큰 기둥이 서 있었다. 기둥 끝에는 벌거벗은 아기 천사가 유리 공을 끌어안은 채 하늘을 향해 힘차게 날갯짓하고 있었는데, 어스름해질 무렵이면 유리 공에 감귤 빛깔의 불이 들어왔다. 커다란 돌을 차곡차곡 쌓아 올린 담장 밖으로 여름에는 장미향이 떠다녔고 가을에는 붉게 물든 단풍이 떨어졌다. 내 기억 속에 너는 언제나 그 돌담집 대문 앞에 서 있었다. 퍼프소매의 화사한 원피스에 가죽으로 만든 메리제인 구두를 신은 모습으로.

6학년 때, 나는 너와 같은 반이 되었다.

새 학년이 시작되던 첫날. 아이들은 본성을 감추고 자리에 앉아 무심한 척 주변을 살폈다. 이제 6학년이나 되었으니 곳곳에 아는 얼굴들이 제법 눈에 띄었음에도 아이들은 그저 손을 들어 가볍게 인사만 건넸을 뿐 제자리를 지키고 얌전히 앉아 있었다. 아이들의 들뜨고 불안정한 시선은 창가 끝자리에 집중되어 있었다. 그곳에 네가 있었다.

하얗고 매끄러운 얼굴에 고요하게 박혀 있는 눈동자. 커다란 눈이 천천히 열렸다 닫힐 때마다 사람을 끌어당기는 마법의 힘이 흘러나왔지만, 동시에 다가가고 싶어도 쉽게 접근할 수 없게 만드는 묘한 분위기를 뿜어내는 소녀. 너는 그런 아이였다.

기이한 정적은 담임교사가 나타난 뒤에야 깨졌다. 교실 앞문을 밀고 들어온 담임은 얌전하게 앉아 있는 아이들을 보고 오히려 당황한 모습이었다. 늘 두통을 달고 사는 듯 굳은 얼굴을 한 중년 여성은 칠판에 본인의 이름 석 자를 적은 뒤 교탁에 놓인 출석부를 집어 들었다.

"아."

담임은 뭔가 생각났다는 듯 출석부에서 눈을 떼고 아이들을 바라봤다.

"서유리."

담임의 말에 너는 천천히 손을 올리며 네, 하고 차분한 목소리로 대답했다. 너와 눈이 마주친 순간 담임의 좁은 미간이 활짝 열렸다.

"유리는 방학 때 전학 와서 아는 친구가 없을 거야. 다들 친하게 지내도록."

그 말이 더 이상 너를 훔쳐보지 않아도 된다는, 그러니까 너를 마음껏 바라봐도 된다는 허락의 말처럼 들렸는지 아이들은 일제히 창가로 몸을 틀었다. 유리. 나는 속으로 너의 이름을 발음해보았다. 그러니까 너는, 현주나 지혜, 은영 같은 흔한 이름도 아니었고 지숙이나 미화, 명선 같은 촌스러운 이름도 아니었다. 유리. 그 영롱한 빛깔의 단어는 너를 통해서 현현되고 있었다. 그리고 그 이름 덕분에 너와 나는 짝이 되었다. 담임이 출석부를 들고 한 사람씩 호명할 때, 서유리 다음에 불린 사람은 나, 송명선이었다. 출석 번호가 앞뒤로 붙어 있다는 사실이 기뻤고 번호순으로 짝을 정할 거라는 말에 가슴이 뛰었다. 반 아이들은 너와 나란히 앉게 된 나를 부러워했다.

학기가 시작되고 얼마간 다른 반 아이들이 우리 반 복도 앞을 서성거렸다. 모두 '서유리'를 보기 위해 몰려든 것이었다. 다른 반 교사들은 물론 학교 앞 문구점 아저씨나 솜사탕 장수

14

까지 너를 예뻐했다. 그렇게 너는 특별한 아이였다. 키나 몸집은 또래 아이들과 다를 바 없었지만, 풍기는 분위기와 사람을 끌어당기는 매력은 확연히 달랐다. 관심을 한 몸에 받는 아이답게 너에 관한 소문 역시 끊이지 않았다. 교문 앞에 멈춰 선 고급 승용차에서 네가 내리는 걸 목격한 아이들이 여럿 있었고, 때문에 네가 유명 여배우의 딸이고 곧 너 역시 아역 배우로 데뷔할 거라는 말이 돌았다. 네가 H제과의 손녀라는 말도 있었는데, 당시 학교 근처에 H제과 회장이 살고 있다는 건 누구나 다 아는 이야기였다. 입에서 입으로 전해지는 비밀스러운 말들이 어디까지가 진짜이고 어디부터가 가짜인지에 대해서는 알 수 없었지만, 한 가지 분명한 사실은 너를 둘러싼 소문들이 너를 더욱 빛나게 만들었다는 것이었다.

"넌 어디 살아?"

그날은 가정환경 조사서를 제출하는 날이었다. 책상 위에 가정환경 조사서 용지를 반듯이 올려놓으며 너는 내게 물었다.

그 시절, 학교 근처의 동네는 세 구역으로 나뉘었다. 정문 앞으로 난 도로를 중심으로 위쪽은 부자들이 사는 곳이었다. 사극에 출연 중인 중견 탤런트나 히트곡이 여럿 있는 가수가 그쪽에 살았다. 4학년 때랑 5학년 때는 나도 몇 번인가 아이들과 어울려 탤런트나 가수의 집 앞을 괜히 서성거렸다. 널찍하고 탄탄하게 포장된 길마다 대궐 같은 집들이 자리 잡고 있었고,

아이들은 각자 마음에 드는 집을 하나씩 점찍으며 나중에 이런 데서 살 거라고 큰소리쳤다. 도로를 건너 아래쪽으로 내려가면 3층짜리 다세대주택이나 오래된 단독주택이 들어선 골목이 나왔다. 우리 집은 그 구역에 있는 작은 마당이 딸린 단독주택이었다. 골목으로 깊숙이 들어가면 재래시장이 나왔고, 시장 아래로 더 내려가면 낡고 허름한 집들이 다닥다닥 붙어 있었다. 그 구역에 사는 아이들은 옷차림이 낡기도 했지만 얼굴에서부터 가난이 느껴졌다. 존중이나 관심이 결핍된, 그러나 방치와 체념에는 익숙한 눈빛들. 누가 시킨 것도 아닌데 아이들은 같은 구역에 사는 아이들끼리 어울려 다녔다.

"길 건너편. 여기서 멀지는 않아. 너는?"

"응, 나는 수양대군 집 근처."

'수양대군'은 당시 윗동네에 살던 중견 텔런트의 드라마 배역이었다. 나는 너의 책상을 슬쩍 바라보았다. 용지에는 아버지와 어머니 직업란에 모두 '의사'라고 적혀 있었다.

나는 공상에 빠지는 일이 종종 있었는데, 수업 시간도 예외는 아니었다. 머릿속에서 펼쳐진 상상은 교과서 한 귀퉁이에 만화로 표현됐다. 너는 내가 그린 만화를 들여다보며 손으로 입을 가리고 웃음을 참았다. 내가 그린 그림을 좋아한다는 것을 눈치채고 나는 더 많은 낙서를 하기 시작했다. 쉬는 시간이면 너는 내게 재미있는 이야기를 들려달라고 청하기도 했다.

목련이 지고 벚꽃이 만개했을 무렵, 나는 너를 집에 데려갔다. 그즈음 제법 친해진 우리는 함께 숙제를 하기로 했다.

도로를 건너고 보도블록이 깔린 골목에 들어섰다. 너와 나는 보도블록 사이에 피어난 제비꽃을 신주머니로 톡톡 건드리며 걸었다. 바닥에 누군가 분필로 그어놓은 땅따먹기 그림이 나오면 숫자 1부터 8까지 깡충깡충 차례대로 점프하며 지나갔다. 우리는 초록색 대문 앞에서 걸음을 멈췄다. 몇 군데 페인트가 벗겨지고 중앙에는 사자 두 마리가 문고리를 입에 물고 있는, 동네 어디서나 흔히 볼 수 있는 그런 문이었다.

"여기야."

그렇게 말하고 나는 팔분음표가 음각된 버튼을 눌렀다.

장독대와 작은 화단이 있는 마당을 지나 현관문을 열면 나무로 된 마루와 벽이 보였다. 거실 한가운데 천으로 된 투박한 모양의 소파가 놓여 있었는데, 겨울철에는 정전기가 일어 앉으려다가 도로 벌떡 일어나는 일이 종종 있었다. 거실에서 곧장 연결되는 부엌 입구에는 아치형의 흰색 레이스 천이 늘어져 있었고 그 너머로 식탁과 의자 다섯 개가 단정하게 배치되어 있었다. 1층에는 그 밖에도 안방과 할아버지 방, 오빠 방, 그리고 화장실이 있었다. 너는 그 커다란 눈으로 집 안을 찬찬히 둘러봤다.

내 방은 2층이었다. 삐걱거리는 나무 계단을 올라가면 피아노가 놓인 작은 거실과 창고로 쓰는 방, 그리고 내 방이 나왔다. 내 방 천장은 경사 지붕의 비스듬한 면이 그대로 드러났는데, 너는 그 점이 마음에 든다고 했다. 너와 나는 방바닥에 엎드려서 숙제를 했다. 그날 엄마는 참치와 감자와 계란을 으깨서 다진 야채와 함께 마요네즈에 버무린 샌드위치를 만들어주었다. 너는 그것을 맛있게 먹었고 집에 돌아가기 전에 남은 샌드위치를 싸 가도 되는지 물었다. 나는 흔쾌히 그렇게 하라고 말했다. 부모님이 모두 의사인 데다 언제나 좋은 옷만 입고 다니는 네가 우리 엄마가 만들어준 간식을 맛있게 먹어주는 것은 기분 좋은 일이었다.

"저희 엄마는 바빠서 이런 거 안 만들어주시거든요."

남은 샌드위치를 쿠킹포일에 포장하고 있던 엄마에게 네가 말했다. 너의 시선은 부엌 한쪽에 나란히 꽂힌 요리책에 머물고 있었다. 그 무렵 독일제 냄비 세트 등 주방용품을 방문 판매하는 아주머니에게서 큰맘 먹고 오븐을 구입한 엄마는 다음에 놀러 오면 컵케이크를 구워주겠다고 약속했다.

*

"난 네가 작가가 될 줄 알았다니까."

테이크아웃 잔을 컵홀더에 내려놓으며 너는 웃었다. 너는 같은 말을 벌써 여러 번 반복했다. 옆 좌석에 앉아 있는 사람이 '서유리'라는 사실이 실감 나지 않아 나는 자꾸만 너를 돌아봤다. 누군가와 우연히 마주치는 일은 이따금 일어나지만, 너와 이런 식으로 마주치게 될 거라고는 생각지 못했다. 너의 무릎에 얌전히 놓여 있는 은색 클러치백이 햇빛을 받아 반짝거렸다. 평일 오전의 도로는 한산했지만 시내의 복잡한 구간을 지날 때만큼이나 신경이 곤두섰다.

아까 카페에서 마주쳤을 때, 너는 감탄사를 거듭 내뱉었다. 자기는 이제 막 상해에서 돌아오는 길이라고 했다가 뜬금없이, 네 소설 중에 특히 어떤 작품이 좋더라,라고 했다가, 세상에 너무 반갑다, 하며 다시 감탄하는 식이었다. 그러다가 여기서 뭐하고 있느냐고 묻기에 나는 그냥 바람 쐬러 나왔다고, 곧 집에 돌아가야 한다고 대답했다. 점심시간이 다가오고 있었고 혹시라도 네가 같이 밥이나 먹자는 말을 꺼낼까 봐 미리 계산하고 한 말이었다. 집에 갈 거라는 말을 듣고 너는 반색했다.

"너 아직 S구에 사니? 별일 없으면 나 좀 태워다 줄래? 우리 집도 그쪽이거든."

너는 Q서점에서 매달 발행하는 웹진 〈소설가의 방〉 코너에 실린 기사를 읽었다고 했다. 그때 웹진에 소개된 방은 남편과 함께 살던 S구의 아파트였다. 남편과 나 사이에는 아이가 없었으므로 따로 작업실을 얻지 않고 방 하나를 서재 겸 집필실로 꾸며서 사용했다. 몇 년 전에 그 방에서 인터뷰를 했고 책장을 배경으로 사진도 몇 장 찍었다. 남편과의 사이가 틀어지기 전이었다. 지금은 K구에서 혼자 지내고 있다는 말을 차마 할 수 없어 나도 모르게 고개를 끄덕이며 함께 가자고 했던 것이다.

"신문에 실린 네 사진을 봤을 때 말이야, 꼭 내가 당선된 것처럼 가슴이 떨리더라니까."

너는 두 손을 가지런히 모았다. 입술 가까이 맞댄 두 손은 미사포를 쓰고 기도하는 여인을 연상시켰다. 너는 오래전부터 동창 찾기 웹사이트에서 나의 흔적을 찾았으나 아무것도 발견하지 못했다고 털어놓았다. 언젠가부터 매년 신춘문예 당선자들을 확인하기 시작했는데, 그건 내가 소설가가 될 거라는 확신 때문이었다고 했다. 그리고 너의 믿음처럼 몇 년 뒤 당선자 명단에서 내 이름과 사진을 발견했고, 또 그로부터 몇 년 뒤에 출판된 내 첫번째 소설집을 서울에서 가장 큰 서점에 가서 직접 구입했다고 말했다. 내 책은 물론, 나와 관련된 기사는 하나도 놓치지 않고 찾아봤기에 20년도 더 지난 지금 나를 단번에 알아볼 수 있었다며 너는 웃었다.

"참, 명선아, 그거 기억하니? 너랑 나랑 주고받았던 돌림노트 말이야."

너의 말을 듣는 순간, 망각의 책장에서 빛바랜 노트 한 권이 툭 떨어졌다. 무지개 그림 아래로 너와 나의 이름이 나란히 적혀 있는 노트. 나는 고개를 끄덕였다.

"그 노트, 나 아직 갖고 있어. 놀랍지?"

너는 핸들을 잡고 있는 내 손 위에 하얗고 긴 손가락을 가볍게 얹었다. 너의 말대로 나는 놀랐다. 20년도 더 된 노트를 아직 간직하고 있다니. 그렇다고 해서 오래된 보물을 찾은 것처럼 기쁘거나 반가운 기분이 드는 것은 아니었다. 노트에 적혀 있을 내용을 떠올리자 오히려 얼굴이 화끈거렸다.

"그런데 명선아."

너는 내 손을 힘주어 잡았다. 잘 다듬어진 긴 손톱이 살갗을 파고들었다.

"네 소설 말이야. 내 얘기는 쓰지 않았더라. 난, 어쩌면 네가 내 얘기를 쓸지도 모른다고 생각했거든."

너는 고개를 돌려 내 눈을 응시했다. 그리고 희미하게 웃었다.

*

"넌 분명 작가가 될 거야."

나에게 처음 그 말을 해준 사람은 유리, 너였다.

여름 무렵, 너와 나는 2층에 있는 내 작은 방에서 숙제 말고도 많은 것을 나눌 만큼 친해졌다. 우리는 담임이나 남자아이들에 대해 얘기했다. 별것 아닌 일들을 비밀스럽게 속닥거렸고 사소한 일에도 얼굴이 빨개지도록 웃음을 터뜨렸다. 하지만 역시 가장 흥미로운 일은 나란히 엎드려 로맨스 소설을 읽는 것이었다. 그건 당시 여자아이들 사이에서 비밀스럽게 유행하던 일이었다.

"다 읽었어?"

"아직."

책 한 권을 가운데에 놓고 함께 다음 페이지로 넘어가는 식으로 너와 나는 벌써 몇 권의 로맨스 소설을 함께 본 사이였다. 중학생 언니를 둔 아이들이 집에서 몰래 책을 가져오면 반 아이들이 순서대로 돌려보았는데, 그 순서란 언제나 더디게 왔고 너와 나는 기다리는 시간 동안 직접 소설을 써보기로 했다. 함께 등장인물과 배경, 그리고 제목을 정했다. 사건은 말할 것도 없이 언제나 로맨스였다. 내가 먼저 이야기를 시작하면 다음 날 노트를 받아간 네가 내용을 이어갔다. 노트에는 우리가 가보지 못한 나라의 성(城)과 이국의 이름을 가진 남녀가 등장했다. 가장 떨리는 순간은 남자 주인공이 여자 주인공의 입술에 자신의 입술을 포개는 장면을 쓸 때였다. 얼마 가지 않아서 너는 한두 줄 쓰는 것도 쉽지 않다며 포기했다. 결국 내가 너의 몫까지 두 배로 써야 했지만 그것이 문제가 되지는 않았다. 어느새 나는 생각을 문장으로 바꾸는 작업에 황홀감을 느꼈던 것이다. 나는 이야기를 만들고 너는 감상을 적는 식으로 우리의 돌림노트는 계속 씌어졌다. 그것은 너와 나 둘만의 비밀이었고 비밀을 공유한 사이답게 우리는 더욱 각별해졌다.

"오늘 우리 집에 놀러 갈래?"

여름방학이 시작되기 얼마 전에 네가 말했다. 반 아이들 모두가 부러워할 만큼 너와 친했지만, 그때까지 너의 집에 가본

적은 없었으므로 얘기를 듣고도 내가 제대로 들은 게 맞나 의심할 만큼 놀랍고 반가웠다.

"너는 나의 가장 친한 친구니까."

그렇게 말하며 너는 내 손을 꼭 잡았다.

그날 나는 수업 시간 내내 들떠 있었다. 너와 모든 걸 공유하는 사이가 될 거란 사실에 흥분했고 마침내 부잣집을 구경하게 될 거란 생각에 설렜다. 아이들과 연예인을 보러 몇 번인가 그 동네에 갔을 때, 나는 늘 담장 안쪽이 궁금했다. 그 안은 아무리 까치발을 들고 깡충깡충 뛰어봐도 들여다보이지 않았던 것이다.

방과 후, 나는 너의 손을 잡고 윗동네로 걸어갔다. 중견 탤런트가 살고 있는 집을 지나고 얼마 되지 않아 너는 걸음을 멈췄다.

"여기야."

나는 푸른색이 감도는 검은색 대문을 바라봤다. 문 한 짝이 우리 집 대문을 합쳐놓은 것보다도 컸다. 커다란 돌을 쌓아 올린 담장은 한눈에 들어오지 않아 나는 고개를 왼쪽 끝에서 오른쪽 끝까지 천천히 움직여야 했다. 우아. 감탄이 절로 나왔다. 이번에는 대문 양옆에 서 있는 기둥을 따라 고개를 아래에서 위로 움직였다. 기둥 끝에는 둥근 조명등을 받쳐 든 아기 천사 조각상이 있었는데, 나는 그것이 훌륭한 예술품이라도 되는 듯 넋을 놓고 바라봤다.

"멋있니?"

너의 물음에 나는 고개를 끄덕였다. 너는 내 손을 꼭 잡고 돌담을 따라 반 바퀴쯤 돌았다. 네가 걸음을 멈춘 곳은 청동색 쪽문 앞이었다. 평소엔 뒷문으로 드나드는구나. 나는 생각했다. 너는 책가방 앞주머니에서 열쇠를 꺼내 쪽문에 끼워 넣었다. 철컥. 문이 열렸다.

문의 크기만큼 안쪽 세상이 드러났다.

거기엔 내가 상상했던 푸른 잔디밭이라든가, 연잎이 떠 있는 작은 연못이라든가 하는 것들은 보이지 않았다. 내가 본 것은 지하로 이어지는 시멘트 계단과 계단 아래에 있는 작은 문이 전부였다. 안쪽은 온통 그늘이 져 있어 여름인데도 서늘한 기분이 들었다.

"들어와."

네가 입을 열 때까지 나는 굳은 듯 쪽문 앞에 서 있었다. 당황인지 실망인지 모를 감정을 들켜버린 것만 같아서 나는 엉거주춤한 자세로 발을 뗐다. 안에 들어가자 왼편에 앞마당으로 이어지는 좁은 길이 보였다. 구부러진 길 끝에 햇살이 새어들고 있었다. 길을 따라가면 잔디밭도, 연못도 볼 수 있을 것만 같았다. 너는 그쪽은 돌아보지도 않고 곧장 계단을 내려갔다.

아래에는 네 개의 작은 문이 있었다. 너는 그중 두번째 문에 다시 열쇠를 꽂아 넣었다. 쪽문을 열었을 때 바로 보이던 그 문이었다. 집 안은 온통 어둠뿐이었다. 너는 익숙하게 손을 뻗어

불을 켰다. 현관은 곧장 부엌으로 이어졌고 안쪽에 방이 있는 기다랗고 단순한 구조의 집이었다. 욕실과 화장실은 복도 끝에 따로 있었는데, 이웃집과 공동으로 쓴다고 했다.

"실망했니?"

그때 너의 눈은 쓸쓸하게 빛났다. 나는 대답 대신 너를 꼭 끌어안았다.

여름방학 내내 나는 너의 집에 드나들었다. 언제나 너는 혼자였으므로 그곳은 우리의 아지트나 다름없었다. 너의 집에는 어떤 이유에선지 전화기가 없었다. 매일 정오에 나는 엄마가 만들어준 간식을 품에 안고 쪽문을 두드렸다. 그러면 너는 단숨에 계단을 올라와 문을 열어주었다.

지하의 어둡고 습한 방에서 우리는 나란히 엎드려 방학 숙제를 했다. 이제 막 부풀어 오르기 시작한 서로의 젖가슴을 만지며 키득거렸다. 너는 보물을 담아둔 주머니에서 빨간 립스틱을 꺼내 내 입술에 발라주었다. 또, 내게 어른 글씨를 흉내 내는 법을 알려주기도 했다.

네가 돌림노트를 읽을 때면 나는 바닥에 누워 방 안을 둘러봤다. 가구라고 할 만한 것은 하나도 없었고 옷걸이와 거울, 그리고 짐 가방이 전부였다. 방 안에 있는 모든 짐이 들어갈 만큼 커다란 가방이었는데, 그 때문에 언제든 떠날 준비가 되어 있는 사람들의 방처럼 보였다. 옷걸이에는 네가 입는 옷 말고도 어른 옷이 몇 벌 걸려 있었다. 그 낡은 옷들 중에 '의사'가 입을 만한 것은 하나도 없어 보였다. 너는 부모님에 대해 별다른 얘기를 하지 않았고 나 또한 아무것도 묻지 않았다.

"주인집 아줌마는 나를 정말 예뻐해. 볼 때마다 내가 진짜 딸이었으면 좋겠다고 그래."

대신 너는 주인집 식구들에 대해서는 많은 얘기를 했다.

"어제저녁엔 마당에 있는 테이블에서 다 같이 수박을 먹었어. 오빠가 무서운 얘기를 해서 하마터면 울 뻔했지 뭐야. 내가 너무 무서워하니까 아줌마가 괜찮다고 머리를 쓰다듬어줬어. 그러니까 정말 괜찮아지더라. 아플 때 아저씨랑 아줌마가 쓰다듬어주면 금방 나을지도 몰라. 두 분 다 진짜 의사거든."

나는 잘 깎인 잔디밭 한쪽에 놓인 하얀색 철제 테이블과 의자를 상상했다. 시원한 물방울무늬 원피스를 입고 의자에 앉은 네가 주인집 아저씨와 아주머니를 향해 사랑스럽게 웃고 있는 모습도.

"명선아. 너는 이사를 한 번도 안 해봤다고 그랬지? 나는 이사를 자주 다녔어. 어떨 땐 1년에 세 번, 네 번도 다녔어. 바로 요전 집주인 아저씨는 대학교 교수님이셨거든. 집에 책도 엄청 많고 엄청 똑똑하셨어. 그 집에 중학생 언니가 하나 있었는데, 날 친동생처럼 예뻐했어. 작아서 못 입는 옷이랑 신발이랑 다 물려주고. 여기로 이사 올 때 다 들고 올 수는 없었지만……"

너는 구겨진 치맛단을 내려다보다가 손바닥으로 가만가만

문질렀다. 구김이 쉽게 펴질 것 같지 않았지만 너는 손동작을 멈추지 않았다. 그 위로 내가 알지 못하는 작고 어두운 방에 엎드려 가정환경 조사서를 작성하고 있는 아이의 모습이 겹쳐졌다. 어른 글씨를 흉내 내며 부모님 직업란에 '교수'라고 적어 넣는 아이의 모습이.

너의 집에 가져갈 간식을 만들어주면서 엄마는 종종 너의 부모님이나 집에 관해 묻곤 했다. 그럴 때면 나는 언제나 이런 식으로 대답했다.

"유리네 집은 진짜 엄청 넓어. 집이 아니라 꼭 성 같아."

*

시내에 진입하자 도로가 제법 혼잡했다. 교통 체증이 심한 구간이라는 것을 잘 알고 있으면서도 몇 시간이고 이렇게 도로에 갇혀 있게 되는 건 아닐까 싶어 초조했다. 옆 차가 함부로 끼어들 때마다 나는 클랙슨을 길게 울려댔다. 남편은 계속 전화를 걸어왔고 나는 받지 않았다.

"집에 중요한 일이 있나 보구나?"

끊어졌다 다시 이어지는 진동음이 신경 쓰이는지 너는 나를 돌아봤다.

"아냐. 그냥, 안 받아도 되는 전화야."

너는 뭔가 더 말하려다 말고 다시 정면을 바라봤다.

"남편이랑은 잘 지내니?"

너는 화제를 돌리기 위해 꺼낸 얘기였겠지만, 그 순간 나는 네가 내 소설과 나에 관련된 기사를 꼼꼼하게 챙겨보는 건 물론, 사생활까지 몰래 조사하고 있는 건 아닐까 하는 망상에 사로잡혔다. 네가 내 책을 잘 봤다고 말하는 것은 그냥 인사치레로 하는 소리가 아니었다. 시내에 도착할 때까지 너는 주로 내 소설에 대해 이야기했는데, 두 권의 소설집에 실린 작품을 모두 꼼꼼하게 정독했다는 것을 알 수 있었다. 게다가 오래전에 했던 인터뷰에서 내가 어떤 말을 했는지 정확하게 기억했고, 그때 내가 입고 있던 옷이나 서재에 놓여 있던 가구에 대해서까지 세세하게 묘사했다. 어쩐지 등이 서늘하게 느껴져 열 시트 온도를 한 단계 올렸다.

남편과 별거를 하고 몇 개월이 지났을 때 대학 동창에게서 연락이 왔다. 그냥 얼굴이나 보자기에 만나서 밥을 먹고 차를 마셨다. 헤어지기 전에 동창이 불쑥 내 팔을 붙잡았다. 며칠 전에 내 남편을 봤다고, 웬 여자와 함께 있었다고 동창은 말했다. 그리고 며칠 뒤에 다시 전화를 걸어왔다.

"별일 없지? 그래도 너, 남편 뒷조사는 꼭 해봐라. 혹시 모르잖니."

남편과 내가 멀어진 것은 우리 둘의 문제였다. 물론, 내가 모르는 어떤 일이 있을 수도 있었다. 별거 후에 남편이 누군가를 만났을 가능성도 무시할 수는 없었다. 하지만 그저 친구나 직장 동료와 함께 있었던 것뿐인지도 몰랐다. 그때 나는 내가 처한 현실보다 남의 불행을 캐내려는 사람이 더 무서웠다.

"그럼. 잘 지내지."

나는 담담한 목소리로 말했다. 그렇구나, 하고 혼잣말처럼 중얼거리다 너는 목소리 톤을 높였다.

"참, 내 얘기는 하나도 안 했구나. 난 지금 중국에서 살아. 상해에서."

아침부터 긴장하고 있던 데다 너와 마주친 후로 더욱 예민해진 나는 그제야 너에게 잘 지냈느냐는 인사말조차 건네지 않았다는 것을 깨달았다. 네가 그랬듯, 나 역시 너에 대해 생각해본적이 있었다. 한때는 네가 탤런트로 데뷔할지도 모른다고 생각했었다. 어린 시절, 너는 가난했지만 가난의 흔적이라고는 찾아볼 수 없는 얼굴을 갖고 있었다. 모두가 사랑할 수밖에 없는 그런 얼굴을. 어른이 된 너의 아름다움은 한층 더 깊어졌고, 때문에 너의 남편은 분명 미인의 마음을 사로잡을 수 있는 출중한 사람일 거라고 짐작했다. 뒤늦게 아이는 있느냐고 물었더니 너는 없다고 대답했다.

"남편이 그쪽에서 사업을 크게 하는데, 그래서 결혼식도 여기서 한 번, 상해에서 한 번, 두 번이나 올렸어. S구에는 시댁이 있거든. 한국에 들어오면 늘 거기서 지내. 곧 시아버지 칠순인데, 남편은 바빠서 같이 못 오고 나 먼저 들어왔어. 이게 다 널 만나려고 그랬나 보다 싶네."

너는 손을 뻗어 내 어깨를 천천히 쓸었다. 깃털이 떨어지듯 부드럽고 가벼운 움직임이었지만 이상하게도 너의 손이 지나간 자리마다 근육이 미세하게 파열되는 기분이었다.

"명선아, 난 말이야, 네 소설을 보면서 너랑 마주치는 상상을 수없이 해왔어. 너와 마주치면 그때 어떤 이야기를 할까, 하는 그런 상상."

너는 컵홀더에서 테이크아웃 잔을 꺼내 두 손으로 감싸 쥐었다. 커피를 한 모금 마시고 너는 손가락을 천천히 움직였다. 긴 손톱이 종이컵을 긁는 소리가 규칙적으로 들려왔다. 날카로운 소리가 고막을 할퀴는 것 같아 나는 어금니를 꽉 깨물었다. 가다 서다를 반복하던 차는 어느덧 S구로 들어섰다.

*

방학은 짧았고, 개학을 한 뒤에는 시간이 더 빠르게 흘러갔다.

빨갛고 노랗게 단풍이 들었을 무렵, 담임교사는 미술 시간에 조별 과제를 내주었다. '나, 너, 우리'라는 주제로 조원끼리 자유롭게 작품을 만드는 것이었다. 몇 달 뒤 졸업을 하고 뿔뿔이 흩어질 아이들에게 친구들과 추억을 쌓으라는 배려이기도 했다. 담임은 우정과 협동심이 잘 드러난 작품에 높은 점수를 줄 거라고 강조했다.

남자와 여자가 각각 세 명씩, 총 여섯 명이 한 조였다. 6학년에 올라온 뒤로 나는 줄곧 너와 단짝으로 지냈기에 다른 아이들과는 친해질 기회가 없었다. 아니, 친해질 필요를 느끼지 못했다. 도시락도 너와 단둘이 먹었고, 주번도 너와 함께 맡았고, 과학실로 이동할 때나 체육 수업 중에도 너와 손을 잡고 다녔다. 번호대로 조를 짰기에 다행히 나는 너와 같은 조였고, 너역시 그 점에 안도하며 내게 미소를 보냈다.

　　방과 후에 조별 첫 모임을 가졌다. 먼저 조장을 선출했다. 우리는 제비를 뽑기로 했는데, '당첨'이라는 글자가 적힌 종이를 고른 사람은 나였다.

　　운동장 한구석에 있는 원두막에서 오랜 회의 끝에 우리 조는 '타임머신'을 콘셉트로 작품을 만들기로 했다. 유에프오를본뜬 타임머신에 여섯 명의 조원이 탑승하고 미래의 우리들에게 메시지를 전하는 것. 그렇게 우리의 우정은 미래까지 쭉 이어질 것이라는 의미를 담기로 했다. 아이디어가 완성되자 조원들은 흥분했고 다른 조 아이들에게 비밀이 새어 나가지 않도록주의하자며 목소리를 낮췄다.

　　조원들은 다시 두 명씩 짝을 이뤘다. 사진반에서 활동하는 기환이가 조원의 사진을 찍으면 글씨를 정갈하게 잘 쓰는 희선이가 노트에 우리들의 사진을 붙이고 그 옆에 각자의 취미와 특기, 장래 희망, 미래의 친구에게 전하는 메시지 같은 것을 적어 넣기로 했다. 다른 두 명은 타임머신을, 너와 나는 타임머신이 출발하는 장소인 학교 운동장을 만들기로 했다.

다음 모임에 우리는 먼저 사진을 촬영했다. 타임머신에 얼굴만 오려서 붙여둘 사진은 다들 익살스러운 표정으로 찍었다. 노트에 붙일 사진은 각자 자신이 가장 좋아하는 장소에서 찍기로 했다. 너는 집 앞에서 찍겠다고 말했다.

너의 집으로 가는 길에 나는 너의 손을 잡아당기며 눈짓했다. 괜찮겠냐는 뜻이었다. 내 마음을 아는지 모르는지 너는 그저 커다란 눈을 천천히 열었다 닫으며 미소를 지었다. 대체 어쩔 생각이지. 그 쪽문 앞에서, 혹은 지하에 있는 작은 문 앞에서 사진을 찍겠다는 건가. 나는 너의 생각을 도무지 알 수 없었다. 그리고 무엇보다 그 낡고 허름한 비밀은 가장 친한 친구인 나에게만 공개되어야 하는 것이었다. 나는 너의 손을 놓아버렸다.

궁전 같은 집들을 지나 네가 걸음을 멈췄을 때, 아이들은 일제히 우아, 하는 감탄사를 내뱉었다. 너는 푸른빛이 감도는 검은색 대문 앞에 섰다.

"난 여기서 찍을게."

퍼프소매의 벨벳 원피스에 가죽으로 만든 메리제인 구두를 신은 너는 웅장한 대문 앞에서 미소를 지었다. 그 순간 나는 입 밖으로 짧은 숨을 토해냈다. 마음의 가장 깊숙한 층이 통째로 뒤틀리는 기분이었다. 아이들은 너에게 장난스러운 포즈를 요구하며 소란스럽게 굴었고, 너는 그 어느 때보다도 화사하게 웃으며 카메라를 바라봤다.

찰칵.

셔터를 누르는 순간, 조리개의 움직임을 따라서 하나의 세계가 닫히고 다시 새로운 세계가 열렸다. 그 장면이 그토록 오랜 세월 동안 내 안에 박혀 있을 거라고는, 그때의 나는 상상조차 할 수 없었다.

"얘들아, 나 책가방 놓고 올게. 잠깐만 기다려줘."

촬영을 끝내고 다음 장소로 이동하기 전에 네가 말했다. 나도 모르게 긴장이 돼 빈주먹을 꽉 쥐었다. 손바닥에서 차가운 땀이 새어 나왔다. 너는 돌담을 반 바퀴 돌아가는 대신 대문으로 이어지는 두 개의 계단을 올라갔다. 그리고 벨을 눌렀다.

"저예요, 유리."

철컹. 문이 열렸다. 아이들은 열린 문틈으로 집 안을 들여다보기 위해 목을 쭉 빼고 고개를 좌우로 움직였다.

"금방 올게."

너는 가볍게 손을 흔들며 대문을 닫았다. 안쪽에서 점점 멀어지는 너의 발걸음 소리가 들려왔다. 마당을 가로질러 뒷마당을 지나 지하로 이어지는 계단을 서둘러 밟고 있을 너의 모습이 눈에 보이는 듯했다.

"우아. 서유리네 집 진짜 좋다."

커다란 비스킷을 발견하고 허둥거리는 개미 떼처럼 아이들은 닫힌 대문 앞에서 종종거렸다. 나는 돌담 아래 떨어진 붉은 단풍을 발로 짓이겼다. 네가 대문을 열고 밖으로 나왔을 때, 나는 너와 눈을 마주치지 않았다.

다음 날, 너와 나는 문구점에 들렀다가 우리 집으로 갔다. 내가 조금 앞서서 걸었고, 네가 그 뒤를 따라왔다. 우리는 스티로폼에 풀을 바르고 모래를 뿌려 운동장을 완성했고 작은 상자에 색종이를 붙여서 학교 건물을 세웠다. 수수깡으로 그네며 미끄럼틀을 만들고 성냥개비로 정글짐을 쌓았다. 나는 별말 없이 작품을 만드는 데만 열중했다. 가끔 불안한 시선이 내게 와 닿는 것을 느끼면서.

그날 엄마는 식빵 위에 피자 토핑을 얹고 오븐에 구운 간식을 내왔다. 간식은 늘 넉넉했기에 그날도 접시 위에 몇 조각의 빵이 남아 있었다. 남은 간식은 언제나 쿠킹포일에 잘 포장해서 네가 가져가곤 했다. 나는 물감으로 정글짐에 색을 입히면서, 이쑤시개 끝에 달아둔 태극기를 학교 앞에 꽂으면서 빵 조각을 하나씩 입에 넣었다. 이미 배가 불렀지만, 나는 그날 접시를 깨끗이 비웠다.

"조장, 필름에 빛이 들어갔어."

작품 제출을 앞둔 주말에 기환이에게서 전화가 걸려왔다. 그 애가 하는 말이 정확히 무슨 뜻인지 이해할 수는 없었지만 풀이 죽은 목소리에서 그것이 나쁜 소식임을 직감했다. 요는, 그

애의 동생이 카메라를 몰래 가지고 노는 바람에 필름이 못 쓰게 됐고 결국 조원들의 사진을 다시 찍어야 한다는 것이었다. 사진을 바로 현상해두지 않은 기환이를 타박하려다 말고 나는 잠시 생각에 잠겼다. 곧 조원들에게 연락해 상황을 전달했고, 우리는 2시에 학교 앞에서 모이기로 약속했다. 다만 너와는 통화를 할 수 없었다. 너의 집에는 전화기가 없었고, 네가 비상용으로 알려준 주인집 번호로 걸어봤지만 아무도 받지 않았다. 어찌 된 마음인지 나는 너와 통화가 되지 않은 상황을 다른 아이들에게 말하지 않았다.

2시가 되기 전에 연락을 받은 아이들이 모두 모였다.

"유리가 늦네?"

누군가 말했지만 나는 아무런 대꾸도 하지 않은 채 고개를 돌려 길가를 바라봤다. 마치 너를 기다리는 것처럼.

2시 10분쯤 됐을 때 기환이가 입을 열었다.

"우리가 그쪽으로 가자. 어차피 유리는 집 앞에서 촬영할 거니까."

"그래. 가다 보면 마주칠 수도 있겠다."

누군가 맞장구를 쳤고 우리는 자연스럽게 윗동네로 걸음을 옮겼다. 나는 자꾸 주위를 돌아봤다. 그럴 리 없다는 걸 알면서도 골목 어디에선가 네가 튀어나오지는 않을까 가슴이 조마조마했다.

너의 집, 아니, 주인집 대문 앞에 도착했을 때, 누군가 성큼 계단 위로 올라섰다. 아이들은 이 대궐 같은 집 안에 발을 들일 생각에 좀처럼 가만히 서 있지 못하고 초인종 앞으로 우르르 몰려들었다. 나는 벨을 누르려고 팔을 뻗는 아이를 거칠게 잡아끌었다.

"따라와."

아이들이 놀란 눈을 하고 바라봤지만, 나는 아무런 말 없이 그저 앞장서서 걸음을 옮겼다.

돌담을 따라 반 바퀴를 걷는 동안 나는 생각했다. 나는 초인종을 누르고, 유리 친구인데요, 말한 뒤에 혼자 그 집 안으로 들어가 지하 방에서 너를 데리고 나올 수도 있었다. 아니, 약속 시간 전에 너의 집에 찾아가 상황을 전하거나, 혹은 그 전에 주인집에서 누군가 전화를 받을 때까지 좀더 오래 수화기를 들고 기다릴 수도 있었다. 하지만 나는 오직 이 방법밖에 없다는 것처럼 돌담을 따라 걸어갔다. 그리고 쪽문을 두드렸다.

"유리야, 서유리."

저 아래에서 지하 방문이 열리는 소리가 들렸다. 곧이어 하나, 둘, 셋…… 계단을 밟고 달려오는 소리가 들렸다. 발소리가 가까워질수록 내 심장은 더 세게 뛰었다. 쪽문이 열렸고 그 안에서 너는 가쁜 숨을 몰아쉬었다. 너는 내 목소리를 듣고 한달음에 계단을 올라온 것이었다. 나를 보며 환하게 웃던 너의 얼굴은, 그러나 곧 굳어져버렸다. 내 뒤에 서 있던 아이들의 표정도 크게 다르지 않았다.

쪽문 아래로 어둡고 축축한 지하 세계가 훤히 드러나 있었다.

작품을 제출하고 담임의 바람처럼 조원들은 돈독한 사이가
되었다. 우리는 함께 어울려 밥을 먹고, 과학실로 이동하고, 우
르르 운동장으로 달려 나갔다. 하지만 우리가 친해진 계기는
담임의 의도와는 전혀 다른 곳에 있었다. 여기에서 '우리'란 너
를 제외한 나머지 다섯 명을 뜻했으니까.

아이들과 너의 집에 찾아갔던 날, 그 후의 일은 이상하게도
흐릿하게 남아 있다. 그날 네가 다시 사진을 찍었는지, 우리가
작품을 어떻게 완성했는지, 그런 것들은 기억나지 않는다. 그
날 이후의 너 역시 얼굴만 도려낸 사진처럼 남아 있을 뿐이었
다. 다만, 또렷하게 기억하는 몇몇 장면들이 있었다. 그날 이후
로 나는 더 이상 너에 대해 아무 말도 하지 않았지만, 나를 따
라 쪽문 앞까지 걸어갔던 네 명의 아이들이 또 다른 아이들에
게 너에 관해 비밀스럽게 이야기했고, 얼마 가지 않아 반 아이
들 모두가 청동색 쪽문이나 어두운 지하 방에 대해 수군거렸
다. 아이들이 삼삼오오 모여 작은 목소리로 이야기를 나누고
복도 쪽 맨 끝자리에 혼자 앉아 있는 여자애를 향해 웃음을 흘
리던 모습. 그것만은 네거티브필름의 한 조각처럼 강렬하게 남
아 있었다.

겨울방학이 지나고, 다시 개학을 하고, 얼마 후에 졸업을 했
다. 졸업식 날 앨범을 받았는데, 단체 사진마다 나는 너와 어깨

를 붙이고 서서 다정하게 웃고 있었다. 2학기가 시작되고 얼마 되지 않았을 무렵에 찍은 사진이었다.

졸업식이 끝나고 가족들과 함께 동네에서 제일 큰 중국집에 갔다. 곳곳에 아는 얼굴들이 눈에 띄었다. 탕수육이나 깐풍기를 입에 넣으면서 나는 테이블 주변을 자꾸만 두리번거렸다. 다음 날, 나는 배탈이 났다. 다른 가족들은 다 괜찮은데 왜 나만 이러는지 모르겠다면서 엄마는 속상한 얼굴로 약을 챙겨주었다. 며칠 배앓이를 하고 몸이 다 나았을 때, 나는 졸업 앨범을 옷장 위에 깊숙이 밀어두었다. 그리고 다시 꺼내보지 않았다.

시간이 좀더 흘러 내가 중학교 2학년이 되었을 때 할아버지가 돌아가셨고, 얼마 후에 우리 집은 아파트로 이사를 했다. 그 동네를 떠나온 뒤에도 나는 이따금 너를 생각했다. 네가 어떻게 살고 있을지, 여전히 눈부시도록 아름다울지 궁금했다. 하지만 너를 떠올리는 건 그리 유쾌한 일이 아니었는데, 그건 유리, 너 때문은 아니었다.

*

"여기야."

S구의 주택가에 들어서고 얼마 되지 않아 너는 손가락을 뻗어 한 집을 가리켰다. 시시티브이가 여럿 달린 저택이었다. 아

주 오래전부터 부촌의 중심가에 자리 잡고 있었음 직한 고풍스러운 집이었다. 높고 단단하게 쌓아 올린 담장 너머로 나이 많은 나무들이 가지를 곧게 뻗고 있었다. 담장의 둘레가 얼마나 될지 직접 돌아보지 않고는 도저히 짐작할 수 없었다.

"태워다 줘서 고마워."

너는 표정 없는 얼굴로 내 눈을 오래도록 들여다봤다. 그리고 차 문을 열었다.

"유리야."

오래 참았던 숨을 토해내듯 나는 너의 이름을 불렀다. 하지만 그다음 말을 잇지 못하고 바싹 마른 입술만 깨물었다. 밖으로 나오지 못한 말을 내 안에 영원히 가둬두려는 것처럼 너는 내 말을 가로챘다.

"돌림노트 말이야."

너는 잠시 침묵했다.

"잘 간직할게. 그건 너와 나만의 비밀이니까."

그렇게 말하고 너는 내 손을 힘주어 잡았다가 놓았다. 너의 손가락이 닿았던 곳마다 손톱자국이 선명하게 남아 있었다.

차에서 내리기 전에 네가 마지막으로 한 말은, 또 보자, 혹은, 언제 차라도 한잔 마시자, 같은 것이 아니었다. 너는, 앞으로도 네 소설 잘 지켜볼게,라고 말했다.

저택 앞에 서서 너는 가볍게 손을 흔들었다. 그리고 천천히 돌아서서 대문으로 이어지는 계단에 올라섰다. 나는 오래전에 느꼈던 긴장을 다시 한 번 느꼈다. 너는 벨을 눌렀다. 그리고 이렇게 말했다.

"저예요, 유리."

네가 대문 안으로 사라지고 난 뒤에도 나는 한동안 그대로 차 안에 앉아 있었다.

오래전부터 그런 생각을 해왔다. 언젠가 분명 너의 이야기를 쓰게 될 거라고. 하지만 이제 나는 그 글을 쓸 수 없을 것이다. 고개를 돌려 네가 들어간 대문을 바라봤다. 네가 잘 살고 있는 모습을 보자 어쩐지 용서받은 기분이었다.

차를 출발시켰다. 저택 담장을 따라 내려가면, 큰길이 나올 것이다. 하지만 그다음에 어디로 갈 것인지 나는 마음을 정하지 못했다. 멀지 않은 곳에 남편과 함께 살던 아파트가 있지만 그곳에 갈 수는 없었다. 남편이 기다리고 있을 K구의 오피스텔도 마찬가지였다. 목적지를 정하지 못한 채 담장을 따라 천천히 차를 몰았다. 어디를 가든 주택가에서 빠져나가는 것이 우선이었다. 순간, 무의식이 쳐놓은 망에 어떤 풍경 하나가 걸려들었다. 나는 브레이크를 밟았다. 담장 한쪽에 파란색 쪽문이 나 있었다.

차창을 내리자 찬 공기가 매섭게 들이닥쳤다. 나는 쪽문을 응시했다. 열쇠 구멍에 부딪힌 겨울 햇살이 예리하게 쪼개지며 빛났다. 눈이 시렸다. 문득, 너의 무릎에서 반짝이던 은색 클러

40

치백이 떠올랐다. 중국에서 이제 막 입국했다는 네가 손에 들고 있던 거라곤 작은 클러치백이 전부였다. 물론, 짐을 미리 부쳤을 가능성도 있었다, 하지만. 나는 컵홀더를 내려다봤다. 네가 두고 간 커피가 차갑게 식어 있었다.

입에서 새어 나온 뜨거운 김이 바람을 타고 멀리 흩어졌다. 잘 포장된 도로에 서서 옷깃을 단단히 여몄다. 주택가는 적막했다. 깨질 듯이 투명한 겨울 하늘 위로 검은 새들이 줄지어 날아갔다.

나는 쪽문 쪽으로 천천히 다가갔다. 다시 휴대전화가 요란하게 울리기 시작했다.

마르첼리노, 마리안느

마르첼리노가 처음 그 꿈을 꾼 것은 아주 어릴 때의 일이었다.

꿈속에서 마르첼리노는 산에 올랐다. 나무 한 그루 없는 그곳은 붉은 흙과 표면이 거친 바위로 이루어져 있었다. 걸음을 옮길 때마다 산이 부서지듯 자갈돌이 아래로, 아래로 굴러갔다. 마르첼리노는 쉬지 않고 더 높은 곳으로 올라갔다.

바위가 없고 경사가 완만한 곳에 도착한 뒤에야 걸음을 멈췄다. 태양이 머리 꼭대기에서 검게 타들어가고 있었다. 마르첼리노는 맨손으로 땅을 파기 시작했다. 손가락으로 갈퀴를 만들어 돌처럼 단단한 흙을 긁어냈다. 손톱이 빠지고 피가 흘렀다.

마르첼리노의 몸집만 한 구덩이가 완성됐을 때 멀리서 바람이 불어왔다. 낫을 휘두르듯 예리한 바람이 지나가자 목이 날아갔다. 마르첼리노는 몸에서 떨어져 나간 머리를 품에 안고 구덩이로 들어갔다. 그것은 자신의 무덤이었다. 마르첼리노는 구덩이에 누워 죽음 속으로 가라앉다가 잠에서 깨어났다. 그것은 무섭고 쓸쓸한 꿈이었고, 때문에 마르첼리노는 꿈속의 일들을 곧장 지워버렸다.

마르첼리노가 마르첼리노 성인에 대해 알게 된 것은 한참 뒤의 일이었다('마르첼리노'라는 세례명은 6월 생일에 맞춰 그의 부모가 정해준 것이었다).

마르첼리노 성인은 기독교가 박해를 받던 시절 로마에서 활동한 사제였다. 그는 디오클레티아누스 황제의 탄압 속에서 선교 활동을 벌이다 체포되어 고문을 받았고, 자신의 무덤을 판후에 참수되었다. 오랜 시간 동안 반복되어온 꿈과 마르첼리노 성인의 마지막 순간이 상당 부분 일치하는 것을 깨닫고 마르첼리노는 온몸에 소름이 돋아나는 것을 느꼈다. 그것은 두렵고도 기이한 일이었고, 때문에 마르첼리노는 서둘러 생각을 떨쳐버렸다.

처음 그 꿈을 꾸었던 날은 마르첼리노가 태어나서 처음으로 거짓말을 한 날이었다. 그 후로도 '생각과 말과 행위로 죄를' 지을 때마다 같은 꿈을 꾸었고, 깨고 나면 금세 잊었다.

*

　　마리안느가 수녀가 되기로 결심한 것은 고등학교 1학년 때의 일이었다.

　　여느 여고생들처럼 명랑하던 소녀가 침묵과 가까워지게 된 것은 한 여자가 전동차로 뛰어드는 모습을 목격한 뒤부터였다. 그 일은 마리안느의 눈앞에서 벌어졌다. 검은 원피스를 입고 있던 여자가 검은 보디백에 담겨 플랫폼으로 옮겨지기까지 마리안느는 의자에 굳은 듯 앉아 있었다. 시신을 직접 보지는 못했지만, 그것을 수습하는 데 꽤 오랜 시간이 걸린 걸 보면 여자의 몸은 부서지고, 찢기고, 으깨진 채 사방으로 흩어진 것이 분명했다.

　　"얘야, 괜찮니?"

　　경찰이 어깨를 흔들었을 때에야 마리안느는 의자에서 일어났다. 밤의 거리를 흘러 다니는 몽유병 환자처럼 한 발 한 발 플랫폼으로 다가갔을 때, 마리안느는 선로에 피어 있는 검고 붉은 꽃을 보았다.

　　죄.

　　입안에서 짧은 단어가 터져 나왔다. 지옥까지 이어질 듯한 깊고 어두운 빛깔. 두렵고도 매혹적인 고통의 빛깔. 활짝 열린 꽃잎처럼 번진 핏물을 보았을 때, 마리안느는 비로소 '죄'라는 무형명사의 형체와 마주할 수 있었다.

당시 플랫폼에는 마리안느 외에 서너 명이 더 있었는데, 그들은 모두 섬처럼 멀리 떨어져 있었다. 그들 중 한 명이 여자가 전동차로 뛰어들기 전에 마리안느와 대화를 나눴다고 진술했으므로 마리안느는 경찰의 질문을 받아야 했다.

"아는 사람이었니?"

마리안느는 고개를 저었다.

"그 여자가 뭐라고 했니?"

마리안느는 선로에 핀 꽃을 떠올렸다. 그리고 천천히 입술을 열어 대답했다.

"사랑 때문에,라고 했어요."

그 일이 있고 나서 마리안느는 교복 블라우스 단추를 끝까지 채웠다. 줄였던 치마 밑단을 다시 늘려 입었다. 그런 차림새는 모든 문을 걸어 잠근 봉쇄 수녀원을 연상시켰다. 옷차림만 단정하게 변한 건 아니었다. 성교육차 학교를 방문한 어느 단체에서 나눠준 순결 서약서에 제일 먼저 이름을 올린 학생은 마리안느였다.

수녀가 되기로 결심하고, 마리안느는 일단 가톨릭 신자가 되기 위해 성당에서 6개월간 교리 교육을 받았다. 세례식을 앞두고 세례명을 정해야 했다. 어린아이의 경우 주로 생일에 맞춰 부모가 세례명을 결정하지만, 나이가 들어 신자가 되기로 결심한 사람은 자신이 닮고 싶은 성인의 이름을 택하는 경우가 많았다. 마리안느 역시 여러 성인들의 약전을 찾아보다가 마리안나 성녀에 대해 알게 되었다.

마리안나 성녀는 에스파냐 귀족의 딸로 17세기 초 에콰도르에서 태어났다. 어릴 때부터 신심이 깊었던 그녀는 성당에 가는 일 외에는 은수자 생활을 했다. 그녀는 금요일마다 관 속에서 지내며 묵상했다. 음식과 물은 거의 입에 대지 않았으며, 팔과 다리를 쇠사슬로 묶고, 가시관을 만들어 머리에 쓰고, 말총 속옷을 입은 채로 고행하다 스물여섯 살의 젊은 나이로 세상을 떠났다.

성녀의 삶에 매료된 여고생은 '마리안나'의 프랑스식 이름인 '마리안느'를 세례명으로 택했다(마리안느는 프랑스어가 세상에서 가장 우아한 언어라고 믿었다). 성녀의 삶을 본받아 매주 금요일에는 금식을 했고, 밤에는 주문 제작한 책꽂이(그것은 뉘어놓으면 가장 단순한 형태의 관처럼 보였다)에 들어가 기도했다.

여러 가지 이유로 마리안느는 결국 수녀가 될 수 없었지만, 그 뒤로도 성녀의 삶을 본받았고 무엇보다 순결한 삶을 이어갔다.

*

마르첼리노는 신을 찾아갔다.

몇 시간 전에 아내에게 전화가 걸려왔다. 여러 번 걸려왔지만 받지 못했고 한참 뒤에야 문자메시지를 확인할 수 있었다. 아이가 사라졌다는 짧은 내용에 오타가 두 군데나 나 있었다.

마르첼리노의 아이는 발달장애였다. 발달장애 진단을 받은 후 아내는 일을 그만두고 양육에만 전념했다. 일주일에 두 번 아이와 함께 명동에 있는 복지관에 나갔는데, 그곳에서 알게 된 여자와 얘기를 나누는 중에 아이가 사라졌다고 했다. 아내는 아주 잠깐 사이에 벌어진 일이었다면서 말끝을 흐렸다. 실종 신고를 했는지 확인하고 마르첼리노는 아이를 찾아 무작정 명동 거리를 헤매고 다녔다. 7월 한낮의 도심은 뜨거웠지만, 고통으로 달궈진 심장 탓에 한기가 느껴졌다. 불안하게 흔들리던 시선에 첨탑 끝 십자가가 걸려들었을 때, 마르첼리노는 길을 잃고 헤매다 마침내 엄마를 발견한 아이처럼 한달음에 성당 언덕을 올랐다.

지하 성당은 한낮에도 어두웠다. 스테인드글라스를 통과해 제단 십자가 쪽으로 어슷하게 누워 있는 빛이 전부였다. 천장이 낮고 공기가 서늘한 탓에 오래된 무덤 속에 들어온 기분이 들었다(실제로 순교자들의 유해가 안장돼 있기도 했다). 어둠 속에서 마르첼리노는 안도했다. 빛이 가득한 곳에서 신을 마주 볼 자신이 없었기 때문이었다. 제대를 향해 몸을 숙여 성체조배를 하고 제일 뒷줄 구석에 자리를 잡고 앉았다. 앞쪽에는 고요하게 묵상하기 위해 소성당을 찾은 사람들이 몇몇 있었다.

마르첼리노는 그들의 무거운 등을 바라보다가 천천히 손을 모았다.

하느님.

마르첼리노는 마음속으로 신을 불렀다. 오랫동안 대화가 끊긴 아버지에게 말을 걸듯 그것은 쉽지 않은 일이었지만, 일단 부르고 나니 명치에서부터 뜨거운 것이 울컥 솟아오르며 말과 울음이 뒤섞였다.

……저를 용서하소서.

마르첼리노는 앞 좌석을 끌어안듯 몸을 숙이고 눈물을 흘렸다.

이 죄인을 용서하시고 아이를 찾을 수 있게……

신과 둘만의 대화를 시도하고 있을 때, 어디선가 낮고 단조로운 음성이 들려왔다. 소리는 수십 개의 다리를 움직이며 기어 다니는 그리마처럼 빠르게 귓속을 파고들었다. 처음에는 무시하고 기도에 집중하려 했지만, 어느덧 마르첼리노는 웅얼거리는 소리에 귀를 기울이고 있었다.

"……저희의 기도를 들어주소서. 하늘에 계신 천주 성부님, 자비를 베푸소서. 세상을 구원하신 천주 성자님, 자비를 베푸소서……"

그것은 기도문을 읊조리는 소리였다. 마르첼리노는 눈을 떴다. 제대 앞에 한 여자가 무릎을 꿇고 엎드려 기도하는 중이었다. 마르첼리노는 눈을 크게 떴다. 자신을 낮춘 자세로 기도하는 이들을 본 적은 종종 있었지만, 그것은 주로 나이 든 여인들의 예식이었다. 어둠 속에서도 여자는 기묘한 에너지를 뿜어내고 있었다. 길고 검은 머리카락이 어깨를 탐스럽게 감싸 안았고, 흰색의 얇은 여름 원피스 아래로 드러난 종아리는 창백하게 빛났다. 여자는 젊었다. 마르첼리노는 그녀가 아름다운 얼굴을 가졌을 거라고 생각했다. 순간, 마리안느가 떠올랐다.

"천주의 성모님, 저희를 위하여 빌어주소서. 지극히 거룩하신 동정녀, 저희를 위하여 빌어주소서. 성 미카엘, 저희를 위하여 빌어주소서. 성 가브리엘, 저희를 위하여 빌어주소서. 성 라파엘, 저희를 위하여빌어주소서모든천사와대천사저희를위하여⋯⋯"

여자의 중얼거림은 점점 빨라졌다. 빨라지는 만큼 목소리 또한 커지고 있었다. 평일 낮. 지하 성당에 엎드려 기도하는 젊은 여자는 어떤 사연을 품고 있는 걸까. 마르첼리노는 기도하는 것도 잊은 채 불길하고도 아름다운 색채의 유화를 감상하듯 그녀의 육체를 찬찬히 훑어보았다.

*

사무실에 도착하자마자 마리안느는 서랍 속에서 묵주를 꺼냈다. 목걸이 형태의 묵주를 손에 쥐고 묵주 알 하나에 기도문 하나를 바쳤다.

몇 시간 전, 마리안느는 마르첼리노와 함께 있었다.

마르첼리노는 스마트폰 애플리케이션을 개발하는 업체의 대표였다. 일찍이 명문대 재학 중에 친구들과 함께 모바일 콘텐츠를 제작하는 사업에 뛰어들었고, 지금은 따로 독립해서 작은 회사를 운영 중이었다. 포털사이트에 마르첼리노의 이름을 검색하면 그가 이룬 성과와 관련된 몇몇 기사를 볼 수 있었다. 이제 서른다섯 살인 그는 성공한 젊은 사업가라고 말할 수 있었고, 앞으로도 이뤄내고 싶은 일들이 많은 야심가였다.

회사에는 마르첼리노를 포함해 콘텐츠 기획자가 일곱 명, 디자이너가 두 명, 프로그래머가 두 명, 그리고 총무가 한 명이었다. 2년 전, 총무 담당자가 일을 그만두면서 새로 직원을 채용했는데, 그때부터 함께 일하게 된 사람이 마리안느였다. 면접이 있던 날 마르첼리노가 마리안느에게 물었다.

"이메일 주소를 보니까 '마리안느'로 시작되던데 세례명인가요?"

마리안느는 그렇다고 대답했다. 마르첼리노는 빙긋 웃으며 이렇게 말했다.

"내 이메일 주소도 세례명인데. 나는 마르첼리노예요."

마리안느는 안심했다. 가톨릭 신자라면 여느 남자들처럼 철망을 단단히 두르고 대할 필요는 없을 거라고 생각했다. 출근길 엘리베이터 앞에서 마주치거나 점심을 먹고 돌아오는 길에 나란히 걷게 될 때면 마르첼리노는 복사로 활동했던 어린 시절의 일화를 들려주었다. 성탄 미사 때 복사들이 입는 하얀 가운을 밟고 넘어지며 트리에 머리를 처박는 바람에 한동안 '크리스마스트리'로 불린 적이 있다거나, 소변을 참느라 내내 다리를 꼰 자세로 신부님 시중을 들었다는 등의 이야기들이었다. 마리안느는 마르첼리노에게서 소년의 얼굴을 보았고 그의 영혼에 친밀감을 느꼈다.

마르첼리노가 외부 미팅을 나갈 때 마리안느가 수행하는 날들이 늘어났다. 사업 파트너와 술자리를 가졌던 어느 금요일 밤, 함께 택시를 타고 마리안느를 집까지 바래다준 마르첼리노가 그녀의 입술에 키스를 했다. 갑작스러운 행동에 마리안느는 놀랐다. 하지만 그보다 더 충격적인 것은 빗장이 풀린 듯 자신의 입술이 살며시 벌어졌다는 사실이었다.

다음 날이 되었을 때, 마리안느는 아침 일찍 수녀원을 찾아갔다. 한때 자신의 생을 바치기로 결심했던 곳이었다. 마리안느는 제대 앞에 엎드려 빌었다.

저를 용서하소서.

간밤에 죄를 두 가지나 지었다는 사실이 마리안느의 심장을 짓눌렀다. 첫번째는 평생 순결하게 살겠다는 맹세를 어긴 것이었고, 두번째는 아내가 있는 남자와 입맞춤을 한 것이었다. 정신을 모아 기도에 집중하던 마리안느는, 그러나 어느 순간 입술에 손을 가져다 대고 있는 자신을 발견했다. 따스하고 부드러운 살의 감촉. 전날 밤의 일이 떠오르자 입술이 더욱 붉게 물들었다. 그때, 삼종 기도 시간을 알리는 종이 울렸다. 마리안느는 입에서 손을 뗐다. 수치심에 제 뺨을 세게 때렸다. 그렇게 수녀원에서 주말을 보내고 월요일 아침에 마르첼리노와 마주쳤을 때, 마리안느는 주말 내내 그를 그리워했다는 사실을 깨달았다. 다음 주말, 마리안느는 다시 수녀원을 찾았다.

마음속에 더러운 생각을 품고 있나이다. 죄를 범하지 않도록 저를 붙들어주소서.

그러나 신은 언제나 침묵했고, 마르첼리노는 끊임없이 사랑을 노래했으므로 마리안느는 마르첼리노의 말에 귀 기울이는 시간이 더 많았다. 다정한 말. 부드러운 손길과 입술. 마르첼리노가 주는 모든 것들은 태어나서 처음 맛보는 다디단 과일과도 같았다. 그것은 베어 먹을수록 더욱 달콤한 즙이 흘렀다. 그리고 얼마 뒤, 스물여섯 살이 될 때까지 지켜온 동정은 마르첼리노의 것이 되었다. 하얀 시트 위에 피어난 선홍색 꽃을 발견하고 마르첼리노는 마리안느에게 영원한 사랑을 맹세했다. 마리안느는 마르첼리노와 함께하는 평일에는 점점 더 큰 행복을 얻었고, 혼자 있는 주말에는 점점 더 큰 고통을 느끼며 신에게 용서를 구했다. 수녀원에서 주말을 보내고 돌아온 다음 날이면 마리안느는 마르첼리노를 차갑게 대하며 밀어냈지만, 수요일쯤 되면 다시 그의 품에 안겨 있었다. 마리안느는 사랑과 죄책감이라는 두 개의 감정 모두에서 벗어날 수 없었다. 그렇게 몇 개의 계절이 지나가고 되돌아왔다.

몇 시간 전, 외부 미팅 후 마르첼리노와 마리안느는 근처에 있는 호텔에 들렀다. 사랑을 나누는 동안 진동음이 여러 차례 울렸지만, 마르첼리노는 전화를 받는 대신 마리안느를 더욱 세게 끌어안았다. 문자메시지를 확인한 것은 시간이 꽤 흐른 뒤였다.

"아이가…… 없어졌대."

영혼을 잃어버린 텅 빈 얼굴로 마르첼리노가 말했다. 마리안느는 두려움에 휩싸였다.

죄!

마리안느는 신이 벌을 내린 거라고 생각했다. 두 사람은 이제야 선과 악을 구별하는 눈을 갖게 된 아담과 이브처럼 벌거벗은 몸으로 서로를 고통스럽게 바라보다가 급히 옷을 주워 입고 호텔을 빠져나왔다.

마리안느는 묵주알을 굴리며 신에게 빌었다. 이따금 사무실로 걸려오는 전화 때문에 기도를 멈추기도 했지만, 곧 두 손으로 묵주를 꼭 움켜쥐었다.

이 죄인들을 용서하시고, 부디 아이를, 아이를……

＊

그동안 너무 많은 죄를 지으며 살았나이다.

마르첼리노는 마음을 가다듬고 기도에 집중했다. 소리를 입밖에 내지는 않았지만, 마음속 말들이 지하 성당 안에서 크게 울리고 있었다. 이렇게 진심을 다해 기도하는 것은 실로 오랜만이었다.

마르첼리노는 매주 일요일마다 가족과 함께 성당에 갔다. 어릴 때는 부모를 따라 미사에 참례했다. 주일이나 대축일마다 빠지지 않고 성당에 나갔지만, 그렇다고 해서 신앙심이 깊은 것은 아니었다. 그저 몸이 잠시 그곳에 머물다 오는 정도였다.

마리안느를 알게 된 후로 마르첼리노에게 신앙은 오직 그녀, 마리안느뿐이었다. 마리안느는 이제 막 포장을 뜯은 새하얀 비누 같았다. 눈이 부시도록 깨끗했고 좋은 향기가 났다. 이전에는 어떤 여자에게도 갖지 못한 감정을 그녀에게서 느꼈다.

처음에는 그저 그녀와 이야기를 나누는 것만으로 만족했다. 꼼꼼치 못한 성격이라는 것을 핑계로 마리안느에게 외부 미팅 동행을 요청했고, 함께 약속 장소로 이동하는 동안 조수석에 다소곳이 앉아 있는 그녀의 실루엣을 느끼는 것만으로도 행복했다. 집에 돌아가 가족들과 함께 저녁을 먹을 때면 마리안느가 밥을 먹었을지 궁금했고, 그녀를 볼 수 없는 주말은 길고 고통스러운 시간에 불과했다. 이것이 사랑의 감정이라는 것을 깨닫는 데까지는 그리 오래 걸리지 않았다. 스무 살 시절에도 누군가에게 뜨거웠던 적이 없었던 마르첼리노는 서른이 넘은 나이에 마음이 들끓었다. 게다가 이제는 사랑하는 여인을 고급 레스토랑에 데려가 그녀가 좋아할 만한 요리나 와인을 골라줄 수 있는 남자가 되어 있었던 것이다. 마르첼리노는 그런 자신이 마음에 들었고 더욱 용기를 낼 수 있었다. 그렇게 그녀의 입술을, 그녀의 마음을, 그녀의 동정을 차례대로 갖게 되었다. 오랜 시간 동안 순결하게 잠자고 있던 여인의 몸이 서서히 깨어나는 것을 지켜보며 환희에 차올랐고, 자신을 품는 뜨거운 우주를 느끼며 절정으로 치달았다. 마르첼리노의 천국은 오직 그곳에 있었다.

"성바오로저희를위하여빌어주소서성안드레아저희를위하여빌어주소서성요한저희를위하여빌어주소서성야고보저희를위하여빌어주소서성토마스저희를위하여……"

마르첼리노는 미간을 찌푸렸다. 젊은 여자의 목소리는 선로 위를 구르는 쇠바퀴가 빚어내는 마찰음같이 날카롭게 찢어졌다. 다른 사람들도 기도에 집중할 수 없는지 여자를 흘금거리거나 누군가 말려주기를 기대하는 듯 주위를 둘러봤다. 무릎을 꿇은 채 엎드려 기도하던 여자는 이제 팔다리를 길게 펴고 바닥에 몸을 밀착시켰다. 마르첼리노는 곧게 뻗은 다리를 바라봤다. 스테인드글라스를 통과한 빛이 맨살 위로 분분하게 쏟아졌다. 봄날, 한꺼번에 몽우리를 터뜨린 꽃을 본 듯 현기증이 일었다.

마리안느를 사랑하게 되고 마르첼리노는 딱 한 번 기도를 한 적이 있었다. 그녀를 사랑하게 되고 기도는커녕 오히려 신을 원망(왜 이제야 만나게 하셨나이까!)했기 때문에 그날 마르첼리노의 기도는 특별한 것이었다. 아내와 함께 아이 손을 잡고 성당에 간 마르첼리노는 이렇게 기도했다.

아내가 알지 못하게 하소서……

작년, 휴가를 몇 주 앞둔 어느 일요일이었다. 그렇지 않아도 죄책감에 시달리며 이별을 고하는 마리안느에게 가족과 휴가를 떠나는 모습을 보여주고 싶지 않았다. 마리안느를 잃게 되는 일. 그것이 마르첼리노의 가장 큰 두려움이었다.

마르첼리노와 관계를 가지면서 마리안느는 더 이상 주일 미사에 가지 않았다. 더러운 몸으로 거룩한 제의에 참석할 수는 없다고 했다. 대신 그녀는 수녀원에 찾아가 신에게 용서를 구하며 죄에서 벗어날 수 있게 도와달라고 간청했다. 그랬던 그녀가 드디어 고백성사를 통해 자신의 모든 죄를 고했다고 말했을 때 마르첼리노는 절망했다. 그 말은 다시 주일 미사에 나갈 준비가 되었다는 뜻이고, 성체를 모실 수 있는 고결한 삶을 살겠다는 의미였다. 짐작한 대로 그녀는 관계를 정리하겠다고 선언했다. 전에도 이별을 요구한 적이 여러 번 있었지만, 이번에는 좀더 확고하게 자신의 뜻을 전했다. 마르첼리노는 그녀 없이는 한순간도 살 수 없다며 무릎을 꿇고 매달렸다. 마리안느는 간음한 여인임을 고백하는 일이 너무나 고통스러웠고, 이런 끔찍한 일을 되풀이하고 싶지 않으니 제발 놓아달라고 사정하며 눈물을 흘렸다. 눈물을 흘리는 마리안느를 마르첼리노는 다정하게 안아줄 수밖에 없었으며, 몸이 밀착되자 그녀의 입술에 키스를 할 수밖에 없었다. 품에 안았을 때, 입을 맞추었을 때, 마리안느가 두르고 있는 철망이 한 겹씩 벗겨지는 것을 놓치지 않고 마르첼리노는 블라우스 안으로 손을 밀어 넣으며 속삭였다.

"가여운 마리안느, 하느님도 우리를 이해해주실 거야."

그렇게 마리안느의 고통스러운 고백성사는 한순간에 물거품이 되었다. 마르첼리노가 마리안느의 고통을 알고도 놓아주지 않은 까닭은, 그녀와 사랑을 나눔으로써 얻게 되는 행복은 마르첼리노 자신의 것이지만 마리안느의 고통은 온전히 마리안느의 것이기 때문이었다.

'마리안느'라는 행복을 포기할 수 없었던 마르첼리노는 아내에게 거짓말을 하고 마리안느와의 비밀스러운 여행을 계획했다. 아내와 아이 둘이서 휴가를 떠나기 며칠 전에 마르첼리노는 자동차를 끌고 정비소를 찾아갔다. 아내는 장거리 운전을 해서 남쪽으로 내려갈 계획이었다. 정비사가 차량 곳곳을 살펴보고 있는 동안, 마르첼리노는 문득 이런 상상을 했다.

만일, 사고가 난다면……

그것은 마르첼리노의 의지와는 상관없이 펼쳐지는, 그러니까 마치 꿈꾸는 것과 같은 의식의 흐름이었다. 그런 상상을 하면서 마르첼리노는 심장이 두근거리는 것을 느꼈다. 그 사실을 깨닫자 곧 두려워졌다. 마르첼리노는 재빨리 생각을 다른 쪽으로 돌리며 죄의식으로부터 달아났다.

바닥에 납작 엎드려 있던 젊은 여자가 꿈틀거렸다. 마르첼리노는 경기를 일으키듯 몸을 뒤틀며 기도하는 여자를 바라봤다. 마치 거울을 들여다보는 기분이 들었다. 어느 성화에서 본 것처럼 가시덤불이 심장을 옥죄는 듯 아파왔다. 어떻게, 아내와 아이를 두고 그런 끔찍한 상상을 할 수 있었을까. 미안했다. 아내와 아이에게 처음으로 미안한 마음이 들었다. 아이가 사라진 것은 모두 자신의 죄 때문이었다. 마르첼리노는 눈을 감았다.

다시는, 두 번 다시는 죄를 짓지 않겠나이다. 그러니 제발 저의 아이를……

*

주님, 죄를 끊겠나이다. 이번에는 진실로, 진실로 끊어내겠나이다. 그러니 제발 저희를 용서하시고 그 사람이 아이를 찾을 수 있게 도와주소서.

마리안느는 쉬지 않고 묵주 알을 굴렸다. 커피를 들고 지나가던 디자이너가 걱정스러운 눈빛으로 바라봤을 때, 마리안느는 가벼운 두통이 있다고 둘러댔다.

언젠가 사랑을 나누고 난 뒤에 마르첼리노가 이런 얘기를 한 적이 있었다.

"아내와 아이가 죽는 상상을 했어."

충격을 받은 마리안느는 두 손으로 입을 막았다.

"마르첼리노, 어떻게 그런 무서운……"

"그렇다면 너와 함께할 수 있지 않을까, 그런 생각을 했어."

고통스러운 얼굴로 마르첼리노는 마리안느의 품을 파고들었다. 마리안느는 마르첼리노의 머리를 끌어안았다. 사랑하는 사람이 그런 끔찍한 죄를 짓게 만든 자신이 저주스러운 한편 그것과는 전혀 다른 마음도 동시에 품게 되었는데, 그건 일종의…… 행복감 같은 것이었다. 마르첼리노의 깊은 사랑을 느낀 마리안느는 적지 않은 감동을 받았고 그의 머리에 따스하게 입을 맞추었다.

그때의 일이 떠올라 마리안느는 고개를 숙였다. 그리고, 맹세컨대 단 한 번도 마르첼리노의 가족에게 불행이 덮치기를 바란 적은 없다고 중얼거렸다. 또한, 마르첼리노를 빼앗을 생각을 품은 적도 없다며 고개를 흔들었다. 그러니 제발 아이를 찾게 해달라고 빌고 또 빌었다. 마르첼리노의 아이가 사라졌다는 사실보다 아이가 사라진 것에 대한 죄책감, 그것이 마리안느의 고통이기 때문이었다.

어쩌면 이건 저주인지도 몰라.

묵주 알을 굴리던 손을 멈추고 마리안느는 오래전 그날을 떠올렸다.

고등학교 1학년 시절. 학원 수업을 마친 마리안느는 전철을 기다리고 있었다. 플랫폼은 한산했다. 이어폰을 꽂은 채 노래를 흥얼거리는 마리안느 앞에 검은 원피스를 입은 여자가 서 있었다. 누군가 이쪽으로 다가오는 것을 느끼지 못한 마리안느는 조금 놀랐다. 마치 여자는 아주 오래전부터 그곳에 서 있던 사람처럼 마리안느를 내려다봤다. 의자 한가운데에 앉아 있던 마리안느는 엉덩이를 끌어 오른쪽으로 바짝 붙어 앉았다. 여자는 의자에 앉는 대신 희미하게 웃었다.

"네가 희진이니?"

여자가 입을 열었을 때, 마리안느는 한쪽 이어폰을 귀에서 빼냈다.

"많이 자랐구나."

마리안느는 그제야 음악을 껐다. 그리고 여자를 바라봤다. 사십대 중반쯤 되었을까. 깡마른 몸의 여자는 자세히 뜯어보니 꽤 아름다운 이목구비를 지니고 있었다. 그러나 아무리 들여다봐도 아는 얼굴은 아니었다.

"얘야, 나는 이날만 기다렸단다. 지난 십수 년간 매일 이날만을 생각하며 버텨왔어."

마리안느는 조금 무서운 생각이 들었다. 여자는 미친 사람 같아 보였고, 정말 오랜 세월 동안 무언가를 간절히 기다려온 사람처럼 들떠 있었고, 고통으로 일그러진 동시에 평온한 미소를 짓고 있었다.

"그래, 나는 기다려왔단다. 네가 가장 섬세하고 예민한 나이가 되기를 말이다."

마리안느는 겁이 났다. 그래서 누구인지 물을 생각 같은 건

할 수도 없었다.

"희진이는 아빠를 사랑하니?"

망설임 끝에 마리안느는 고개를 끄덕였다.

"희진이 아빠는, 좋은 사람이니?"

이번에도 마리안느는 고개를 끄덕였다. 여자는 대답이 만족
스럽다는 듯 친절하게 웃었다. 그리고 뼈의 굴곡이 온전히 드
러나는 마른 팔을 뻗어 마리안느의 머리를 쓰다듬었다.

"하지만 진실은 그렇지 않단다, 얘야. 네 아빠는 아주 나쁜
사람이란다."

마리안느는 마른침을 삼켰다.

"한때는 너를 버리려고 했던 아주 무서운 사람이란다."

마리안느는 달아나고 싶었다. 하지만 그럴수록 몸은 더 단단
하게 굳어버렸다.

"꼭 기억해두렴. 네 아빠가 아주 더러운 사람이라는 것을 말
이다. 그래서 나는 아주 오랫동안 선물을 준비해왔단다. 네가
영원히 잊지 못할 선물을 말이다."

전동차가 들어오고 있다는 안내 방송이 흘러나왔지만, 마리
안느의 귀에는 오직 여자의 말소리만 들려왔다. 여자는 마리안
느와 얼굴을 마주한 채로 뒤로 한 걸음씩 물러났다.

"이 모든 게…… 사랑 때문이란다."

마지막 말을 남기고 여자는 선로로 뛰어내렸다. 아주 잠깐
동안, 마리안느는 여자가 선로 위에 붕 떠 있다고 생각했고, 곧

멈춰버린 시간을 깨부수며 전동차가 달려왔다.

그것이 전부였다.

그때 마리안느는 열일곱 살이었다. 남녀 사이에 벌어지는 일 가운데 진실은 그 이면에 자리 잡고 있는 경우가 더 많다는 것을 어렴풋이 이해하는 나이였다. 마리안느는 그날 있었던 일을 부모에게 말하지 않았다. 아빠와는 한동안 눈도 마주치지 않았지만, 성당에 나가기 시작하면서부터 조금씩 용서할 수 있었다. 수녀가 되기로 결심하고 마리안나 성녀의 삶을 본받기 시작한 것도 모두 부친이 지은 죄를 대신 씻기 위함이었다. 그렇게 해야만 자신이 마음의 지옥에서 벗어날 수 있다는 걸 알았기 때문이었다. 여자가 기다려온 그 오랜 세월을 한 번에 다 살아버린 것처럼, 마리안느는 몇 달 새 훌쩍 자라버렸다.

이제 마리안느는 깨달았다. 검은 원피스를 입은 여자의 저주는 눈앞에서 전동차에 뛰어든 것이 아니라 마르첼리노를 사랑하게 만든 것이라는 사실을. 마리안느는 다시 묵주 알을 굴리며 기도했다.

주님, 저희의 죄를 용서하시고, 그리하여 저를 이 고통에서 끌어내주소서.

*

마르첼리노는 참회의 눈물을 흘렸다. 그동안 외면해왔던 죄책감이 가슴속에서 한꺼번에 폭발했다.

마리안느를 사랑하게 된 뒤로 마르첼리노는 아이와 많은 시간을 보내지 못했다. 주말이면 유난히 시계에 집착하는 아이를 데리고 시계 박물관을 찾던 때도 있었다. 아이와 함께 시계를 분해했다가 다시 조립하기를 반복하면서 보내던 날들도 있었다. 지금, 마르첼리노는 아이의 키가 몇 인지, 발 사이즈가 몇 인지 정확히 말할 수 없는 상태였다. 그리고 아내. 대학 시절, 아내가 고백을 해왔고 특별히 거절할 이유가 없었기에 두 사람은 연인이 되었다. 아내는 좋은 엄마였고 마르첼리노는 늘 그점을 고맙게 여겼다. 특별히 뜨거웠던 시절도 없었고, 그러므로 차갑게 식을 일도 없는 결혼 생활이었다. 그러다 마리안느를 알게 된 것이다. 수줍고 순결하지만 뜨거움이 무엇인지 역시 잘 알고 있는 '진짜 여자'. 마리안느를 만난 뒤로 아내에 대한 감정이 모두 사라졌다고 생각했는데, 그것이 아직 남아 있다는 것을 이제 막 깨달았다. 정말 잃을 수 없는 대상은 마리안느가 아닌 가족이었다. 가족애 앞에 남녀 간의 사랑은 먼지와도 같다는 것을, 아이를 잃고 난 지금에야 알게 된 것이다. 마르첼리노는 성경의 한 구절을 떠올렸다. '네 오른눈이 너를 죄짓게 하거든 그것을 빼어 던져버려라. 온몸이 지옥에 던져지는 것보다 지체 하나를 잃는 것이 낫다. 또 네 오른손이 너를 죄짓게 하거든 그것을 잘라 던져버려라. 온몸이 지옥에 던져지는 것보다 지체 하나를 잃는 것이 낫다.' 마르첼리노는 자신의 성기를 잘라내버리고 싶은 심정이었다.

주님, 부디 저를 용서하시고 아이를 찾게 해주소서. 아이를 무사히 돌려주시면 다시는 죄짓지 않고 살겠나이다. 평생 아이와 아내만을 사랑하며 살겠나이다. 착하게 살겠나이다. 그러니 제발, 아이를, 아이를.

이제 마르첼리노는 신에게 거래를 청했다. 어린 시절, 마르첼리노는 종종 신과 거래를 했다. 기도를 들어주는 대가로 마르첼리노가 신에게 약속한 것은 더 이상 거짓말을 하지 않겠다는 말이나 착하게 살겠다는 다짐 같은 것이었다. 신은 언제나 제안에 응했고, 약속을 어긴 쪽은 언제나 마르첼리노였다. 인간이란 얼마나 간사한 존재인가. 마르첼리노는 수치심을 느끼며 고개를 숙였다.

"……성녀마리아막달레나저희를위하여빌어주소서성녀아녜스저희를위하여빌어주소서성녀체칠리아저희를위하여빌어주소서성녀아가타저희를위하여빌어주소서성녀아나스타시아저희를위하여빌어주소서모든거룩한동정녀와부인……"

부끄러운 기억들 사이로 다시 기도 소리가 끼어들었다. 마르첼리노는 신경질적으로 눈물을 훔쳐냈다. 젊은 여자는 이제 거의 울부짖고 있었다. 갈라진 목소리에 핏물이 밴 듯 처절했다. 울음소리가 커지면서 여자는 몸을 더욱 격렬히 뒤틀기 시작했는데, 그것은 보이지 않는 누군가가 여자의 관절을 꺾고 발로 걸어차는 듯 기이한 움직임이었다. 여자는 고장 난 사람처럼 보였다. 마르첼리노는 눈을 감고 신과의 거래에 집중하려고 노력했다.

이제부터 빛을 따르겠나이다. 선을 실천하면서 살겠나이다. 매달……

마르첼리노는 머릿속으로 계산기를 두드렸다.

수입의 5퍼센트를 기부하겠나이다. 그러니 제발 아이를……

"아가씨, 일어나요!"

마르첼리노는 다시 눈을 떴다. 앞쪽에 앉아 있던 중년 여성이 자리에서 일어나 여자에게 다가갔다. 타인의 손이 닿자 여자는 불에 덴 듯 비명을 지르며 몸부림쳤다. 여자는 사랑하면 안 되는 사람을 사랑했던 걸까. 마르첼리노는 여자에게서 자신의 죄를 보았다. 어쩌면 지하 성당에 앉아 있는 사람들 모두가 여자에게서 자신의 죄를 보고 있는 건지도 몰랐다. 마르첼리노는 눈을 꾹 감았다.

이제 새롭게 살겠나이다. 매달 수입의 5…… 아니, 10퍼센트를 기부하겠나이다.

"아가씨, 여기서 이러면 안 돼요!"

제가 정말 착하게……

"아가씨, 그만해! 여긴 신성한 곳이야! 이봐요, 누가 좀 도와줘요!"

"이거 놔! 오오, 성 미카엘! 저를, 놔! 이거 놓으라고!"

주님, 제가……

그때 마르첼리노의 휴대전화가 진동했다. 마르첼리노는 기도를 멈추고 휴대전화를 꺼냈다.

─찾았대. 복지관 옥상에 있었대.

아내가 보낸 문자메시지였다. 마르첼리노는 이제 막 용서받은 사람처럼 눈가가 뜨거워졌다. 이번에도 신은 거래에 기꺼이 응답해준 것이다.

주님, 감사합니다. 정말, 정말 착하게 살겠나이다. 감사합니다. 감사합니다.

마르첼리노는 급히 기도를 마무리하고 자리에서 일어났다. 이제 거의 난장판으로 변해버린 성당에서 벗어나 사랑하는 아이에게 달려가고 싶었다.

"거기 남자분, 좀 도와줘요!"

중년 여성이 마르첼리노를 바라보며 외쳤다. 두 사람이 여자의 팔을 하나씩 붙들고, 또 다른 사람이 허리를 끌어안고, 어느새 여자를 끌어내기 위해 세 사람이 매달려 애를 쓰는 중이었다. 그들에게 저주를 퍼붓는 쉰 목소리가 낮은 천장 아래로 떠다녔다. 마르첼리노는 제대 앞으로 달려가 들것을 들듯 여자의 다리를 한 손에 하나씩 붙들었다.

……그런데, 복지관 옥상에 있었다고?

마르첼리노는 불쑥 짜증이 치밀었다. 그러니까, 엄밀히 따지자면 아이를 잃어버린 건 아니었다. 진작 복지관을 꼼꼼하게 돌아봤더라면 이런 소동은 일어나지 않았을 것이다. 마르첼리노는 골탕 먹은 기분이었다. 아내는 늘 이런 식이었다. 드라이 클리닝 해야 할 셔츠를 세탁기에 돌려서 옷을 망가뜨리고, 휴대전화를 백화점 화장실에 그대로 두고 나왔다. 어리석은 사람 같으니. 생각할수록 화가 났다.

"놔, 놓으라고!"

사지를 제압당한 여자는 무서운 힘으로 몸을 뒤틀고 기성을 질러댔다. 성경이나 영화에서 본 귀신 들린 사람 같았다. 어쩐지 기분이 나빠져서 마르첼리노는 빨리 성당 밖으로 나가고만 싶었다.

"이거 놔! 은총이 가득하신 마리아님, 기뻐하소서. 주님께서 함께 계시니 여인 중에 복되시며 태중의 아들 예수님 또한 복되시나이다."

마르첼리노는 발작적으로 발길질을 해대는 여자의 다리를 더욱 단단하게 붙들고 출입구를 향해 뒷걸음쳤다. 여자는 소리를 질렀다가, 침을 뱉었다가, 다시 발길질했다. 그 바람에 여자가 입고 있는 하얀 원피스가 뒤집히며 허벅지가 훤히 드러났다. 여자가 반동을 이용해 크게 몸부림쳤을 때, 마르첼리노는 하마터면 잡고 있던 다리를 놓칠 뻔했다. 겨우 허벅지를 붙든 마르첼리노는 자신의 양쪽 옆구리에 부드러운 지방질이 밀착된 것을 느꼈다. 마르첼리노의 시선은 자연스럽게 허벅지 사이로 향했다.

그 순간, 마르첼리노는 마리안느를 떠올렸다.

하얀 살결의 감촉과 뜨겁고도 몽롱한 우주…… 마르첼리노는 당장이라도 마리안느를 품고 싶었다. 이 미친 여자를 끌어내고 나면 그녀에게 전화할 것이다. 가엾은 마리안느는 아무것도 하지 못하고 연락이 오기만을 기다리고 있겠지. 마르첼리노는 그녀의 작은 머리에 입을 맞추며 아무 일도 아니었다고, 모든 것이 멍청한 아내 때문에 생긴 해프닝에 불과했다고 속삭여 줄 것이다.

마르첼리노가 마리안느를 떠올리는 동안에도 여자는 고함을 질렀다가, 침을 뱉었다가, 비명처럼 기도문을 퍼부었다.

"천주의 성모 마리아님, 이제 와 저희 죽을 때에 저희 죄인을 위하여 빌어주소서……"

젤리피시

분홍빛 바다가 출렁인다. 수심이 가장 깊은 곳에 토막 난 엉덩이가 바짝 엎드려 있다. 둥근 엉덩이 사이로 크기와 모양이 서로 다른 페니스들이 서 있다. 페니스들은 물살이 지나갈 때마다 일제히 부드럽게 흔들린다. 한쪽에서는 실리콘 가슴이 유두를 꼿꼿하게 세운 채 먹잇감을 찾고 있다. 위험을 감지한 듯, 무지갯빛 콘돔 무리가 빠르게 헤엄쳐 지나간다. 나는 눈을 감는다. 바다 깊은 곳까지 파고든 햇빛을 향해 고개를 든다. 눈꺼풀을 투과한 빛이 안구를 따스하게 감싼다. 빛은 피부 속으로 스며들어 온몸에 뿌리내리고 있는 뼈마디를 녹인다. 몸이 점점 더 가벼워진다. 나는 분홍빛 바다를 부유한다.

휠체어 바퀴를 탄력 있게 밀었다. 눈을 감고 있었지만 휠체어를 미는 손에는 조금의 망설임이 없었다. 방향을 틀 때마다 짧고 가느다란 두 다리가 하늘거렸다. 출입문이 열리며 사십대 남자가 들어왔다. 남자의 얼굴 위로 분홍색 불빛이 물결처럼 흘러갔다. 나는 카운터 위에 달린 회전 조명등을 껐다.

"천천히 돌아보세요."

휠체어를 밀고 카운터 안으로 들어가려는데 등 뒤에서 나를 좇는 시선이 느껴졌다. 나는 고개를 돌렸다. 당황한 시선이 진열대 쪽으로 튕겨 나갔다. 눈동자는 성인 잡지와 DVD, 콘돔 상자와 딜도를 빠르게 훑으며 한 칸씩 아래로 내려갔다. 그리고 '줄리' 앞에서 멈췄다. '줄리'는 가장 인기 있는 상품이었다. 그것은 유명한 포르노 여배우가 자신의 성기를 직접 본떠 만든 것이었다. 남자는 '줄리'의 우윳빛 허리를 어루만지기 시작했다. 허리부터 허벅지까지, 토막 난 몸뚱이를 쓰다듬다가 여배우의 그곳을 면밀히 살피며 촉감을 확인했다. 남자의 턱관절이 점점 느슨해지며 입이 벌어졌다. 모니터 앞에서 바지를 내리고 앉아 있을 때도 저런 얼굴을 하고 있을까. 3개월 할부로 몸값을 치르고, 남자는 토막 난 연인을 끌어안은 채 가게 밖으로 사라졌다. 비록 신체 일부분이긴 하지만 남자는 매일 밤 포르노 스타와 밀애를 즐기게 될 것이다.

이곳에 있는 상품 중 완전한 것은 없었다. 모두 분절된 신체 기구뿐이었다. 발기된 페니스를 본뜬 고가의 바이브레이터, 살짝 벌어진 여자의 성기, 둥글고 탐스러운 엉덩이, 가슴 사이에

76

질이 달린 기형적인 기구까지 온통 토막 난 몸뚱이뿐이었다. 그것들은 나와 제법 어울렸다. 아이처럼 작은 몸에 달린 성숙한 여자의 젖가슴, 근육이 잘 발달된 짧은 팔, 제 기능을 상실한 채 붙어 있는 가늘고 휘어진 다리는 몸통을 중심으로 하나로 이어져 있으나 각각 떨어져 있는 것이 더 자연스러울 법했다. 내 몸뚱이는 버려진 재료를 모아다가 아무렇게나 조립해 만든 결과물 같기도 했다. 나는 가끔 분해된 채로 가게에 진열된 내 모습을 상상해보곤 했다.

오후 2시. 노인이 가게 문을 열고 들어왔다. 손에는 쟁반이 들려 있었다. 나는 카운터 뒤쪽에 있는 방문을 열었다. 노인은 안쪽에 쟁반을 밀어 넣고 내 몸을 들어 올렸다. 가느다란 두 다리가 아무 의지도 없이 덜렁거렸다. 노인은 나를 방 안에 내려놓은 뒤 문지방에 걸터앉아 천천히 신발을 벗었다.

"오늘은 유난히 바빴어. 공영주차장 공사가 시작됐거든. 그쪽 인부들이 다 왔지 뭐야. 한동안 바쁘겠어."

노인은 안주인과 함께 1층에서 식당을 운영했다. 동네 이름을 따서 지은 평범한 상호에, 따로 메뉴도 없이 그날그날 안주인이 만든 국과 반찬을 내는 식이었다. 그럼에도 주변에서 일하는 공업사 사람들 대부분이 노인의 식당을 찾았다. 젊은 시절, 노인은 이 근방에서 기계 다루는 일을 했다. 안주인도 가까운 곳에 세를 얻어 식당을 열었다. 공업사와 공구 상가가 밀집

된 지역이었다. 벌이는 꽤 괜찮았다. 노인은 일을 그만두고 주방 일을 거들거나 상가로 배달을 다녔다. 세를 얻어 밥장사를 시작한 노인 부부는 이제 식당이 딸린 3층짜리 건물의 주인이 되었다. 내가 노인의 건물 2층에 들어 산 것도 벌써 6년째 접어들었다. 노인은 내가 생활하는 데 지장이 없게끔 화장실을 개조해주었다. 노인이 아니었다면 가게를 시작할 엄두조차 내지 못했을 것이다. 끼니때가 되면 노인은 밥과 반찬을 챙겨다 주었다. 때로는 나를 안고 식당에 내려가기도 했다. 한창 바쁘게 손님을 치르고 난 안주인까지, 세 사람이 둘러앉아 늦은 점심을 먹는 모습은 누가 봐도 한 식구처럼 보였다. 공업사 사람들은 칭찬을 아끼지 않았다. 그들은 밥알을 씹으며 노인이야말로 선행상을 받아야 하는 사람이라고 입을 모았다. 그때마다 노인은 쑥스럽게 웃으며 "딸자식 같아서……"라고 겸손하게 말하곤 했다.

"갈치조림이야. 손님상에 내려고 만든 건 아니고…… 며느리가 보낸 걸 내가 몇 토막 졸여달라고 했지."

노인이 쟁반을 덮고 있던 신문지를 걷어냈다. 매콤한 갈치조림 냄새가 침샘을 자극했다. 노인은 손으로 갈치 한 토막을 집어 들고 몸통 양옆에 박혀 있는 가시를 빼냈다.

"이렇게 가시를 미리 빼두면 먹기 쉽지. 갈비처럼 손에 들고 뜯기도 좋고."

양념장이 묻은 손가락을 입으로 빨며 노인이 말했다. 나는 젓가락을 들고 생선을 마저 발라냈다. 통통하게 살이 오른 갈치는 꽤 먹음직스러웠다. 한 점 집어 입에 넣자 부드러운 살이 결대로 부서지며 짭조름한 맛을 냈다. 그제야 허기가 밀려왔다. 자작자작한 국물에 뜨거운 밥을 비벼 입에 넣고, 큼지막하게 썰어 넣은 무를 베어 먹었다. 노인은 남은 갈치 토막을 집어들고 가시를 제거한 다음 밥 위에 얹어주었다. 살점을 씹고, 국물을 삼키는 나를 보며 노인은 기름으로 번들번들해진 손가락을 자꾸만 빨았다. 밥 한 그릇을 다 비우고, 나는 그릇 가장자리에 들러붙은 밥알을 떼어냈다. 접시에 말라붙은 갈치 비늘을 손톱으로 긁어냈다. 손끝이 은빛 비늘로 반짝였다. 노인은 신문지로 쟁반을 덮은 뒤에 방 한쪽으로 밀어놓았다. 나는 생선 기름으로 얼룩진 종이 귀퉁이를 바라봤다.

"손님이 올 거예요."

"그래, 그래."

노인이 고개를 끄덕였다. 노인은 문지방에 걸터앉아 천천히 신발을 꿰신었다.

"저녁 올려다 주마."

쟁반을 들고 일어서며 노인이 말했다.

나는 방 한쪽에 쌓아놓은 상자 더미 쪽으로 기어갔다. 어제 들어온 상품 몇 개를 새로 진열해놓을 생각이었다. 상자 옆에는 계단식으로 만든 나무 받침대가 있었다. 노인이 만들어준 것이었다. 받침대로 기어올라 창밖을 바라보았다. 그가 보였다. 몸집이 큰 그는 사람들과 섞여 있어도 쉽게 눈에 띄었다. 식당에 내려가 밥을 먹을 때 몇 번인가 눈이 마주친 적이 있었다. 그는 덩치에 어울리지 않는 선한 눈을 갖고 있었다. 마치 바닷속 포유류 같았다. 그가 맞은편에 위치한 자동차 공업사에서 일한다는 것을 얼마 전에 알았다. 그리고 공업사 2층에 딸린, 내 방에서 마주 보이는 방에 살고 있다는 사실도 곧 알게 되었다. 그 후로는 받침대에 올라갈 때마다 창밖을 내다보는 버릇이 생겼다. 작업을 마친 그는 손에 끼고 있던 장갑을 벗어 툭툭 털어내고 동료들과 함께 공업사 안으로 들어갔다.

맨 위에 놓인 상자에서 '투 러버스'를 꺼냈다. 페니스 모형 두 개가 하나로 이어진 상품인데, 한쪽은 단단하고 다른 한쪽은 부드러운 기구였다. 이것은 머리가 둘 달린 뱀처럼 기괴한 모습을 하고 있었다. 나는 '튜브 걸'도 꺼냈다. 여체를 본뜬 비닐 튜브에 바람을 주입한 다음 성기 부분에 실리콘으로 제작한 질 모형을 끼워 넣고 사용하는 상품이었다. 모양이나 촉감은 '리얼 돌'에 못 미치지만 저렴한 가격이 '튜브 걸'의 장점이었다. 두 개의 물건을 들고 매장으로 나갔다. '투 러버스'를 딜도 옆에 나란히 진열해놓은 뒤 납작하게 눌린 '튜브 걸'의 몸에 숨을 불어넣기 시작했다. 밋밋한 얼굴과 유두 없는 가슴이 조금씩 부풀어 올랐다. 흐느적거리던 비닐 다리에도 팽팽하게 공기가 차올랐다. 살이 통통하게 오른 '튜브 걸'의 다리를 벌려 핑크빛 질을 끼우고 무릎 위에 앉혔다. 공기처럼 가벼운 여인을 한 팔로 끌어안고 가게 중앙으로 휠체어를 밀었다. 나는 춤을 청하듯 정중하게 손을 내밀었다. '튜브 걸'은 무표정한 얼굴이었다. 한 손으로 그녀의 허리를 감싸 안고 동그란 원을 그리듯 휠체어를 밀었다. 멀어질 듯 밀착되고, 흐느끼듯 가라앉다 이내 경쾌하게 튀어 오르던 몸짓. 오래전 영화에서 본 장면이 떠올랐다. 그때 흘러나왔던 연주곡을 흥얼거리면서 '튜브 걸'과 함께 가게 안을 빙글빙글 돌며 춤을 췄다. 갑작스럽게 끼어든 웃음소리에 나는 동작을 멈췄다.

"제법인데."

T공업사 사장 최 씨였다. 일주일에 한 번 꼴로 가게를 찾는 단골 중 한 명이었다. 최 씨는 나에게서 '튜브 걸'을 빼앗아가더니 춤을 추는 시늉을 했다. 나는 '튜브 걸'을 거칠게 낚아채 한쪽에 세워두고 가게 문을 잠갔다.

"이쪽으로 오세요."

최 씨가 나를 따라서 방 안으로 들어왔다. 내가 알코올로 기구를 닦아내는 동안, 최 씨는 양말과 바지, 그리고 팬티를 차례로 벗었다. 나는 최 씨 쪽으로 기구를 밀었다. 무릎을 세운 채 다리를 한껏 벌리고 있는, 여자의 하반신을 본뜬 기구였다. 최 씨는 내가 건넨 윤활제를 자신의 성기에 발랐다.

"거기 있어. 네가 보고 있으면 더 흥분이 되거든."

이곳에 찾아오는 남자들 대부분이 내게 자신들의 행위를 지켜봐줄 것을 요구했다. 하지만, 나에게 섹스를 요구한 사람은 없었다. 기구가 아닌 진짜 여자와의 섹스를 원했다면 그들은 다른 곳에 갔을 것이다. 다만 그들은 내가 여자로서의 기능을 제대로 할 수 있는지에 대해서는 궁금해했다. 나는 남자들이 일을 끝낼 때까지 무표정한 얼굴로 지켜봤다. 기구에서 여자의 상반신이 자라나는 상상을 하거나, 기구처럼 남자들의 상반신이 사라지는 상상을 하면서.

최 씨가 기구에서 몸을 빼냈다. 나는 커피포트의 전원 버튼을 누르고 잔에 인스턴트커피를 쏟아부었다. 황갈색 커피 알갱이가 우박처럼 떨어졌다. 하얀 프림이 쏟아지며 커피 알갱이 사이를 파고들었다. 입자가 고운 프림은 카리브 해의 모래를 닮았다. 카리브 해에는 영원히 죽지 않는 해파리가 산다고 했다. 투리톱시스 누트리쿨라. 언젠가 TV에서 본 그 해파리의 이름을 천천히 발음해보았다. 투리톱시스 누트리쿨라는 성장과 퇴행을 무한히 반복한다고 했다. 생존의 위기에 처한 성체는 체내시계를 거꾸로 돌려 어린 개체로 돌아간다. 삶을 되돌릴 수 있는 유일한 생명체. 1센티미터도 안 되는 이 작은 해파리는 죽지 않고 끊임없이 번식하며 전 세계 바다로 퍼져나가 생태계를 위협한다고 했다. 바다를 가득 메운 영생불사의 생명체들이 나를 향해 일제히 헤엄쳐 오는 환영. 나는 몸을 떨었다. 아주 오래전, 나는 해파리였다. 뇌는 기억하지 못하지만 흐물흐물한 두 다리는 내가 해파리의 삶을 살았다는 흔적기관으로 남아 있었다. 분출하는 법은 잊었지만, 여전히 분비되고 있는 독이 동맥을 타고 온몸으로 퍼지며 현기증이 일 때도 종종 있었다. 물이 끓었다. 나는 커피를 건넸다. 뜨거운 음료를 후루룩 마시고 최 씨는 커피값을 기구 옆에 내려놓았다.

나는 해변에 누워 바다를 바라본다. 수평선 끝에 태양이 반쯤 걸려 있다. 태양은 바다 위로 황금빛 길을 만든다. 길을 따라 무언가 해변을 향해 헤엄쳐 오고 있다. 그것은 수면 아래에 몸을 감추고 다가온다. 물살이 점점 거세진다. 나는 뒤로 물러서지 않는다. 해변에 가까워지면서 서서히 정체가 드러나기 시작한다. 그것은, 검은 고래다. 고래와 나는 서로 마주 본다. 나는 고래의 등 위로 기어 올라간다. 생각처럼 미끄럽지는 않다. 그리고 따뜻하다. 나를 태우고 고래는 다시 바다로 헤엄친다. 내가 물에 잠기지 않도록 수면 가까이에서 헤엄친다. 물살에 발등이 간지럽다. 낯설다. 다리를 내려다본다. 길고 튼튼한 다리가 곧게 뻗어 있다. 나는 발끝으로 물살을 가른다.

잠결에 쇠가 또 다른 쇠붙이 안으로 파고드는 소리가 들려왔다. 눈을 떴다. 철컥, 하고 가게 출입문이 열린 뒤 잠시 정적이 흘렀다. 다시 출입문이 슬며시 닫히는 소리, 쇠붙이가 돌아가며 문이 잠기는 소리가 이어졌다. 나는 어둠 속에서 허공을 응시했다. 빛이 없는 곳에서는 귀가 예민해지는 법이었다. 발걸음 소리가 점점 가까워졌다.

"벌써 잠이 든 게냐?"

노인이었다. 나는 대답을 하는 대신 방문을 등지고 돌아누웠다.

"저녁상 봐 왔다."

불을 켜지도 않은 채, 노인은 방 한쪽에 쟁반을 내려놓았다.

"저녁은 먹고 자야지."

노인은 문지방에 걸터앉아 신발을 벗었다.

"갈치찌개다. 남은 것 넣고 끓였는데 맛이 아주 개운하다."

노인이 이불 속으로 파고들며 말했다. 노인이 뒤에서 나를 끌어안았다. 메마른 손이 티셔츠 안으로 밀려들어 왔다. 손바닥은 차갑고 거칠었다. 노인은 내 가슴을 성급하게 움켜쥐었다. 그리고 몸을 움직이기 시작했다. 허물을 벗고 있는 커다란 곤충이 등 뒤에 매달려 있는 기분이었다. 나는 창문을 올려다보았다. 멀리, 도로 위를 달리는 자동차 소음이 들렸다. 간간이 쇠를 자르는 날카로운 소리도 들려왔다. 공업사에서는 종종 야간까지 작업을 하곤 했다. 잠이 오지 않을 때면, 나는 어두운 방 안에 누워 바깥에서 들려오는 소리에 집중했다. 쇠가 잘리는 소리는 비명 같았다. 그것이 쇠붙이에서 피 맛이 느껴지는 이유일 거라고 생각했다. 나는 이불로 온몸을 꽁꽁 감싸고 누워 공업사에서 들려오는 규칙적인 기계음에 귀 기울이다 잠이 들곤 했다. 노인이 긴 숨을 토해냈다. 허물처럼, 노인은 금방이라도 바스라질 것만 같았다.

"입맛 없으면 뒀다가 아침에 데워 먹어라."

방문을 닫기 전, 노인이 말했다. 가게 문이 열리고 다시 닫힐 때까지 나는 어둠 속에 가만히 누워 있었다. 발소리가 위층으로 사라지고 난 뒤, 나는 기구를 소독하듯 내 몸 구석구석을 닦아냈다. 어디선가 고양이 울음소리가 들렸다. 그것은 배고픈 아기처럼 희미하게 울다가도 이내 앙칼진 비명을 질러댔다. 안주인은 또 잠에서 깨어났을 것이다. 그녀는 평소에 전화벨이 울려도 못 들을 만큼 깊이 잠드는데, 고양이 울음소리만 들리면 이상하게 눈이 떠진다며 투덜거렸다. 고양이가 단순히 교미를 하고 있는 짐승이 아닌, 이제 막 성의 유희를 알게 된 계집 같다며 몸서리치기도 했다. 나는 노인이 두고 간 쟁반을 끌어당겼다. 밥공기를 거꾸로 들고 흔들었다. 차갑게 식은 밥 덩이가 갈치찌개 위로 떨어졌다. 그것을 비닐봉지에 담아 나무 받침대 위로 기어 올라갔다. 창밖으로 고개를 내밀고 소리가 들려오는 방향을 응시했다. 캄캄한 골목길에서 몸집이 작은 고양이를 찾기란 쉽지 않았다. 나는 비닐봉지를 아래로 떨어뜨리고 비린내를 맡은 고양이가 나타나기를 기다렸다. 곧 생명을 잉태할 작은 짐승은 음식물을 충분히 섭취해두어야 할 것이다. 전봇대 아래 둥그런 물체가 보였다. 나는 눈을 가늘게 떴다. 움직임이 느껴지지는 않았다. 아마도 쓰레기 더미일 거라고 생각하면서도 오래도록 그것을 지켜보았다.

고양이는 나타나지 않았다. 맞은편, 그가 살고 있는 방을 바라봤다. 불이 꺼져 있었다. 창문은 밤하늘보다 더 어두운 빛깔을 하고 있어 안쪽이 전혀 보이지 않았다. 낮에 본 그의 모습이 떠올랐다. 그는 자동차 보닛을 열고 부속품을 교체하던 중이었다. 내가 알지 못하는 육중한 쇳덩이들을 날렵한 동작으로 들어내고 또 갈아 끼웠다. 그의 손을 거치고 나면 자동차는 매끄러운 엔진 소리를 냈다. 그는 무엇이든 고칠 수 있을 것이다. 어쩌면 내 몸을 고칠 수 있을지도 모른다는 생각이 들었다. 기괴한 모양으로 붙어 있는 팔과 다리를 몸통에서 분해한 뒤 정상적인 팔과 다리를 다시 이어 붙이고 조립할 수 있을 것만 같았다. 그의 집 창가에 커다란 그림자가 어른거렸다. 나는 재빨리 몸을 숨기며 받침대에서 기어 내려왔다.

안주인이 자꾸만 하품을 했다. 고양이 울음소리 때문에 지난 밤잠을 설친 탓이었다. 투덜거리면서도 그녀는 손으로 총각무를 집어 한 입 베어 물었다. 노인이 두부조림을 반으로 잘라 내 밥 위에 얹어주었다.

"양념장이 간간하니 입맛이 돌 게다."

나는 노인이 얹어준 반찬을 입안에 넣고 천천히 씹었다. 두부에 배어 있던 물기가 밥알 사이로 스며들었다. 노인은 배추김치를 찢어 밥 위에 올려주고 코다리찜을 먹기 좋은 크기로 잘라주었다. 안주인이 무를 집어 먹던 손을 앞치마에 문지르며 자리에서 일어났다. 밥을 먹으면서도 식당 출입문에서 눈을 떼지 못하는 것은 안주인의 오랜 습관이었다. 곧 가게 안으로 남자 몇몇이 들어왔다. 늦은 점심을 먹으러 온 사람들 중에 그가 있었다. 빈 테이블 하나를 사이에 두고 그는 나와 마주 보이는 자리에 앉았다. 안주인이 부엌에 들어가 국을 데우는 동안, 노인은 밑반찬을 가져다 날랐다. 나는 밥알을 씹으며 그를 바라봤다. 그는 코다리찜을 한입에 넣고 씹다가 입을 우물거리며 가시를 뱉어냈다. 젓가락을 휘둘러 계란말이를 두 개씩 집어 들었다. 국그릇을 한 손으로 들고 뜨거운 국물을 후루룩 삼켰다. 콧등에 땀이 맺히자 손등으로 쓱 닦아냈다. 그는 숟가락질 서너 번 만에 밥 한 공기를 비웠다. 나는 숟가락을 내려놓았다. 물로 입가심을 하던 그는 그제야 자신에게 밀착된 시선을 발견했다. 나는 고개를 돌렸다. 노인이 맞은편 자리로 와 앉았다.

"다 먹은 게냐?"

노인이 물었다. 그의 시선을 느끼며 나는 고개를 끄덕였다. 노인이 나를 안으려는데, 그가 자리에서 일어났다.

"제가 올려다 줄게요."

노인 옆에 서자 그의 몸집은 더 커 보였다. 노인은 그와 나를 번갈아 보다가 고개를 끄덕이며 뒤로 물러섰다. 그가 내 몸뚱이를 번쩍 들어 올렸다. 나를 안은 채로 식당 문을 열고 2층으로 가는 계단을 올랐다. 그의 새끼손가락이 내 가슴에 아슬아슬하게 닿아 있었다. 나는 그의 옆얼굴을 바라보았다. 콧날에서 인중으로, 인중에서 다시 윗입술로 이어지는 선을 찬찬히 살펴보았다. 윗입술에 비해 아랫입술이 들어가 있고 아래턱이 짧아 고집 있어 보이기도 했다. 그는 휠체어에 나를 내려놓았다. 굵은 목덜미가 내 뺨에 닿을 듯했다. 그는 후, 하고 숨을 짧게 내뱉었다. 그리고 물건을 사러 온 손님처럼 가게 안을 천천히 둘러봤다. 나는 휠체어를 밀고 카운터 안으로 들어갔다. 그가 돌아보며 어색하게 웃었다.

"뭐 좀 마실래요?"

내가 묻자 그는 고개를 끄덕였다. 그에게 들어오라는 손짓을 하고 방문을 열었다. 방바닥에는 포장하려고 꺼내놓은 상품들이 여기저기 널려 있었다. 인터넷 쇼핑몰 주문량이 나날이 늘고 있었다. 상품들을 한쪽으로 밀어내고 그가 앉을 자리를 만들었다. 방에 들어온 그는 바지 주머니에 손을 반쯤 찔러 넣고 머뭇거렸다. 방바닥에 앉아서 바라보니 몸집이 더욱 커 보였다. 엉거주춤하게 선 자세로 방 안을 휘휘 둘러보던 그가 창가로 걸어갔다.

"내 방이 마주 보이는군요."

나는 그의 얼굴을 똑바로 바라보지 못했다. 그는 정말 모르고 있었던 걸까.

"저기가,"

그가 손을 쭉 뻗으며 맞은편을 가리켰다.

"내 방이거든요."

그가 천진하게 웃었다. 방바닥에 앉아 있는 나는 창문 너머 그의 집을 볼 수가 없었다. 사정을 눈치챈 듯 그의 얼굴에서 웃음기가 사라졌다. 그는 창문 앞에 놓인 나무 받침대를 흘끗 쳐다보고 내 옆에 와 앉았다. 나는 커피포트 쪽으로 몸을 끌었다. 양손으로 바닥을 짚고, 손을 짚은 곳까지 엉덩이를 끌어당겼다. 작고 가느다란 두 다리가 아무짝에도 쓸모없는 꼬리처럼 흐물흐물 따라왔다. 그가 보고 있다는 생각에 몸이 더 무겁게 느껴졌다. 커피포트에 물이 끓는 동안 그는 주문 목록을 집어 들고 찬찬히 훑어봤다. 상품명을 일일이 소리 내어 읽다가 주변을 돌아보며 해당 상품을 찾아보기도 했다. 이름만으로는 도무지 어떤 상품인지 상상이 가지 않는 모양이었다. 커피 잔을 건네받은 뒤에야 그는 주문 목록이 적힌 종이를 내려놓았다.

바닥에 늘어놓은 상품들 중 딜도를 손에 쥐었다. 나는 익숙한 솜씨로 딜도를 포장해 상자에 넣었다. 사은품으로 지급하는 콘돔 두 개도 빠뜨리지 않았다. 테이프로 상자를 봉한 뒤 '식스팩맨'을 끌어당겼다. 탄탄한 복근부터 허벅지까지 본뜬 것으로 '초콜릿 복근'이라는 말이 유행하면서 출시된 상품이었다. '식스팩맨'을 개발한 회사에서 내건 광고 문구는 '지금은 여성 상위 시대'라는 말이었다. 그것을 읽을 때마다 나는 구시대의 사람이 된 기분이 들곤 했다. 이번에는 레즈비언 커플을 위한 기구를 포장했다. 벨트를 허리에 두르면 여자도 남자의 성기를 몸에 지닐 수 있었다. 포장하는 것을 유심히 지켜보던 그가 커피 잔을 내려놓고 여자의 엉덩이를 본뜬 상품을 집어 들었다. 그는 내 손놀림을 곁눈질해가며 엉덩이를 포장했다. 둔부를 움켜쥐는 그의 손등 위로 핏줄이 일어섰다. 나는 페니스 모형을 말아 쥐었다. 불끈 튀어나온 핏대까지 정교하게 만들어놓은 상품이었다. 그의 시선이 느껴져 손의 감각이 예민해졌다. 나는 페니스를 더욱 세게 말아 쥐었다. 그는 포장한 물건을 상자에 넣고, 이번에는 실리콘 가슴 모형을 끌어당겼다. 그의 커다란 손 안에 한쪽 가슴이 가득 찼다. 그의 시선이 내 가슴 쪽으로 옮겨 왔다. 순간, 아랫도리에 더운 피가 고여 들었다. 나는 실리콘 가슴을 움켜쥐고 있는 그의 손을 끌어다 내 가슴에 가져다 댔다. 잠시 멈칫했던 그의 손이 이내 옷 속을 파고들었다. 나는 중심을 잃고 뒤로 넘어졌다. 두 개의 다리가 공중으로 솟아올랐다가 힘없이 바닥으로 떨어졌다. 옷 속을 파고든 그의 손이 몸의 굴곡을 따라 느리게 움직였다. 온기가 지나간 자리에 소름이 돋아났다. 가슴과 배꼽 위에 차례로 머물던 따스한 기운이 순간 사라졌다. 그가 치마를 거칠게 잡아끌었다. 나는 그의 손을 다급하게 막았다.

"일 끝내고."

나는 창문을 올려다보았다. 빛이 한창 쏟아지고 있었다. 지금이라면 짧고 가느다란 다리가 여과 없이 보일 터였다. 다리를 보게 되면 햇볕에 말라죽은 강장동물의 사체라도 발견한 듯 그의 눈은 경멸로 가득해질 것이다.

"밤에 다시 와줄래요?"

그가 내게서 몸을 뗐다. 열기를 빼내려는 듯 숨을 길게 내뱉었다. 포장이 끝난 상자 몇 개를 한쪽에 쌓아두고 그는 방문을 밀었다.

오후 7시. 나는 딜도를 크기별로 보기 좋게 정리했다. DVD를 진열해놓은 선반을 손바닥으로 쓸어보니 먼지가 묻어났다. 물티슈를 뽑아 선반을 닦았다. 내친김에 다른 진열장에 쌓여 있는 먼지도 닦아냈다. 출입문은 손님들의 지문으로 얼룩져 있었다. 나는 손잡이 주변을 각별히 신경 쓰며 출입문을 닦았다. 휠체어를 뒤로 밀어 얼룩이 남은 곳이 없는지 꼼꼼하게 살펴봤다. 카운터 주변까지 정리를 마치고 방으로 들어갔다. 택배 기사가 상자를 수거해 가고 난 뒤에 방 안을 쓸고 걸레질까지 했지만, 나는 물티슈로 방바닥을 한 번 더 훔쳐냈다. 가지런히 개어놓은 이불에 코를 대고 냄새를 맡았다. 노인의 냄새가 남아 있을지도 모를 일이었다. 이불 귀퉁이에 향수를 살짝 뿌려두고 나서야 안심했다. 욕실 문을 열었다. 거울도, 세면대도, 바닥도 모두 말끔했다. 세면대 옆에 걸어둔 수건이 낡아 보였다. 나는 서랍장을 열고 비교적 깨끗해 보이는 수건을 찾아 욕실에 새로 걸어두었다. 그가 퇴근할 시간이 가까워지고 있었다.

카운터 서랍을 열고 화장품을 꺼냈다. 파우더 퍼프를 두드려 이마와 콧등의 기름기를 지웠다. 턱을 살며시 들고 마스카라를 덧발랐다. 손거울 안에 들어 있는 여자의 얼굴이 제법 도도해 보였다. 나는 턱을 든 채 고개를 좌우로 천천히 움직여보기도 하고 입꼬리를 올려 웃어보기도 하다가 키스를 기다리는 여자처럼 입술에 긴장을 풀었다. 거울을 끌어당기고 살짝 벌어진 입안을 들여다보았다. 세상을 향해 처음 속살을 내보인 패류(貝類)처럼 나는 재빨리 입술을 닫았다. 계단을 올라오는 발소리가 들려왔다. 나는 카운터 서랍을 급히 닫고 미리 띄워놓은 인터넷 쇼핑몰 창을 들여다보며 주문량을 확인했다. 문이 열리며 발소리가 가게 안으로 들어왔다. 나는 그제야 모니터 너머로 고개를 빼고 출입문 쪽을 바라봤다. 노인이었다.

"문 닫고 내려가서 저녁 먹자."

7시 45분. 평소대로라면 벌써 가게 문을 닫았을 시간이었다.

"손님이 올 거예요."

나는 다시 모니터를 들여다봤다. 노인은 내 얼굴을 유심히 바라보다 출입문 밖으로 나갔다. 계단을 밟는 소리가 희미해졌을 때, 나는 휠체어를 밀었다. 방문을 열고 고개를 들이밀었다. 창밖으로 보이는 하늘은 이미 어두웠다. 아직 일이 끝나지 않은 걸까. 나는 상체를 숙여 손으로 방바닥을 짚고 엉덩이를 끌어내렸다. 쿵, 소리가 났지만 이 정도 충격에는 이미 단련되어 있었다. 어두운 방에서 몸을 끌고 창가로 기어갔다. 방바닥에 가로등 불빛이 납작하게 깔려 있었다. 나는 나무 받침대를 한 칸씩 올라갔다. 팔근육은 웬만한 성인 남자보다 더 굵고 튼튼했다. 창밖으로 그의 방 창문이 보였다. 불이 꺼져 있었다. 공업사에는 불이 켜져 있었지만 사람은 보이지 않았다. 나는 서

둘러 나무 받침대에서 내려왔다. 휠체어에 올라타고 카운터로 나갔다. 모니터에 인터넷 쇼핑몰 창을 띄워놓은 채, 나는 이따금씩 출입문 쪽을 바라봤다. 배송해야 할 상품 목록을 정리하고, 제조사에서 보낸 신상품 카탈로그를 살펴봤다.

밤이 가득 들어찬 방 안을 응시했다. 어느덧 9시가 가까워지고 있었다. 어둠 속을 더듬으며 나무 받침대 위로 올라갔다. 그의 방 창문이 보였다. 불이 켜져 있었다. 나는 창가에 바짝 붙어 그의 방 안을 들여다보았다. 나무 책상이 보였고 침대 모서리가 보였다. 멀리서 자동차가 사이렌을 울리며 지나갔다. 소리는 점점 멀어지다 사라졌다. 침대 모서리 밖으로 하얀 다리가 튀어나왔다. 창틀에 가려져 일부만 보였지만 그의 것은 아니었다. 나는 황급히 몸을 돌려 벽에 등을 기댔다. 침을 삼켰다. 나는 몸을 낮추고 창밖을 내다봤다. 하얀 다리 사이로 그의 커다란 몸뚱이가 보였다. 하얀 다리가 그의 허리를 감쌌다. 내 눈은 그의 몸이 아닌, 길고 가느다란 다리를 향해 크게 열렸다. 곧은 뼈와 그것을 감싸고 있는 탄력 넘치는 근육. 근육이 움직이며 만들어내는 아름다운 곡선. 관절의 거칠고도 부드러운 움직임. 실리콘도, 비닐 튜브도 아닌 살아 있는 다리. 만져보고 싶었다.

카운터 위에 달린 회전 조명등을 켰다. 꼿꼿이 서 있는 딜도와 납작하게 웅크리고 있는 엉덩이 위로 분홍빛이 내려앉았다.

휠체어를 밀고 가게 안을 둘러봤다. 나는 포르노 스타의 토막 난 몸뚱이 앞에서 멈췄다. 세상에서 가장 많은 질을 가지고 있는 포르노 스타 옆에는 실리콘 가슴이 누워 있었다. 계속해서 가게 안을 둘러봤다. 잡지 표지를 장식하고 있는 여자가 눈에 들어왔다. 꽤 유명한 포르노 배우였는데 이름은 기억나지 않았다. 나는 책을 집어 들고 휠체어를 밀었다.

여자의 얼굴이 크게 인쇄된 면을 찾아 방바닥 한가운데에 잡지를 펼쳐놓았다. 그 아래에 실리콘 가슴을 가져다 놓았다. 다시 포르노 스타의 토막 난 은밀한 부위, 그리고 여자의 다리를 본뜬 쿠션을 차례로 늘어놓았다. 나는 내가 창조해낸 여자 옆에 나란히 누웠다.

카리브 해의 바닷바람이 얼굴을 스친다. 여자와 나는 백사장에 누워 하늘을 바라본다. 분홍빛 파도가 밀려와 여자와 내 몸을 적신다. 여자의 분절된 몸이 하나로 이어진다. 여자는 몸을 천천히 일으켜 세운다. 한 걸음씩 발을 내딛다 춤을 추기 시작한다. 전라의 아름다운 육신이 부드럽게 출렁인다. 여자는 춤을 추며 내게 다가온다.

투리톱시스 누트리쿨라……

여자는 주문을 외우고 섬세한 손길로 내 다리를 쓰다듬는다. 숨을 불어 넣은 '튜브 걸'처럼 가늘고 휘어진 두 다리가 조금씩 부풀어 오르며 감각이 되살아난다. 탐스럽게 살이 오른 두 다리가 공중으로 뜨기 시작한다. 다리와 함께 상반신도 가볍게 떠오른다. 내 몸은 분홍빛 바다 위를 떠다닌다. 따스한 물결이 육신을 부드럽게 감싼다. 투명한 몸에서 빛을 발하는 해파리들이 바다 깊은 곳에서 하나둘씩 떠올라 해면을 부유한다. 해파리들이 헤엄쳐 와 내 몸을 핥듯이 뒤덮는다. 목을 감싸고, 가슴 위로 미끄러지고, 내 몸 안을 깊숙이 파고든다.

태양과 바다가 맞닿은 곳을 향해 나는 해파리들과 함께 헤엄친다.

떨어지다

1.

돌김에게 전화가 걸려온 건 저녁 무렵이었다. 그때 빡구는
'돼지마을'에서 아르바이트 중이었다. 한창 손님이 밀려드는
시간이었다. 자리를 안내하고 주문을 받고 밑반찬을 나르고 삼
겹살을 뒤집고 불판을 갈아주느라 휴대전화가 들어 있는 주머
니에 손을 넣을 틈도 없었다.

다시 전화가 걸려온 건 이제 막 손님이 뜬 테이블을 정리할
때였다.

"왜 자꾸 전화질이냐."

손님이 남기고 간 사이다를 들이켜며 빡구가 물었다. 등에서
돼지기름 같은 땀줄기가 흘러내렸다. 아직 3월이었지만 가게
안은 열기로 가득했다. 작년 봄에도 그랬고 가을에도 그랬고

겨울에도 그랬다. 틈틈이 에어컨 앞에 서서 찬바람을 쐴 수 있는 여름이 오히려 나은 편이었다. 빡구는 고개를 뒤로 한껏 젖히며 음료를 입안에 털어 넣었다. 김빠진 사이다가 목구멍 안으로 끈끈하게 넘어갔다. 수화기 너머에서 돌김은 문자 안 봤냐, 하고 되묻는 듯했다. 사방에서 타오르는 연기와 기름 냄새와 지글거리는 소리 때문에 시각과 후각과 청각이 모두 마비되어버린 빡구는 안 들린다고 소리쳤다.

"맛세이가 로또 주우러 가자는데."

"뭘 주워?"

"로또 말이다, 로또. 우주에서 떨어진 로또."

빡구가 돌김의 말을 이해하는 데까지는 몇 초 정도 시간이 걸렸다. 그 몇 초 동안 빡구는 빈 사이다병을 잡고 있는 오른손 엄지를 뚫어져라 쳐다봤다. 언제 그랬는지 손가락은 날고기처럼 선홍색을 띠고 있었다. 아마도 불판을 갈 때 덴 모양이었다. 이곳에서 아르바이트를 한 지 벌써 1년이 다 되어가는데도 여전히 손과 팔에 상처를 입었다. 덴 부위가 잘 구워진 삼겹살처럼 갈색으로 변해가는 것을 볼 때마다 빡구는 생각했다. 아, 나도 그저 고깃덩어리구나.

"진주에 운석이 떨어졌다는 건 알고 있지? 그게 값이 어마어마하게 나간다더라."

돌연 목소리를 낮추며 돌김이 은밀하게 말했다. 빡구가 뭐라고 대꾸하기도 전에 뒤쪽 테이블에서 누군가 크게 외쳤다, 여기 처음처럼 한 병 추가요!

"일 끝나고 전화할게."

빡구는 돌김의 대답을 듣지 않고 전화를 끊었다. 그리고 냉장고로 달려가 차가운 소주를 한 병 꺼냈다.

빡구와 돌김과 맛세이는 초등학교 시절부터 어울려 다녔다. 열 살부터 스물아홉 살까지, 20년 가까이 붙어 다닌 셈이다. 셋은 야동도 함께 봤고 미팅도 함께 나갔다. 화장실에서 담배를 피우다 학생주임에게 걸려 나란히 볼기를 두들겨 맞기도 했다. 동네 양아치한테 주머니를 털릴 때도 셋은 함께였다. 빡구는 그래도 그때가 좋았다는 생각을 종종 했다. 스물아홉이라는 나이는 뭐라도 하지 않으면 불안한 나이였다. 뭐라도 해서 돈을 벌어야 했지만 사실 뭐든 하려면 돈이 필요한 법이었다. 좀더 나은 직장을 얻기 위해 대학에 가려고 해도 돈이 필요했고, 자격증을 따려고 해도 돈이 필요했다. 그나마 다행인 건 돈을 들이지 않고도 할 수 있는 일이 있기는 있다는 것이었다. 이를테면 서빙 아르바이트나 배달 아르바이트 같은 것. 빡구는 서빙과 배달이 필요한 거의 모든 업종을 거치며 스물아홉 살이 되었다. 돌김의 사정도 크게 다르지 않았다. 돌김은 얼마 전 배달 일을 하던 피자 가게에서 잘렸는데 아직도 백수 상태였다. 맛세이는 2년제 대학을 졸업하고 문래동에 있는 부친의 철공소에서 일했다. 그런 맛세이를 돌김은 늘 부러워했다.

"역시 사람은 부모를 잘 만나야 한다니까."

"코딱지만 한 철공소 가지고 또 저런다, 병신새끼."

"코딱지만 한 철공소라도 사장은 사장이지. 안 그러냐?"

동의를 구하듯 돌김이 돌아보면 빡구는 말없이 담배를 빨았다. 한숨 대신 연기를 길게 내뿜고 난 뒤에야 빡구는 목소리를 낮게 깔며 대꾸했다.

"씨발, 부모라도 멀쩡히 살아 있는 게 어디냐."

이렇듯 신세한탄은 언제나 빡구로 마무리되었다. 할머니와 단둘이 살아온 빡구 앞에서 돌김은 더 이상 푸념을 늘어놓을 수 없었던 것이다. 돌김이 투덜거릴 때마다 맛세이는 욕을 해주었지만 한편으로는 은근히 안도하는 표정이었다. 그런 맛세이를 보면 빡구는 몹시 불안해졌고 매주 로또라도 사서 주머니에 넣어둬야 그래도 내가 뭔가 하고 있구나, 싶어 마음을 놓을 수 있었다.

2.

평일, 자정이 넘은 시각의 도로는 한적했다. 맛세이가 셀프 주유소에 차를 세우고 카드를 건네자 조수석에 앉아 있던 돌김이 문을 열고 밖으로 나갔다. 돌김은 능숙한 솜씨로 주유기를 차에 꽂아 넣었다. 에스케이 엔크린부터 지에스 칼텍스, 현대 오일뱅크, 그리고 에스오일까지, 영등포구 일대에서 돌김이 거치지 않은 주유소는 없었다. 주유소에서 일할 때 돌김은 시엠송을 입에 달고 살았는데, 일자리를 옮길 때마다 노래도 자연스럽게 바뀌곤 했다.

빡구는 짐칸을 돌아봤다. 텐트, 등산용 배낭, 버너, 코펠, 신라면 따위가 차곡차곡 실려 있었다. 짐만 보면 어디 캠핑이라도 떠나는 것 같았다. 뒷좌석을 혼자 차지하고 앉았지만 빡구는 편안하다는 생각이 조금도 들지 않았다. 연식이 오래된 디젤 차량이 내는 소음과 거친 승차감 때문이기도 했지만 어쩌면 불편한 것은 몸이 아니라 마음인지도 몰랐다.

조금 전 아르바이트를 끝내고 '돼지마을'에서 나왔을 때, 가게 앞에 주차되어 있던 차가 경적을 길게 울렸다. 맛세이 부친이 소유하고 있지만 주로 맛세이가 끌고 다니는 차였다.

"인생 역전하러 가는 거다."

빡구가 뒷좌석에 올라탔을 때 돌김이 들뜬 목소리로 말했다.

"지금?"

"지금."

"진주에 간다고?"

"그래, 진주. 키야, 지명부터 보석 이름이라니. 거기가 명당은 존나 명당인가 보다."

돌김이 감탄사를 연발하는 동안 빡구는 한숨을 내쉬었다.

"나 내일 아르바이트는?"

"아파서 며칠 못 나간다고 해."

"그랬다가 잘리면?"

"새끼, 징징거리기는. 널린 게 고깃집인데 뭐가 걱정이냐? 넌 인마 좀, 세상을 넓게 보란 말이다."

맛세이가 짜증스럽게 끼어들며 액셀을 밟았고, 빡구는 다시 한숨을 길게 쉬며 등받이에 몸을 기댔다. 에라 모르겠다, 하는 심정이었다가 혹시 모르잖아, 하는 마음이었다가 이내, 그래도 이건 좀, 하면서 심기가 불편해졌던 것이다.

돌김이 기름을 가득 채우자 맛세이가 차를 출발시켰다. 희미하게 떠도는 기름 냄새 때문에 빡구는 어지럼증을 느꼈다.

"그런데 말이야."

돌김이 운전석 쪽으로 몸을 틀었다.

"운석은 어떻게 구분하는 거냐."

"뉴스 좀 보고 살자, 응?"

한심하다는 투로 혀를 차기는 했지만 맛세이는 미리 외워둔 대사를 칠 기회가 생겨서 내심 기쁜 표정이었다.

"운석은 말이다, 일단 대기권에 떨어지면서 불에 타기 때문에 다른 돌에 비해 검은빛을 띠고 있지. 또, 지구에 있는 돌보다 철 함유량이 상당히 높기 때문에 크기에 비해 무겁다는 게 특징이다."

"그러니까 쉽게 말해서…… 존나 까맣고 존나 무겁다는 거네."

돌김이 이제 확실히 알았다는 얼굴로 고개를 끄덕였다. 그리고 덧붙였다.

104

"역시 사람은 대학을 나와야 한다니까."

"하, 수도권에 있는 2년제 가지고 또 저런다, 병신새끼."

"2년제든 3년제든 대학은 대학이지. 안 그러냐?"

돌김이 투덜거리자 맛세이가 피식 웃었다. 빡구는 맛세이의 졸업식 날 학사모를 쓰고 수줍게 웃던 돌김의 얼굴이 떠올랐다.

"근데 말이야."

"아, 또 뭐."

"운석이 지구로 떨어질 때 말이다. 왜 불에 타는 거냐?"

"그건."

맛세이가 목소리에 힘을 잔뜩 주는가 싶더니 이내 말을 삼켰다.

"그건…… 아, 씨발, 넌 영화도 안 봤냐."

"그러니까 왜 불에……"

"야, 우리가 지금 과학 공부하러 가냐? 응? 과학동아 캠핑 왔어? 여기서 그게 왜 궁금해. 지금 중요한 건 말이다, 운석이 얼마냐는 거다, 알겠냐? 너, 러시아에 떨어진 운석이 얼마에 팔렸는지 아냐? 무려 1조에 팔렸다더라, 1조에."

"1조……"

맛세이의 말에 돌김은 황홀한 표정을 지으며 등받이에 몸을 맡겼다.

"그러니까 정신 바짝 차려라. 엉뚱한 질문할 시간 있으면 네이버에서 운석 이미지나 검색해서 눈에 익히란 말이다."

"아, 그렇지, 네이버."

돌김은 부산스럽게 스마트폰을 꺼내 검색을 시작했다. 옆 좌석을 흘긋 쳐다보고 맛세이가 콧바람을 내뿜으며 말했다.

"그래도 내가 철공소집 아들 아니냐. 철냄새 하나는 잘 맡을 자신 있다."

"아니다, 보물찾기는 내가 더 잘했다."

돌김이 진지하게 맞받아치자 맛세이가 어이없다는 듯 웃었다.

"됐고, 누가 발견하든지 간에 돈은 무조건 3분의 1씩 똑같이 나누는 거다."

그 말에 물론이지, 하며 돌김이 맞장구쳤다. 빡구는 백미러에 비친 맛세이를 슬쩍 바라봤다. 눈만 보여서 전체적인 표정을 짐작할 수 없었다. 돌김은 휴대전화 너머 어딘가를 응시하고 있었다. 빡구는 고개를 돌렸다. 검은 차창에 서로 다른 곳을 바라보고 있는 세 사람의 그림자가 어른거렸다.

3.

휴게소 바닥에서 축축한 시멘트 냄새가 올라왔다. 대전을 지날 무렵부터 도로 위에 안개가 낮게 깔리는가 싶더니 어느덧 세상이 불투명하게 변해 있었다. 창밖을 내다보다가 빡구는 눈을 비볐다. 안개 때문에 시야가 흐려진 건지 눈이 침침해서 부옇게 보이는 건지 쉽게 구분이 되지 않았다.

돌김이 테이블에 쟁반을 내려놓았다. 우동 그릇을 한 사람 앞에 하나씩 옮겨놓다가 빡구는 미간을 찌푸렸다. 뜨거운 그릇이 닿자 불판에 덴 손가락이 욱신거렸다.

"휴게소에서 먹는 우동이 세상에서 제일 맛있지 않냐."

돌김이 면발을 후루룩 빨아들였다가 잔기침과 함께 도로 내뱉었다.

"아, 새끼. 식혀가면서 먹어라 좀."

맛세이가 면박을 주자 돌김이 크크, 웃었다. 운석을 찾으러 가는 데 드는 모든 비용은 맛세이가 지불했다. 맛세이가 주도한 일이라서 그런 건 아니었다. 작년 여름, 여자를 꾀러 보령 머드축제에 갔을 때도 그랬고, 재작년 여름, 여자를 낚으러 해운대에 갔을 때도 그랬다. 학창 시절 피시방에 어울려 다닐 때도 컵라면은 늘 맛세이가 샀다. 맛세이가 돈을 내면 빡구와 돌김이 컵에 뜨거운 물을 붓고, 다 먹은 그릇을 정리하는 식이었다. 당구장에서 짜장면을 시켜 먹을 때도 마찬가지였다. 누가 시킨 것도 아닌데 어릴 때부터 자연스럽게 그렇게 되었다. 요즘에도 맛세이가 술값이나 밥값을 계산할 때면 빡구와 돌김은 뒤로 조금 빠져 있었다. 맛세이가 카드를 건네고 사인을 하는 동안 돌김은 작은 목소리로, 그러나 주변에 있는 사람이 주의를 기울이면 충분히 들을 수 있을 정도의 크기로 이렇게 말했다.

"맛세이 저 자식은 참 괜찮은 자식이야."

그도 그럴 것이 맛세이는 지갑을 열면서 우쭐대거나 불만을 드러낸 적이 단 한 번도 없었다. 엷은 미소를 띤 채 영수증을 가볍게 훑어보는 맛세이를 볼 때면 빡구는 이런 생각이 들기도 했다. 그래도 우리랑 어울리니까 맛세이도 괜찮은 자식이 될 수 있는 건 아닐까. 서울대에 합격해서 지금은 증권 회사에 다니고 있다는 우진이나 의대에 진학해서 군의관을 하고 있다는 선홍이한테도 맛세이는 괜찮은 자식일 수 있을까. 물론 우진이나 선홍이 같은 애들은 저희들끼리 따로 동창 모임을 해서 맛세이가 괜찮은 자식이 될 기회조차 없겠지만.

우동 그릇을 제일 먼저 비우고 돌김은 미지근해진 핫바를 입에 물었다.

"맛세이, 운석 팔면 넌 뭐하고 싶냐."

돌김이 테이블 주변을 휘 둘러보고 나서 슬며시 물었다. 빡구도 괜히 주위를 살펴보았다. 꽤 떨어진 곳에 혼자 앉은 남자 몇몇이 그릇에 얼굴을 가까이 대고 밥을 먹고 있었다.

"뭐하긴, 주식이든 부동산이든 사들여서 돈을 더 불려야지. 돈이 돈을 낳는 거다. 부자는 슈퍼 갑부가 되는 거고."

"빡구, 넌?"

돌김이 이번에는 빡구를 돌아봤다.

"글쎄……."

빡구는 말끝을 흐렸다. 동시에 매주 로또를 구입하면서도 정작 당첨금을 받게 되면 그것을 어떻게 쓸지에 대해서는 고민해본 적이 없다는 사실을 깨달았다. 하물며 운석에 대해서는. 순간 빡구는 그런 자신이 아무 생각도 없는 고깃덩어리처럼 느껴졌다. 생각만 없는 게 아니라 별 다른 특징도 없는 고깃덩어리라는 데까지 깨달음은 이어졌다. 맛세이가 '이형준'이라는 이름을 두고도 '맛세이'라고 불리게 된 데는 이유가 있었다. 맛세이는 '당구 수지'가 100일 때 '찍어 치기'를 시도한 대담한 성격의 아이였다. 물론 큐로 당구대를 내리찍는 바람에 그날 이후로 무언가 무리하게 시도했다 실패할 때면, 특히 여자한테 들이댔다가 차일 때면 돌김이 300 이하 맛세이 금지, 하며 놀려댔고 그렇게 맛세이는 맛세이가 되었다. 엉뚱한 구석이 있는 돌김은 '김진성'이라는 이름 대신 '돌아이 김', 줄여서 '돌김'이라고 불리게 됐다. 다소 멍청한 면이 있기는 해도 캐릭터가 확실한 녀석임에는 분명했다. 하지만 '빡구'는 '박규완'이라는 이름에서 따온 것이었다. 별 다른 특징이 없는 사람에게만 이름에서 딴 별명이 부여되는 법이므로 빡구는 늘 자신이 그냥 '빡구'라는 사실이 내심 실망스러웠다.

"난 말이다, 큰 욕심 같은 거 없다."

빡구의 대답을 기다리는 대신 돌김이 핫바를 우물거리며 말했다.

"난 말이다, 부모님한테 아파트 한 채 사 드리고 스타벅스 할 거다. 남는 돈은 은행에 넣고 이자나 받아먹는 거지."

영혼은 이미 스타벅스에 가 있는 돌김을 보며 맛세이가 고개를 절레절레 흔들었다.

"답답한 새끼, 은행 이자 얼마나 한다고. 그리고 스타벅스는 직영만 취급하거든? 됐고, 누가 먼저 찾든 간에 셋으로 똑같이 나눠 갖는다는 것만 확실히 해둬."

맛세이의 말에 돌김이 자세를 바로 하고 고개를 끄덕였다. 덩달아 고개를 주억거리다 말고 빡구는 문득 중학교 때의 일이 떠올랐다.

중학교 2학년 때, 빡구와 돌김과 맛세이는 처음으로 미팅을 나갔다. 상대는 이웃 여중에 다니는 아이들이었다. 빡구는 그중 소정이라는 아이에게 마음이 갔다. 돌김이 개그맨 흉내를 낼 때마다 소정이는 그 커다란 눈을 반달로 바꾸는 마법을 부리며 해사하게 웃었다. 여자아이들이 우르르 화장실에 몰려간 틈을 타서 빡구와 돌김과 맛세이는 서로의 속마음을 확인했다. 셋 모두 소정이에게 호감이 있다는 사실이 드러나자 다들 얼굴이 굳어버렸다. 긴장감이 감도는 가운데 맛세이가 먼저 입을 열었다.

"난 우정이 먼저다."

셋은 주먹을 가볍게 부딪치며 소정이를 단념하기로 다짐했다. 그리고 얼마 후. 빡구는 맛세이와 소정이가 커피숍에 마주 앉아 있는 장면을 목격했다. 맛세이가 약속을 깨고 소정이에게 연락을 한 건지, 아니면 소정이가 먼저 맛세이에게 연락을 한 건지는 알 수 없었다. 빡구는 그날 본 것을 아무에게도 말하지 않았다.

"그나저나 얼마쯤 벌 수 있을까."

다시 꿈결 속으로 돌아간 돌김이 잠꼬대하듯 중얼거렸다.

"글쎄. 얼마나 큰 걸 줍느냐에 따라 다르겠지."

그렇게 말하고 맛세이는 창가로 고개를 돌렸다. 돌김이 맛세이의 시선을 뒤따라갔고 이어서 빡구도 창밖을 내다봤다. 안개 낀 도로에 간간이 불빛이 번졌다 사라졌다. 저 사람들도 운석을 주우러 가는 걸까. 빡구는 자동차 불빛이 사라진 곳을 오랫동안 바라봤다.

4.

농장 근처에 아무렇게나 차를 세워놓고 빡구는 시동을 껐다. 옆자리에 앉은 맛세이가 낮게 탄식했다. 이제 막 동이 트기 시작했을 뿐인데, 운석이 떨어진 농장 앞에는 벌써 많은 사람들이 모여 있었다. 지역 주민으로 짐작되는 사람들과 각 방송사에서 몰려든 기자와 카메라맨이 대부분이었지만, 누가 봐도 타지에서 온 것이 분명해 보이는 말끔한 등산복과 등산화 차림을 한 중년의 사내들도 제법 눈에 띄었다. 근처에 주차된 차에서 비슷한 차림의 남자가 내리더니 서둘러 무리가 있는 쪽으로 달려갔다.

"돈냄새 맡고 죄다 여기로 몰려들었군."

맛세이가 코웃음을 치며 차에서 내렸다. 빡구는 뒷좌석에서 새우잠을 자고 있는 돌김을 불렀다. 그러는 동안 봉고차 한 대가 새로 들어왔다. '필승 산악회'라는 글자가 붙어 있는 문이 열리자 안에서 똑같은 등산 조끼를 입은 중노인 네 명이 우르르 내렸다. 빡구는 마음이 초조해져 돌김을 세차게 흔들었다.

운석이 떨어진 곳은 파프리카를 재배하는 비닐하우스였다. 운석이 떨어지던 날 밤. 서울과 경기도, 충청도와 경상북도 등 전국 곳곳에서 하늘을 가로지르는 커다란 불덩어리를 목격했다는 제보가 이어졌고, 이튿날 아침 이곳에서 진흙에 처박혀 있던 운석이 발견되었다. 비닐하우스 천장에 구멍이 뚫렸고 알루미늄으로 만든 부직포가 다 녹아 운석 표면에 눌어붙어 있었다. 운석이 떨어지던 날 수차례 폭발음이 들렸다는 인근 주민들의 증언은 곧, 이 일대에 떨어진 운석이 여러 개라는 것을 의미했…… 빡구와 돌김과 맛세이는 비닐하우스를 둘러싸고 있는 사람들 틈에 서 있는 것만으로도 다양한 정보를 얻을 수 있었다. 앞에 선 두 남자가 운석의 소유권을 놓고 발견한 사람이 임자다, 땅 주인이 임자다, 하며 언쟁을 벌이기 시작했을 무렵 맛세이가 빡구와 돌김의 옆구리를 찔렀다. 빡구와 돌김은 맛세이를 따라 슬그머니 무리에서 빠져나왔다.

"여기 있어봐야 운석이 떨어지는 것도 아니고. 이 근방부터 돌아보자."

맛세이가 짐칸을 열고 생수와 주먹밥 등을 챙기자 돌김이 그것을 배낭에 넣고 등에 짊어졌다. 빡구는 비닐하우스로 접어드는 길목을 바라봤다. 서울 번호판을 단 차량이 먼지를 일으키며 달려오고 있었다.

5.

"대체 해발 몇 미터냐."

돌김이 멈춰 서며 투덜거렸다. 어제 진주에 도착했을 때는 의욕이 넘친 나머지 아무 돌이나 보고 이거 운석 아니냐, 하며 눈이 휘둥그레지더니, 조금 전 점심 식사로 마지막 주먹밥을 먹은 뒤부터 돌김은 회의적이고 소극적인 태도로 돌변했다.

"여긴 뭐, 식당도 없고. 다 먹고살자고 하는 짓인데."

어제 비닐하우스 인근을 돌아보다 맛세이는 계획을 바꿔 근처에 있는 산을 돌아보자고 했다. 운석이 인가나 농장에 떨어졌다면 벌써 누군가 발견했을 것이 분명하다며 걸음을 재촉했다. 간밤에 빡구와 돌김과 맛세이는 야산 아래 텐트를 치고 잠을 잤다. 밤이 깊어지자 기온이 무섭게 떨어졌고 침낭 안에서 몸을 떠느라 숙면을 취할 수 없었다. 셋은 푸석푸석한 얼굴로 일어나 라면을 끓여 먹고 해가 떠오름과 동시에 산에 오른 것이다. 가지가 앙상한 나무로 가득한 산은 생명감이라고는 조금도 느껴지지 않았고, 축축하고 싸늘한 기운 때문인지 어깨며 다리가 더 무겁게 느껴졌다.

"여긴 뭐가 이렇게 으스스한 거냐. 땅 파면 시체라도 나오겠다."

돌김이 계속해서 투덜거리자 앞서가던 맛세이가 걸음을 멈추고 노려봤다. 그때 전화벨이 울렸다. 맛세이는 쯧, 하고 혀를 찬 뒤에 짜증스러운 목소리로 전화를 받았다. 수화기 너머에서 카랑카랑한 목소리가 새어 나왔다.

—자기야, 운석 찾았어?

"아직."

—언제 와?

"몰라."

—나 심심해.

"그럼 너도 여기 와서 같이 운석이나 찾든가."

맛세이의 시큰둥한 대꾸에 여자는 재미있다는 듯 한참을 깔깔댔다.

—그런데 자기야. 운석은 그냥 돌덩이 주제에 뭐 그리 비싼 거야?

"네가 환장하는 다이아도 그냥 돌덩이거든."

—다이아는 빛나잖아.

"너랑 무슨 말을 하냐. 암튼 바쁘니까 전화하지 마. 너 손톱만 한 다이아 끼는 게 꿈이라며. 운석 찾으면 열 손가락에 다이아 반지 끼워줄 테니까, 알았지?"

여자는 아까보다 더 요란하게 깔깔거리다 전화를 끊었다.

"역시 사람은 돈이 있어야 한다니까. 그래야 남자 구실도 하는 거지."

통화 내용을 귀 기울여 듣던 돌김이 시무룩하게 말했다.

"야, 너네는 어릴 적 꿈 기억하냐. 난 말이다, 연희랑 결혼하는 게 꿈이었다."

연희는 돌김의 첫사랑이었다. 재작년인가 시집갔다는 소식을 전해 듣고 돌김은 한 달 내내 술에 절어 살았다.

"사실 난, 지금도 운석보다 더 찾고 싶은 게 바로 연희다."

"그러니까 그만 투덜대고 운석이나 잘 찾아봐라. 누가 아냐. 너 갑부됐다는 얘기 들으면 남편 버리고 다시 너한테 올지."

돌김은 잠시 골똘히 생각에 잠기는가 싶더니 이내 양 볼이 붉게 물들었다. 혼자 웃고 머쓱해진 돌김이 헛기침을 하며 말을 돌렸다.

"근데, 운석은 왜 그렇게 비싼 거냐."

"운석을 연구하면 말이다, 지구가 언제 탄생했는지, 우주는 어떻게 생겨났는지를 다 알 수 있기 때문에 그런 거다. 게다가 이건 갓 떨어진 싱싱한 운석 아니냐."

맛세이가 스마트폰을 들여다보며 책을 읽듯이 말했다.

"거참. 먹고사는 문제도 복잡해죽겠는데 지구가 언제 생겼고 우주가 어떻게 생겨났는지가 대체 왜 그리 중요하다는 건지 난 잘 모르겠다."

돌김이 고개를 갸우뚱거렸다. 반면, 빡구는 머릿속에 불이 환하게 들어오는 기분이었다. 이런 상황에서 유레…… 뭐라고 외치는 말이 있는 것 같았지만 기억나지 않아서 빡구는 그저 속으로 아! 하고 감탄했다. 빡구는 요즘 들어 '엄마'라는 존재에 대해 생각해보곤 했다. 일부러 그런 건 아니지만 자꾸만 얼굴 없는 대상이 머릿속을 떠다녔다. 새어머니와 따로 나가 살다 몇 해 전 간암으로 세상을 뜬 아버지는 살아서나 죽어서나 그다지 그리운 대상이 아니었다. 그런데 요즘, 돌쟁이를 시어머니에게 떠맡기고 이혼해버렸다는 그 여자가 어디서 어떻게 살아가고 있을지 자꾸만 궁금해졌던 것이다.

사실 빡구는 자라는 동안 엄마의 빈자리를 느껴본 적이 없었다. 예보 없이 비가 쏟아진 날, 엄마 있는 아이들이 신주머니를 머리에 쓰고 달려갈 때 빡구는 할머니와 우산을 나란히 쓰고 집에 돌아왔다. 운동회 날, 직장 다니는 엄마를 둔 아이들이 괜히 관중석을 휘 둘러볼 때 빡구 가까이에는 곱게 분을 바르고 화사한 양산을 든 할머니가 가만가만 손을 흔들고 있었다. 무서운 꿈을 꿀 때면 빡구는 할머니를 부르며 잠에서 깨어났다.

고등학교를 졸업하던 날이었다. 돌김, 맛세이와 함께 술을 마시고 집에 돌아왔을 때, 빡구는 책상에 얌전히 놓여 있는 하얀 봉투를 발견했다. 안에는 사진이 한 장 들어 있었다. 얼핏 까맣고 긴 머리카락을 가진 여자가 보였다. 사진을 꺼내 보지는 않았지만 빡구는 긴 머리 여자가 엄마라는 것을 직감했다. 빡구는 할머니 방으로 갔다. 그리고 할머니가 보는 앞에서 봉투를 구겨 쓰레기통에 던져 넣었다. 그날, 빡구는 할머니 옆에서 잠을 잤다. 늙은 젖을 만지며 할머니 오래오래 살아, 중얼거리다 잠이 들었다. 그렇게 빡구에게는 할머니가 있었다. 엄마보다 더 좋은 할머니가 있었다. 그런데도 빡구는 운동회에서 단 한 번도 최선을 다해 달려본 적이 없었다. 모든 게 그런 식이었다.

빡구는 이제야 알 것 같았다. 지금까지 별다른 생각도 없고 별다른 특징도 없이 그저 고깃덩어리처럼 살아온 건 모두 근원을 모르기 때문이었다. 서울로 돌아가면 당장 엄마부터 찾아봐야겠다고 빡구는 다짐했다. 쓰레기통에 버렸던 봉투는 다음 날 할머니 몰래 꺼내 거의 새것이나 다름없는 『수학의 정석』사이에 끼워뒀는데, 집에 가면 봉투 속에 들어 있는 사진부터 확인해야겠다는 생각이 들었다. 엄마를 만나고 나면 우주의 비밀을 밝혀내듯이 어둡고 뻥 뚫린 부분들을 채워갈 수 있을 것 같았다. 그러고 나면 그다음에 해야 할 일이라든가, 하고 싶은 일이라든가 하는 것들을 저절로 알게 될 것만 같았다.

"이제 쓸데없는 질문은 그만하고 운석이나 찾자, 응? 이 나라는 말이다. 운석이 떨어지든 사람이 나가 죽든 젤 중요한 게 '얼마'인 나라란 말이다. 우린 그냥 운석이나 줍고 잘 팔면 그만인 거야. 여기서 값을 제대로 안 쳐줄라 치면 잽싸게 러시아든 미국이든 넘겨버리는 거다. 알겠냐."

스마트폰에서 눈을 떼지 않고 느릿느릿 말을 이어가던 맛세이가 발길을 멈췄다.

"하!"

"왜 그러냐."

짝다리를 짚고 선 맛세이가 바닥에 침을 탁 뱉었다.

"두번째 운석이 발견됐단다."

맛세이가 한숨을 길게 내쉬었다. 빡구와 돌김은 주눅 든 얼굴로 서로를 바라봤다. 두번째 운석이 다른 곳에서 발견된 것이 자기들 탓인 것만 같았다. 빡구는 머리를 긁적이며 맛세이의 눈치를 살폈다. 마른 나뭇가지 사이로 서늘한 바람이 지나갔다.

6.

"이러고 다니니까 행군할 때 생각나지 않냐."

돌김이 건빵을 우적거리며 말했다. 점심에 마지막 주먹밥을 먹은 뒤로 건빵과 초코바를 씹으며 움직였지만 돌김은 더 이상 투덜거리지 않았다.

두번째 운석이 발견됐다는 뉴스를 확인했을 때, 맛세이는 분한 얼굴로 바닥에 털썩 주저앉았다. 미간을 좁히고 입술을 물어뜯으며 스마트폰을 들여다보는 맛세이 옆에 빡구와 돌김도 나란히 앉아 관련 기사를 검색해보았다. 정적을 깬 사람은 맛세이였다.

"이걸 봐라."

맛세이가 스마트폰을 빡구와 돌김 사이로 밀어 넣으며 말했다.

"러시아에 떨어진 운석에 관한 기사를 보면 말이다, 운석이 발견된 장소가 이렇게 쭉, 일직선으로 연결이 된다는 거다. 먼저 떨어진 것들은 크기가 작고 나중에 떨어진 것일수록 크기가 크다는 거다. 봐라, 그저께 처음 발견된 운석은 9킬로그램이 나가고 오늘 발견된 건 4킬로그램이 나가는데, 크기로 봤을 때 처음 발견된 운석이 시간상으로는 더 나중에 떨어졌다는 얘기가 되는 거다."

빡구와 돌김은 천천히 고개를 끄덕였다. 맛세이가 말을 이었다.

"처음 발견된 운석이랑 오늘 발견된 운석을 일직선으로 그으면, 여기, 처음 발견된 지점 아래쪽에서 더 큰 운석을 찾을 수 있다는 말이 되는 거다. 무슨 말인지 이해가 되냐."

빡구와 돌김은 다시 한 번 고개를 끄덕였다. 세 사람은 부랴부랴 산에서 내려와 차에 올라탔다. 지나가다 보니 운석이 처음 발견된 비닐하우스 근처에는 여전히 많은 사람들이 모여 있었다.

"훗. 요즘 세상엔 정보력이 무기다."

맛세이는 사람들을 향해 스마트폰을 흔들어 보이며 웃었다. 그렇게 빡구와 돌김과 맛세이는 운석이 처음 발견된 장소를 지나 남쪽으로 이동해 온 것이다. 한적한 계곡 근처에 차를 세워

놓고 건빵과 초코바로 저녁을 때우며 일대를 뒤지고 다녔지만 운석이 떨어진 흔적을 발견하지는 못했다. 어느덧 해는 맞은편에 보이는 야산에 아슬아슬하게 걸쳐져 있었다.

"안 되겠다. 오늘은 일단 차로 돌아가자."

사방에 검붉은 빛이 내려앉는 걸 보면서 맛세이가 말했다. 셋은 온 길을 되돌아가기 시작했다. 계곡을 따라 쭉 올라왔으니 돌아가는 길을 찾기란 그리 어렵지 않았다.

"인마, 너 꿈 제대로 꾼 거 맞냐."

맛세이가 놀리듯 말했다. 계곡 근처에 차를 세운 것은 돌김 때문이었다. 돌김은 며칠 전 꿈에서 이 계곡을 봤다며 놀라움을 금치 못했다. 야트막한 산줄기가 이어지고 그 사이로 재잘재잘 물이 흐르는 곳. 시골에서 흔히 볼 수 있는 전형적인 풍경에 불과했지만, 그렇다고 돌김의 말을 그냥 무시해버리자니 마음 한구석이 찜찜해져서 속는 셈 치고 주변을 돌아보기로 한 것이다. 운석이 어디에 떨어졌는지 정확히 알 수 있는 방법은 없었으므로 어차피 어떤 식으로든 한 지점을 '찍어야' 했던 것도 사실이었다.

"이상하다. 분명 여기였는데."

머리를 긁적이는 돌김을 보며 맛세이가 피식 웃었다. 빡구도 웃음이 새어 나왔다. 학창 시절에도 돌김은 꿈에 나왔다며 시험 문제를 모조리 3번으로 찍어버리거나, 꿈에서 봤다며 생면부지의 여자애를 쫓아가는 녀석이었다. 옛 생각에 잠겨 있다가 다시 현실 속 풍경으로 초점을 끌어당겼을 때, 빡구는 무언가를 발견했다. 나무가 촘촘하게 서 있어 유독 그림자가 짙은 곳에 사람 머리만 한 돌이 눈에 띄었다. 진주에 내려온 뒤로 돌덩이만 보고 다녔지만 한눈에 봐도 그냥 흔한 돌과는 달라 보였다. 돌은 그림자보다도 더 짙은 빛을 띠고 있었다. 그러니까 그건, 우주만큼 어두운 빛깔이었다. 빡구는 맛세이를 부르려다가 도로 입을 닫았다. 문득 소정이와 커피숍에 마주 앉아 있던 맛세이가 떠올랐던 것이다. 봤을까. 빡구는 슬며시 맛세이를 곁눈질했다. 맛세이는 여전히 돌김을 놀려대고 있었고 돌김은 사우나에 가고 싶다는 타령을 하는 중이었다. 못 봤겠지. 빡구는 심장이 빠르게 뛰는 것을 감추려는 듯 괜히 큰 소리로 따라 웃었다. 운석이 아닐지도 모르잖아. 빡구는 웃으면서 생각했다. 그냥 돌일지도 모르니까. 그렇다면 왜 지금 당장 가서 확인해보지 않는 거지,라는 물음에 대해서는 대답을 피하고 대신 빡구는 주변에 있는 나무들 중 가장 인상적인 몇 그루를 빠르게 기억해두었다.

7.

바람이 텐트를 훑고 지나가는 소리에 빡구는 눈을 떴다. 돌김이 코를 골며 자고 있었다. 벌어진 입에서 옅은 술냄새가 풍겨왔다. 빡구는 침낭에 누운 채로 살짝 고개만 들었다. 고치처럼 누워 있는 돌김 너머로 맛세이를 바라보다가 빡구는 잠과 함께 술기운이 달아나는 것을 느꼈다. 어둠 속에서도 맛세이의 침낭이 비어 있다는 것을 단번에 알 수 있었다.

빡구는 조심스럽게 텐트에서 빠져나왔다. 교교한 달빛이 계곡물을 따라 흐르고 있었다. 텐트 앞에는 빈 소주병과 라면을 끓여 먹은 흔적이 그대로 남아 있었다. 빡구는 주변을 둘러봤다. 맛세이의 모습은 보이지 않았다. 오줌을 누러 갔다면 분명 근처에 있을 것이었다. 이곳에 텐트를 치자고 말한 사람은 맛세이였다. 고단하니 술을 마시고 푹 자자고 말한 것도 맛세이였다. 그러고 보니 아까 검은 돌을 발견했을 즈음 갑자기 맛세이의 발걸음이 빨라진 것도 같았다. 이 자식이. 빡구는 화가 치밀어 올랐다. 맛세이에게 전화를 걸어볼까 하다가 서둘러 신발을 꿰신었다. 빡구는 텐트를 돌아봤다. 돌김은 세상모르고 잠을 자고 있었다. 발소리를 죽이며 걷다가 빡구는 다시 고개를 돌려 텐트 너머로 보이는 다리에 시선을 고정시켰다. 다리 위에 트럭이 한 대 서 있었다. 원래 저기에 있었던가. 고개를 갸웃거리면서도 빡구는 빠른 걸음으로 계곡을 따라 올라갔다.

어둠 속에서 빡구는 자꾸만 발을 헛디뎠다. 낮에는 아무 어려움 없이 다닌 길이었는데 달빛에 의지해 걷는 것은 생각처럼 쉽지가 않았다. 어쩌면 술기운 때문인지도 몰랐다. 고깃덩어리. 빡구는 스스로가 한심해서 견딜 수가 없었다. 맛세이가 술

122

을 권했을 때, 행여 의심을 살까 봐 주는 대로 다 받아 마셨다. 다 함께 침낭 안에 들어갈 때만 해도 그저 자는 척만 하려고 했다. 그런데 그만 진짜 잠이 들어버린 것이다. 수능 시험 날 늦잠을 잤을 때보다, 같이 아르바이트를 했던 미진이와 함께 모텔에 갔다가 그냥 잠이 들었을 때보다 더 한심하게 느껴졌다.

빡구는 걸으면서 계속 뒤를 돌아보았다. 자신의 발소리인지 누군가 뒤따라오는 소리인지 구분이 되지 않았다. 어디선가 돌김이 부르는 것도 같았다. 몇 번은 나무 그림자를 보고 놀라 걸음을 멈추기도 했다. 스마트폰에 깔아둔 손전등 앱을 사용할까 생각했지만 이내 고개를 저었다. 이 밤에 손전등을 켜면 아주 멀리에서도 보일 거라는 생각이 들었다. 맛세이는 지금 어디에 있을까. 빡구는 생각했다. 다리 위에 서 있던 트럭이 자꾸만 마음에 걸렸다. 불길했다. 불안한 만큼 마음이 급해졌다. 마음의 속도를 따라잡지 못한 발이 축축하고 끈적한 무언가를 밟고 미끄러졌다. 넘어지면서도 본능적으로 손에 닿는 것을 움켜쥐었다. 차갑고 미끌거리는 것이 기분 나쁜 감촉을 남기며 손가락 사이로 빠져나갔다. 자동적으로 욕이 튀어나왔다. 아마도 이끼나 진흙 같은 것이리라. 빡구는 옷에다 손바닥을 아무렇게나 문지르며 일어났다. 일어서고 보니 걸어온 방향이 어느 쪽인지 쉽게 분간이 되지 않았다. 덜컥 겁이 났다. 빡구는 스스로에게 주문을 걸 듯 말했다. 계곡만 쭉 따라가면 되는 거다, 계곡만.

이미 지나친 걸까. 아니면 길을 잘못 들어선 걸까. 빡구는 불

안한 눈으로 주위를 두리번거렸다. 꽤 오래 걸었지만 아까 봐
둔 풍경들은 나타나지 않았다. 어쩌면 기분 탓인지도 몰랐다.
어둠 때문에 길이 더 멀고 낯설게 느껴지는 것이 분명했다. 빡
구는 계곡을 따라 좀더 올라가보기로 했다. 만약에 정말 운석
이라면…… 엄마가 좋아할까. 순간 엄마를 먼저 떠올렸다는
생각에 할머니한테 미안한 마음이 들었다. 그때, 나무 사이로
검은 그림자가 어른거렸다. 빡구는 저도 모르게 상체를 납작
숙였다. 심장이 거세게 뛰어 한 손으로 가슴을 지그시 눌렀다.
자세히 보니 그림자는 돌의 형상을 하고 있었다. 이쯤이었던
가. 주위를 둘러봤다. 미리 봐둔 풍경 같기도 하고 아닌 것 같
기도 했다. 빡구는 발 옆에 있던 자갈을 손에 꼭 쥐었다. 차갑
고 축축한 기운이 온몸으로 번졌다. 주변에 아무도 없다는 것
을 확인한 뒤 걸음을 옮겼다.

시간이 멈춰버린 것처럼 사위는 고요했다. 빡구는 발소리를
죽여가며 조심스럽게 움직였다. 가쁘게 차오르는 숨을 내뱉을
때마다 몸이 가늘게 떨렸다. 마침내 검은 그림자에 가까이 다
가갔을 때, 빡구는 눈을 비볐다. 그것은 사람 머리만 한 돌이었
다. 저 정도 크기의 운석이라면 값이 얼마나 나갈지 짐작조차
할 수 없었다. 빡구는 침을 삼키고 나무 사이로 들어섰다. 응?
빡구는 고개를 갸우뚱하다가 이내 눈을 가늘게 떴다. 좀더 가
까이에서 보니 그건 정말 사람 머리처럼 보였다. 아래쪽에 몸
뚱이 같은 게 붙어 있는 것도 같았다. 다시 눈을 비볐다. 자세

히 보니 그건 맛세이였다. 아니, 얼굴은 모르지만 엄마를 닮은
것도 같았다.

　멀리서 밤새가 길게 울었다. 숨을 크게 몰아쉬고, 빡구는 검
은 돌을 향해 한 발 한 발 다가갔다.

할로윈—런, 런, 런

오래전 이곳에서 사람들이 죽었다.

꽤 많은 사람들이 죽었다고 했다.

나에게 그 얘기를 해준 건 영수였다. 영수는 '좀비랜드'에서 아르바이트를 하면서 알게 된 친구다. 그때 우리는 바이킹 안에 있는 대기실에 알몸으로 누워 있었다. 셔츠를 바닥에 깔아 두기는 했지만 나는 등이 아파서 자꾸만 몸을 뒤척거렸다. 내 배꼽에 손가락을 하나씩 넣어보다가 영수가 말했다.

"미래야, 너 그거 알아?"

"뭘?"

"옛날에 여기서 일어난 사고 말이야, 그게 실은 그냥 단순한 사고가 아니라더라."

영수의 말에 따르면 그건 아주 오래전에 일어난 참사였다. 그러니까 영수나 내가 태어나기 훨씬 전에 벌어진.

"여기도 원래는 잘나가는 테마파크였대. 그런데 그 일이 터지고 만 거지."

영수가 몸을 반쯤 일으키고 주위를 둘러봤다. 페인트가 벗겨지고 군데군데 녹이 슨 선체는 바닷속에서 오랜 세월에 걸쳐 천천히 죽어버린 생물 같았다. 영수는 손끝을 오므려 배 모양을 만들었다. 영수의 손이 내 배꼽을 스치며 포물선을 그리기 시작했다.

"바이킹은 언제나 인기 있는 놀이기구였지. 그날도 좌석은 사람들로 꽉 찼어. 처음엔 느리게 움직이던 배가 차츰 속도를 냈고, 점점 더 아찔한 각도로 기울수록 사람들은 즐거운 비명을 질러댔지, 꺄악, 꺄악. 그러다 배가 바닥과 직각을 이룬 바로 그 순간! 그만 오작동이 발생하고 만 거야."

손으로 만든 작은 배가 허공에 멈춰 섰다.

"공중그네를 타다 파트너의 손을 놓쳐버린 곡예사처럼 배는 순식간에 추락해버렸어. 그때 고장 난 안전바가 위로 들린 거야, 홀러덩, 하고. 사람들은 낙엽처럼 우수수, 아래로 떨어졌지. 대부분은 목이 부러져서 즉사했고, 몇몇은 병원에서 사경을 헤매다 죽었고, 또 몇몇은 운 좋게 살아남았지만 죽느니만 못했대."

영수는 담배를 꺼내 물었다.

"그 일이 있기 얼마 전에도 작은 사고가 하나 있었는데, 쉬쉬 했다더라. 조용히 수습하려다 더 큰 사고를 부른 거지. 기계 오 작동이 원인이었지만, 경쟁 업체에서 보낸 스파이가 일부러 사 고를 낸 거라는 소문도 돌았어. 유령의 소행이라는 말도 있는 데, 뭐 그거야 나중에 누군가 지어낸 얘기겠지."

입에서 새어 나온 연기가 유령처럼 떠돌다 사라졌다. 이곳이 문을 닫게 된 건 그 사고 때문이라고 했다. 그 뒤로 쭉 폐장 상 태였다가 올 들어 '좀비랜드'로 새롭게 오픈한 거라고.

사실 '새롭게 오픈'이라는 말은 그냥 말뿐이었다. 새로워진 건 하나도 없었다. 심지어 '좀비랜드'라는 새 이름을 두고도 테 마파크 입구에는 여전히 '판타지랜드'라고 씌어진 낡은 간판이 걸려 있었으니까. 오랜 세월 동안 방치해둔 상태 그대로 운영 하는 것. 그게 바로 콘셉트였다. 사람의 손이 닿지 않은 나무와 풀은 제멋대로 자라 커다랗고 축축한 그림자를 만들었다. 어쩌 면 정령이 깃들어 있는지도 몰랐다. 수십 년간 달리지 못한 회 전목마는 녹이 슨 다리를 허공에 띄운 채 박제되어 있었다. 바 람이 불 때면 어디선가 끼이꺽, 끼이꺽, 쇠와 쇠가 마찰하는 소 음이 들렸는데, 그건 꼭 한이 맺힌 울음소리 같아서 어쩐지 목 덜미가 서늘해졌다.

"타인의 죽음을 상품화하다니, 여기 사장도 참 대단하지 않 아? 왜, 촬영하다가 배우였나 스태프였나, 하여간 누가 죽어서

유명해진 공포영화도 있잖아. 여기에 유령이 나타난다는 얘기도 사장이 퍼뜨렸다는 소문이 있어."

영수의 말처럼 사장은 영리한 사람이었다. 버려진 테마파크를 헐값에 사들이고 입장료를 받았다. 사람들은 공포를 느끼기 위해 기꺼이 돈을 지불했다. 이곳에서 그로테스크한 사진을 촬영해 블로그에 올리는 것이 유행처럼 번져나갔다. 매달 보름달이 뜨는 밤에는 이벤트가 열렸다. 티켓을 구입한 사람들이 생존 게임을 시작한다. 좀비(로 분장한 아르바이트생)들이 돌아다니며 사람을 사냥한다. 자정에 시작된 게임은 해 뜨는 시각에 맞춰 종료된다. 아침이 올 때까지 좀비에게 잡히지 않고 살아남은 사람이 승자가 되어 상금을 받는다…… 이것이 바로 '좀비나이트' 행사였다. 사람들은 진짜에 가까운 공포를 원했고, 오래전 이곳에서 일어난 사고는 그들이 원하는 자극에 충분한 배경이 되어주었다.

나는 아무것도 몰랐다. 이곳에서 사람들이 죽었다는 얘기가 진짜인지. 이따금 유령이 출몰한다는 소문이 사실인지. 아니면 그저 사장이 퍼뜨린 거짓말에 불과한 건지. 사실 그런 건 중요하지 않았다. 나는 좀비 분장을 한 다음 사람들을 무섭게 해주면 그만이니까. 며칠 뒤 할로윈 데이에는 더 크고 무시무시한 행사가 열릴 것이다. 평소보다 수량을 늘린 티켓은 일찌감치 매진됐다고 했다. 나에겐 그 점이 중요했다. 좀비 아르바이트는 스타벅스에서 커피를 만드는 것보다 시급이 세 배나 많았고 할로윈 데이에는 특별 보너스까지 지급될 예정이었다.

*

앵. 앵. 앵. 앵. 앵. 앵. 앵. 앵.

경보음이 울리자 모두들 뛰기 시작했다. 우측으로 붙어 선 사람들은 즉각 두 줄을 만들고 유도등을 따라 달렸다. 불규칙하게 울리던 발소리가 차츰 한데 모여들며 일사불란하게 지하도의 벽과 천장을 두드렸다. 나는 대열에 끼어들었다. 직선 코스를 달리고, 계단을 한 발에 한 칸씩 차근차근 밟고 내려가 다시 직선 코스를 달려 대피소에 도착했다. 역무원의 안내에 따라 안으로 들어가 무릎을 감싸 안고 앉았다. 숨을 죽였다. 시멘트 냄새가 떠다니는 대피소는 금세 사람들의 침묵으로 가득 찼다. 이번에는 또 무슨 일이 생긴 걸까. 누군가 전철 안에 독가스를 살포했거나, 무장한 테러범이 역사를 장악했는지도 모를 일이었다. 하지만 늘 그렇듯 아무도 대피하는 이유를 알려주지 않았다. 그런 건 뉴스에도 나오지 않았다. 처음에 사람들은 왜 몸을 숨겨야 하는지 궁금해했지만, 지금은 경보음이 울리면 무조건 달렸다. 공포 앞에서는 아무런 의심도 품을 수 없었다. 혹시라도 대피소 안에 자리가 부족할까 싶어 더 빨리 달렸다. 대열에서 떨어져 나가면 삶에서 영영 떨어져 나갈지도 모른다는 두려움에 더욱 악착같이 달렸다. 손목시계를 봤다. 이곳에 얼마나 더 있어야 할지 알 수 없어 초조했다. 어쩌면 막차를 놓칠지도 모를 일이었다. 신경이 팽팽하게 곤두서자 요의가 느껴졌다. 생각을 다른 곳으로 돌리려고 애썼지만, 그럴수록 점점 단단해지는 아랫배 쪽으로 모든 감각이 몰려들었다.

애애애애애애애앵.

경보가 해제됐다. 순서대로 대피소에서 빠져나간 사람들은 아무 일도 없었다는 듯 각자의 길로 흩어졌다. 나는 화장실부터 찾았다. 그때 스피커에서 경쾌한 음악이 흘러나왔다. 지하철이 역에 진입하고 있음을 알리는 소리였다. 화장실 50미터. 표지판을 보며 잠시 고민을 하다가 발길을 돌렸다. 직선 코스를 달리고, 아래로 움직이는 에스컬레이터를 한 발에 한 칸씩 밟고, 다시 직선 코스, 그리고 계단을 두 칸씩 내려가며 겨우 플랫폼에 도착했을 때, 야속하게도 지하철은 출입문을 닫고 유유히 역을 떠나버렸다. 나는 밭은 숨을 몰아쉬었다. 뒤에서 달려오던 몇몇이 욕설을 내뱉으며 의자에 엉덩이를 내려놓았다. 호흡이 진정되자 이내 참았던 요의가 밀려왔다. 화장실까지 올라갈 생각을 하니 한숨이 나왔다.

신도시의 지하철은 20분에 한 대꼴로 다녔다. '좀비랜드'에서 직원과 아르바이트생을 위해 운행하는 승합차를 얻어 타고, 작년에 개통한 지하철을 타고, 다시 1호선 전철을 갈아타면 수한과 내가 함께 사는 집에 도착했다.

'좀비랜드'에서 신도시까지는 차로 30분 거리였다. '좀비랜드' 주변은 버려진 땅이나 다름없었다. 저주라도 받은 듯 한낮에도 을씨년스러웠고, 햇볕마저 불공평하게 내리쬐는 기분이었다. 수한과 내가 사는 동네는 우리가 태어나기 훨씬 전에 지어진 건물들로 가득했다. 도로변에 자리 잡은 3층짜리 빌딩이든, 골목 안쪽에 조각보처럼 촘촘하게 이어진 집이든, 모두 재개발이 되기만을 기다리고 있었다. 그 황폐함과 낡음 사이에 신도시가 우뚝 들어선 것이다. 낮에 보는 신도시는 SF영화의 한 장면을 떠올리게 했다. 우주선을 연상시키는 높은 건물에 바둑판식 도로로 철저하게 계획되어 지어진 도시. 알 만한 기업 몇 곳이 신사옥을 지었고, 명품 아울렛도 들어서 꽤 많은 사람들이 이곳을 찾았다. 하지만 밤에는 달랐다. 도시는 텅 빈 것처럼 컴컴했다. 계획대로 되지 않은 건 상주인구뿐이었다. 늦은 시간에 지하철역으로 걸어갈 때마다 어쩐지 으스스한 기분이 들었다. 어쩌면 신도시의 미래는 '좀비랜드'일지도 몰랐다.

현관에 들어서자 라면을 끓이고 있는 수한이 보였다.

"왔어?"

그는 고개를 반쯤 돌리고 인사했다.

"라면?"

내가 대답을 하기도 전에 수한은 찬장 문을 차례로 열고 라면을 꺼냈다. 반지하 방의 낡은 찬장은 아귀가 맞지 않아 한쪽 문을 열거나 닫을 때 꼭 다른 쪽 문도 함께 열었다 닫아야 했다.

수한과 나는 냄비를 가운데 놓고 면발을 건져 먹었다.

"주말엔 엄마한테 가서 김치 좀 얻어와야겠다."

바닥이 드러난 김치통을 내 쪽으로 밀어주면서 수한이 말했다. 나는 몇 안 남은 김치 조각을 하나 집어 들고 통을 다시 수한 쪽으로 밀었다. 수한과 나. 우리가 같이 산 지도 어느덧 2년 가까이 되어가는 중이다. 우리보다 나이가 많은 집에 세 들어 살게 된 건 임신 때문이었다.

수한을 처음 만난 건 고등학교 때였다. 수업이 끝나면 우리는 함께 번화가로 나갔다. 공중화장실에서 사복으로 갈아입고 싸구려 안주를 파는 술집에 가서 물이 섞인 생맥주를 마셨다. 사귄 지 1년이 되던 날, 수한은 내게 큐빅이 박힌 반지를 주었다. 방학 동안 신문 배달 아르바이트를 해서 마련한 선물이었다. 고등학교를 졸업하고, 수한이 군대에 가고, 전역을 할 때까지 나는 왼손 약지에 그 반지를 끼고 있었다.

수한의 마음이 떠나고 있다는 걸 느꼈을 때, 그가 차마 꺼내지 못하는 말을 내가 먼저 해주었다. 이제 그만하자고. 마지막으로 밤을 함께 보낸 뒤에 쿨하게 헤어지자고. 대답은 하지 않았지만 수한은 내가 하자는 대로 했다. 사실, 그건 나의 계획이었다. 몇 주 뒤. 나는 자줏빛 줄이 선명하게 드러난 임신 테스트기를 내밀었고, 수한은 나를 떠나는 대신 함께 살 셋방을 구했다. 아이는 태어나지 않았다. 그래도 수한은 나를 떠나지 않았다. 아이를 책임지기 위해 취직한 택배 회사도 계속 다녔다.

나도 이런저런 아르바이트를 하면서 생활비를 보탰다. 우리는 그럭저럭 잘 지내왔고 몇 년 더 돈을 모은 뒤에 정식으로 결혼식을 올릴 계획이었다.

작년 이맘때 '좀비랜드'에서 면접 보러 오라는 연락이 왔을 때, 수한은 영화를 몇 편 다운받아주었다. 수한과 나는 「새벽의 저주」나 「28일 후」 같은 영화를 하루에 두 편씩 봤다.

"저걸 봐."

영화를 보면서 수한은 수시로 일시정지 버튼을 눌렀다.

"저 어깨의 각도를 좀 보라고."

화면 속 좀비를 가리키는 수한의 한쪽 어깨가 점점 아래로 내려갔다. 수한은 내 손을 잡고 거울 앞으로 갔다. 그리고 안마를 해줄 때처럼 내 뒤에 서서 어깨를 잡았다.

"이렇게, 좀더 기울여봐. 힘은 빼고."

나는 수한이 코치해주는 대로 어깨의 각도를 조절했다. 고개를 갸우뚱하고 흐리멍덩한 눈빛으로 허공을 바라봤다. 관절이 고장 난 사람처럼 엉성하게 걷다가도 목표물을 발견하면 날렵하게 달려드는 연습을 했다. 영화가 끝난 뒤에 수한이 물었다.

"포인트가 뭔 거 같아?"

답을 생각하는 동안 고개가 저절로 기울었다.

"음…… 각도?"

"틀렸어."

수한은 엄한 선생님처럼 고개를 저었다.

"가장 중요한 건, 혼이야."

"혼?"

"그러니까 혼이 없어야 해. 생각이 제거된 상태로 몸만 움직이는 것. 그게 정말 무서운 거거든."

"혼."

나는 정답지를 미리 엿본 학생처럼 가슴이 두근거렸다.

수한 덕분인지 나는 면접에 합격했고, 매달 보름달이 뜰 때마다 '좀비랜드'에서 아르바이트를 하게 되었다. 지난달에는 가장 많은 인간을 사냥해서 포상도 받았다. 몸이 고단한 일이었지만 매번 통장에 찍히는 숫자를 보면서 버틸 수 있었다.

"곧 할로윈이네."

수한이 냄비째로 라면 국물을 들이켜며 말했다. 딱히 대화를 이어가려고 꺼낸 말은 아닌 듯 다시 먹는 일에만 열중했다. 나는 수한의 콧등을 바라봤다. 땀구멍마다 찐득한 액체가 맺혀 있었다. 원래 저렇게 땀이 많이 났었나. 젓가락을 내려놓고 라면을 먹는 수한을 바라봤다. 입을 벌리고, 다시 입술을 오므리며 면발을 빨아들이고, 턱을 움직여 씹고, 마침내 목구멍 안으로 꿀꺽 넘기는 과정을 안 보는 척 전부 지켜봤다. 소름이 돋았다.

한때 위기를 겪기는 했지만, 동거를 시작하고 우리는 감정적으로 더욱 밀착되었다. 아빠 엄마보다도 수한이 우선순위에 있었다. 엄마가 싸다 준 소고기장조림이나 낙지볶음 같은 반찬은 수한과 함께 밥을 먹을 때에만 상에 올렸다. 수한이 택배 일을 끝내고 돌아오면 족욕부터 할 수 있도록 뜨거운 물을 준비해두는 것도 잊지 않았다. 그랬던 내가 지금은 마주 앉아 밥을 먹는 것만으로도 끔찍한 기분을 느끼는 것이다. 수한에게 이런 감정을 갖게 된 지도 벌써 여러 달 되었다. 수한과 나 사이에 어색한 기운이 감돌기 시작한 것도, 신김치 냄새가 배어 있는 거실 겸 부엌에 따로 나와 잠을 자기 시작한 것도, 모두 그 꿈 때문이었다. 처음 그 꿈을 꾼 것은 '좀비랜드'에서 일한 지 석 달쯤 되었을 무렵이었다.

*

나는 여행을 떠난다.

내가 머물게 된 숙소는 언덕에 지어진 유럽풍의 작은 주택이다. 계단식으로 깎아놓은 언덕에는 층마다 여행자 숙소가 한 채씩 자리 잡고 있다. 맨 꼭대기에 있는 집이 내가 머물 곳이다. 바깥은 온통 초록이다. 벽마다 커다란 창이 나 있어 소파나 식탁 의자에 앉아 바깥을 내다보는 것만으로도 기분이 전환된다. 네 채의 숙소 중 비어 있는 곳은 없다. 1층에는 노부부가 오랜 기간 머물고 있고, 2층에는 아이 둘을 데려온 부부가, 3층에는 젊은 커플이 묵고 있다. 낮에 가끔 아이들 웃음소리가 들리는 것 외에는 고요하다. 밤이 되면 네 채의 숙소에서 새어 나오는 불빛 말고는 전부 어둠뿐이다. 나는 식탁에 앉아 따뜻하게 데운 우유를 마신다. 언덕 아래로 3층 커플이 묵고 있는 숙소가 보이고, 이따금 젊은 커플이 서로를 애무하는 장면을 목격할 수 있다. 그들은 늘 반투명한 커튼을 쳐놓기 때문에 한 편의 그림자극을 관람하는 기분이 든다.

*

비명이 들려온다. 나는 침대에서 빠져나와 어둠 속에서 창밖을 내다본다. 곧 3층 숙소에 불이 켜진다. 젊은 커플 역시 소리를 듣고 잠에서 깨어난 듯하다. 둘은 한동안 거실을 서성거리다 침실로 돌아간다. 다시 불이 꺼진다.

*

날이 밝은 지 오래다. 늦잠을 자고 일어나 식빵 두 쪽을 토스터기에 넣고 굽는다. 냉장고에서 요거트와 딸기를 꺼내고 커피를 끓인다. 간단히 아침을 먹고 마당에 놓인 벤치에 앉아 책을 읽는다. 볕이 좋은 날이다.

*

창가에 스며든 달빛 위로 구름의 그림자가 흘러간다. 수채화 같은 밤이다. 곧, 고요한 풍경을 찢으며 외마디가 터져 나온다. 이번에는 좀더 가까운 곳에서 들려온다. 침대에서 빠져나와 커튼 뒤에 몸을 숨기고 창밖을 내다본다. 3층 숙소에 불이 켜진다. 젊은 커플이 거실에서 서성거리다 침실로 돌아간다. 3층에 불이 꺼지는 것을 보고 나는 이불 속으로 들어간다.

＊

날이 밝아온다. 적막한 아침이다. 씨리얼을 담은 그릇에 바나나를 잘라 넣고 우유를 붓는다. 식사를 마친 뒤에 욕조에 따뜻한 물을 받아두고 오랫동안 목욕을 해야겠다고 생각한다.

＊

비명이 들려온다. 전날보다 더 가까운 곳에서. 침대에서 빠져나와 어두운 창밖을 내다본다. 3층 숙소에 불이 켜지지 않는다. 몇 분이 지나도 불은 켜지지 않는다. 침을 삼켜가며 창밖을 내다본다. 구름이 달을 가리며 밤하늘의 명도를 수시로 바꿔놓는다. 얼마나 지났을까. 3층 현관문이 열리고 어둠 속에서 더 짙은 그림자가 떨어져 나온다. 손에는 망치가 들려 있다. 주변을 두리번거리던 그림자는 언덕 위를 올려다본다. 그 순간, 그

림자와 눈이 마주친다. 나는 커튼 뒤로 완전히 숨는다. 내 의지
와는 반대로 숨소리는 점점 거칠어진다. 어둠에 가려져 있지만
확실히 알 수 있다. 그림자는, 수한이다.

*

나는 그 꿈을 매일 조금씩 이어서 꿨다.

그림자의 정체가 수한이라는 것을 알았을 때, 나는 몸부림치
며 잠에서 깨어났다. 누군가 성대를 잘라낸 듯 벌어진 입에서
는 아무 소리도 나오지 않았다. 온몸에 소름이 돋고 어깨가 서
늘해서 손바닥으로 몸을 문질렀다. 아무리 문질러도 한기는 가
시지 않았다.

그날 이후로 수한과 잠을 따로 잤다. 푹 자고 싶다는 핑계를
대면서. 수한에게는 차마 꿈 얘기를 할 수 없었다. 꿈속에서 수
한은 매일 밤 내가 묵고 있는 숙소로 한 발, 한 발, 더 가까이
다가왔다. 나는 커튼 뒤에 숨어서 꼼짝도 하지 않았다. 수한이
들고 있는 쇠붙이가 달빛에 차갑게 빛났다. 아침이 밝았을 때,
나는 숙소를 뒤져 망치를 찾아냈다. 그리고 커튼 뒤에 서서 수
한을 기다렸다. 한 손에는 망치를 꼭 쥔 채로.

영화를 끊어 보듯, 매일 악몽을 이어서 꾸는 이유에 대해 생
각해봤다. 어쩌면 수한이 영수와 나의 관계를 눈치챘을지도 모
른다는 생각이 들었다. 아니, 어쩌면 수한은 아이가 태어나지

142

않은 이유를 알게 된 건지도 몰랐다. 아이는 태어날 수 없었다. 왜냐하면, 처음부터 아이는 없었으니까. 그것이 바로 나의 계획이었으니까. 하지만 내 짐작이 전부 틀렸는지도 몰랐다. 수한은 퀭한 내 얼굴을 들여다보면서 힘이 들면 좀비 아르바이트를 그만두라고 자상하게 말했다. 그럴 때면 나는 스스로 바보 같다는 생각을 했다. 단지 꿈 때문에 수한을 멀리 하다니. 그건 정말 웃긴 일이었다.

살인마 수한은 꿈속에서의 수한.

현실에서의 수한은 착하고 다정한 사람.

꿈은 가짜. 현실은 진짜.

무엇이 진짜인지 잘 알고 있었지만, 몇 달간 계속 이어지는 꿈 때문에 이제 나는 정말로 수한이 두려웠다. 처음엔 가짜라는 걸 알고도 무서운 정도였지만, 점차 가짜를 진짜라고 믿게 되었다. 요즘에는 이불 속에 망치를 숨겨두고 그것을 한 손에 꼭 쥐어야만 간신히 잠이 들 정도였다. 오랜 불면이 꿈과 현실의 경계를 허물어뜨리고 있었다.

*

"사람들은 왜 좀비를 좋아할까?"

영수가 옆에 벌러덩 누우면서 물었다. 나는 대답하지 않았다. 이제 막 섹스가 끝난 상황에서 꺼낼 말은 아닌 것 같다는 생각을 했다. 영수에게 여자친구가 없는 이유를 알 것도 같았다.

"서양에 좀비가 있다면, 동양에는 강시가 있지."

영수는 심각한 얼굴로 머리를 긁적거렸다.

영수와는 몇 달 전부터 자기 시작했다. 처음은 실수였다. 하지만, 악몽에 시달리게 되면서부터 영수와 자는 날이 많아졌다. 그 애를 좋아하는 건 아니었다. 그저 격렬하게 섹스를 한 뒤에 푹 자고 싶었다. 꿈도 꾸지 않을 만큼 아주 깊게.

"그렇게라도 영생하고 싶다는 심리일까."

하지만 영수는 섹스 뒤에 늘 말이 많았다.

"아니면 살아 있음을 확인받고 싶은 걸까."

나는 대꾸하는 대신 이불을 머리끝까지 끌어당겼다. 피곤했다. 내일이 할로윈 데이라서 오늘은 하루 종일 리허설을 했다. 영수와 나는 5조. 바이킹 주변을 돌아다니며 사람들을 사냥할 계획이다.

"너 「살아 있는 시체들의 밤」 봤어?"

영수가 이불을 잡아끌며 물었다.

"그 영화 만든 감독이 그랬대. '모든 재난이 곧 좀비'라고."

나는 시계를 봤다. 우리가 객실을 빌린 시간은 이제 두 시간이 남았고, 내가 푹 잘 수 있는 시간도 두 시간뿐이었다.

"미래야, 넌 이게 무슨 말인지 알겠니? '모든 재난이 곧 좀비'라는 말."

그렇게 말하고 영수는 알겠다는 듯 저 혼자 고개를 끄덕거렸

144

다. 그리고 다시 혼잣말을 이어갔다.

"사람들이 좋아하는 건 좀비가 아니야. 사람들이 좋아하는 건 공포지. 공포를 던져주면, 그냥 믿는 거야. 아무런 의심도 없이."

"영수야."

나는 잠에 취한 목소리로 느릿느릿 말했다.

"응?"

"우린 그냥, 좀비 흉내 좀 내고 돈을 받으면 그만인 거야."

나는 다시 이불을 머리끝까지 덮고 나른한 잠 속으로 빠져들었다.

*

나는 커튼 뒤에 숨어 있다. 숨을 죽이고 창밖을 내다본다. 수한은 아까보다 더 가까운 곳에 서 있다. 3층에 묵고 있던 커플은 어떻게 되었을까. 2층에 묵고 있던 가족은, 1층의 노부부는 모두 어떻게…… 나는 손에 든 망치를 더욱 세게 쥔다. 땀이 나서 양손에 번갈아가며 쥐다가 결국 두 손으로 꽉 움켜잡는다. 바스락. 바스락. 잔디를 밟고 언덕을 올라오는 소리가 점점 커지는가 싶더니 이내 모든 소리가 사라진다. 내가 몸을 기대고 있는 벽 바깥쪽에 수한이 등을 붙이고 서 있다는 것을 알 수 있다. 커다란 창문 아래로 달빛이 차갑게 누워 있다. 나는 숨 쉬는 것도 잊은 채 바깥쪽의 움직임을 살핀다. 잠시 후. 거실 바닥에 얇게 깔린 달빛 위로 까만 그림자가 핏물처럼 배어든다. 그림자는 느린 속도로 창가를 지나 현관 쪽으로 다가간다. 덜컹. 현관문 손잡이가 헛도는가 싶더니 이내 문이 부서진다. 부서진 틈으로 시커먼 손이 들어와 잠금장치를 풀고, 삐걱, 문이 열린다.

*

거울 속에 죽은 사람이 서 있었다.

온몸에서 피가 빠져나간 듯한 창백한 피부는 군데군데 부패가 진행 중이었고, 이제 막 무덤을 파고 나온 시신답게 머리카락과 옷에는 흙이 묻어 있었다. 회색 눈동자는 초점을 잃었고, 눈구멍과 입에서 시커먼 추깃물이 흘러내렸다. 실제로 죽은 사람을 본 적은 없지만, 적어도 영화에서 본 좀비만큼 실감 나는 분장이었다. 오늘은 할로윈 데이. 마지막으로 동선을 체크하고, 대기실에서 분장을 마치고, 출격 명령이 떨어지기를 기다렸다.

"역시, 최고의 사냥꾼은 분장부터가 달라!"

영수가 반쯤 썩은 엄지를 번쩍 들며 칭찬했다.

"오늘 엄청 몰려들었대."

계단에 걸터앉은 영수가 선상 쪽을 흘끔거리며 말했다. 긴장이 되는지 영수는 목을 좌우로 두 번씩 천천히 돌렸다. 영수와 나는 벌써 1년 가까이 좀비 노릇을 해왔지만, 게임이 시작되기 직전에는 늘 온몸의 근육이 땅기는 기분이었다. 티켓을 구입한 사람들에게는 팔찌를 지급하는데, 그건 곧 생명줄을 의미했다. 좀비들은 목숨을 빼앗으려 하고, 사람들은 빼앗기지 않으려고 하는 과정에서 이따금 폭력이 발생하기도 했다. 하지만 그런 일 때문에 긴장되는 것만은 아니었다. 게임이 시작되면 모든 것이 현실이었다. 어릴 때 '귀신의 집'에 있는 귀신들이 가짜라는 걸 알면서도 '진짜 공포'를 느꼈던 것처럼, 장난 삼아 게임에 참가한 사람들도 결국은 살아남기 위해 필사적으로 달아났다. 나 역시 그들의 생명줄을 빼앗기 위해 필사적으로 추격했다. 게임이 시작되면 나는 '진짜' 좀비인 것이다. 가볍게 몸을 풀었다. 밤새 악몽에 시달린 데다 새벽같이 출근하느라 잠을 푹 잘 수 없었다. 서둘러 집을 나서는 바람에 수한에게 인사도 못 하고 나왔다. 휴대전화를 확인했다. 메시지함은 비어 있었다. 오늘 수한에게선 아무런 연락이 없었다.

"5조, 이동!"

무전기에서 흘러나온 소리에 좀비들이 몸을 일으켰다. 좀비들은 계단을 밟고 선상으로 올라갔다. 높은 곳에 올라서자 멀리 입구 쪽에서 게임이 시작되기를 기다리는 사람들이 보였다. 과연 할로윈 데이답게 정말 많은 사람들이 모여 있었다.

하늘은 맑았다. 까만 하늘에 오려 붙인 듯 달은 제 모양을 또렷하게 드러내고 있었다. 사냥하기에 좋은 날씨였다. 바이킹 출입구 뒤에 몸을 바짝 붙였다. 영수는 뱃머리 쪽에서 몸을 납작 엎드린 채로 나를 주시하고 있었다. 나는 기다리라는 손짓을 했다. 멀지 않은 곳에서 한 무리의 사람들이 이쪽으로 다가오고 있었다. 머뭇거리는 걸음으로 쉽게 방향을 잡지 못하는 걸 보면 그들은 게임에 처음 참가한 것이 분명했다.

"우리 바이킹 안에 숨어 있을까?"

"그래, 해 뜰 때까지 잘만 숨어 있어도 상금은 받을 수 있는 거잖아."

말소리를 알아들을 수 있을 정도로 그들이 가까워졌다.

"에이, 그러면 재미없지."

그들은 긴장을 풀려는 것처럼 과장된 음성으로 키득거렸다. 남자 셋, 여자 셋. 출발이 나쁘지 않을 것 같은 예감이 들었다. 그들이 가까이 다가왔을 때, 나는 영수에게 손짓했다. 영수가 날랜 동작으로 뱃머리에서 뛰어내렸다. 썩은 내가 진동할 것만 같은 지독한 괴성과 함께.

"꺄아!"

사람들이 내지른 외마디를 신호로 배 안에 숨어 있던 5조 좀비들이 모습을 드러냈다. 놀란 사람들은 사방으로 흩어졌다. 손을 잡고 달리는 남녀 커플, 패스. 또 다른 커플, 패스. 디스코 팡팡 쪽으로 달려가는 남자. 숲으로 달려가는 여자. 나는 둘을 번갈아 보다 숲 쪽으로 몸을 틀었다.

숲속은 꽤 어두웠다. 오랜 세월 동안 가지가 굵어진 나무들이 수십 개의 팔을 뻗어 달빛을 가리고 있었다. 나는 시각보다 청각에 의존하며 여자를 쫓았다. 그 점을 간파했는지, 여자는 움직임을 멈추었다. 들리는 거라곤 내 발에 밟히는 마른풀 소리뿐이었다. 걸음을 멈추고 고개를 적당히 기울인 채로 천천히 주위를 살폈다. 숨을 깊이 들이마시고 또 내쉬었다. 마치 살아 있는 인간의 냄새를 추적하는 것처럼. 그때, 나무 뒤쪽에서 바스락거리는 소리가 들렸다. 내가 몸을 돌리는 것과 동시에 사냥감이 뛰기 시작했다. 몸집은 작았지만 속도는 빨랐다. 여자가 나뭇가지에 걸려 넘어지지 않았더라면 그녀를 놓쳤을지도 몰랐다. 가까이 다가가자 여자는 눈을 꽉 감고 생명줄을 던져주었다. 게임에 처음 참가한 여자들은 지레 겁에 질려 제 목숨을 거저 내주기도 한다는 것을 잘 알고 있었다. 쉽게 얻으면 그만큼 재미는 덜하지만, 처음부터 너무 힘을 뺄 필요는 없었다. 나는 생명줄을 주워 들고 배부른 좀비처럼 느린 걸음으로 숲을 빠져나왔다.

곳곳에서 비명이 들려왔다. 나는 소매를 들췄다. 부패된 팔에 생명줄이 여러 개 걸려 있었다. 이 페이스만 유지한다면 이번에도 최고의 사냥꾼이 될 가능성이 높았다.

영수는 몇 명이나 낚았을까.

보통은 영수와 짝을 지어 사냥을 다녔는데, 오늘따라 그 애가 보이지 않았다. 이렇게 따로 움직이다가도 곧 5조 구역 안에서 만나게 될 터였다. 어쩌면 영수는 배 안에서 쉬고 있을지도 몰랐다. 나는 바이킹 쪽으로 걸음을 옮겼다.

수한에게서 연락이 왔을까.

아침부터 정신이 없었다. 지하철을 타기 전에 경보음이 울렸고, 대피소에서 20분을 보내는 바람에 하마터면 지각을 할 뻔했다. 지하철은 만원이었고, 그 와중에 영수는 계속 전화를 해댔고, 출근하자마자 최종 리허설을 하기 바빴다. 경황이 없어서 문자메시지 하나 보내지 못했는데, 수한 역시 게임이 시작되기 전까지 아무런 연락이 없었다. 수한도 지각을 할 뻔했고, 하루 종일 일이 많았던 걸까. 게임이 끝나고 휴대전화를 확인했을 때, 그때까지 수한에게 연락이 없다면 어쩐지 우리가 헤어질 것 같다는 생각이 들었다.

어디선가 우르르르, 사람들이 몰려다니는 소리가 들렸다. 잠시 멈춰서 방향을 가늠해보았다. 발소리가 좀더 가까워지는 듯해 귀를 기울이다가, 날렵하게 움직이는 그림자를 발견하고 재빨리 몸을 틀었다. 선상에서 누군가 나를 내려다보고 있었다. 바람이 불어왔다. 끼이꺽, 끼이꺽, 서늘한 쇳소리가 함께 실려왔다.

영수인가.

나는 바이킹 출입구로 가까이 다가갔다. 좀비를 보고도 달아

나지 않는 걸 보면 우리 편이 분명했다.

누구지.

영수는 아니었다. 영수보다 키가 작고 좀더 마른 체형이었다. 창백한 얼굴로 나를 바라보던 좀비는 슥 몸을 돌리고 반대쪽 출입구로 유유히 사라졌다. 게임과는 전혀 상관없다는 표정과 움직임이었다.

새로 뽑힌 좀비인가.

못 보던 얼굴이었다. 내가 기억 못 하는 건지도 몰랐다. 배에 올라타 반대쪽 출입구로 달려갔을 때, 그는 어디론가 사라지고 없었다. 그가 누구인지 생각해볼 틈 같은 건 없었다. 우르르르, 하는 발소리가 이쪽으로 몰려들고 있었다. 나는 뱃머리로 올라갔다. 점점 가까워지는 그들은 사람도 있었고, 좀비도 있었다. 생명줄을 잃고 좀비가 된 참가자들이 다시 사람이 되기 위해 다른 참가자의 생명줄을 빼앗는 모습이 보였다. 한쪽에서는 하나의 사냥감을 놓고 좀비들이 다툼을 벌이고 있었다. 이 게임에서는 아무도 안심할 수 없었다. 사람도, 좀비도, 모두가.

나는 최고의 사냥꾼 자리를 굳히기 위해서 무리 속으로 뛰어들었다. 무리에서 제일 약해 보이는 대상을 물색하고, 거침없이 달려들어 손목을 물어뜯었다. 내 사냥감을 노리고 달려드는 좀비를 밀어내고 생명줄을 낚아챘다.

순간, 차가운 기운이 느껴졌다. 나는 손을 뻗어 옆구리를 만졌다. 차갑던 기운은 곧 뜨겁게 변했다. 무슨 일인가 싶어 옷을 들쳐 보려는데, 누군가 나를 밀치고 지나갔다. 그 바람에 중심을 잃고, 또 다른 누군가와 부딪히며 넘어졌다. 누군가 손등을 밟았고, 누군가 무릎으로 이마를 가격했다. 나는 머리를 감싸안으며 몸을 둥글게 말았다.

고요했다.

사람들도, 좀비들도 다시 우르르르, 어디론가 사라졌다.

나는 바지를 털고 일어났다. 분장할 때 일부러 흙을 묻힌 옷인데도, 괜히 몸을 툭툭 털어냈다. 티셔츠를 들쳤다. 옆구리에는 날카로운 무언가에 찔린 상처가 있었다. 누군가의 손톱이었거나 혹은 흉기를 숨기고 들어온 참가자가 고의적으로 한 짓인지도 몰랐다. 상처가 얼마나 깊은지는 알 수 없었다. 손바닥으로 피를 훔쳐내도 금세 축축한 액체가 흘러내렸다. 온몸이 두들겨 맞은 것처럼 쑤셔왔다. 바이킹 쪽으로 걸음을 옮겼다. 일부러 그런 건 아닌데, 정말 좀비처럼 걷고 있었다.

좌석 밑에 몸을 숨기고 누웠다. 멀리 달이 보였다.

수한에게는 연락이 왔을까.

어제, 꿈속에서 수한은 나의 숙소에 침입했다. 현관문을 부수고 그 틈으로 손을 집어넣어 잠금장치를 풀었다. 문이 열렸고, 시커먼 그림자가 안으로 들어온 순간, 그것이 나를 공격하기 전에, 내가 먼저 망치로 내리찍었다. 한 번. 두 번. 세 번. 나의 것인지 그림자의 것인지 알 수 없는 비명을 들으며 잠에서 깨어났다. 망치를 휘두른 감각이 너무나 생생하게 남아 있어 한동안 머리가 멍했다.

팔로 어깨를 감싸 안았다. 새벽 공기가 제법 찼다. 넘어지면서 부딪히고 밟힌 곳이 욱신거렸다. 어깨를 문지를 때마다 양팔에 걸린 생명줄이 거치적거렸다. 고단했다. 따뜻한 물에 몸을 씻고 푹 자고 싶었다.

하늘을 바라봤다. 멀리서 달이 기울고 있었다. 곧 동이 틀 것이다. 그때까지만, 그때까지만 버티면 되는 것이다.

사슬

철문이 굳게 닫혀 있습니다. 사방이 시멘트 벽으로 둘러싸인 이곳에서 철문은 바깥으로 통하는 유일한 출입구입니다. 안쪽에서는 문을 열 수 없습니다. 바깥쪽에 커다란 자물쇠가 걸려 있기 때문이지요. '방'이라고 해야 할지 '우리'라고 해야 할지, 여하튼 정체가 애매한 이곳에 창문이라고는 하나도 보이지 않습니다. 창이 없어 낮과 밤을 알 수 없고, 창이 없어 공기가 흐르지 않는 이곳은 잃어버린 시간이 종유석처럼 매달려 있고, 고약한 냄새가 기름때처럼 눌어붙어 있습니다. 어쩐지 손등이 가렵고 등이 서늘해지는 기분 나쁜 곳이지요.

문 앞에 검은 개가 엎드려 있습니다. 오래전에 성장을 마친 도베르만핀셔 종이군요. 저 송곳니를 좀 보십시오. 길이며 굵기가 사람 손가락만 하네요. 어린애 머리통쯤은 포도알 터뜨려 먹듯 한입에 오도독 씹어 삼킬 듯합니다. 아무래도 '우리' 쪽에 가까운 이곳에서 녀석은 먹이사슬의 최고 포식자임이 분명해 보입니다. 굳이 '개 조심'이라고 써 붙일 필요가 없을 만큼 아주 위협적으로 생긴 녀석이지요.

멀리서 모터 돌아가는 소리가 요란하게 들려옵니다. 어쩌면 바로 위층, 혹은 아래나 옆에서 들려오는 것인지도 모르겠습니다. 사방이 막힌 공간에서 소리가 흘러오는 방향을 가늠하기란 쉽지 않은 일입니다. 다만 그것은 끊임없이 이어지고 있습니다. 검은 개는 잠을 자는 동안에도 쉴 새 없이 귀를 움직이는군요. 비둘기라도 걸린 듯 모터가 거칠게 돌아가면 개는 고개를 쳐들고 크게 짖어댑니다. 개가 짖는 소리는 바깥으로 새어 나가지 못하고 시멘트 벽을 내리치다 사라집니다.

쇠사슬이 시멘트 바닥에 끌리는 소리가 서늘하게 느껴집니다. 검은 개가 눈을 뜹니다. 수명이 다해가는 형광등 아래에서 가장 빛나는 것은 개의 눈입니다. 잠을 자던 자세 그대로 엎드려 있던 개가 천천히 몸을 일으키는군요. 기지개를 켜고, 개는 한쪽 벽으로 다가갑니다. 짧고 검은 털이 근육의 움직임을 따라 부드럽게 반짝입니다. 벽에는 사슬이 단단하게 고정되어 있습니다. 개가 한쪽 다리를 들고 벽에 오줌을 갈기네요. 누런 오줌 줄기는 쇠고리를 타고 아래로 흘러내립니다. 개는 코를 가져다 대고 냄새를 맡습니다. 킁킁 소리를 내며 사슬을 따라 한 발씩 내딛습니다. 개가 가까이 다가갔을 때, 목에 사슬이 채워진 동물이 몸을 움츠립니다. 그것은, 영장류의, 인간과에 속하는, 네발 달린, 사람입니다.

*

자, 이제 다른 곳을 좀 돌아볼까요?

이곳은 전철 안입니다. 인간이라는 동물의 생태를 관찰하는데 전철만큼 좋은 장소도 없을 겁니다.

저기, 한 남자가 바닥에 쓰러집니다. 두 팔을 모아 머리를 감싸고, 무릎을 접어 배에 바짝 붙인 모양새가 흡사 쥐며느리 같습니다. 저런. 구둣발이 날아드는군요. 남자는 머리와 무릎을 한껏 끌어모아 몸을 더욱 둥글게 맙니다. 티셔츠 위로 공깃돌을 닮은 척추들이 처량하게 드러납니다.

여기서 잠깐. 대체 무슨 일이 벌어진 건지 이전 상황부터 다시 살펴볼까요?

남자는 거래처에 들렀다가 가게가 있는 K역으로 돌아가는 중이었습니다. K역에 가까워지자 남자는 출입문 쪽으로 걸음을 옮겼지요. 그때, 전철이 심하게 흔들렸습니다. 주머니에 손을 넣고 걷던 남자는 중심을 잃었고, 그 바람에 어떤 사람과 부딪쳤습니다. 하필이면 이종격투기 선수 '세미 슐트'가 연상될

만큼 덩치가 커다란 사내였지요. 죄송합니다. 쥐새끼처럼 중얼거리고 걸음을 옮기려는데 남자의 뒤통수로 남자의 뒤통수만한 주먹이 날아왔습니다. 순간, 물속에 빠진 기계처럼 모든 감각기관이 작동을 멈췄습니다. 날카로운 이명이 머릿속에 갇혀 있다 이내 막힌 귀를 뚫고 빠져나왔습니다. ……밀쳤으면 사과를 해야 할 거 아냐, 사과를. 청각이 돌아옴과 동시에 육두문자가 귓속을 파고들었습니다. 남자는 주머니에 넣은 손을 꺼냈습니다. 주머니 안에 항상 넣고 다니는 나사를 꼭 말아 쥔 채로 말이지요. 끝이 뾰족한 태핑나사가 손바닥을 깊숙이 찔렀습니다. 제가 아까 죄송하다고 말씀…… 남자가 말을 다 마치기도 전에 다시 주먹이 날아왔습니다. 남자는 본능적으로 몸을 피했습니다. 그 와중에도 실수했다는 생각을 하면서 말이지요. 남자는 30년 넘는 세월을 힘없는 수컷으로 살아왔습니다. 피하면 결국 매만 번다는 사실을 잘 알고 있으면서도 또 피하다니. 생존 본능이란 이토록 서글픈 것입니다. 어라, 피했어? 화가 난 덩치가 다가오며 전철 바닥에 침을 뱉었습니다. 어디, 또 피해 봐, 응? 덩치가 남자의 머리카락을 움켜잡고 주먹질을 했습니다. 무릎으로 배를 찍고, 멱살을 들어 올려 출입문으로 내동댕이쳤습니다. 이렇게 해서 남자는 쥐며느리 신세가 되고 만 것이지요.

남자는 머리를 감싸고 있는 두 팔 사이로 전철 안을 살펴봅니다. 누군가는 음악을 듣고, 누군가는 책을 읽고, 누군가는 잠을 자는 듯 눈을 감고 있습니다. 이 안에 있는 사람들이 모두 달려든다면 세미 슐트 한 명쯤이야 거뜬하게 제압할 수 있을 텐데. 하지만 그런 일은 결코 일어나지 않을 겁니다. 포식자 역시 그 사실을 잘 알고 있지요. 그러므로, 다시 구둣발이 날아옵니다. 남자는 눈을 꾹 감습니다. 전철이 K역에 도착합니다. 출입문이 열리자 전철에 올라타려던 몇몇이 발길을 돌려 다른 문으로 달려갑니다. 그들은 쥐며느리와 세미 슐트를 흘끔거리며 멀찍이 자리를 잡습니다.

"뭘 봐?"

덩치가 포효하자 누군가는 신문을 펼치고, 누군가는 휴대전화를 들여다보고, 누군가는 옆 칸으로 이동합니다. 그 사이, 남자는 출입문 밖으로 힘껏 몸을 굴립니다. 승강장에 몸이 닿는 것과 동시에 출입문이 닫힙니다. 닫힌 문을 주먹으로 내리치는 덩치를 싣고 전철은 유유히 떠나갑니다. 남자는 바닥에 누워 참았던 숨을 몰아쉽니다. 그래도 운이 좋았습니다. 화가 난 덩치는 다른 먹잇감을 찾아 전철 안을 어슬렁거리고 있을 테지요.

남자는 거울 속 남자를 바라봅니다. 한쪽 눈두덩이 부어올라 눈이 찌그러져 있습니다. 남자는 거울 속 남자에게 말합니다. 병신. 거울 속 남자가 눈길을 피합니다. 터진 입술에서 흘러내린 피가 티셔츠에 검붉은 얼룩을 만듭니다. 남자는 세면대에 피가 섞인 침을 뱉습니다. 그러고 보니 아직도 손에 나사를 쥐고 있군요. 남자는 그것을 도로 바지 주머니 안에 넣어둡니다. 손바닥이 얼얼합니다. 얼마나 꽉 쥐고 있었던지 손바닥이 아니라 나사를 만드는 거푸집처럼 보입니다. 파인 자국을 오래도록 들여다보다가 남자는 찬물로 세수를 합니다.

전철역 화장실에서 빠져나온 남자는 공구 상가 단지로 향합니다. 남자는 바닥을 보며 걷습니다. 낡은 바지가 눈에 거슬리는지 인상을 찌푸리는군요. 오래된 면바지는 세탁을 하고 다림질을 해도 금세 무릎이 튀어나옵니다. 오늘따라 유난히 튀어나온 그곳에 구둣발 자국이 찍혀 있습니다. 남자는 걷다 말고 자꾸만 무릎을 털어냅니다. 무릎이 튀어나온 바지는 어쩐지 울음을 참고 있는 아이처럼 보입니다. 구부렸던 등을 펼 때마다 물에 젖은 티셔츠가 살갗에 들러붙습니다. 화장실에서 급하게 손빨래를 하느라 구겨지고 핏물이 번져 걸레처럼 더럽습니다. 남자는 공구 상가 1층에 위치한 'H종합상사' 앞에서 다시 한 번 옷을 털어냅니다.

가게 안으로 들어서자 사장이 펜글씨를 쓰던 손을 멈추고 남자를 바라봅니다. 노트에는 해서체로 쓴 한자가 반듯하게 적혀 있습니다. 한시를 옮겨 적는 것이 유일한 취미인 고상한 양반. 사장은 돋보기를 코끝에 걸치고 남자를 찬찬히 훑어봅니다. 남자는 벌을 서듯 문 앞에 서 있네요. 무릎이 튀어나온 바지에서 뚝뚝, 눈물이 떨어질 것만 같습니다.

"나사 빠진 놈……"

남자를 빤히 바라보던 사장이 고개를 돌립니다. 돋보기를 고쳐 쓰고 사장은 다시 펜글씨를 써 내려갑니다. 한 획씩 긋는 손놀림이 신중합니다. 남자는 발소리도 내지 않고 조용히 자리로 가 앉습니다. 남자는 가게에서 사장을 '사장님'이라고 부르지만, 집에 가면 '아버지'라고 부릅니다. 아버지를 '아버지'라고 부를 때보다 '사장님'이라고 부를 때가 어쩐지 마음이 더 편안하다고 남자는 생각합니다. 맞은편에 앉아 있던 P가 서랍에서 소독약을 꺼내 남자에게 건네는군요. 그런 P를 사장이 돋보기 너머로 바라봅니다.

가게 안은 사방이 서랍장으로 둘러싸여 있습니다. 높이가 천장에까지 이르는 그것은 작은 상자들로 빼곡합니다. 투명한 플라스틱 서랍 안에는 각각 크기와 쓰임이 다른 나사와 볼트, 그리고 너트 따위가 가득 들어 있습니다. 가게에서는 언제나 비릿한 쇠냄새가 풍기지요. 가게 일의 대부분은 P가 맡아봅니다. 사장과 함께 공장에 들어가는 일도 P의 몫. 남자는 샘플을 챙겨 거래처를 방문하거나 홈페이지에 접수된 주문 제작 건을 체크합니다. 물품 창고를 오가며 잔심부름을 하는 것도 남자의 일이지요. 모르는 사람이 보면 남자가 아닌 P를 사장 아들이라고 생각할 겁니다.

"P군, 점심하러 가지."

사장이 돋보기를 벗으며 자리에서 일어납니다. P가 예, 하고 대답하며 책상을 정리합니다. 사장이 가게 밖으로 나가는 것을 확인하고 P가 남자에게 다가갑니다. 입술에는 엷은 미소를 걸치고 말이지요. 바깥쪽을 살핀 뒤, P는 남자의 관자놀이에 전기드릴을 들이댑니다.

"나사 하나 박아줄까?"

P가 남자의 귓가에 다정하게 속삭입니다. 바짝 긴장한 남자를 보고 클클, 소리 내어 웃다가 가게 밖으로 사라집니다.

남자가 냉장고 문을 엽니다. 어쨌든, 먹고 살아야 하는 것이니까요. 몇 안 되는 반찬통을 꺼내 책상에 올려놓고 전기밥솥 뚜껑을 엽니다. 오래된 밥냄새가 올라와 식욕이 사라지지만 그래도 남자는 밥을 퍼 담습니다. 가게를 지키고 앉아 있는 것도 남자의 일. 남자는 누렇게 변한 밥을 떠 넣습니다. 한 입. 두 입. 밥알을 씹으면서 남자는 무릎이 튀어나온 바지를 물끄러미 내려다봅니다.

*

이곳은 다시 우리 안.

저기, 소녀가 숨을 참고 있습니다. 검은 개가 소녀의 몸에 들러붙어 있군요. 긴 앞다리로 소녀의 몸뚱이를 결박하고 개는 허리를 탄력적으로 움직입니다. 그것은 순전히 본능에 의한 몸놀림. 가끔 앞발로 시멘트 바닥을 긁어대며 땅 파는 시늉을 하거나 곳곳에 오줌을 갈기며 영역 표시를 하는 것과 다를 바 없지요. 벗어나려고 몸부림치는 소녀를 개는 더욱 단단히 옭아맵니다. 목에 채워진 쇠사슬이 소녀의 여린 살을 깊이 파고듭니다.

한쪽 구석에 등을 구부리고 앉은 노인이 소녀를 바라봅니다. 소녀의 하얀 허벅지 여기저기에 발톱 자국이 찍혀 있군요. 개의 붉은 혓바닥에서 떨어진 끈끈한 침이 시멘트 바닥에 웅덩이를 만듭니다. 노인 뒤에 몸을 숨기고 있던 돼지가 고개를 빠끔 내밉니다. 어떨 때, 개는 돼지의 허벅지를 붙잡고 헥헥거립니다. 또 어떨 땐 노인의 머리통을 붙잡고 끙끙댑니다. 그래서 개가 다가올 때면 돼지는 노인을 방패 삼고, 노인은 소녀의 등을 떠밀지요.

검은 개가 소녀를 풀어줍니다. 개는 소녀의 몸뚱이에 코를 대고 냄새를 맡다가 혀를 길게 내밀고 철문 쪽으로 움직입니다. 물그릇에 주둥이를 처박고 목을 축인 뒤, 문 앞에 엎드려 잠을 잡니다. 개의 눈꺼풀이 완전히 닫히자 노인이 돼지의 눈치를 살핍니다. 비스듬히 누워 꼼짝도 하지 않는 돼지를 보고 노인이 슬그머니 자리에서 일어나 소녀에게 다가갑니다. 그때, 돼지가 벌떡 일어나 노인의 목에 채워진 쇠사슬을 잡아당깁니다. 목이 꺾이며 뒤로 넘어진 노인에게 욕을 퍼붓고 발길질까지 하는군요. 노인이 네발로 기어 구석으로 숨어듭니다. 돼지가 소녀에게 다가갑니다. 소녀는 반대쪽으로 몸을 피해보지만 독 안에 든 쥐 신세. 돼지가 사슬을 끌어당깁니다. 소녀가 질질

끌려오네요. 그렇습니다. 개 다음은 돼지 차례인 것입니다. 한쪽 벽에 나란히 고정된 사슬에 돼지, 노인, 소녀가 같은 간격을 두고 묶여 있습니다. 돼지, 노인, 소녀. 이곳에 들어온 순서이자 이곳에서의 서열을 의미하는 것이지요. 구석에 웅크리고 누운 노인이 얌전히 자기 차례를 기다립니다.

소녀가 차가운 시멘트 바닥에 누워 몸을 이리저리 뒤척입니다. 소녀의 배는 나날이 부풀어 오르고 있습니다. 커다란 배 때문에 누워 있는 것도 쉽지 않아 보이는군요. 옆에서 돼지와 노인이 코를 골며 자고 있습니다. 배 속에 든 아이가 누구의 자식인지 소녀는 알지 못합니다. 어쩌면 이곳에 들어오기 전부터 홀몸이 아니었는지도 모르지요. 작은 창문 하나 없이 사방이 시멘트 벽으로 둘러싸인 이곳에서는 하루가 얼마만큼인지 알수 없습니다. 하루가 얼마만큼인지 알 수 없기에 이곳에서 보낸 시간도 가늠할 수 없습니다. 다만 점점 불러오는 배를 보면서 시간이 흐르고 있음을 알 뿐이지요.

소녀는 이곳에 대해 아는 것이 없습니다. 이곳이 지하인지어느 건물의 옥상인지, 도심인지 교외인지, 소녀는 알지 못합니다. 어디선가 기계 돌아가는 소리가 끊임없이 들려왔고, 그래서 근처에 공장이 있을 거라는 생각은 합니다. 어쩌면 그것은 고속도로를 달리는 자동차 소리인지도 모르지요. 화물선이 증기를 내뿜는 소리인지도 모릅니다. 어떻게, 왜, 이곳에 오게 됐는지도 알 수 없습니다. 어느 날 잠에서 깨어났을 때, 소녀는 이곳에 알몸으로 누워 있었으니까요. 가출해서 만난 친구들과 어울려 술을 마신 것이 소녀가 떠올릴 수 있는 마지막 기억입니다.

"죽여!"

돼지가 고함을 지르며 벌떡 일어납니다. 그 소리에 놀란 노인이 몸을 굴려 달아납니다. 사방을 둘러보던 돼지는 곧 꿈이었음을 깨닫고 애꿎은 노인만 발로 걷어찹니다. 돼지는 종종 잠꼬대를 합니다. 악몽에서 깨어나면 진짜로 사람을 죽인 적이 있다면서 노인과 소녀를 겁주곤 합니다.

"저 개새끼부터 없애고 그다음에 그 자식을……"

돼지가 말하는 '그 자식'이란 바로 주인을 말하는 것입니다. 돼지와 노인과 소녀를 이곳에 가둬둔 그 무서운 사람 말입니다. 사실 주인의 얼굴을 아는 사람은 아무도 없습니다. 철문이 열리는 일은 드물게 일어나니까요. 하기는 주인이 매일 이곳을 드나든다 해도 감히 그 얼굴을 마주 볼 생각 같은 건 할 수 없을 겁니다. 쇠를 찢는 듯 기분 나쁜 소리와 함께 문이 열리면 바닥에 융단처럼 노오란 불빛이 깔리고 이내 거대한 그림자가 성큼 들어옵니다. 주인이 거인처럼 커다란 사람이라는 건 그림자만 봐도 알 수 있지요. 주인이 나타나면 돼지와 노인과 소녀는 한데 모여 눈을 꾹 감습니다. 다시 철문이 닫힐 때까지 오들오들 떨며 오줌을 지립니다. 주인은 개 사료와 함께 술이 담긴 페트병을 두고 갑니다. 돼지는 노인과 소녀의 사료까지 빼앗아 먹어 날로 몸이 비대해지고 있습니다. 노인은 페트병만 빨아댑니다. 뇌에 구멍이 숭숭 난 노인은 이제 자기 이름도 잊었습니다. 술을 물처럼 마시고 까맣게 말라붙은 똥을 쌉니다. 때때로 주인은 수도꼭지를 열고 호스로 물을 뿌립니다. 차가운 물줄기를 피해 돼지와 노인과 소녀는 구석으로 모여듭니다. 말라붙은 똥은 더러운 땟국물과 뒤섞여 수챗구멍으로 빨려 들어갑니다.

"그 자식을 죽일 테다!"

돼지가 외칩니다. 그 소리에 검은 개가 몸을 일으켜 세웁니다. 곧게 뻗은 네발로 서서 돼지를 향해 컹컹, 짖습니다. 돼지가 냉큼 노인 뒤로 숨어듭니다.

*

자, 그럼 이쯤에서 다시 남자를 따라가볼까요? 나사가 빠진 그 가여운 남자 말입니다.

아래로 내려갈수록 환풍기 돌아가는 소리가 커집니다. 자동차가 과속방지턱을 넘는 둔탁한 소리나 용접기에서 불꽃이 튀는 소리, 금속이 절단되는 소리 같은 것이 복도에서 울립니다. 지상을 떠돌아다니던 소리들이 지하로 고여들고 있습니다. 남자가 마지막 계단을 밟고 내려가는군요. 상가 지하에는 물품 창고가 있습니다. 작은 나사와 볼트 따위를 제외하고 물품의 대부분은 창고에 보관하고 있습니다. 남자가 복도 끝 문 앞에 서서 바지 주머니를 뒤집니다. 고리에 걸린 열쇠 두 개가 짤랑 거립니다. 사장이나 P가 지하 창고까지 내려오는 일은 없습니다. 자질구레한 일은 언제나 남자의 몫이니까요. 창고 문을 열자 오래된 먼지 냄새와 피비린내를 닮은 쇳냄새가 한꺼번에 밀려 나옵니다. P는 한 번에 시켜도 될 일을 꼭 여러 번에 걸쳐 시키곤 합니다. 한 시간 전, 사장이 퇴근을 하고 난 뒤로 남자는 벌써 창고에 세 번이나 다녀갔습니다. 그럼에도, 남자는 묵묵히 앵커볼트의 재고량을 수첩에 적어 넣습니다.

상가로 올라온 남자가 잠시 주춤거립니다. 가게 앞에서 담배를 피우고 있는 P를 봤기 때문이지요. P는 자동차 공업사에서 일하는 몸집이 큰 사내와 함께입니다. 공구 상가 단지 맞은편에는 단층으로 지어진 건물들이 늘어서 있습니다. 건물마다 자동차를 정비하는 공업사나 쇠를 절단하고 녹여 물건을 만드는 철공소가 들어서 있지요. P의 눈치를 살피며 남자는 가게 쪽으로 향합니다. 그 장면을 놓치지 않고 P가 남자를 불러 세웁니다.

"사장님도 참 답답하시겠다."

P가 말합니다. 잇새로 새어 나온 담배 연기가 퍼지자 맞은편 자동차 공업사가 시야에서 뿌옇게 사라집니다. 공업사 옆 철공

소도 희미해집니다.

"허구한 날 그렇게 터지고 다니냐. 나사 빠진 놈……"

P가 사장 흉내를 내자 몸집이 큰 사내가 웃음을 터뜨립니다. 신이 난 P가 머리에 전기드릴을 가져다 댄 이야기를 자랑처럼 늘어놓습니다. 손으로 총 모양을 만들고 남자의 관자놀이를 겨냥합니다. 손가락 사이에 끼워진 담배 끝에서 금방이라도 불똥이 떨어질 듯합니다. 남자가 어깨를 움츠리는 것을 보고 P가 배를 잡고 웃는군요. 남자는 철공소 안에 있는 소형 용광로를 바라봅니다. 무엇이든 다 녹여버리는 가마를 오래오래 바라봅니다.

"학교 때 말이다, 이런 놈이 꼭 하나씩은 있었잖냐."

P가 말합니다.

"세 부류가 있거든. 첫번째, 맞짱 떠야 할 놈들. 두번째, 살짝 밟아줄 필요가 있는 놈들. 마지막으로,"

P가 고개를 돌려 남자를 바라봅니다.

"알아서 기는 놈들."

P가 클클, 소리 내어 웃으며 남자의 어깨를 가볍게 밀칩니다. 길게 타들어가던 담뱃재가 남자의 신발 위로 떨어집니다.

그렇습니다. 남자는 학창 시절 언제나 세번째 부류에 속해 있었습니다. 물건이나 도시락을 빼앗기는 일은 일상에 지나지 않았습니다. 교실에서 기르던 금붕어가 허옇게 배를 뒤집고 죽었을 때는 어항 물을 마셔야 했고, 더러운 실내화를 입에 문 채

교실 바닥을 개처럼 기어 다녀야 했습니다. 여학생들이 보는 앞에서 바지가 벗겨지는 날도 있었지요. 남자는 저항하지 않았습니다. 날아드는 주먹이나 발길질을 본능적으로 피하는 것 정도가 저항이라면 저항이었을까요. 이유 없는 주먹질도, 살을 태우는 담뱃불도 남자는 그저 견뎌낼 뿐이었습니다. 그것이 고통을 끝내는 가장 빠른 방법이라는 걸 남자는 알고 있었던 것입니다.

사실 딱 한 번, 남자도 항거를 시도해본 적이 있습니다. 중학교 졸업을 앞둔 겨울, 골목길을 걷던 남자는 M과 마주쳤습니다. 남자를 괴롭히던 패거리 중 한 명이었지요. M은 멀리서도 남자를 알아보고 히죽 웃었습니다. 옆에서 나란히 걷고 있던 동생이 남자를 올려다봤습니다. 긴장한 얼굴로 말이지요. 그런 동생을 보자 어쩐지 남자는 용기가 생기는 기분이었습니다. 얼마 후면 졸업이라는 생각이 용기를 떠밀었습니다. M은 혼자였습니다. 남자는 맞은편에서 걸어오는 M의 얼굴을 마주 봤습니다. 눈길을 피하지 않았습니다. 잠시 당황한 기색을 보이던 M은, 그러나 이내 입꼬리를 올리며 웃음을 흘렸습니다. 간격이 좁혀질수록 남자의 심장은 빠르게 뛰었지요. 침을 길게 뱉고 M은 남자를 향해 똑바로 걸어왔습니다. M이 코앞까지 다가왔을 때, 남자는, 눈을, 내리깔았습니다. 그것은 일종의 무조건반사와도 같은 것이었지요. 무조건반사는 주로 생존에 직결된 반응을 담당하고 있으니까요. 병신. M은 남자의 뒤통수를 한 대

갈겨주고 골목을 빠져나갔습니다. 동생은 화가 난 얼굴로 앞서 걸어갔습니다. 그날, 집에 돌아온 남자는 나사를 집어 삼켰습니다.

"나 먼저 들어간다. 장부 정리해놓고 퇴근해라."

담배를 발로 비벼 끄며 P가 말합니다. 남자는 꽁초를 주워 들고 가게로 들어옵니다. 가게 앞에 쓰레기가 떨어져 있는 걸 보면 사장은 귀가 따가울 정도로 잔소리를 늘어놓습니다. 남자는 쓰레기통에 달린 페달을 밟습니다. 신발 위에 떨어진 담뱃재가 눈에 거슬립니다. 꽁초를 버리고 신발을 털어냅니다. 담뱃재가 뭉개지며 신발과 손이 모두 더러워집니다. 남자는 무릎이 튀어나온 바지에 손을 문지르며 자리에 앉습니다. 수첩을 펼치고 안에 적어둔 내용을 컴퓨터에 옮겨 넣습니다. 내일 아침에 P가 사장에게 보고할 내용이지요. 수첩과 모니터를 번갈아 보며 일하다가 남자는 책상에 놓인 전기드릴을 발견합니다. 출입문 너머로 여전히 공업사 사내와 얘기 중인 P가 보입니다. 관자놀이에서 전기드릴의 차가운 감촉이 되살아납니다. 남자는 애써 일에 집중합니다. 빠른 손놀림으로 자판을 두드려보지만…… 관자놀이가 자꾸만 찌릿합니다. 남자는 출입문 밖을 노려봅니다. P가 서 있던 자리에 P 대신 낡은 유모차가 보입니다. 등이 굽은 노파가 납작하게 접힌 상자를 유모차에 싣습니다. 자식도 없이 혼자 사는 처지가 딱하다며 상가 관리인은 노파를 위해 빈 상자를 모아두곤 합니다. 노파는 상자가 가득 실린 유모차를 밀며 가게 앞을 떠납니다. 남자는 모니터를 들여다봅니다. 심장이 뛰듯 커서가 점점 빠르게 깜빡거립니다. 자리에서 일어난 남자는 출입문에 바짝 붙어서 바깥을 살핍니다. 건물마다 셔터가 굳게 닫혀 있습니다. 출입문을 열고 나가 큰길로 이어지는 쪽을 내다봅니다. P는 보이지 않습니다. 불 꺼진 공구 상가 단지는 버려진 도시 같습니다. 네온사인 하나 없는 공업 도시의 밤은 인간의 내면만큼이나 깊고 어둡습니다. 남자는 가게 안으로 들어옵니다. P의 웃음소리가 귓가를 맴돕니다. 남자는 배낭 주둥이를 벌리고 안에 전기드릴을 집어넣습니다. 가방을 짊어지고 남자는 가게 문을 닫습니다.

*

이제 다시 우리 안을 살펴보도록 하지요.

배 속 움직임이 심상치 않음을 느끼고 소녀가 잠에서 깨어납니다. 아랫도리에 손을 가져다 대자 검붉은 점액이 묻어나는군요. 첫 생리를 시작하던 날처럼 겁이 난 얼굴입니다. 소녀는 몸을 일으켜 세웁니다. 돼지와 노인이 나란히 누워 잠을 자고 있습니다. 철문 앞에 앉아 있는 검은 개만이 소녀의 움직임을 주시하며 눈을 반짝입니다. 소녀는 사방을 둘러봅니다. 아무리 둘러봐도 온통 시멘트 벽뿐. 천장에 매달린 낡은 형광등이 가끔 풀벌레 소리를 내며 깜박거립니다.

언제였을까요. 문득 간지러운 기분이 들어 소녀는 가슴을 긁었습니다. 거기에서 말간 액체가 흘러내리고 있었지요. 소녀는 액체가 묻은 손가락을 입안에 넣었습니다. 달고 비린 맛. 그 뒤로 소녀는 습관처럼 손바닥으로 젖가슴을 문질러 닦았습니다. 식탐 많은 돼지가 눈치라도 채면 하루 종일 젖을 빨아 먹을 테니까요. 하지만 개의 후각까지 속일 수는 없었습니다. 의심스러운 듯 코를 들이대고 킁킁거리는 개를 보면서 소녀는 생각했습니다. '그날'이 멀지 않았다는 것을 말이지요.

날카로운 통증이 아랫배를 관통합니다. 소녀가 두 손으로 배를 감싸 안습니다. 처음 겪는 낯선 느낌이지만 오늘이 바로 '그날'이라는 것을 본능적으로 깨닫습니다. 소녀는 앉은 자세를 바꿔봅니다. 벽을 짚고 일어섰다가 다시 앉기를 반복하는군요. 고통을 잊기 위해 어디선가 들려오는 기계 소리에 귀를 기울이기도 합니다. 어쩌면 그것은 비행기가 이륙하는 소리인지도 모릅니다. 아직 비행기를 타본 적이 없는 소녀. 비행기가 땅에서 떠오를 때의 느낌을 상상해보려 하지만 쉽지 않습니다. 자꾸만 졸음이 밀려옵니다.

소녀가 차가운 시멘트 바닥을 맴돕니다. 소녀가 움직일 때마다 쇠사슬이 서늘한 소리를 내며 따라옵니다. 통증이 잦아들면 잠이 쏟아지고, 통증 때문에 잠에서 깨어나기를 반복합니다.

검은 개가 소녀를 노려보며 낮게 으르렁거립니다. 이빨 사이로 끈끈한 침이 흐르고 있네요. 소녀는 목이 부러진 개를 떠올립니다. 언젠가 주인이 털이 긴 개를 잡아온 적이 있었습니다. 흙이 묻은 긴 털은 서로 엉겨 붙어 있었습니다. 개는 겁에 질린 눈을 하고 울어댔습니다. 공중에 들린 채로 쉴 새 없이 뒷발을 구르다 오줌을 지렸지요. 주인이 목덜미를 놓자 개는 그대로 바닥에 떨어졌습니다. 그 순간을 놓치지 않고 검은 개가 달려들었습니다. 검은 개는 주인이 명령할 때까지 입에 문 것을 절대 놓지 않았습니다. 그만. 검은 개가 얌전히 주인 옆에 앉았습니다. 주인이 털이 긴 개를 들어 보였지요. 더러운 걸레처럼 개는 축 늘어졌습니다. 소녀는 눈을 꾹 감았습니다. 주인과 눈이라도 마주치는 날이면 털이 긴 개처럼 죽고 말 거라는 생각에 몸을 떨었습니다. 소녀는 목이 부러진 개의 눈이 자꾸만 생각납니다. 공포의 순간이 고스란히 박제된 커다란 눈알이……그때, 소녀의 다리를 타고 뜨거운 물이 흘러내립니다.

소녀가 손톱으로 바닥을 긁어댑니다. 하지만 손에 잡히는 거라고는 쇠사슬뿐. 고통을 참지 못하고 소녀가 비명을 지릅니다. 돼지가 귀를 막으며 소녀를 발로 걷어찹니다. 노인이 빈 페트병을 집어 던집니다. 소녀는 사슬을 입에 뭅니다. 허리가 끊어지는 고통에도, 뼈와 뼈 사이가 벌어지는 고통에도 소녀는 신음조차 내지 못합니다. 한차례 진통이 지나가고 난 뒤, 소녀는 페트병을 찾아 기어갑니다. 술이 고통을 덜어주겠지요. 소녀는 까무룩 다시 잠이 듭니다.

*

이곳은 어두운 길가. 저기, 남자가 보입니다.

가로등 주위로 안개처럼 뿌연 빛이 떠 있습니다. 중심가를
벗어나면서 단층으로 지어진 소규모 공장들이 드문드문 서 있
습니다. 불 꺼진 공장마다 빛바랜 아크릴 간판이 달려 있습니
다. 어디선가 금속이 빚어내는 마찰음이 들려옵니다. 남자가
걸음을 멈추고 뒤를 돌아봅니다. 멀리 고층 빌딩이 보입니다.
어둠 속에서 건물은 겨우 윤곽만 드러나는군요. 아직 완공되
지 않은 빌딩 옆에 타워크레인이 위태롭게 서 있습니다. 근방
에 아파트형 공장이 하나둘 들어서고 있습니다. 공구 상가와
공장이 빼곡하게 들어선 이쪽은 30여 년 전과 달라진 것이 없
습니다. 어제도 오늘도, 언제나 과거의 시간이 흐르고 있을 뿐
이지요.

남자가 등에 짊어진 가방을 추어올리며 다시 걸음을 옮깁니
다. 멀지 않은 곳에 사람의 그림자가 느리게 움직이고 있습니
다. 배낭 속에 넣어둔 전기드릴을 떠올리자 척추 끝이 짜릿해지
며 요의가 느껴집니다. 남자는 가로등을 피해 걸으며 그림자를
쫓습니다. 느리게 움직이던 그림자가 공장 뒤편에 있는 주택가

176

로 향하는군요. 남자는 그림자를 따라 골목으로 들어섭니다.

골목에는 가로등조차 없습니다. 슬레이트 지붕을 얹은 오래된 집들이 다닥다닥 붙어 있습니다. 창문마다 녹이 슨 철창이 달려 있습니다. 간간이 TV에서 새어 나오는 푸른 불빛이 어두운 골목 안을 떠다니다 사라집니다. 남자는 P가 했던 얘기를 떠올립니다. 지난겨울 고독사로 세상을 뜬 사람에 대한 이야기였지요. 죽은 지 한 달이 지나고 나서야 시신이 발견됐다는 얘기를 듣고 사장은 혀를 끌끌 찼습니다. P가 말한 쪽방촌이 바로 이 근처입니다. 보도블록이 덜컹거리며 기울어지는 바람에 남자는 하마터면 넘어질 뻔합니다. 앞서가던 그림자가 걸음을 멈춥니다. 남자는 몸을 돌려 벽에 바짝 붙어 섭니다. 어디선가 낮게 코를 고는 소리가 들려옵니다. 끊어졌던 발소리가 이어집니다. 남자는 속으로 열까지 세고 난 뒤에 골목 끝을 바라봅니다. 거기에, 낡은 유모차가 힘겹게 굴러가고 있습니다. 바퀴가 보도블록에 걸릴 때마다 높이 쌓아 올린 상자 더미가 쓰러질 듯 흔들립니다. 노파가 골목 한쪽에 유모차를 세워두고 안으로 들어가는군요. 남자는 골목 끝 창가에 불이 들어오는 것을 확인하고 담벼락에 오줌을 갈깁니다.

남자가 공구 상가 단지 입구로 들어섭니다. 불 꺼진 'H종합상사' 앞에서 잠시 걸음을 멈추고 안을 들여다봅니다. 가게 문이 잠긴 것을 확인하고 남자는 다시 걸음을 옮깁니다.

계단을 하나씩 밟을 때마다 발소리가 울립니다. 지하로 내려가면서 발소리는 환풍기 돌아가는 소리에 빨려들어갑니다. 어두운 복도를 지나고 남자는 물품 창고 앞에 섭니다. 주머니를 뒤져 열쇠를 꺼냅니다. 두 개의 열쇠 중 하나를 골라 열쇠 구멍에 집어넣습니다. 문을 열자 쇠붙이에서 풍기는 피비린내가 떠다닙니다. 남자는 물품을 쌓아둔 상자를 지나 안쪽으로 들어갑니다. 안쪽에 작은 철문이 하나 더 보이는군요. 오래전 임시 대피소로 사용하다 폐쇄한 곳입니다. 문에는 자물쇠가 걸려 있습니다. 남자는 또 다른 열쇠를 자물쇠에 끼워 넣습니다. 철컥. 문이 열립니다.

검은 개가 꼬리를 흔들며 남자에게 매달립니다. 남자가 머리를 쓰다듬자 개는 배를 보이며 바닥을 뒹굽니다. 구석에 웅크리고 있는 사람들이 몸을 떱니다. 남자는 가방에서 전기드릴을 꺼냅니다. 돼지, 노인, 소녀…… 소녀의 옆자리가 그다음 순서이지요. 전기드릴로 벽에 구멍을 뚫고 남자는 쇠사슬을 새로 달아둡니다. 차가운 시멘트 바닥에 똬리를 틀고 있는 사슬이 파랗게 빛납니다. 곧, 사슬은 제 기능을 하게 될 것입니다.

*

자궁문이 점점 벌어지고 있습니다. 다리를 벌리고 누운 소녀가 쇠사슬을 힘껏 잡아당기며 힘을 줍니다. 사슬이 채워진 목

178

덜미에 피가 맺혀 있습니다. 돼지와 노인이 자궁 안을 들여다 봅니다. 피로 물든 허벅지 사이에서 검은 머리털이 보이기 시작합니다. 고통을 참지 못한 소녀가 비명을 지릅니다. 소리는 바깥으로 새어 나가지 못한 채 안에서만 맴돕니다.

소녀가 가쁜 숨을 몰아쉽니다. 고통이 밀려오면 숨을 참고 힘을 주기를 반복합니다. 이제 이 모든 것이 거의 끝나가고 있음을 알고 있기에 소녀는 남은 힘을 쏟아냅니다. 여린 살을 찢으며 머리가 튀어나옵니다. 다리 사이로 보이는 아이의 목을 움켜잡고 소녀는 힘껏 그것을 끄집어냅니다. 마지막 비명이 우리 안에서 울립니다.

소녀가 꼼지락거리는 핏덩이를 바라봅니다. 자그마한 윗입술이 꽃잎처럼 갈라져 있습니다. 아이는 울지 않습니다. 소녀가 아이를 발로 밀어냅니다. 검은 개가 몸을 일으킵니다. 피냄새를 맡은 뒤로 개는 내내 흥분한 상태. 태반에 코를 처박고 있던 개가 그것을 조금씩 핥아댑니다. 소녀가 뒤로 바짝 물러납니다. 순식간에 태반을 먹어치우고, 개는 탯줄을 삼키며 아이에게 다가가기 시작합니다.

지느러미

반달이 꼬리지느러미를 세차게 흔들며 빠른 속도로 헤엄쳤다. 검은 꼬리가 놓치지 않고 뒤를 쫓았다. 수면 가까이에서 헤엄치던 반달은 어느덧 바닥까지 내려갔다. 꼬리지느러미가 거칠게 움직이며 바닥에 깔려 있는 자갈을 파헤치는 바람에 근처에서 잠을 자던 물고기들이 놀라 황급히 몸을 피했다. 반달이 방향을 틀어 뒤쫓아 온 검은 꼬리를 공격했다. 주둥이를 크게 벌리고 검은 꼬리의 얼굴을 밀어냈다. 제 몸통으로 검은 꼬리의 몸통을 부딪쳤다. 검은 꼬리가 물살을 가르며 멀리 달아났다. 검은 꼬리가 사라진 뒤에도 반달은 흥분을 가라앉히지 못하고 주둥이를 가쁘게 뻐끔거렸다. 주둥이가 벌어지는 횟수만큼 아가미가 빠른 속도로 열렸다 닫히기를 반복했다.

여자는 소파에 앉아 어항을 들여다봤다. 어항은 소파 옆에 세워둔 3단짜리 장식장 가운데 칸에 놓여 있었다. 맨 아래 칸에는 다육식물을 심어놓은 작은 화분들이 진열돼 있었고 맨 위 칸에는 넝쿨식물 화분이 놓여 있었다. 아래로 멋스럽게 늘어진 초록색 잎은 어항 안에서 헤엄치는 주홍빛 물고기들과 조화를 이루었다. 깔끔하게 정돈된 집 안을 돌아볼 때, 여자의 눈길이 가장 오래 머무는 곳이 바로 3단 장식장이었다. 여자가 기르는 물고기는 구피였다. 구피는 히터나 여과기 같은 특별한 장치 없이도 쉽게 기를 수 있었다. 아침저녁으로 사료를 뿌려주고 적당한 때에 물을 갈아주면 그만이었다. 손이 많이 가지 않는 데다 주홍색이나 노란색, 연한 황금색 등 빛깔이 곱고 다양해 관상용으로 기르기에 적합한 어종이었다.

조금 전, 소동이 일어났던 흔적은 온데간데없이 어항 안은 평화로웠다. 소동의 중심이 되었던 반달은 수초 아래에서 휴식을 취하고 있었다. 꼬리지느러미가 시작되는 곳에 반달 모양의 띠가 있어 다른 물고기와 쉽게 구분이 되었다. 비닐처럼 얇고 투명하게 부푼 배에 어린 물고기들의 눈동자가 까맣게 비쳤다. 며칠 내로 반달은 다시 새끼를 낳을 것이 분명했다. 다른 물고기들은 저마다의 공간에서 잠을 자는 중이었다. 자고 있다고는 하지만 자세히 보면 지느러미를 쉴 새 없이 움직이고 있다는 것을 알 수 있었다. 그것은 움직임이라기보다 떨림에 가까운 동작이었다. 물고기들은 물살에 떠밀려가지 않기 위해 버티는 중이었다. 잔잔해 보이지만 물속은 언제나 미세한 파동이 일고 있었다.

여자는 소매를 걷어 올렸다. 어항 안에 뜰채를 집어넣자 놀란 물고기들이 재빨리 도망쳤다. 그러는 와중에 몇 마리는 그물 안에 걸려들었다. 여자는 서두르지 않았다. 물살처럼 부드러운 손놀림으로 제법 많은 물고기를 건졌다. 족히 스무 마리는 될 것 같았다. 뜰채를 들고 여자는 욕실로 향했다.

구피는 배 속에서 알을 부화시켜 새끼를 낳는 난태성 어종인데, 번식력이 뛰어나기로 유명했다. 여자가 구피를 기르기 시작했을 때, 어항 안에는 암컷 두 마리와 수컷 두 마리뿐이었다. 하지만 6개월도 지나지 않아 물고기는 100여 마리로 늘었다. 여자는 점점 불어나는 물고기를 세어보다가 금세 포기했다. 대신 한 달에 한두 번씩 뜰채로 물고기를 건져냈다.

변기 뚜껑을 열었다. 세정제 때문에 파란빛을 띠는 물은 더없이 맑아 보였다. 여자는 뜰채 안에서 파닥거리는 물고기들을 모조리 털어냈다. 작은 물고기들이 변기 안을 정신없이 휘젓고 다녔다. 분주하게 움직이는 주홍빛 생명체들을 바라보다가 여자는 물을 내렸다. 어항 안에 사는 물고기는 다시 50여 마리가 되었다.

며칠째 봄비가 계속 내리고 있었다. 소파에 앉아 창밖을 내다보다가 여자는 고개를 돌려 시간을 확인했다. 노인이 우산을 챙겨 들고 나간 지도 벌써 한 시간이 다 되었다. 여자는 쿠션을 가지런히 정리해두고 소파에서 일어났다.

냉장고 문을 열자 약봉지가 눈에 들어왔다. 이번엔 노인이 직접 들고 온 것이었다. 사슴과 거북, 산삼 따위가 그려진 포장지 안에는 검은색에 가까운 탁한 액체가 가득 들어 있었다. 액체가 원래 무엇이었는지 여자는 알지 못했다. 냉장고를 열 때면 어떤 날은 황금빛 비늘이 박힌 잉어가 떠올랐고, 또 어떤 날은 등껍질이 벗겨진 거북이 떠올랐다. 부패가 진행된 시체에서 흘러내리는 추깃물이 연상되는 날도 있었다. 냉장고를 열 때마다 구역질이 나 약봉지를 외면하려고 애썼다. 노인은 계절이 바뀔 때마다 약을 보냈다. 처음에 여자는 그것을 냉장고 구석에 쌓아두다가 나중에는 박스를 뜯지도 않은 채로 내다 버렸다. 노인이 전화를 걸어 약을 잘 챙겨 먹고 있느냐고 물으면 예, 하고 대답했다. 하지만 지금은 거짓말을 할 수 있는 상황이 아니었다. 노인이 여자의 집에서 지내기 시작하면서부터 아침저녁으로 꼼짝 없이 약을 먹는 시늉을 해야만 했다.

저녁 산책을 나갔던 노인이 남편과 함께 돌아왔다. 남편은 현관 밖에서 우산에 묻은 물기를 충분히 털어내고 안으로 들어왔다. 한쪽 어깨가 축축하게 젖어 있는 걸 보면 노인과 우산 하나를 나눠 쓴 모양이었다. 서류 가방 안에 그대로 꽂혀 있는 우산을 바라보다가 여자는 가스불을 올리고 국을 데웠다.

"냄새가 참 좋구나."

손에 들고 있던 뚜껑을 도로 냄비에 올려놓고 노인은 식탁 의자에 앉아 발을 까닥거렸다. 노인은 몸집이 작아 의자에 앉으면 발이 바닥에 닿지 않았다. 발을 움직일 때마다 빨간 덧신에 달린 방울이 앙증맞게 달랑거렸다. 허공을 가르는 발은 그네를 타는 어린아이의 그것과도 같았다. 저녁 산책에서 돌아오면 노인은 늘 기분이 좋아 보였다. 퇴근하는 아들을 마중 나갔다가 단둘이 근처 공원을 한 바퀴 돌고 오는 일. 그것이 노인의 가장 큰 낙이었다.

"아가, 이것도 좀 먹어봐라."

노인이 생선살을 발라 남편의 밥그릇에 얹어주었다. 올해 서른여섯 살이 된 남편을 노인은 여전히 '아가'라고 불렀다. 딸만 내리 낳은 뒤 나이 마흔에 얻은 귀한 아들이었다. 여자는 맞은편에 앉아 있는 남편을 흘깃 쳐다봤다. 남편은 숟가락으로 밥과 생선살을 한꺼번에 떠서 입에 넣었다. 남편은 여느 막내아들처럼 애교가 있는 편은 아니었다. 오히려 말수가 적었다. 누군가를 세심하게 챙기는 것과는 거리가 먼 성격이었는데 그건 노인에게도 마찬가지였다. 그럼에도 효자로 느껴지는 이유는 한 번도 싫은 내색을 하지 않았기 때문이었다. 그렇다고 딱히 기분이 좋아 보이는 것도 아니었다. 그저 무던한 얼굴로 입에 넣어주는 음식을 받아먹거나 고개를 끄덕여가며 이야기를 들어줄 뿐이었다.

노인이 여자의 집에 온 지도 벌써 한 달 가까이 되었다.

한 달 전, 여자의 시아버지는 위암으로 세상을 떠났다. 걱정했던 것과는 달리 시아버지는 죽음을 담담하게 받아들였다. 작년 여름에 시한부 선고를 받았을 때, 남편과 네 명의 시누이들은 의논 끝에 환자에게는 사실을 숨기기로 했다. 환자가 워낙에 고령인 터라 상태가 급격히 악화될 것을 염려했기 때문이었다. 의사가 말한 시한이 얼마 남지 않았을 즈음 시아버지는 병원에 입원하게 됐고 그제야 당신의 병이 고질적인 위염이 아니라는 것을 깨달았다. 말을 어렵게 이어가며 상황을 설명하는 남편에게 시아버지는 그저 묵묵히 고개를 끄덕였다. 오히려 걱정을 끼친 쪽은 노인이었다. 50년이 넘는 세월을 함께 살아온 사람이 암에 걸렸다는 사실을 알고부터 노인은 밥숟가락을 들 힘조차 없는 사람처럼 축 늘어져 있었다. 그럴 때마다 여자는 개연성이 떨어지는 드라마를 보는 기분이었다.

　작년 여름, 대학병원에서 정밀검사를 받기 위해 서울에 올라온 노부부는 열흘간 여자의 집에 머물렀다. 그때 여자가 지켜본 노부부는 다정함과 거리가 멀었다. 노부부가 하루에 주고받는 대화는 서너 마디에 지나지 않았다. 걸을 때는 항상 남처럼 떨어져서 다녔고 50년이 넘는 세월을 함께했으면서도 여전히 사소한 일로 말다툼을 벌였다. 여자가 보기에 노부부는 서로를 방 한쪽에 놓인 낡은 가구 정도로 생각하는 것 같았다. 각별할 거라곤 전혀 없는 사이였다. 검사 결과가 나오던 날, 노인은 실신하듯 쓰러졌다. 연신 눈물을 찍어대는 노인을 붙들고 자식들

은 환자가 눈치채지 못하도록 주의해줄 것을 거듭 당부해야만
했다.

"애야, 아직도 소식이 없는 게냐. 손주를 보면 병이 나을지도
모르잖니."

전주에 있는 집으로 내려가던 날, 노인은 여자를 따로 불러
말했다. 약을 잘 챙겨 먹으라는 말도 잊지 않았다. 노인은 결혼
한 지 7년이 되도록 아이가 없는 것을 암보다 더 심각한 병으로
생각했다. 집에 내려간 뒤에도 노인은 매일 전화를 걸어 손주
소식을 물어왔다.

장례를 치르는 동안 통곡하는 노인을 보면서 여자는 서로에
게 무심했던 노부부의 일상을 떠올렸다. 장례가 끝난 뒤, 홀로
남은 어머니를 걱정하던 시누이들이 당분간 노인을 서울로 모
셔 오자는 의견을 냈다. 다섯 명이나 되는 자식들이 번갈아가
며 모시는 일이 뭐 그렇게 어렵겠냐고 다들 입을 모았지만, 노
인은 벌써 한 달 가까이 여자의 집에만 머물고 있었다. 노인은
아들과 지내길 원했다. 가끔 아들의 손을 붙잡고 눈물을 쏟기
도 했지만, 함께 산책을 다녀오거나 좋아하는 복요리를 먹고
돌아올 때면 얼굴에 다시 생기가 묻어 있었다. 보얗게 살이 오
르는 노인과 달리 여자는 불면에 시달렸다. 노인과 함께 지낸
지 얼마 되지 않았을 때였다. 퇴근 후 옷을 갈아입다가 침대 시
트가 삐뚤어진 것을 발견했다. 매트리스 선에 맞춰 시트를 가
지런히 정리하는 것은 여자의 오랜 습관이었다. 속옷을 넣어둔

서랍장이 미세하게 열려 있는 날도 있었다. 집을 비운 동안 노인이 안방을 드나들고 있을 거라는 생각을 떨쳐낼 수 없었다. 그러던 어느 날인가, 여자는 부스럭거리는 소리를 듣고 잠에서 깨어났다. 소리는 문밖에서 들려왔다. 무심코 방문을 열다가 여자는 하마터면 비명을 지를 뻔했다. 컴컴한 부엌 한쪽에서 불빛이 쏟아지고 있었다. 활짝 열린 냉장고 앞에 웅크리고 앉은 노인이 마른 나뭇가지 같은 손가락으로 약봉지를 일일이 세어보고 있었다. 노란 불빛이 굽은 등을 타고 넘으며 기괴한 그림자를 만들었다. 그날 이후로 좀처럼 잠을 이룰 수 없었다. 여자는 숟가락을 내려놓았다.

"약부터 챙겨 먹어라."

입을 우물거리며 노인이 말했다. 예, 하고 대답한 뒤 여자는 밥이 반쯤 남은 그릇을 개수대 안에 집어넣었다. 냉장고에서 약봉지를 꺼내 들고 여자는 슬그머니 세탁실로 들어갔다.

자율학습실에는 아직 다섯 명의 아이들이 남아 있었다. 여자는 머릿수만큼 간식을 챙겨 들고 학습실로 들어갔다. 아이들은 간식을 먹으며 쉴 새 없이 떠들어댔다. 오늘 학교에서 어떤 일이 있었는지, 최근에 여자친구와 헤어진 아이가 누구인지, 요즘 아이들 사이에서 가장 인기 있는 스타가 누구인지, 여자는 아이들의 엄마보다 더 잘 알고 있었다. 여자는 이야기를 들어주며 함께 웃기도 하고 머리를 부드럽게 쓰다듬어주기도 했다.

자상한 엄마이자 편안한 친구가 되어주는 것. 이것 역시 여자의 일이었다.

여자가 살고 있는 아파트는 대단지를 이루고 있었다. 처음에는 24평짜리 아파트 전세를 얻어 프랜차이즈 공부방을 시작했다. 여자는 영어를 가르쳤고 국어와 수학 과목은 아르바이트생을 두고 운영했다. 초등학생과 중학생을 대상으로 하는 공부방이었는데, 맞벌이 부부를 위해 늦은 시간까지 아이들을 돌보며 자율학습실을 운영한 것이 성공의 비결이었다. 극성스러운 학부모도, 방관하는 학부모도 여자와의 상담 후에는 모두 안심하는 얼굴로 돌아갔다. 그들은 엄마로서의 책임감을 덜고 싶어 했고 여자는 그 점을 정확히 간파하고 있었다. 아이들 수가 늘어나자 아파트 단지 중심에 있는 상가 4층에 세를 얻어 공부방을 확장 운영했다. 국어, 영어, 수학 과목 선생 세 명을 뽑았고 여자는 공부방 관리 및 보충수업을 담당했다. 본사에서 뽑는 우수 공부방에 선정돼 포상을 받았고 사장인 Y가 아이들에게 줄 간식거리를 사 들고 직접 공부방에 찾아오기도 했다. 대기업에 다니는 남편보다 수입이 좋았고 매년 스승의 날에는 고급 화장품 세트나 명품 스카프 따위의 선물이 쏟아졌다. 여자는 공부방을 운영하는 일이 만족스러웠다. 어느 정도 노하우가 쌓이면 직접 프랜차이즈 사업을 시작할 계획도 가지고 있었다.

아이들이 다시 자율학습을 시작하도록 지도한 뒤에 여자는 선생들이 함께 쓰는 방으로 돌아왔다. 퇴근 시간이 지났는데도 세 명의 선생은 떡볶이 접시를 가운데 놓고 수다 중이었다. 삼십대 초반으로 나이가 비슷해서 그녀들은 곧잘 친구처럼 어울리곤 했다. 유머러스한 성격으로 언제나 분위기를 주도하는 수학 선생이 여자의 손을 잡았다.

"원장 쌤도 한번 만져봐요."

수학 선생은 여자의 손을 끌어다 자기 젖가슴 위에 올려놓았다.

"눌러보세요. 완전 돌덩이라니까요."

여자는 손가락으로 젖가슴을 눌렀다. 잔뜩 부풀어 오른 가슴은 석고상처럼 단단했다. 석 달 전에 첫아이를 출산하고 지난주에 복직한 수학 선생은 요즘 모유 수유 때문에 고생 중이었다. 공부방에 있는 동안은 유축기를 사용해 젖을 짜냈는데, 그마저도 제때 짜내지 못하면 젖가슴이 딱딱하게 굳으면서 통증이 느껴진다고 했다.

"이건 이제 가슴이 아니에요, 그냥 밥통이지."

수학 선생의 탄식 섞인 말에 모두들 웃음을 터뜨렸다.

"할 수만 있다면 그냥 잘라버리고 싶을 때도 많아요. 어차피 나야 애인 만들 능력도 없고 이제 밥통 외에 별로 쓸모가 없는 것 같거든."

잘라버리고 싶다는 말에 영어 선생이 끔찍하다는 듯 어깨를 움츠렸다. 수학 선생은 고개를 절레절레 흔들며 말을 이었다.

"임신 기간 동안 내가 느낀 건, 아, 나도 그냥 포유동물이구나, 하는 거였어요. 요즘 애를 낳고 드는 생각이, 모성이란 게 과연 본능일까, 하는 거예요. 물론, 아이는 예쁘죠. 하지만 난 이렇게 공부방에 있는 게 더 좋거든. 야근해도 좋으니까 집에 는 최대한 늦게 들어가고 싶다고요."

가만히 듣고 있던 국어 선생이 포크를 내려놓으며 입을 열었다.

"시골 할머니 댁에서 개를 많이 키우는데, 새끼를 낳으면 어 미가 탯줄도 끊어주고 태반까지 깨끗이 먹어치워요. 비쩍 마른 몸으로 젖을 먹이고, 오줌똥 핥아가며 새끼들이 남긴 흔적 없애고. 그건 본능이거든요. 그런데, 또 어떤 녀석들은 새끼를 낳고도 그냥 방치해두기도 하더라고요."

여자는 TV에서 본 장면을 떠올렸다. 동물원에서 새끼를 낳은 어미 곰이 당황한 듯 우왕좌왕하는 모습이었다. 따뜻한 혀로 새끼의 몸을 닦아주지도, 퉁퉁 불은 젖을 새끼에게 물리지도 않던 어미는 구석에 웅크리고 앉아 제 발바닥만 핥았다. 결국 아기 곰은 사육사들이 데려다 길러야 했다.

"하긴, 모성도 이데올로기라는 말이 있잖아요."

국어 선생이 웃으며 덧붙였다. 어릴 때부터 독신주의자였다 는 국어 선생은 죽기 전에 전 세계를 다 돌아보는 것이 꿈이라 고 했다. 꿈을 이루는 데 남편도 아이도 걸림돌이 될 거라고 생 각해 진작부터 독신을 결심했다는 것이다. 실제로 국어 선생 은 방학마다 해외로 여행을 다녔다. 각 나라마다 애인이 있는 건 아니냐고 놀리면서도 수학 선생은 늘 국어 선생을 부러워했다. 국어 선생과 달리 영어 선생은 결혼을 포기한 사람이었다. 일찍 결혼한 친구들이 시댁 일에 마음 상하고 육아에 시달리는 모습을 지켜보면서 덜컥 겁이 났다는 것이다.

"만약에 모성이라는 게 본능이라면 말이에요, 그 본능이 점점 퇴화되는 여자들도 분명 있을 거야."

수학 선생이 딱딱하게 굳은 가슴을 누르며 말했다. 통증이 전달되는 것만 같아 여자는 얼굴을 찌푸렸다.

여자는 테스트기를 확인했다. 흐릿하던 선이 점점 선명한 자줏빛으로 변했다. 배란일이 임박했다는 표시였다. 두 줄의 띠를 가만히 바라보다가 여자는 테스트기를 휴지로 둘둘 말아 쓰레기통 안에 던졌다.

"어때?"

화장실 앞에서 기다리고 있던 남편이 물었다.

"아직 아냐."

여자의 대답에 남편은 고개를 끄덕였다. 질문을 할 때도 궁금한 얼굴이 아니었던 것처럼 대답을 듣고도 실망스러운 얼굴이 아니었다. 배란일이 임박했다고 솔직하게 말했다면 남편은 어떤 반응을 보였을까. 의무적인 얼굴로 번식을 위한 섹스를 시작했을까. 마치 숙제를 하는 학생처럼.

남편은 아이를 갖자는 말을 한 적이 한 번도 없었다. 친구나 동료 중 누가 아이를 가졌다는 소식을 전한 적도 없었다. 심지어 조카를 품에 안는 모습을 본 기억도 없었다. 신혼 초, 몇 번인가 아이를 낳고 키우는 일에 대해 얘기를 나눈 적이 있었지만 그것은 늘 지금이 아닌 언젠가의 일이었다. 여자도, 남편도 일에 바쁜 사람들이었고 아이 없이도 충분히 잘 지냈다. 퇴근 후에는 집 근처 바에서 만나 가볍게 맥주를 마시기도 했고, 주말에는 함께 자전거를 타고 한강에 나가거나 가까운 영화관을 찾곤 했다. 모두 아이가 있으면 불가능한 일이었다. 시아버지가 암 선고를 받았을 때 남편은 처음으로 아이 얘기를 꺼냈다. 그렇다고 아이를 갖기 위해 적극적으로 노력한 것은 아니었다. 스스로 원해서가 아닌 자식으로서의 도리 때문에 마지못해 하는 말이라는 것을 여자도 알고 있었다.

"죽기 전에 손주를 안아볼 수 있을지 모르겠구나."

시아버지가 세상을 떠난 뒤에 노인은 종종 침울한 얼굴로 말했다. 지난주에는 밥을 먹다가 갑자기 울음을 터뜨리기도 했다. 같이 병원에 가보자며 신발을 꿰신던 노인에게 여자는 급한 대로 배란일 테스트기 얘기를 했다. 테스트기를 사용해서 임신에 성공한 친구가 있다며 노인을 진정시켰다. 미룰 수 있는 만큼 최대한 미루자는 것이 여자의 생각이었다. 때로는 노인에게 남은 삶이 그리 길지 않을 거라는 생각을 하며 위안을 삼기도 했다. 여자의 말을 들은 노인은 남편을 앞세워 약국에 다녀왔다. 오직 임신만을 위해 관계를 맺는다니. 게다가 건넌

방에는 눈이 빠지게 손주만 기다리고 있는 노인이 똬리를 틀 듯 앉아 있지 않는가. 끔찍했다. 노인이 건넨 배란일 테스트기를 받고 여자는 입덧이라도 하듯 속이 울렁거렸다.

배란일이 아니라는 말을 들었는지 노인은 입을 비죽 내밀었다. 노인은 아침부터 기분이 좋지 않은 상태였다. 아침에 여자는 주말을 맞아 모처럼 만에 침구를 세탁하려고 베갯잇을 벗겨내다가 얇은 종이 한 장을 발견했다. 부적이었다. 여자는 삐뚤어져 있던 침대 시트를 떠올렸다. 베개 안에 부적을 넣어둔 사람이 누구일지, 어떤 의미를 담고 있는 부적일지 충분히 짐작이 갔다. 남편의 베개 안에서는 그림이 다른 부적이 나왔다. 여자는 두 장의 부적을 구겨 휴지통 안에 던져 넣고 새 베갯잇을 씌웠다. 누군가 손주를 보는 데 사람의 손가락이 효험 있다고 하면 노인은 자기 손가락이라도 모조리 잘라 줄 사람이라는 생각에 여자는 몸을 떨었다. 침구를 잔뜩 끌어안고 세탁실로 들어가는 여자를 지켜보던 노인이 안방으로 들어갔다. 베개를 확인하고 노인은 화가 난 얼굴로 아침부터 내내 소파에 앉아 꿈쩍도 하지 않고 있던 것이다.

"어머니, 점심으로 뭐 잡숫고 싶으세요?"

여자가 물어도 노인은 대답이 없었다. 버릇처럼 오른쪽 손으로 왼쪽 팔을 천천히 쓰다듬을 뿐이었다. 노인의 왼쪽 팔은 아래팔뼈가 활처럼 휘어져 있었다. 남편은 어릴 때 오토바이에 치일 뻔했는데, 그때 사고를 막은 사람은 노인이었다. 어린 아

들을 품에 감싸 보호한 대가로 노인은 아래팔뼈와 엉덩이뼈가
부러졌다. 옆에서 사고를 목격한 시누이들은 아직도 종종 그때
일을 회상하며 노인을 '슈퍼우먼'이라고 불렀다. 여자는 남편
을 돌아봤다. 눈치를 챈 남편이 겉옷을 걸쳐 입고 노인을 일으
켜 세웠다. 앙탈을 부리듯 손을 뿌리치던 노인이 못 이기는 척
자리에서 일어섰다. 단둘이 외식을 하고 나면 기분이 금세 나
아질 것이다. 며칠 뒤면 노인의 생일이었다. 그날 온 식구가 여
자의 집에 모여 저녁을 먹기로 되어 있었다. 여자는 그날 무슨
일이 있어도 노인을 시누이 집에 딸려 보내야겠다고 결심했다.
  여자는 소파에 주저앉았다. 점심은 건너뛸 생각이었다. 소
파 팔걸이에 몸을 기대려다가 어항 쪽으로 바싹 당겨 앉았다.
반달의 움직임이 심상치 않았다. 주둥이를 가쁘게 뻐끔거리
며 고통스럽게 몸을 뒤틀던 반달이 움직임을 멈추는가 싶더니
곧 몸 밖으로 새끼를 밀어냈다. 어미의 몸속에서 튀어나온 어
린 물고기는 재빨리 균형을 잡고 물속을 헤엄쳤다. 잠시 휴식
을 취하고 반달은 다시 새끼를 밀어냈다. 모두 열두 마리의 새
끼를 낳은 반달은 곧 꼬물거리며 헤엄치는 어린 물고기를 뒤쫓
기 시작했다. 조금 전까지 새끼를 배 속에 품어주었던 어미가
순식간에 사나운 포식자로 변한 것이다. 반달은 입을 크게 벌
리고 어린 물고기를 집요하게 쫓아가 한입에 삼켜버렸다. 모두
네 마리의 새끼가 다시 어미의 배 속으로 들어갔다. 어미가 새
끼를 잡아먹는 것은 극심한 스트레스 때문이라고 했다. 새끼

몸에 달린 난황을 먹이로 착각하기 때문이라는 얘기도 있었다. 한쪽에서는 수컷 구피가 암컷 구피를 따라다니며 끊임없이 구애를 펼치는 중이었다. 암컷은 쉴 새 없이 임신했다. 몸속에 수컷의 정자를 저장할 수 있어 한 번의 교미로 몇 개월에 걸쳐 출산이 가능했다. 출산 횟수가 늘어날수록 더 많은 새끼를 낳았고 또 잡아먹었다. 임신한 물고기를 발견하면 여자는 평소보다 더 자주 어항 안을 들여다봤다. 몸부림치듯 새끼를 낳는 물고기를 보며 출산의 고통을 짐작해보기도 했다.

딱 한 번, 여자도 임신한 적이 있었다. Y의 아이였다.

여자가 공부방을 성공적으로 이끈 데는 사실 본사 사장인 Y의 도움이 컸다. 젊은 나이에 학원 프랜차이즈 사업을 성공시킨 그는 여자가 공부방을 시작할 때 특별히 신경을 써주었다. 오랜 기간 쌓아온 사업 수완을 전수해주기도 하고 종종 따로 식사 자리를 마련해 여자를 격려하기도 했다. Y가 자신에게 호감을 갖고 있다는 사실을 알고 있었지만 여자도 Y가 싫지 않았다. 그는 무던하기만 한 남편과는 달랐다. 세련된 유머로 여자를 웃게 만들었고 여자가 아직도 여성으로서 충분히 매력이 있다는 것을 느끼게 해주었다. Y를 만날 때면 여자는 어깨선이 훤히 드러나는 청록색 원피스나 허리와 엉덩이 곡선이 두드러지는 체크무늬 스커트를 입었다. 그와 함께 있으면 이십대로 돌아간 것처럼 가슴이 뛰었다.

Y와 연인으로 발전한 것은 3년 전이었다. 만남이 1년 가까이

지속됐을 즈음, Y와 함께 살고 싶다는 생각까지 했다. 몇 년 전 아내와 이혼하고 싱글로 지내고 있는 Y 역시 가끔 지나가는 말처럼 재혼 얘기를 꺼냈다. 매일 남편의 얼굴을 볼 때면 여자는 고해성사를 하듯 모든 걸 털어놓고 싶은 충동이 일었다. 임신 사실을 알게 된 건 그 무렵이었다. 처음에는 그저 컨디션이 좋지 않은 거라고만 생각했다. 잠시라도 속이 비면 메스껍고 어지러웠다. 음식물이 들어가면 잠시 가라앉았다가도 또 금세 앉아 있는 것조차 힘이 들 만큼 울렁거렸다. 생리 예정일이 지났음을 깨닫고 약국에서 임신 테스트기를 구입했다. 상가 화장실에서 테스트를 마치고 여자는 한동안 변기에 멍하니 앉아 있었다. 선명하게 찍힌 두 줄의 선을 보고도 임신했다는 사실이 믿기지 않아 아랫배에 손을 가져다 댔다. 또 다른 생명체가 배 속에 들어 있다는 생각에 여자는 흠칫 놀라며 손을 뗐다.

여자는 혼자 병원에 갔다. Y에게는 아무 말도 하지 않았다. 마취에서 깨어났을 때, 거짓말처럼 입덧이 사라졌다는 것을 깨달았다. 입덧과 함께 Y와 살고 싶다는 욕망도 말끔히 사라졌다. 매력적인 남성이었던 Y는 이제 암컷을 임신시키는 수컷에 불과할 뿐이었다. 얼마 후, Y와의 관계를 정리했다. 잠시나마 배 속에 생명을 품었던 여자가 느낀 것은 모성이 아니었다. 그건 지독한 이물감이었다. 태평양 한가운데에 누워 뱃멀미에 시달리는 듯한 고통이 떠오를 때마다 여자는 고개를 절레절레 흔들었다. 배란기에는 오히려 성욕이 감퇴되는 쪽으로 진화했으면 좋겠다고 생각했다. 한 번의 임신으로 여자는 그동안 당연하게 여겨왔던 본능에 대해 처음으로 의심을 품게 되었다. 아니, 오히려 그 오랜 세월 동안 한 번도 의심을 하지 않았다는 사실이 스스로 놀라울 뿐이었다.

아무것도 모르는 남편과 평화로운 날들을 이어갔다. 함께 TV를 보며 웃었고 식탁에 마주 앉아 밥을 먹었다. 차분하게 이야기를 들어주는 남편을 보며 안도했고 둘만의 잔잔한 일상에 감사했다. 가끔은 남편이 모든 걸 알고 있을지도 모른다는 생각이 들었다. 다 알고도 일부러 모르는 척하고 있다는 생각이 들면 여자는 속마음을 읽으려는 사람처럼 남편의 눈을 빤히 들여다봤다. 그럴 때면 남편은 무슨 일이냐는 듯 눈을 동그랗게 떴다가도 이내 무심한 얼굴로 고개를 돌렸다. 남편은 어떨까. 남편과 마지막으로 관계를 가진 것은 3년 전이었다. 노인이 약을 보내기 시작하면서 여자는 남편과의 잠자리를 피했다. 아이가 생기지 않는 것은 피임 때문이라는 사실을 노인은 알지 못했다. 당장은 아니지만 언젠가 남들처럼 아이를 갖게 될 거라는 막연한 생각을 품고 있던 여자는 약봉지를 볼 때마다 임신에 대한 묘한 거부감이 들었다. 얼마 후에는 Y와 연인이 됐고 여자는 더더욱 남편의 몸을 거절했다. 이후로 남편은 더 이상 잠자리를 요구하지 않았고 별다른 불만도 없어 보였다. 어쩌면 애인이 생긴 건지도 몰랐다. 새벽에 남편이 휴대전화를 들고 안방을 빠져나가는 것을 본 적이 있었다. 야근이 잦은 편이었고 가끔은 주말에도 회사에 간다며 외출을 했다. 여자는 남편에게 아무것도 묻지 않았다. 집은 물고기들이 모두 잠든 어항처럼 고요했고 여자는 그걸로 만족했다.

어항 안에서 두 마리의 수컷이 한 마리의 암컷 뒤를 쫓아 헤엄쳤다. 여자는 손을 뻗었다. 손톱 끝으로 어항을 두드리자 물고기들이 놀라 사방으로 흩어졌다.

아침부터 내리던 비가 저녁까지 계속되고 있었다. 수시로 베란다에 드나들며 빗줄기가 굵어지는 것을 걱정하던 노인은 시누이들이 차례대로 도착하자 금세 얼굴이 환해졌다.

오늘은 노인의 생일이었다. 거실에 큰상 두 개를 이어 붙여 놓고 생일상을 차렸다. 여자는 미역국과 갈비, 그리고 간단한 밑반찬 몇 가지를 준비했다. 시누이들이 저마다 준비해온 음식까지 상에 올리자 접시 놓을 자리가 부족할 정도였다. 제일 늦게 도착한 셋째 시누이 부부는 고급 레스토랑에서 미리 주문해둔 요리 몇 가지를 포장해왔다. 노인과 네 명의 시누이 부부, 한 집에 두 명씩 되는 아이들, 그리고 여자와 남편까지 총 열아홉 명이 둘러앉아 밥을 먹었다. 밥을 먹는 동안에도 아이들은 안방과 거실을 오가며 침대와 소파 위를 뛰어다녔다. 소파에 장식해둔 쿠션이 밥상 위로 날아다녔다. 시누이들과 이야기를 나누면서도 여자는 자꾸만 아이들 쪽으로 곁눈질을 했다. 밥알을 흘리며 뛰어다니던 아이들이 어항 앞에 몰려들었다. 아이들은 유리에 함부로 손도장을 찍거나 물속에 손가락을 집어넣으며 키득거렸다. 사료통 뚜껑을 열고 어항 안에 먹이를 잔뜩 뿌리기도 했다. 여자는 사료를 미리 치워두지 않은 것을 후회했다. 아이들 중 하나가 멋스럽게 늘어진 넝쿨식물 잎을 하나씩 뜯어내는 걸 발견하고 여자는 숟가락질을 멈췄다. 누군가 어항을 깨뜨리지는 않을지, 화분을 떨어뜨리지는 않을지 불안해 밥이 넘어가지 않았다. 물고기를 구경하는 것이 시시해졌는지 아이들은 다리를 건너듯 우르르 소파를 밟고 작은방으로 몰려갔다. 시누이들이 번갈아가며 얌전히 있으라고 소리를 질러댔지만 아이들은 들은 척도 하지 않았다.

"애, 그냥 둬라. 이제야 사람 사는 집 같구나."

인자한 미소를 지으며 노인이 말했다. 노인은 밥상 주변을 뛰어다니는 아이들을 붙잡아 품에 끌어안고 입을 맞추었다. 아이들은 간지럽다는 듯 깔깔거리며 품에서 빠져나가려고 발버둥 쳤다. 집 안을 헤집고 다니는 조카들 중에서 엄마 손에 자란 아이는 둘째 시누이네 아이들뿐이었다. 다른 아이들은 태어난 지 얼마 되지 않아 보모에게 맡겨졌다. 입사 동기 중에 승진이 가장 빨랐다는 셋째 시누이는 출산한 지 한 달 만에 다시 회사에 나갔다. 여자는 시누이들에게서 공부방에 찾아오는 학부모들의 얼굴을 발견했다. 소리를 지르며 뛰어다니는 아이들을 한데 모아 공부방에 얌전히 앉혀놓고 싶은 충동이 일었다.

그릇을 정리하고 상에 케이크를 올렸다. 막내 시누이가 노인의 머리 위에 고깔을 씌웠다. 아이들은 손에 폭죽을 하나씩 들고 서 있었다. 초를 함께 끄겠다며 노인의 무릎에 앉는 아이도 있었다. 생일 축하 노래가 끝나자 노인이 초를 불었다. 폭죽을 터뜨리며 아이들이 함성을 질러댔다. 밥은 먹는 둥 마는 둥 했던 아이들이 순식간에 케이크를 먹어치우고 접시에 묻은 크림을 손에 찍어 서로의 얼굴에 발랐다. 아이들이 손에 묻은 크림을 소파에 아무렇게나 문질러 닦는 걸 보고 여자는 포크를 내려놓았다.

"애야, 잊지 말고 약부터 챙겨 먹어라."

케이크를 오물거리며 노인이 말했다. 여자는 예, 하고 대답한 뒤에 냉장고에서 약봉지를 꺼내 들었다. 손에 쥔 봉지를 몇 번 흔들고 가위로 입구를 잘라냈다. 쓰고 역한 냄새가 풍겨 숨을 멈췄다. 잘라낸 입구에 빨대를 꽂고 입에 물었다.

세탁실에 들어서서 여자는 참았던 숨을 한꺼번에 뱉어냈다. 전속력으로 달리기를 한 것처럼 숨이 가쁘고 어지러웠다. 호흡을 고르고 입가에 묻은 약을 소매로 닦아낸 뒤 하수구 앞에 쪼그리고 앉았다. 시커먼 약이 하수구 밖으로 넘치지 않도록 주의하며 조금씩 안으로 흘려보냈다. 냄새가 풍겨 여자는 다시 숨을 참았다. 그때, 키득거리는 소리가 들렸다. 세탁실 문틈으로 다섯 살 된 조카가 고개를 빠끔 내밀고 있었다.

"외숙모도 약 먹기 싫어요?"

여자는 조카에게 웃어 보이고 검지를 입술에 갖다 댔다. 비

밀이라는 듯 쉿, 하는 소리를 내자 조카도 여자를 따라 손가락
을 입술에 가져다 대고 거실로 달려갔다. 여자는 다시 숨을 참
아가며 약을 흘려보냈다. 현기증이 일었다. 참았던 숨이 터져
나왔다. 역한 약냄새가 코를 찔렀다.

"애야, 너 지금……"

노인이 세탁실 문 앞에 서 있었다. 머리에 쓴 고깔과 어울리
지 않는 표정으로 금방이라도 쓰러질 것처럼 비틀거렸다. 노인
의 치맛자락 뒤에서 조카가 키득거리며 웃고 있었다.

"다들 이리 와 봐라."

겨우 문틀을 붙잡고 서서 노인이 거실을 향해 새되게 소리쳤
다. 남편이 제일 먼저 달려왔다. 뒤이어 시누이들이 차례대로
나타났다.

"애가 지금 뭘 하고 있는지 봐라."

노인은 떨리는 손가락으로 여자를 가리켰다. 여자는 반쯤 비
어 있는 약봉지를 손에 들고 천천히 일어섰다.

"내가 용돈 아껴가며 해준 약이다. 먹으면 반드시 아들을 낳
는 약이라고 의원이 장담했다. 그 귀한 걸 애가 지금……"

분노로 떨리던 목소리가 점차 흐느낌으로 변했다. 바닥에 주
저앉아 울음을 터뜨리는 노인을 안고 남편이 거실로 사라졌다.
입을 벌리고 서 있던 시누이들도 노인을 부르며 뒤따라갔다.

"올케, 정말 너무 하네."

마지막까지 세탁실 앞에 서 있던 셋째 시누이가 여자를 노려

보고는 휙 돌아섰다.

거실에서는 노인이 한바탕 울음을 터뜨리고 있었다. 분위기가 심상치 않다는 것을 감지했는지 내내 시끄럽게 떠들어대던 아이들도 조용했다. 어쩐지 이상하다 싶었다, 쟤가 부적도 찢어버린 아이다, 느이 아버지처럼 나도 살아생전에 친손자를 안아보긴 틀린 모양이다…… 여자는 다시 세탁실에 주저앉아 노인이 쏟아내는 말을 들었다. 엄마, 우리 집으로 가요. 울음을 그치지 않는 노인에게 누군가 말했다. 부산스럽게 짐을 챙기는 소리가 들리고 다시 아이들이 떠들기 시작했다. 여자는 약봉지를 던져놓고 귀를 막았다. 봉지에서 쏟아져 나온 시커먼 액체가 하수구 안으로 흘러들어갔다. 얼마 뒤 현관문이 요란하게 닫히는 소리가 들렸다. 귀에서 손을 뗐다. 집 안은 다시 평화를 되찾았다.

여자는 점박이를 바라봤다. 노란색 꼬리에 까만 무늬가 점점이 박힌 점박이는 새끼를 가장 많이 낳은 물고기였다. 어항 밖으로 튀어나온 점박이는 움직임이 없었다. 비늘은 이미 거칠게 말라 있었다. 아이들이 어항 유리를 두드리는 통에 물고기들은 적잖이 스트레스를 받았을 것이다. 여자는 스트레스를 받으면 어항 밖으로 튀어나와 자살하는 물고기에 대해 들은 적이 있었다.

여자는 불룩하게 솟은 점박이의 배를 들여다봤다. 투명하게 부푼 배 속에 어린 물고기들이 가득했다. 아이들이 잔뜩 뿌려 놓은 사료 때문에 어항 물은 뿌옇게 변해 있었다. 탁하고 더러운 물 안에서도 수컷 구피들은 암컷 구피를 따라다녔다. 베란다 창밖을 내다봤다. 직사각형의 유리창을 보자 커다란 어항 안에 갇혀 있는 기분이 들었다. 여자는 어항을 들고 베란다로 나갔다.

창문을 열자 빗소리가 밀려들어왔다. 봄비에 젖은 풀냄새가 풋풋하게 풍겼다. 여자는 손에 든 어항을 조금씩 기울였다. 빗줄기가 점점 굵어지고 있었다. 창밖으로 주홍빛 물고기가 비처럼 쏟아져 내렸다.

오아시스

1.

커다란 방울뱀이 귓속을 파고들었다. 나는 눈을 떴다. 잠에서 완전히 깨어난 뒤에야 귓가에 감겨든 것이 뱀이 아닌 뉴스 시그널뮤직이라는 사실을 깨달았다. 소리는 침실에서 흘러나왔다. 7시에 알람을 맞춰둔 라디오가 작동된 것이었다. 습관적으로 일어나려다 말고 나는 다시 몸을 늘어뜨렸다. 오늘은 쉬는 날이었다.

어젯밤, 나는 욕조에서 잠이 든 모양이었다. 어쩌면 침실에 누워 있다가 새벽녘에 빠져나온 건지도 몰랐다. 또 어쩌면 주방에 늘어져 있다가 이리로 옮겨 온 건지도. 욕조에 웅크린 채로 파괴된 기억을 복구해보려 했지만 소용없는 일이라는 걸 이미 잘 알고 있었다. 나는 천천히 몸을 일으켰다. 바닥에 깔아둔 러그에 검붉은 얼룩이 선명하게 남아 있었다. 얼룩은 욕실 밖 거실에서부터 길게 이어지고 있었다. 두 팔을 들어 눈앞에 가져다 댔다. 팔등과 손목 여기저기에 자해의 흔적이 보였다. 허벅지에는 제법 큰 상처가 있었다. 살점이 깨끗하게 찢기지 않은 걸 보면 이번에 사용한 것은 면도칼이 아닌 듯했다. 스테이크용 나이프 혹은 작은 톱 같은 것으로 그야말로 살점을 썰어낸 상흔이었다. 기억은 전혀 없었다. 약에 취했을 때의 일을 기억할 수 없게 된 건 이미 오래전이었다. 손상된 시간 속의 나는 요즘 들어 자해하는 취미를 새로 붙인 게 분명했다.

G는 알몸인 채로 침대에 엎드려 자고 있었다. 2년 전 네바다 주에 흘러든 뒤로 쭉 같이 살고 있는 멕시코 출신 여자였다. 구릿빛 피부 덕분에 G의 엉덩이는 더욱 탄력적으로 보였다. 육중하게 솟아난 둔부에 꽂혀 있던 시선을 거두고 등과 팔, 다리를 찬찬히 훑어보았다. 다행히 아무런 상처가 없었다. 나는 침대에 걸터앉아 G의 엉덩이를 어루만지면서 생각했다. 중독된 걸까. 아니었다. 아직은 스스로 충분히 조절이 가능했다. 차를 몰고 벌판까지 달려가도 갑갑증이 사라지지 않을 때만 약에 의지하는 정도였다. 잠에서 깨어난 G가 내 쪽으로 고개를 돌렸다.

"키스해줘."

G는 눈을 감은 채로 중얼거렸다. 나는 상체를 숙여 이마에 가볍게 입을 맞추었다. G가 내 목을 끌어안으며 모로 누웠다.

나는 한 손으로 여체의 아름다운 능선을 오르내리며 G의 입술을 맞받았다.

방 안에 공기처럼 떠다니던 낮은 목소리가 이제 막 밀착되려는 두 덩어리의 육체 사이로 끼어들었다. 나는 G에게서 몸을 뗐다. 뉴스 앵커는 인근의 사막에서 신원을 알 수 없는 여성의 시신이 발견됐다는 소식을 전하고 있었다. 도보 여행자들에 의해 발견된 시신은 이미 오래전에 사망한 것으로 추정된다고 했다. 이 부근에서는 간혹 있는 일이었다. 이곳뿐만 아니라 애리조나나 뉴멕시코, 텍사스 주에서도 이따금 일어나는 일이었다. 이곳의 기온은 사람을 죽이기에 충분할 만큼 뜨거웠다.

"후안, 왜 그래?"

G가 내 턱을 끌어당겼다. 헤이즐넛 빛깔 눈동자에 정염의 기운이 촉촉하게 감돌았다. G는 내 이름이 발음하기 어렵다며 끝 자인 '환'으로 불렀는데, 그마저도 제대로 발음하지 못했다. 앵커는 다음 뉴스를 전했다. 연예계 소식이었다. 연인이 세상을 떠난 뒤로 노숙 생활을 시작해 화제가 됐던 배우가 거리에서의 삶을 청산하고 집으로 돌아갔다고 했다. G가 다시 한 번 내 턱을 세게 당겼다.

"아냐, 아무것도."

고개를 저으며 웃어 보이자 G는 내 몸 위로 천천히 올라타며 길게 혀를 내밀었다. 혀끝에 달린 은색 피어싱이 반짝였다. G가 내 몸 구석구석을 정성껏 애무하는 동안 나는 천장에 매달려 빙글빙글 돌아가는 팬을 바라봤다. 쉼 없이 움직이는 물체 위로 그녀의 얼굴이 겹쳐졌다.

그녀는 아직도 사막을 여행 중일까.

2.

2년 전, 그녀는 한국에서 불쑥 이곳으로 날아왔다. 내가 네바다 주로 이사 오고 몇 달 지나지 않았을 때였다. 그녀를 다시본 건 10년 만이었다. 그 10년 전에 그녀와 이별을 했고, 나는곧바로 미국으로 건너왔다. 그 후에도 종종 연락을 주고받기는했지만 갑작스러운 방문에 나는 반갑기에 앞서 조금 당황했다. 전화를 받고 그녀가 말한 곳으로 달려갔을 때, 그곳에 정말 그녀가 서 있었다. 라스베이거스 한복판에, 작은 가방 하나만 달랑 메고서.

짐은 그게 전부야?

가장 먼 곳을 여행할 때는 오히려 가방이 가벼운 법이지.

그녀는 눈썹과 어깨를 동시에 올렸다 내리며 수수께끼 같은말을 지껄였다.

그녀를 데리고 가까운 레스토랑에 들어갔다. 비행기에서 아무것도 먹지 못했다는 그녀는 음식이 나오기가 무섭게 포크를집어 들었지만, 몇 술 뜨지 못하고 주먹으로 가슴을 쾅쾅 두드

212

렸다.

며칠 여행할 거야.

알약과 물을 삼키고 나서 그녀가 말했다.

같이 가줄래?

그녀는 냅킨으로 입가를 닦아내며 내 눈을 응시했다. 나는 좋아, 하고 대답했다. 그때는 아직 일자리를 구하기 전이었다. 먼저 스트립을 돌아보고 마음이 내키면 그랜드캐니언까지 다녀올 수도 있었다.

아니, 그런 데 말고. 아무것도 없는 곳에 가보고 싶어. 이를테면 사막의 한가운데 같은.

그녀는 샴페인 잔을 비웠다. 사막의 한가운데라고? 나는 속으로 되물었다가 이내 고개를 끄덕였다. 그건 지극히 그녀다운 선택이었다.

내일 당장 떠나자.

그렇게 말하고 그녀는 이제 막 생각났다는 듯이 덧붙였다.

참, 하룻밤 정도는 재워줄 수 있겠지?

나는 곧바로 대답할 수 없었다. G와 함께 살기 시작한 지 얼마 되지 않았을 무렵이었다. G와 내가 서로를 사랑하는 건 아니었다. 그저 같이 살고, 같이 잠자고, 역할을 분담하고, 서로에게 필요한 것을 채워주는 효율적인 관계일 뿐이었다. 설령 G가 나의 연인이었다고 해도 그녀를 예전에 사귀었던 여자친구라고 소개하면 그만이었다. 생각은 그렇게 하면서도 쉽게 대답이 나오지 않았다. 머릿속에 뭔가 엉켜 있는 기분이었다.

사촌이라고 해. 같이 사는 여자한테는.

그렇게 말하고 그녀는 창가로 고개를 돌렸다.

그 뒤로 그녀는 별말이 없었다. 그녀를 데리고 집으로 가는 길에 나는 연거푸 담배를 피웠다. 내내 굳은 표정이었던 그녀는 현관문이 열리기 전까지 근육을 이리저리 움직이며 활짝 웃는 연습을 했다. 나는 G에게 그녀를 '프렌드'라고 소개했다. 그녀는 G와 가볍게 포옹하며 상냥한 미소를 지었다. G의 혀끝에 달린 피어싱을 보고 귀엽다는 칭찬까지 해주었고, 그녀의 말에 G는 한동안 혀를 내밀고 바보처럼 웃었다. 그녀와 G, 그리고 나는 소파에 둘러앉아 맥주를 마셨다. 주로 그녀와 G 두 사람이 떠들었고, 둘은 하나의 이야기가 끝날 때마다 과장된 웃음을 터뜨렸다. 먼 곳에서 날아와 고단하다며 먼저 자리에서 일어나는 그녀를 G가 방으로 안내했다. 잘 자라는 인사를 건네고 그녀가 방문을 닫았을 때 G는 얼굴에 띄우고 있던 웃음을 곧바로 거두었다.

아직도 사랑해?

G의 물음에 나는 대답하지 않았다. 맥주 몇 캔을 더 마신 뒤 G에게 이끌려 침실로 들어갔고 몇 차례 섹스를 했다. 그날따라 G는 유난히 교성을 내질렀지만 내 신경은 온통 옆방에 쏠려 있었다. 벽 하나를 사이에 두고 그녀가 누워 있을 거라는 생각을 하자 몸은 수축되는 대신 한없이 팽창했다. 다음 날 아침 주

방에서 그녀와 마주쳤을 때, 나는 그녀의 눈을 바로 볼 수 없었다. 그녀를 두고 밤새 외도를 하다 돌아온 기분이었다.

3.

10여 년 전, 그녀와 나는 서로에게 중독되어 있었다.

우리는 대학에 갓 입학한 신입생이었다. 그 나이 때는 흔히들 자신의 삶이 온통 비극으로 이루어져 있다고 믿었다. 그렇게 스스로를 특별한 존재로 만들고 감상에 빠져든 채 술을 마셨다. 그녀도 다르지 않았다.

나는 행복하면 불안해.

술에 취해 영화에나 나올 법한 대사를 중얼거리는 그녀에게 사랑을 느낀 것도 그 나이 때였기에 가능한 일이었다.

잠시도 떨어지기 싫었던 우리는 학교에서 가까운 연희동에 방을 얻었다. 지방 출신인 그녀는 부모님께 기숙사에서 생활한다고 거짓말을 했다. 서울에, 그것도 학교에서 그리 멀지 않은 곳에 살고 있던 나는 갖은 핑계를 대고 겨우 집을 나올 수 있었다.

그 작은 방에서 벌어지는 일들이 우리에겐 모두 처음이었다. 우리는 아침에 눈을 뜨자마자 서로에게 얽혀들었다. 현관 밖으로 한 발자국도 나가지 않는 날들이 많았다. 난생처음 맛보는 쾌락에 빠져 있기 때문이기도 했지만, 그보다 우리는 완전히 하나가 되었다는 사실 자체가 좋았다. 섹스 후에도 나는 그녀에게서 몸을 빼지 않았다. 살갗만 스쳐도 불쾌감이 치미는 계절에조차 우리는 서로의 손을 놓지 않았고, 겨울에는 기다란 목도리로 두 사람의 목을 함께 감고 다녔다.

해가 바뀌고 겨울방학이 끝나가던 어느 날이었다. 잠결에 서늘한 기운을 느끼고 눈을 떴을 때, 그것이 그저 느낌이 아니라는 것을 깨달았다. 어두컴컴한 방에서 그녀는 내 머리맡에 무릎을 꿇고 앉아 있었다. 희고 가느다란 두 팔을 치켜든 채로. 단단하게 모아 쥔 두 손에는 과도가 들려 있었고 칼끝은 나를 향해 있었다. 내가 잠에서 깨어났다는 것을 알아차리고 그녀는 흐느끼기 시작했다. 심장에 칼날 대신 눈물이 내리꽂혔다.

왜 울어?

나는 그녀가 나를 겨누고 있는 것보다 울고 있다는 사실에 더 당황했다.

이 행복도 결국은 끝나버리고 말 테니까.

그녀는 칼을 높이 든 자세 그대로 앉아 어깨를 들썩거렸다. 나는 아무 말 없이 그녀의 허리를 끌어안았다. 그리고 배꼽부터 천천히 핥기 시작했다. 그녀의 울음은 점차 가느다란 신음으로 변했고 곧 우리는 하나가 됐다. 그날, 잠이 들 때까지 그녀는 손에 쥔 칼을 놓지 않았다.

학년이 올라갈수록 동기들은 우울한 감상에서 탈피해 현실로 뛰어들었다. 오로지 그녀 혼자 아직도 젖을 떼지 못하고 우는 아이 같았다. 그녀는 우리의 사랑이 끝나버릴 것을 두려워하며 이별이란 단어를 자주 입에 올렸다. 하지만 이별을 선언하고 며칠이 지나면 나에게 전화를 걸었다.

나 지금 죽어버릴 거야. 죽어버릴 거라고.

그럴 때마다 나는 그녀가 있는 곳으로 달려갔다. 때론 모텔방에서, 때론 낯선 동네의 놀이터에서, 때론 고층 빌딩 계단에서 그녀는 손목을 긋거나, 수면제를 삼키거나, 허리띠로 목을 졸랐다. 그것이 단순히 사랑을 확인하는 방식이라는 걸 알면서도 나는 망설임 끝에 결국 그녀에게 달려갔다. 아니, 어쩌면 그녀는 정말 죽을지도 몰랐다. 사랑하는 사람에게 영원토록 잊히지 않는 방법은 스스로 목숨을 끊는 일뿐이라고 말하는 그녀였다. 그녀는 기꺼이 불행을 선택하는 사람이었다. 오직 나만이 그녀를 구원해줄 수 있다는 어리석은 믿음. 그렇게 몇 년을 더 보내고 난 뒤에야 나는 그녀가 불행 안에 머물러야 하는 사람이라는 걸 인정하게 되었다. 그녀가 또다시 이별을 이야기했을 때 나는 미국으로 떠났다. 아니, 도망쳤다.

제일 먼저 자리를 잡은 곳은 로스앤젤레스였다. 그곳에서 학교에 다녔고 졸업할 때까지 살았으니 미국 땅에서 가장 오래 머문 곳이었다. 로스앤젤레스에서는 J와 함께 살았다. 섹스 파티에서 만난 알코올에 중독된 여자. 술병을 빼앗으면 끓는 물에 손을 집어넣으며 울부짖던 여자. J에게서 달아나 샌프란시스코로 떠났고, 또다시 뉴욕으로, 마이애미로 옮겨 다니다 이곳 네바다 주까지 오게 된 것이었다. 집에서 차를 몰고 30분만 달려가도 메마른 벌판이 나오는 곳. 그녀에게서 벗어나 미국까지 날아왔지만 늘 어둡고 축축한 무언가가 내 발목을 잡고 있는 기분이었다. 그녀가 뿜어내는 불행의 기운이 이곳까지 뻗칠 때면 나는 한없이 우울해져 광야로 나갔다. 세상에서 가장 황량한 곳에 가면 알 수 있을 것 같았다. 나는 죽고 싶은가 아닌가. 텅 빈 땅의 한가운데에 서 있으면 살고 싶다는 욕망이 아지랑이처럼 피어올랐고 그 사실에 안도했다.

4.

그녀와 나는 사막으로 떠났다. 정해놓은 코스도 목적지도 없이 남동쪽으로 차를 몰았다. 그녀는 조수석에 깊숙이 몸을 기대고 앉아 창밖으로 보이는 돌산을 가리키며 저쪽으로, 저쪽으로, 하고 외쳐댔다. 그녀는 꽤 들떠 보였고 나는 덩달아 기분이 좋아졌다. 운전을 하는 동안 나는 이따금 그녀의 옆모습을 훔쳐봤다. 그녀가 웃을 때마다 눈가에 가느다란 주름이 파였다. 10년 전에는 없던 것이었다. 그 미세한 주름이 그녀가 걸어온 아득한 길처럼 느껴져 나는 담배를 꺼내 물었다.

미르는?

218

문득 그녀가 기르고 있다는 고양이가 떠올랐다. 가끔 통화를 할 때면 그녀는 미르 얘기를 빼놓지 않았다. 어떤 날은 수화기 너머로 가냘픈 울음소리가 들리기도 했다. 5년 전에 미르와 가족이 된 그녀는 작은 짐승이 창밖으로 달아나거나 어느 날 돌연하게 죽어버리지는 않을까 불안해했다. 나에게도 사진을 몇 장 전송해주었는데, 옅은 회색 털에 호수 빛 눈동자를 가진 고양이였다. 사진을 볼 때면 미르를 감싸고 있는 가느다란 팔이나 미르가 베고 있는 하얀 맨다리 쪽에 눈길이 더 오래 머물렀다. 그녀는 돌봐야 할 대상 때문에 집에 일찍 들어가게 된다고 말했는데, 그 애틋한 가족을 두고 어떻게 이 먼 곳까지 여행을 왔나 싶었다.

미르도 데려왔지.

응?

그녀는 아무 말 없이 가방을 뒤적거렸다. 가죽으로 만든 작은 주머니를 꺼내 끈을 풀고 안에 있는 것들을 털어냈다. 그녀의 손바닥에 돌멩이가 수북이 쌓였다. 새끼손톱 크기의 작은 옥색 돌이었다.

미르야.

그녀가 손을 내 쪽으로 뻗었다. 털이 북슬북슬하던 고양이가 반짝거리는 메모리얼 스톤으로 변해 있었다.

미르가? 갑자기 왜?

그녀는 입술을 굳게 닫아버리고 손바닥에서 빛나는 작은 돌멩이들을 가만히 쓰다듬었다.

죽기 전에 다 삼켜버릴 거야. 그럼 영원히 함께할 수 있겠지.

미르를 도로 주머니 안에 집어넣으며 그녀가 중얼거렸다.

같은 필름을 반복해서 돌리는 것처럼 창밖으로 비슷한 풍경이 이어졌다. 바싹 마른 흙과 자갈, 빛바랜 풀, 그리고 간간이 보이는 돌산이 전부였다. 도로 위에 달리는 차라고는 그녀와 내가 탄 차가 전부였다. 창밖으로 다리를 내밀고 있던 그녀가 갑자기 자세를 바꾸며 차를 세우라고 소리쳤다.

이제부터는 내가 운전할 거야.

나를 끌어 내리고 그녀는 어깨를 한 바퀴 크게 돌렸다. 내가 아는 그녀는 운전에 영 재능이 없었다. 그녀가 국제운전면허증을 소지하고 있는지조차 알 수 없었지만 나는 순순히 운전석을 내주었다.

길이 하나야! 이 넓은 곳에 길이 이거 하나뿐이라고!

그녀는 비명 같은 웃음을 내지르며 속도를 올렸다. 중앙선을 마음대로 넘나들며 클랙슨을 길게 울려댔다. 창문을 모두 내리자 뜨거운 바람이 몸을 밀치고 들어왔다. 그녀에게 세상 모든 길은 미로였다. 몇 년을 살면서도 그녀는 서울에서 종종 길을 잃곤 했다. 학교 앞에서 헤맬 때도 있었고 부모님이 계신 고향 집에서도 마찬가지였다. 내가 미국으로 떠나온 뒤에도 그녀는 쭉 연희동 부근을 벗어나지 않았다고 했다.

적어도 여기서 길 잃을 일은 없겠다. 어디로 가야 할지 고민

할 필요도 없고.

그녀는 혼잣말처럼 말했다. 한 손으로는 바람에 흩날리는 머리칼을 쉴 새 없이 귀 뒤로 넘기면서.

5.

그녀와 나는 시간에 상관없이 길을 따라 달렸다. 배가 고프면 레스토랑이 나올 때까지 차를 몰고 가 끼니를 때웠고 화장실이 급할 땐 도로변에 차를 세우고 바싹 마른 흙바닥에 작은 웅덩이를 만들었다. 도로에는 여전히 그녀와 내가 탄 차가 유일했고 이따금 화물을 싣고 달리는 대형 트럭과 마주칠 뿐이었다.

해가 떨어지자 사방에 빛이라곤 자동차 헤드라이트 불빛이 전부였다. 유령처럼 떠 있는 빛을 따라 얼마간 달리자 낡은 모텔이 나왔다. 그녀는 아무렇게나 주차한 뒤에 차에서 내렸다. 나는 차를 다시 반듯하게 세워놓고 시동을 껐다. 출입구 쪽으로 걸음을 옮기자 사방을 찬찬히 둘러보던 그녀가 내 옆에 바싹 붙어 섰다.

으스스해. 영화에서 보면 꼭 이런 데서 살인 사건이 일어나곤 하잖아.

그렇게 말하고 그녀는 칼을 쥐고 나를 찌르는 시늉을 했다. 바닥에 누워 있는 두 개의 그림자가 히치콕 감독의 영화 속에

나 나올 법한 기괴한 이미지를 만들었다.

먼저 모텔 문을 열고 들어가던 그녀가 하악, 하고 숨을 내뱉으며 뒷걸음질 쳤다. 이 일대에 서식하는 방울뱀이 그녀와 나를 향해 입을 크게 벌리고 있었다. 털이 붉은 여우는 며칠을 굶주렸는지 사나운 얼굴을 하고 있었고, 칠면조는 암컷을 유혹하는 듯 꼬리 깃털을 부채처럼 펼치고 아름다움을 과시하는 중이었다. 벽에는 버펄로 머리가 모자처럼 단정하게 걸려 있었다. 곧 조악하게 만든 박제품이라는 걸 깨달은 그녀가 나를 돌아보며 피식 웃었다.

여기 지하실 어딘가에 20년쯤 갇혀 지낸 여자가 있을 거야. 어쩌면 이미 박제됐는지도 모르지.

체크인을 하는 동안 그녀가 내 귀에 대고 속삭였다. 내내 끔찍한 말들을 농담처럼 던지던 그녀는, 그러나 잠자리에 들기 전 문과 창문이 잘 닫혔는지 거듭 확인했다. 그것만으로는 마음이 놓이지 않는지 침대 옆에 놓인 의자를 끌어다 문에 기대 놓았다.

이곳에선 물을 자주 마셔야 해. 의식적으로.

나는 침대로 기어들려는 그녀에게 물병을 건넸다.

알아. 이미 여러 번 말했잖아.

그녀는 귀찮다는 듯 중얼거리고 물병 주둥이에 그대로 입을 대고 물을 마셨다. 이곳 사람들은 그 사실을 잘 알고 있으면서도 여전히 탈수증으로 죽었다. 기온이 높아 땀을 많이 흘리지만, 워낙에 건조한 지역이라 땀이 배출되는 즉시 증발돼버리는 바람에 수분과 염분을 빼앗기고 있다는 사실조차 인지하지 못하는 것이었다.

그런데 말이야.

그녀가 다시 물병을 내게 건네며 말했다.

물을 안 마시는 거, 꽤 괜찮은 방법이겠다.

무슨?

자살 방법으로.

넌 여전하구나.

나는 한숨을 길게 쉬며 침대에 누웠다. 그녀가 아이처럼 웃으며 내 옆에 자리를 잡았다. 팔을 반으로 접어 베개처럼 베고 나를 빤히 들여다보던 그녀가 눈을 슬쩍 피하며 말문을 열었다.

아, 그 여잔 어때? G라고 했던가?

무심한 표정이었지만 그녀는 평소보다 높은 톤으로 말하고 있었다.

네바다 주에 온 지 얼마 되지 않았을 때였다. 스트립 근처에서 저녁을 먹고 나오는 길에 싸움을 목격했다. 레스토랑 주차장 구석에서 남자 둘이 바닥에 쓰러진 누군가를 폭행하고 있었다. 그냥 지나치려다가 걸음을 멈췄다. 맞고 있는 쪽은 여자였다. 나는 차에서 총을 꺼내왔다. 만일 그들도 총을 가지고 있다면. 불길한 생각이 머릿속을 스쳤지만 발길은 이미 그들에게 향하고 있었다.

여자에게서 물러나.

총을 겨누자 그들이 양손을 높이 들며 저항할 의사가 없음을 표시했다.

꺼져버려.

그들은 한 발 한 발 뒷걸음질 치다 반대쪽으로 달렸다. 달아나면서도 여자에게 욕설을 퍼부었다. 그들이 시야에서 사라진 뒤에 쓰러져 있는 여자에게 다가갔다. 바닥에 짙은 갈색 머리칼이 오염된 강물처럼 흘러내리고 있었다.

괜찮아?

여자는 피가 엉겨 붙은 머리카락 사이로 희미하게 웃어 보였다. 병원에 데려다주겠다고 하자 여자는 상처를 소독하는 데 보드카 한 병이면 충분하다고 말했다. 나는 여자를 차에 태우고 가까운 바에 갔다. 함께 술을 마셨고, 여자를 데리고 집에 갔고, 자연스럽게 침실로 향했다. 비치. 후커. 에이치, 아이, 브이. 여자를 품에 안았을 때 토막 난 말들이 귓가를 떠돌았다. 여자를 폭행하던 치들이 퍼붓던 말이었다. 그들이 했던 말을 되뇌며 나는 여자의 몸 안으로 천천히 들어갔다. 그 여자가 G였다. G에 대해 어떻게 설명해야 할지 몰라 적당한 말을 고르고 있을 때, 그녀는 미간을 좁히고 나를 바라봤다.

너랑은 이제 안 해.

그렇게 말하고 그녀는 내 품을 파고들며 눈을 감았다.

6.

대답 금지 게임.

스테이크 하우스에서 주문한 음식이 나오길 기다리고 있을
때 그녀가 말했다. 창 너머로 메마른 땅 위에 석양이 뒤덮이는
풍경을 바라보다가 그녀 쪽으로 고개를 돌렸다. 그녀의 한쪽
얼굴에도 태양 빛이 내려앉고 있었다. 도시에서 보는 것보다
훨씬 검붉은 빛이었다. 이곳의 모든 생물과 무생물이 지니고
있는 빛을 태양이 모조리 빨아들인 것만 같았다.

내가 먼저 시작할게. 첫번째 질문. 솔직히, 나 여기 왔다는
전화 받고 귀찮았지?

당황하긴 했지만 귀찮은 건 아니었다. 순간적으로 억울한 마
음이 들어 물음에 답하려는데 그녀가 검지를 길게 뻗어 내 입
을 막는 시늉을 했다.

기억 안 나? 어떤 질문에도 대답할 수 없다는 거.

룰은 잘 알고 있었다. 대답 금지 게임은 10여 년 전 우리가
즐겨하던 놀이였다. 물론 그녀가 고안한 것이었다. 그녀의 질
문은 그녀답게도 늘 자학적인 면이 있었다. 질문을 해놓고 대
답을 듣지 않겠다는 태도 역시 그랬다. 그 질문이란 것에는 이
미 스스로 만들어놓은 해답지가 첨부되어 있었고, 대답을 하지
못하는 상대방을 보면서 자신의 해답지에 오류가 없음을 확인
하는 것과 같았다. 그렇게 함으로써 스스로를 비극에 몰아넣는

것이 그녀가 이 게임을 통해 얻고자 하는 것이었다.

네 차례야.

그녀가 턱 끝으로 나를 가리켰다.

집에서 재워달라고 한 거, 일부러 그런 거지? 내가 다른 여자랑 사는 거 보면서 괴로워하려고.

아직도 이런 놀이를 하고 있는 그녀에게 화가 나 나도 모르게 공격적으로 말했다. 그녀는 아주 짧은 순간 미세하게 미간을 조이며 입술을 깨물었다. 그러나 곧 만면에 미소를 띠며 그녀가 물었다.

고등학교 동창들이랑 경포대로 여행 갔을 때, 다른 여자랑 잤지?

너야말로 하루 종일 연락 안 되던 그날, 그 강사 새끼랑 잤지?

야, 그건……

대답은 금지돼 있다며.

그녀가 내 말을 무시하고 다시 뭔가 설명을 덧붙이려고 할 때, 주문한 음식이 나왔다. 그녀는 말없이 고기를 썰었다. 칼질을 할 때마다 반쯤 익힌 고기에서 핏물이 흘렀다. 나는 눈동자만 위로 굴려 그녀를 훔쳐봤다. 눈 밑이 푹 꺼졌고 피부는 푸석푸석했다. 그녀는 매일 밤 악몽을 꾸는 듯했다. K라고 했던가. 잠결에 그녀는 매일 같은 사람의 이름을 불렀다. 고함을 지를 때도 있었고 흐느껴 울기도 했다. 그렇게 잠에서 깨어나면 가방에서 알약을 꺼내 물도 없이 삼키거나 어두운 방 한쪽에 놓인 의자에 정물처럼 앉아 있었다. 그녀의 어깨에 손이라도 얹으면 바싹 말라버린 흙더미처럼 온몸이 단숨에 바스러질 것만 같았다. 내가 할 수 있는 거라곤 그녀의 마른 등을 바라보면서 그녀가 애타게 부른 그 사람에 대해 생각해보는 것뿐이었다. 나는 손을 뻗어 그녀의 고기를 썰어주었다.

그런데 말이야.

기분이 조금 나아졌는지 그녀가 입을 열었다.

방금 서빙한 사람, 아까 낮에도 본 사람 아냐?

응?

아까 우리 낮에 맥도널드 들렀을 때. 그때 본 사람들 기억나? 빨간 머리에 얼굴엔 주근깨투성이고 뻐드렁니를 한 사람들. 저길 봐.

나는 그녀가 가리킨 쪽을 슬쩍 돌아봤다. 과연 그녀가 말한 것처럼 빨간 머리에 주근깨가 잔뜩 박힌 사람들이 일하고 있었다.

저 사람, 분명 맥도널드에서 본 사람이야. 저기 저 사람도. 다른 레스토랑에 가도 저 사람들이 일하고 있을 것만 같아. 내가 미쳐가는 걸까?

그녀는 두려운 얼굴이었다. 그녀를 안심시킬 수 있는 말을 찾으려고 나는 마음이 조급해졌다.

왜 그런지 알 것 같아.

탄성을 내지르는 말을 듣고 그녀는 불안한 눈동자를 나에게로 옮겼다.

지금까지 미국 인구의 70퍼센트가 백인이라는 말을 믿지 않았거든. 어딜 가든 멕시칸, 흑인, 아시아인이 넘쳐나니까. 이제 보니 그 70퍼센트는 모조리 사막에 살고 있었군. 저희들끼리 이곳에서 결혼하고 애를 낳고, 그 애가 또 이곳에서 난 아이와 결혼하고, 다시 아이가 태어나고…… 닮을 수밖에. 그냥 그런 것뿐이야.

나의 설명을 듣고도 그녀는 두려운 눈빛을 풀지 않았다. 주방에서, 카운터에서 지루한 표정으로 일하고 있는 비슷한 생김새의 사람들을 바라보며 그녀가 중얼거렸다.

미쳐가고 있는 거야, 내가.

7.

사막의 한가운데에서 그녀는 점점 우울에 빠져들었다. 머리 위에 떠 있는 태양보다 더 뜨거운 것이 그녀 내부에 자리 잡고 있어 정신과 육체 모두를 바싹 말려버리는 것만 같았다.

화석이 되어버린 관계. 그녀와 헤어지고 시간이 흐르면서 나는 그런 생각을 했다. 한때는 분명 가슴속에서 살아 움직이던 대상이었으나 이제는 그저 화석으로 남아버린 존재. 흔적은 또렷이 남아 있으나 과거의 시간 속에 존재할 뿐 더 이상 현재의 삶에 아무런 영향을 줄 수 없는 사람. 하지만 그녀와 여행을 하

는 동안 나는 그녀를 구원해줄 사람은 오로지 나뿐이라는 확신
에 다시 사로잡혔다. 그녀를 설득해 플로리다 주까지 가보기로
했다. 수분이 가득한 공기와 파란 바다, 신선한 해산물 같은 것
들이 그녀에게 도움이 될 거라고 믿었다.

창밖으로 끝도 없이 펼쳐지던 사막은 이제 옥수수밭으로 변
해 있었다. 달려도 달려도 온통 옥수수밭뿐이었다. 조수석에
앉은 그녀는 따분한 듯 선글라스를 코밑까지 끌어 내렸다 다시
올려 쓰기를 반복하더니 발을 올려 발가락으로 글러브 박스를
열었다.

와, 이거!

그녀가 감탄하며 상체를 글러브 박스에 바짝 붙였다.

이거, 진짜야?

총을 들고 이리저리 살펴보면서 오랜만에 그녀 얼굴에 생기
가 돌았다.

누굴 쏴본 적 있어?

아직은.

그녀는 총부리를 내 머리에 대고는 입으로 빵, 하는 소리를
냈다. 그러고는 방향을 틀어 총을 제 관자놀이에 대고 한동안
생각에 잠겨 있더니 고개를 절레절레 흔들며 다시 글러브 박스
안에 집어넣었다.

마약은 해봤어?

그녀는 호기심 많은 어린아이 같은 얼굴로 나를 바라봤다.

대마초, 코카인, 매직머시룸 조금씩. 왜, 뭐가 궁금한데?

어떤 기분이야?

글쎄…… 예전에 뉴욕에 살 때, 친구 중에 제시란 녀석이 있었거든. 제시가 자기 사촌 중에 매직머시룸을 재배하는 놈이 있다면서 한번 가자는 거야. 그래서 갔지. 제시랑 제시 사촌, 그리고 나까지 셋이서 그걸 먹고는 뒷마당에 있는 수영장으로 뛰어나갔어. 누가 먼저랄 것도 없이. 해가 쨍쨍 내리쬐는 환한 대낮이었는데, 셋 다 뭘 봤는지 알아?

뭔데?

불꽃놀이. 펑. 펑. 펑.

그녀는 그게 어떤 기분일지 상상해보는 듯 눈을 가늘게 뜨고 먼 곳을 바라봤다. 그러다 긴 한숨을 내쉬며 말했다.

그나저나 넌 이제 미국 사람 다 됐구나.

그녀가 탄식하고 있을 때, 멀리에서부터 비행기 한 대가 낮게 날아왔다. 옥수수밭에 약을 뿌리는 비행기였다. 비행기가 지나가고 얼마 뒤에 검은 먹구름이 몰려왔다. 먹구름이라고 하기엔 너무 낮게 떠 있었고 게다가 아주 빠른 속도로 움직였다. 그것은 순식간에 차 앞 유리를 뒤덮었다. 딱. 딱. 따닥. 따다닥. 따다다닥. 우박이 떨어지는 것처럼, 혹은 누군가 돌멩이를 던지는 것처럼 뭔가 차 유리에 부딪혔다. 그건, 메뚜기 떼였다. 나는 차를 세웠다. 앞 유리는 시야가 막힐 만큼 금세 까만 메뚜기 떼로 뒤덮였고, 옆 유리에도 저희들끼리 엉겨 붙은 작은 곤

230

충이 버글거렸다. 메뚜기들은 유리에 달라붙어 다리를 느리게 움직였다.

차 돌려.

응?

차 돌리라고! 돌아가자고!

그녀는 거의 비명을 질러댔다. 나는 와이퍼를 작동시켰다. 와이퍼가 밀어낸 자리에 끊임없이 메뚜기 떼가 날아들었다. 차를 돌리고 속도를 올렸다. 제법 많은 메뚜기 떼가 떨어져나갔지만 일부는 와이퍼에 낀 채로 유리창에 누렇고 끈끈한 액체를 남겼다. 그녀는 눈을 질끈 감았다.

사는 게, 재앙 같아.

그녀는 메뚜기 떼가 살갗에 들러붙기라도 한 것처럼 자꾸만 손으로 몸을 털어냈다.

8.

함께한 여행의 마지막 날, 우리는 사막의 한가운데에 있는 '오아시스'에서 묵었다. 입구에 야자수 모양의 네온 등을 켜놓은 모래 먼지로 뒤덮인 모텔이었는데, 이름과는 달리 급수 상태가 썩 좋지는 않았다.

태양이 아직 머리 위에 떠 있었지만 그녀는 내 손을 끌고 주차장으로 나갔다. 당장 메뚜기 사체를 없애라는 것이었다. 양동이에 물을 떠 와 죽은 메뚜기들을 닦아내는 동안, 그녀는 의자를 가져다 주차장 한가운데에 놓고 멍하니 앉아 있었다. 땡볕 아래에서 몸을 움직이니 금세 현기증이 일었다. 차에 있던 생수병을 꺼내 물을 들이켰다. 미지근하게 데워진 물이 식도를 타고 넘어간 자리마다 갈증이 거친 풀처럼 새로 돋아났다.

물을 마셔, 의식적으로.

앞 유리에 물을 끼얹으며 그녀에게 말했다. 그녀는 내 말을 듣는 둥 마는 둥 한곳에 시선을 고정한 채로 무릎을 끌어안았다. 그녀는 바위를 바라보고 있었다. 볕도 공기도 뜨거워 주변의 모든 사물이 하나둘씩 가볍게 떠올랐다가 증발되는 듯한 착각이 일었다.

뭘 보는 거야?

저기, 뱀이 있어.

그녀가 가리키는 곳에 바위가 보였다. 불길처럼 피어오르는 아지랑이 사이로 바위와 비슷한 색깔의 외피를 가진 방울뱀이 똬리를 틀고 있었다.

슷. 슷.

그녀는 입술을 뒤틀며 기분 나쁜 소리를 냈다.

그만해.

슷. 스옷.

그만하라니까!

그녀가 뭔가 불길한 것들을 불러들이고 있는 것만 같아 나는 소리를 질렀다. 아랑곳하지 않고 그녀는 더 크고 더 소름 돋는 소리를 냈다.

숫. 숫. 스으읏.

뱀이 세모꼴의 머리를 그녀 쪽으로 치세웠다. 그리고 꼬리를 미세하게 떨며 방울 소리를 냈다. 그녀와 뱀이 마주 보고 있는 기괴한 장면을 바라보다가 나는 허벅지를 긁었다. 언제인지 모르게 벌레에 물린 자리였는데, 가만 보니 그것이 꼭 뱀의 독니에 물린 자국 같다는 생각이 들었다. 다시 고개를 들었을 때, 아지랑이 사이로 뱀처럼 혀를 날름거리는 그녀와 그녀 발밑에서 일제히 꼬리를 파르르 떨고 있는 수십 마리의 방울뱀을 보았다. 누군가 등에 찬물을 끼얹은 것처럼 척추를 타고 서늘한 기운이 올라왔다. 나는 눈을 비볐다. 눈앞에 떠다니는 것이 아지랑이인지, 뱀인지, 그녀인지 분간할 수 없었다.

그날 밤, 그녀는 잠결에 몸을 심하게 뒤척였다. 예의 그 K라는 사람을 부르며 입술을 달싹거리기도 했다. 나는 자리에서 일어나 그녀를 바라봤다. 달빛에 물들어 파리해진 피부 밑으로 푸른 혈관이 길게 뻗어 있었다. 웅크리고 누운 그녀의 몸이 바르르 떨렸다. 마치 단단한 밧줄에 포박돼 자유롭게 움직일 수 없는 것처럼. 나는 그녀의 이름을 불렀다. 그녀는 여전히 꿈속에 머무르며 주먹을 꼭 쥐었다.

죽여버릴 거야.

그녀가 소리쳤다. 동시에 그녀가 눈을 떴다. 그녀는 웅크린 자세 그대로 텅 빈 눈을 뜨고 방 안을 둘러봤다.

비겁한 새끼.

꿈이라는 것을 깨닫고 그녀가 낮게 중얼거렸다. 그러고도 한동안 토막 난 숨을 내뱉었다. 후회하게 해줄 거야, 하면서 그녀는 울다가 웃었다. 손톱을 세워 제 가슴을 후벼 파면서 웃다가 울었다. 나는 작은 돌멩이처럼 도드라진 그녀의 굽은 등뼈만 내려다봤다. K가 누구인지 끝내 묻지 못했다. 지난 10년이라는 세월 동안 그녀가 어떻게 살아왔는지 또한 묻지 못했다. 묻는다고 해서, 또 그녀가 말해준다고 해서 알 수 있는 일도 아니었다. 너무 먼 곳에서부터 멀어진 느낌이었다. 다시 그녀의 삶과 내 삶의 톱니를 맞물릴 용기가 생기지 않을 만큼.

다음 날, 아침을 먹으면서 그녀는 혼자 여행하겠다고 말했다. 딱딱하게 구워진 토스트와 식어버린 커피를 마시면서 그녀는 유쾌한 듯 떠들었다.

좀 걷다가 지치면 히치하이크를 할 거야. 영화에서 본 것처럼.

그녀는 엄지를 세우고 팔을 위아래로 흔들면서 웃었다. 나는 깊숙이 파인 티셔츠 안으로 드러난 그녀의 하얀 젖가슴을 바라봤다. 손톱에 뜯긴 상처마다 선홍빛 진물이 흐르고 있었다.

나는 그녀를 남겨두고 차에 짐을 실었다.

차에 오르기 전 그녀가 내 이름을 불렀다. 돌아보니 그녀가 말없이 손을 흔들었다. 누군가 내 이름을 제대로 발음해준 것은 실로 오랜만이었다.

라스베이거스로 돌아오는 길에 나는 혼자였다. 숨 막힐 듯 뜨거운 공기와 끝없이 이어지는 비슷한 풍경 때문에 같은 구간을 반복해서 달리고 있다는 착각이 일었다. 나는 의식적으로 물을 마셨다. 사막 한가운데에 남아 있을 그녀를 생각하며 도시를 향해 빠르게 차를 몰았다.

그날 이후로 지금까지 그녀에게선 아무런 연락이 없었다.

9.

아랫도리에 얼굴을 파묻고 있던 G가 배와 가슴에 입을 맞추며 다가왔다. 팬은 쉬지 않고 돌았다. 나는 G를 바라봤다. G는 뱀처럼 길게 혀를 내밀고 내 입술을 핥았다. 혀끝에 달린 은색 피어싱에서 방울 소리가 날 것만 같았다. 뜨겁고 축축한 혀가 닿을 때마다 G의 혈관을 타고 흐르는 독이 내 몸 안으로 스며드는 기분이었다. G의 얼굴 위로 그녀의 얼굴이 겹쳐졌다. 사막의 한가운데에서 뱀을 마주 보고 있던 그녀의 모습이. 어쩌면 나는 처음 만난 그날부터 G에게서 그녀를 본 건지도 몰랐다. 그녀로부터 도망친 나는 또 다른 그녀를 찾아다녔다. 로스앤젤레스에서 함께 살았던 J도, 샌프란시스코의 X도, 뉴욕의 B

도, 모두 그녀가 벗어놓은 허물들이었다.

라디오에서는 아직도 노숙 생활을 끝낸 배우와 그의 죽은 연인에 대해 이야기하는 중이었다.

"그는 결국 돌아갈 거야. 그의 거리로."

나는 모국어로 중얼거렸다. G는 잠시 멈칫하다가 고개를 갸웃하며 웃었다.

"후안, 방금 뭐라고 한 거야? 달콤한 말? 아니면 더러운 말?"

재미있다는 듯 깔깔거리며 G는 내 입술을 물었다.

천장에서 빙글빙글 돌아가는 팬을 바라보다 나는 눈을 감았다. 그녀는, 아직도 여행 중일까.

"앞으로도 네 소설 잘 지켜볼게"

김형중
(문학평론가)

1. 파란 쪽문 너머

단편 「유리」의 한 장면을 상기하면서 이야기를 시작해보자. 아주 오랜만에 해후한 친구 서유리가 차에서 내리기 전, 작가 송명선에게 마지막으로 뱉은 말은 "또 보자, 혹은, 언제 차라도 한잔 마시자, 같은 것이 아니었다". 그녀가 마지막으로 남긴 말은 이랬다. "앞으로도 네 소설 잘 지켜볼게"(p. 39).

'기대할게'나 '읽을게'가 아니라 '지켜볼게'라니…… 만약 누군가 내게 저렇게 말했다면 나는 몹시 두려웠을 것이다. 저 말은 글을 쓰는 이들이라면 일반적으로 가지고 있게 마련인 모종의 '독자 공포증'을 직접적으로 자극한다. 글 쓰는 이 치고 많은 독자를 꿈꾸지 않는 이는 없을 것이다. 하지만 그 누구도, 무슨 원한에라도 사로잡힌 듯 내 글만 읽는 독자, 내 글을 파헤치는 독자를 바라지는 않는다. 제 아무리 순정한 허구로 이루어진 소설이라 할지라도 그 안에 얼마간의 자기 고백이 없는 글은 있을 수 없으며, 치장과 수사와 과장과 합리화와 자기 은폐로부터 완전히 자유로운 글 역시 존재하지 않을 것이기 때문이다. 간파당하는 것은 글을 쓰는 이들에게는 존재론적 불안이다. 게다가 아래 구절로 미루어 볼 때, 명선의 소설에 대한 유리의 집착은 광적이기까지 하다.

시내에 도착할 때까지 너는 주로 내 소설에 대해 이야기했는데, 두 권의 소설집에 실린 작품을 모두 꼼꼼하게 정독했다는 것을 알 수 있었다. 게다가 오래전에 했던 인터뷰에서 내가 어떤 말을 했는지 정확하게 기억했고, 그때 내가 입고 있던 옷이나 서재에 놓여 있던 가구에 대해서까지 세세하게 묘사했다. 어쩐지 등이 서늘하게 느껴져 열 시트 온도를 한 단계 올렸다.(p. 28)

더욱이 명선에게 유리는 그저 익명의 불특정 독자도 아니다. 처음 소설 비슷한 걸 쓰던 시절, 둘은 한 권의 노트를 공유한 적이 있고 유리는 아직도 그 노트를 가지고 있다. 명선이 쓰면 유리가 읽는 식의 돌림노트였으니 유리는 명선과 한때 공동 저

자나 다름없었다. 말하자면 '작가—송명선'의 작품 세계에 대해 '독자—서유리'는 구성적으로 관여하고 있다. 그뿐인가, 명선은 유리에게 심리적으로 큰 부채를 지고 있는 입장이기도 하다. 이미 이 작품을 읽은 독자는 알고 있겠지만, 유리에게 일생 동안 벗어나기 힘든 심리적 폭력을 가한 장본인이 바로 명선 자신이었고, 오늘의 우연한 해후도 실은 유리에게는 평생을 기다려온 복수의 순간이었을지 모른다. 그렇다면 명선에게 유리는 독자이자 심문자이고 회귀한 무의식이었던 셈이다. 그러므로 소설의 마지막 장면, 명선이 마주한 반지하 방의 파란 쪽문은 그녀의 삶 전체를 삼켜버릴 수도 있는 거대한 허방과 같다. 그 쪽문 너머에서 차마 입에 담지 못할 일이 있었다. 그 죄의 장소에 명선을 다시 데려다 놓은 '독자—서유리'가 작가를 힐난한다. "네 소설 말이야. 내 얘기는 쓰지 않았더라"(p. 21).

스스로를 지탱하기 위해서라면 어떻게든 잊어버려야만 했던 무의식의 심연, 심지어 자기 자신에게마저도 은폐함으로써만 삶이 합리화될 수 있었던 거대한 구멍, 송명선은 그 앞에서 어떤 선택을 해야 할까? 라캉식으로 말해 그것은 '실재' 앞에 선 자에게 주어지는 절체절명의 선택이다. 살아가면서 우리들 모두 몇 번씩은 마주치게 되거니와, 삶 전체를 휘청거리게 할 것임에 틀림없는 그 허방에 발을 들여놓을 것인가, 아니면 감정 지출의 경제에 따라 지금껏 그래왔던 것처럼 회피하고 망각함으로써 그 허방을 애초에 없었던 것으로 재봉합해버리고 말

것인가? 전자를 택할 경우 우리는 윤리적 주체가 될 테지만, 그 대가는 '상징적 죽음'이다. 후자를 택할 경우 우리는 결코 윤리적 주체가 될 수 없겠지만, 일상의 삶은 탈 없이 유지된다. 그리고 대체로 우리는 후자를 택한다. 그러나 무모하게도 명선은 전자를 택했다.

물론 일말의 망설임도 없었던 것은 아니다. 쪽문을 발견하기 전에, 그러니까 현재 유리의 행복을 의심하기 전까지 그녀는 모종의 안도감을 느낀다. "오래전부터 그런 생각을 해왔다. 언젠가 분명 너의 이야기를 쓰게 될 거라고. 하지만 이제 나는 그 글을 쓸 수 없을 것이다. 고개를 돌려 네가 들어간 대문을 바라봤다. 네가 잘 살고 있는 모습을 보자 어쩐지 용서받은 기분이었다"(p. 40). 용서라니…… 무의식은 부채를 그렇게 쉽게 청산하지 않는 법이다. 당연히 그녀의 안도감은 오래가지 못한다. "무의식이 쳐놓은 망"(p. 40) 속에서 발견된 파란 쪽문과 함께 진실이 고개를 내민다. 유리는 여전히 고통 속에서 유년의 지하 쪽방에 살고 있으며, 명선 자신은 전혀 용서받지 못했다. 결국 소설의 마지막 문장은 이렇다. "나는 쪽문으로 천천히 다가갔다. 다시 휴대전화가 요란하게 울리기 시작했다"(p. 41).

쪽문 안쪽에 무엇이 있을지는 충분히 예상 가능하다. 내가 망쳐버린 한 사람의 인생, 내가 덮어버린 어린 날의 죄, 타인의 고통에 연루되어 있는 나, 밀려올 죄책감…… 그런데도 명선은 그리로 다가간다. 그렇다면 그녀가 앞으로 어떤 이야기를 쓰게 될지도 충분히 예상 가능하다. 그녀가 쓸 소설들은 이제 유리의 이야기, 그러니까 자신과 연루되어 있는 타인의 고통에 대한 이야기이자 예기치 않은 삶의 허방에 굴하지 않고 대면하는 이야기가 될 것이다.

발표 시기에 있어 가장 이른 작품이 아님에도, 작가 조수경이 이 작품을 첫 소설집의 맨 앞자리에 배치한 이유 또한 이해된다. 이 작품은 말하자면 신예 작가 조수경의 출사표다. 허방의 돌연한 침입을 회피하지 않는 글, 내가 연루되어 있는 타인의 고통을 외면하지 않는 글, 조수경은 그런 글을 쓰려고 작심한 작가다. 이를 '실재와의 대면을 불사하는 글쓰기'라고 불러도 좋으리라.

2. 꿈의 윤리

그런데 실재와의 대면은 어떻게 가능할까? 현대 정신분석학이 알려주는 바에 따르면 일반적으로 삶 전체가 그와 같은 허방을 피하는 방식으로만 구조화되기 마련일 텐데 말이다. 우선은 세월호 참사나 5·18과 같은 거대한 '사건'을 떠올릴 수 있을 듯하다. 사건은 일상적인 상징 질서에 균열을 가져옴으로써 삶 전체를 허방 위에 세워놓은 가건물 같은 것으로 만들어버리곤 한다. 사사키 아타루의 말마따나 사건은 '근거의 부재 상황'을 무대화한다(『사상으로서의 3.11』). 실재가 모습을 드러내는 때는 그런 때다. 그러나 조수경의 소설 속에서 실재와의 대면은 그처럼 커다란 사건을 전제하는 것 같지 않다. 매일매일이, 정확히 말해 '매일 밤'이 그녀의 소설 속에서는 실재가 침입하는 문이 된다. 다름 아닌 '꿈' 때문이다.

조수경의 소설들 초입에는 빈번하게 꿈이 등장한다. 가령 「마르첼리노, 마리안느」의 도입부에서 마르첼리노는 "몸에서 떨어져 나간 머리를 품에 안고 구덩이로 들어"가는 꿈을 꾼다. 반복해서 꾸는 그 꿈이 시작된 날은 처음으로 거짓말을 했던 날이었고, 다시 그 꿈을 꾸곤 하는 이즈음 그는 마리안느와 죄를 짓고 있다. 물론 그는 감정 지출의 경제에 따라 "꿈속의 일들을 곧장 지워버"(p. 46)린다. 유사한 구성에 따라 「젤리피시」의 도입부에도 꿈(분홍빛 바닷속에서 절단된 사지들이 부유하는 꿈)이 등장하고, 「할로윈―런, 런, 런」에도 꿈(애인 수한이 흉기를 들고 미래에게 점점 다가오는 일련의 꿈)이 등장한다. 「오아시스」 역시 "커다란 방울뱀이 귓속을 파고"(p. 209)드는 꿈과 함께 시작한다.

절단된 사지, 관 속에서의 죽음, 귀를 파고드는 방울뱀, 좀비가 된 애인……, 보다시피 그 꿈들은 대체로 악몽이다. 그러나 단순히 죽음을 연상시키는 장면들 때문에 악몽인 것만은 아닌데, 저 꿈들이 정말로 악몽인 이유는 꿈꾸는 자에게 뭔가 불쾌한 진실을 고지하려고 한다는 데 있는 듯하다. 물론 진실의 고지가 불쾌를 유발하는 때는 주체가 방어와 부인의 메커니즘에 따라 꿈이 고지하는 진실을 알고 싶어 하지 않을 때이다.

예를 들어 마르첼리노의 꿈은 마리안느와의 사랑이 실은 오로지 쾌락을 위한 불륜에 불과한 것임을 그래서 더욱더 죄임을 고지한다(「마르첼리노, 마리안느」). 그러나 마르첼리노는 꿈이 고지하는 바를 알려고 하지 않음으로써, 마리안느와의 쾌락을 유지한다. '미래'의 꿈은 실은 수한과 자신의 관계가 이미 끝났음을, 나아가 둘 사이의 관계는 먹고 먹히는 좀비들의 관계만큼이나 적대적임을 고지한다(「할로윈—런, 런, 런」). 그러나 미래는 그 꿈이 고지하는 바를 부인함으로써만 가까스로 수한과의 동거를 지속한다. 「오아시스」의 '나'가 꾸는 꿈 역시 마찬가지다. 꿈속에서 그의 귓속으로 들어오는 방울뱀은 지금 자신의 하복부를 핥고 있는 G가 실은 자신이 그토록 회피하려고 노력했던 죽음충동의 대상('대상 a')들 중 하나에 불과함을 고지한다. 소설 말미에 가서야 '나'는 "로스앤젤레스에서 함께 살았던 J도, 샌프란시스코의 X도, 뉴욕의 B도 모두 그녀가 벗어놓은 허물들이었다"(pp. 235~36)는 불쾌한 진실을 받아들인다.

이렇듯 조수경의 인물들은 꿈들이 고지하는 진실을 부인함으로써 가까스로 현실의 삶을 유지한다. 혹은 불쾌하게도 현실의 삶이 실은 살 만한 것으로 '상상'된 것에 불과하다는 사실을 자꾸 알려주려 애쓰는 꿈과 사투를 벌이며, 고통스럽게 살아간다. 조수경 소설 속에서 꿈은 실재를 향해 나 있는 문이고, 그

것을 돌파하려는 지난한 노력이 이 작가의 글쓰기를 윤리적이
게 한다.

3. 웰컴 투 좀비랜드

그런데 매 소설의 도입부에 놓인 꿈을 통과하고 나면 어떤
일이 일어날까? 달리 말해 꿈이 고지하는 실재의 진실을 받아
들이고 나면 현실은 어떤 모습으로 인물들 앞에 나타나게 될
까? 조수경의 독자들이라면 이미 경험했겠지만 그 세계는 충
분히 악몽 같다. 정확히는 악몽과 현실이 뒤섞여버린 '비식별
역'이 모습을 드러낸다. 「젤리피시」의 성인용품점, 「오아시스」
의 사막, 「할로윈—런, 런, 런」의 '좀비랜드' 등이 다 그런 곳이
다. 그 안에서는 에로스가 타나토스와 쌍둥이 형제였으며(「오
아시스」 속의 시간은 두 남녀가 성행위를 하는 시간만큼 지속되는
데, 그사이에 주인공은 자신의 모든 사랑이 죽음을 좇는 행위였음
을 깨닫는다), 성과 속이 간음하고(「마르첼리노, 마리안느」에서
가장 열렬히 기도하는 이들은 불륜에 빠진 두 남녀다), 인간 세계
가 좀비들의 세계와 중첩되어 있었음이 폭로된다(「할로윈—런,
런, 런」에서 이유를 모르는 대피 경보는 현실 세계에서도 울린다.
마지막 장면에서 주인공은 실제로 좀비로 변하고 타인들을 죽여
야만 생존 게임에서 승리한다. 그러나 그 게임의 법칙은 현실 세

계의 신자유주의자들이 고안한 것임에 틀림없다).

　말하자면 조수경의 소설 도입부에 놓인 꿈들은, 우리가 알고 싶어 하지 않는 불쾌한 진실들을 고지함으로써 우리로 하여금 상상된 현실로 도피하지 못하게 하는 기능을 한다. 악몽과 현실의 비식별역을 마련함으로써 현실을 악몽처럼 경험하게 한다. 마치 '우리는 현실의 고통을 피해 꿈속으로 도피하는 것이 아니라 꿈이 상연하는 실재의 무대를 피해 상상된 현실 속으로 도피한다'는 라캉의 명제(『세미나 11』)를 증명이라도 하려는 듯…… 이에 대한 가장 적절한 예가「할로윈—런, 런, 런」에서 발견된다.

　　살인마 수한은 꿈속에서의 수한.
　　현실에서의 수한은 착하고 다정한 사람.
　　꿈은 가짜. 현실은 진짜.
　　무엇이 진짜인지 잘 알고 있었지만, 몇 달간 계속 이어지는 꿈 때문에 이제 나는 정말로 수한이 두려웠다. 처음엔 가짜라는 걸 알고도 무서운 정도였지만, 점차 가짜를 진짜라고 믿게 되었다. 요즘에는 이불 속에 망치를 숨겨두고 그것을 한 손에 꼭 쥐어야만 간신히 잠이 들 정도였다. 오랜 불면이 꿈과 현실의 경계를 허물어뜨리고 있었다.(p. 143)

　소설 말미 좀비랜드에 등장한 진짜 좀비가 수한일 수도 있다는 사실을 알아차리기는 어렵지 않다. 미래의 기대와 달리 꿈은 현실이 되고 현실은 꿈이 된다. 저 세계는 꿈과 현실이 식별되지 않는 세계이다. 실은 미래 역시 그 사실을 알고 있다. 그렇다면 라캉의 말처럼 미래는 (그리고 독자들도) 이제 꿈을 피해 현실로 도피할 수 없다. 꿈이 현실이니까.

이왕 라캉 얘기를 꺼냈으니 조수경 소설 속에서 '꿈이 고지하려는 진실'의 자리에 '실재'를 놓아보자. 그렇다면 이런 말도 가능하다. 이 소설집 속에서 꿈은 「유리」의 주인공 '작가 송명선'이 돌파하기로 작정한 바로 그 파란 쪽문과 다를 바 없다. 쪽문 너머에 명선을 고통으로 이끌게 될 진실이 존재하는 것처럼, 꿈 너머에 악몽 같은 현실이 있다. 매번 소설의 도입부에 마치 반드시 통과하지 않으면 안 될 입구라도 되는 것처럼 꿈이 배치되어 있는 이유가 설명된다.

4. 사슬에 대하여

만약 현실이 악몽과 식별 불가능하다면, 우리는 거기에서 어떻게 탈출할 수 있을까? 가령 꿈이라면 그것이 제아무리 험악한 악몽이라 할지라도 깨어나게 마련이다. 그러나 현실에서 깨어날 수는 없는 노릇이다. 현실이라는 말이 이미 우리가 깨어 살아가고 있는 세계를 일컫는 말일 테니, 현실에서 깨어나도 우

246

리가 현실 속에 있기는 마찬가지일 것이기 때문이다. 조수경의 소설들이 마련해놓은 세계가 공포스럽고 절망스러운 데에는 그런 이유가 크다. 이 작가에게 악몽과 중첩되어버린 현실에서 탈출할 수 있는 방책 따위는 없어 보인다. 「사슬」은 이 작가의 그와 같은 염세주의를 가장 극대화해서 보여주는 작품이다.

예외적으로 이 작품에는 예의 그 입구로서의 꿈이 등장하지 않는다. 대신 철문 하나가 가로막고 있는 지하의 밀실이 등장한다. 방은 이렇게 생겼다.

철문이 굳게 닫혀 있습니다. 사방이 시멘트 벽으로 둘러싸인 이곳에서 철문은 바깥으로 통하는 유일한 출입구입니다. 안쪽에서는 문을 열 수 없습니다. 바깥쪽에 커다란 자물쇠가 걸려 있기 때문이지요. '방'이라고 해야 할지 '우리'라고 해야 할지, 여하튼 정체가 애매한 이곳에 창문이라고는 하나도 보이지 않습니다. 창이 없어 낮과 밤을 알 수 없고, 창이 없어 공기가 흐르지 않는 이곳은 잃어버린 시간이 종유석처럼 매달려 있고, 고약한 냄새가 기름때처럼 눌어붙어 있습니다. 어쩐지 손등이 가렵고 등이 서늘해지는 기분 나쁜 곳이지요.(p. 157)

밖에서 자물쇠가 채워져 입구도 출구도 모두 봉쇄된 지하의 시멘트 밀실, 그런데 저 (그로테스크할 정도로 차분한 경어체의) 문장들에는 이 방에 대한 정보들 중 한 가지 빠진 것이 있다.

그것은 그 입구를 지키고 있는 '검은 개'다. 지하 세계로의 입구를 지키고 있는 이 검은 개는 물론 신화에서 차용한 형상으로 보이는데, 티폰과 에키드나의 자식, 저승 세계의 입구를 지키고 있다는 '케르베로스'가 그놈이다. 이 작품에서는 이 검은 개가 다른 작품들에서 꿈이 하는 역할을 대신하는 듯하다. 저 음습한 방 안에서 일어나는 일을 보려면, 마치 불쾌한 진실을 고지하는 꿈을 통과하듯 저 개가 지키고 있는 철문을 통과해야 한다. 그러면 거기 우리가 알고 싶어 하지 않고 받아들이려 하지 않는 진짜 현실이 있다.

독자들은 읽어서 이미 알고 있겠지만, 저 방 안의 풍경은 작가 자신도 그 끝을 마무리하기 힘들 만큼(작가는 더는 쓰기 힘들다는 듯, 개가 소녀의 자궁에서 막 태어난 아이를 먹어치우기 직전에 소설을 끝낸다) 참혹하다. 사슬이 벽에 고정되어 있고, 그 사슬마다 짐승들이 묶여 있다. 방 안의 구성을 정확히 말하자면 한 마리의 개와 세 명의 사람들이라고 해야겠지만, 저 공간은 짐승과 인간, 야만과 문명이 전혀 식별되지 않는 비식별 역이다. 개가 소녀를 겁탈하고, 인간이 돼지라 불리고, 사유는 사라진 채 본능만이 지배하는 곳인지라, 그들을 모두 일괄해서 짐승이라 부른다 해도 딱히 틀린 말은 아니다.

그런데 작품 제목인 "사슬"이 짐승들을 결박하고 있는 사슬만을 지칭하지는 않는 듯싶다. 왜냐하면 저 짐승들이 그들 나름의 위계, 곧 '먹이사슬'을 유지하고 있기 때문이다. 그들을 결박한 사슬은 또한 먹이사슬이기도 하다. 검은 개가 소녀를 겁탈하면, 다음은 돼지 차례다. 그러고 나서야 소녀는 노인 몫이 된다. 그런 식으로 저 방은 출구도 입구도 봉쇄된 짐승들의 생태계가 된다. 따라서 문은 외부에서 열릴 수밖에 없다. 종종 저들의 '주인'이라 불리는 사내가 먹이를 들고 문을 여는 경우가 있다. 사내는 이 지하 먹이사슬의 최고 포식자다.

그러나 이 세계가 정말로 끔찍해지는 것은 작품 후반부에서 최초의 사슬이 반드시 다른 사슬과 고리를 만들게 마련이라는 점을 깨닫게 될 때이다. 사슬은 다른 사슬과 연결되고 그 사슬은 또 다른 사슬과 연쇄적으로 연결된다. 지하의 저 방이 하나의 먹이사슬이라면, 그 사슬은 바깥의 다른 사슬과 고리를 지으며 연결되어 있다. 가령 소설 초입에 등장하는 지하철의 먹이사슬…… 그런데 그 사슬 안에 있을 때 지하실에서 주인이라 불리는 사내는 최하위 포식자다. 아버지가 운영하는 철공소 사무실의 먹이사슬에서도 그는 최하위 포식자다. 하나의 사슬에서는 최하위 포식자인 생물체가 다른 먹이사슬에서는 최상위 포식자가 된다. 그런 식으로 먹이사슬은 다른 먹이사슬과 연접해 있고 이 연쇄는 원리적으로 무한하다. 마치 악몽에서 깨어나자 또 다른 악몽 속으로 초대되는 것과 같은 상황이다.

흥미로운 점은 이 작품이 형식 차원에서도 '사슬'의 모양을 재현한다는 점이다. 작가는 연관성이 전혀 없어 보이는 두 개의 먹이사슬 에피소드를 오랫동안 교차 편집한다. 사내가 최하위 포식자인 에피소드와 그가 최상위 포식자인 에피소드는 아무런 관련이 없는 듯 독자적으로 진행하다가 일순 하나의 고리를 형성하면서 사슬을 만든다. 원리적으로 이 구성하에서 다른 먹이사슬의 에피소드가 점층적으로 더해지는 것을 막을 수는 없다. 가령 사내의 아버지가 다른 먹이사슬에서는 최하위 포식자일 수도 있고, 지하철의 폭행자가 그럴 수도 있다. 작가의 전언은 명백해 보인다. 세계는 그런 식으로 먹이사슬들의 무한 연쇄로 이루어져 있다. 그리고 우리는 그 누구도 이 사슬 바깥으로 나갈 수 없다. 그리고 그 전언은 우리가 익히 알던 생물학상의 어떤 이론을 연상시킨다. 그것은 '다위니즘'이다.

5. 신종 다위니즘

문학과 관련해서라면, 다위니즘을 '본능과 인간성의 분리 불가능성'에 대한 이론이라고 정의한다고 해서 딱히 틀렸다고 말할 수는 없을 듯하다. 애초에 살 만한 곳으로 상상된 현실로 도피하지 않고, 꿈이 종종 우리에게 고지하는바 현실 이면의 불쾌한 진실과 대면하겠다던 작가의 작심이 도달한 곳이 여기다. 송명선이 돌파하고자 했던 파란 쪽문 너머에는, 사는 일이 죽는 일과 별반 다를 바 없고, 인간이 좀비처럼 서로 물고 뜯으며, 문명이 짐승들의 먹이사슬과 방불해지는 세계가 펼쳐져 있다. 게다가 그 먹이사슬에서 벗어날 방도도 없어 보인다.

혹자는 가혹한 세계에서나마 실낱같은 희망을 건져 올리는 것이 문학이라고 말한다. 그러면서 어떤 식으로건 떨쳐버려야 할 고약한 습속이 염세라고 말하기도 한다. 희망의 문학, 전망의 문학, 물론 그런 문학도 좋은 문학이다. 그러나 불쾌하게도, 우리가 희망하는 현실이란 실제에 있어서는 우리가 도피처로 삼은 꿈에 불과하고, 악몽이야말로 우리가 살아내야 할 현실이라는 사실을 자꾸 환기시키는 문학도 좋은 문학이다. 게다가 우리 시대에 어쩔 수 없이 다위니즘을 다시 받아들이게 된 작가가 조수경만은 아니란 사실에도 주의를 기울여야 한다고 나는 생각한다. 다위니즘이 시대에 맞게 세련을 더해서만은 아닐 것이다. 오히려 세계가 아무래도 저 지하 방의 먹이사슬을 닮아가고 있어서일 것이다.

케르베로스가 지키고 있는 저 캄캄한 지하 방의 철문 앞에서, 젊은 작가 조수경이 주눅 들지 않았으면 싶다. 독자-서유리가 작가-송명선에게 했던 그 말이 아마도 힘이 되리라 여겨 여기 다시 적는다.

"앞으로도 네 소설 잘 지켜볼게."

1.

처음 소설을 쓴 건 열세 살 때였다. 나는 호기심이 많고 금방 싫증을 내는 사람인데, 변함없이 나를 뜨겁게 만드는 것은 이야기를 만들어내는 일뿐이다. 나는 내가 '작가의 몸'으로 태어났다고 믿는다. 이를테면 눈이나 심장 같은 것들이.

몇 해 전, 나의 연인이 세상을 떠난 뒤로 자해하듯 엉망으로 살았다. '환상의 빛'에 매료되는 순간이 많았고, 정신을 여러 번 놓을 뻔했지만, 그럼에도 완전히 놓아지지 않은 걸 보면 내 생에 대한 의지가 생각보다 강한 것 같다(정신을 놓는다는 건 일종의 마취와도 같은 것인데, 나는 마취가 잘되지 않아 그 모든 것들을 고스란히 감당해야 했다). 그리고 내가 삶을 붙잡는 방식은 언제나 무언가를 '쓰는' 일이었다.

오래 읽힐 좋은 책 한 권쯤은 꼭 남기고 가고 싶다. 그러려면 나는 아주 오래 살아야 할 것이다.

2.

글은 혼자 쓰지만 책은 함께 만드는 것이다. 함께여서 든든했던 편집자 최지인 씨, 그리고 디자이너 이경진 씨에게 감사의 인사를 남긴다. 부족한 작품에 근사한 해설을 써주신 김형중 선생님께도 마음을 전한다. 사실 선생님께서는 해설 외에도 이 책이 만들어지는데 많은 기여를 하셨다고 할 수 있는데, SNS에 올리시는 음울한 노래 중 상당수가 나의 노동요로 쓰였기 때문이다. 앞으로도 좋은 곡 많이 올려주시길 부탁드린다.

3.

나는 고양이과의 인간이라 남을 잘 챙기지 못하는데, 고맙게도 주변에 좋은 사람들이 많다. 내가 내 소설들처럼 어두운 면이 있음에도 그에 못지않게 밝은 에너지가 흘러 전체적으로 균형 있게 살 수 있는 건 그들의 사랑 덕분이다. 그중에서도 첫번째는 우리 가족.

나는 돌연변이로 태어났다. 가족을 보면 나의 '타고난' 우울이나 예민함 같은 것들의 근원을 더더욱 알 수 없다. 든든한 언니 부부, 귀여운 막둥이네. 언니와 남동생은 있으니 늘 오빠와 여동생도 있으면 하고 바랐는데, 형부와 올케가 생겼다. 덤으로 예쁜 조카들까지.

그리고, 부모님.

어렸을 적, 여름 휴가지에서 식구들 모두 한방에 모여 자던 날, 당신들이 소곤소곤 나누었던 말들을 여전히 기억한다. 그런 다정한 기억들이 참 많다. 그것이 당신들께 받은 가장 소중한 유산이다. 우리는 매일 사랑한다는 말을 나누지만, 그래도 부족할 만큼 당신들을 사랑한다. 당신들의 작고 따뜻한 역사를, 나는 오랫동안 기억할 것이다.

내 눈엔 '리암 니슨'보다 더 멋진 우리 아빠, 여전히 꽃처럼 고운 우리 엄마. 두 분께 첫 책을 안겨드린다. 손녀 대신이다.

2016년 10월
조수경

수록 작품 발표 지면

유리 〈한겨레출판문학웹진 한판〉 2015년 1월

젤리피시 2013년 『서울신문』 신춘문예

떨어지다 『좋은소설』 2015년 봄호

할로윈—런, 런, 런 〈문장웹진〉 2016년 1월

사슬 『현대문학』 2013년 5월호

지느러미 『현대문학』 2014년 4월호

오아시스 〈한겨레출판문학웹진 한판〉 2014년 8월